제4회 卍해통일문학축전 작품낭송회 자료집

# 통일문학선집

제4회 卍해통일문학축전 작품낭송회 자료집

# 통일 문학선집

卍해통일문학축전위원회 편

한누리미디어

발간사

# 만해의 통일사상을 담은 시대문학

우리나라 기상관측 이래 가장 더웠다는 2018년의 여름도 지나가고 있습니다. 해를 더할수록 기상이변은 더욱 심각해져 우리네 삶을 위협하고 있습니다만 그래도 9월중에는 3차 남북정상회담이 개최될 예정이라는 낭보가 전해져 남북통일에 대한 기대를 다시금 다져보게 됩니다.

그리고 저 또한 문인으로서 특히 해마다 卍해통일문학축전을 추진하는 위원장으로서 조국 독립을 위해 평생을 바친 만해 한용운 시인을 기려 오늘의 시대정신이라 말할 수 있는 평화통일운동에 만해사상을 접목시킨 도서 발간을 추진하게 되었음을 밝혀 둡니다.

만해 한용운 시인은 혹독한 일제의 탄압 속에서도 추호의 굴함도 없이 대쪽 같은 굳은 절개로 조국 독립을 위하여 헌신하신 대표적인 애국자이십니다. 그간 卍해통일문학축전위원회에서는 그의 독립정신과 민족문학을 조사 발굴하여 집대성하고 오늘의 남북분단 상태에서 그의 숭고한 정신을 통일한국의 미래사상으로 선양하고자 지난 2016년 제2회 卍해통일문학축전 당시 모 중견기업의 후원으로 『통일문학문집』을 간행하기로 하고 남북평화통일과 관련한 문학작품을 공모했었습니다.

그런데 짧은 기간에 매우 많은 작품이 접수되어 단행본 1권으로는 엮기가 곤란하여 장르별로 세분화하여 다권본으로 변경하여 추진하는 과정에서 후원사와의 의견충돌로 『통일문학문집』 간행 자체가 취소되는 아픔

선 진 규
卍해통일문학축전추진위원장

을 겪었습니다.

이제 성심껏 작품을 제출해 주신 선생님들께 심심한 사과의 말씀을 드리면서 원고 자체를 사장시키는 것보다는 4.27남북정상회담을 계기로 남북평화통일 무드가 조성되는 현시점에서 문학인들도 분위기 확산에 일조하고자 1권만이라도 출간하는 것이 어떨까 싶어 작품 제출하신 모든 분들의 의견을 모으고 사전 조율하여 뒤늦게나마 이렇게 엮게 된 것을 매우 다행스럽게 생각합니다.

우선 게재순에 있어서는 통상 등단순으로 게재합니다만 상당수의 문인들의 등단연도를 파악할 수 없어 본서에서는 장르별 가나다순으로 게재했습니다. 이 점 양해해 주시기 바랍니다. 또한 이 책은 성북구에서 후원하는 금년 제4회 卍해통일문학축전 작품낭송회의 자료집으로도 활용되어 필자 30여 분께는 8월 29일 행사 당일에 작품을 낭송하는 자리가 특별히 마련됩니다.

끝으로 이 책이 나오기까지 물심양면으로 협조를 아끼지 않으신 한국문인협회 문효치 이사장님과 국제PEN 한국본부 손해일 이사장님께 심심한 감사의 인사를 드리면서 회원 모두의 건필을 기원합니다.

# 이 한 권의 책이 통일 미래의 초석이 될 것

여러 가지 말 못할 과정을 거치고 2년만에 빛을 보게 되는 『통일문학선집』 간행을 우선 축하드리면서 특히 만해 한용운 시인의 탄신일을 기념하여 개최하는 제4회 卍해통일문학축전 작품낭송회의 자료집으로서도 역할을 감당한다니 매우 뜻 깊은 일이라 생각한다.

21세기의 문학인으로서 현재를 살아가는 이 시점에서 만해 한용운 시인의 독립정신 계승과 통일 미래를 모색하는 차원에서 무엇을 어떻게 계승할 것인가에 대해 다양하게 또 다각적으로 도모해 볼 필요가 절실하다는 생각이다.

사실 만해 한용운 시인에 대해서는, 그의 성품과 그의 넓은 세계사적 안목은 그의 저서 《조선불교유신론》에서 충분하게 감지할 수 있다. 어쩌면 근세의 자유주의와 세계주의가 평등한 이 진리에서 나온 것이 아닌가 싶다. 자유의 법칙을 논하는 말에 '자유란 남의 자유를 침범하지 않는 것으로써 한계를 삼는다' 고 한 것이 기억에 남는다. 사람은 각자 자유를 보유하여 남의 자유를 침범하지 않는다면 나의 자유가 다른 사람의 자유와 동일하고, 타인의 자유가 스스로의 자유와 동일해서 각자의 자유가 모두 수평하게 될 것이다.

만해 한용운 시인에게 있어서 자유 그리고 평화라는 것은 우리에게 단순 유입된 서구사상의 수용이 아니라 우리 고유의 불교전통에서 파생된

문효치

(사)한국문인협회 이사장


논리적 결과이며, 그 위상 또한 민족정신에 뿌리를 두고 있어 통일의 주체가 평등한 것이어야 하고 또 주체적인 것이어야 한다는 것이다. 보기에 따라서는 파격적인 요소가 잠재해 있는 듯도 한데 꼭 불교라고 전제하지 않더라도 삶의 가치를 받아들이는 관점에 있어서 타에 의지하지 않고 사회를 구성하는 각각의 개체에 대해서도 평등의 관점에 철저해야 할 것이다. 만해 한용운 시인의 이런 자유, 평등, 평화의 세계관을 계승하여 가까운 미래에 이루어질 우리의 평화통일의 현장에서 남북 화합의 지표로써 활용되어야겠다.

어쨌든 지난 2년 전 우리 한국문인협회 기관지인 『월간문학』에 통일문학 작품을 공모한다는 광고가 게재됨으로써 많은 회원 문인들이 동참했었는데 어느 순간에 무산되어 걱정 또한 많이 했었지만 이렇게 깊은 뜻을 담고 화려하게 출간되는 것에 대해 다시금 축하드린다. 아울러 많은 독자들이 읽고 미래의 평화통일에 지대한 관심을 결집시켜 오늘의 이 한 권의 문집이 남북통일 조국의 미래에 초석이 되기를 기대해 본다.

더불어 85세의 노구에도 불구하고 지칠 줄 모르는 열정으로 해마다 卍해통일문학축전을 추진하는 선진규 위원장님께 경의를 보내며, 출판을 맡아준 한누리미디어에도 심심한 감사의 인사와 함께 더욱 발전하기를 축원 드린다.

축간사

# 만해정신을 담은 책, 한반도가 상생하는 길

우리는 해마다 8월 29일이 되면 일본 제국주의에 나라를 빼앗긴 1910년의 가슴 아픈 사건으로서 경술국치를 되씹어보게 된다. 이와 함께 외세에 나라를 빼앗기지 않으려면 우리는 어떻게 해야만 하는가를 더욱 깊이 생각하게 된다.

그 혹독한 일제강점기를 조국독립이라는 대명제하에 그 누구보다 치열하게 살았던 만해 한용운 시인, 마침 그의 탄신일이 바로 8월 29일인데 역사의 아이러니라고나 할까, 그는 평생을 애국 애족과 독립을 위해 온몸을 바쳤으며, 그의 독립정신은 오늘날 우리 민족 최대의 명제인 남북통일 문제에도 이정표를 제공하고 있다.

특히 평화통일이라는 엄중한 과제를 깊이 새기며 해마다 이날을 기하여 卍해통일문학축전을 그의 마지막 거주지였던 성북동 심우장에서 거행하는데 올해는 만해정신을 북돋우는 차원에서 문인들의 작품낭송회를 주행사로 연다고 한다.

바로 이 책 '통일문학선집' 에 게재된 작품들을 필자 본인이 직접 낭송하는 행사라는데 필진 대부분이 한국문인협회 회원이면서 거의 모든 분이 우리 국제PEN 한국본부 회원들이어서 마치 우리 국제PEN 기관지를 접하는 것 같아 더욱 반갑게 느껴진다. 그리고 무려 500쪽에 달하는 대작인데 출판이 매우 어려운 시기에 묵묵히 그 길을 걷고 있는 김재엽 선생

**손해일**
(사)국제PEN한국본부 이사장

에게 격려의 인사를 드리면서 독자들께 많이 팔려 경제적으로도 도움이 되면 좋겠다는 바람을 가져본다.

만해 한용운 시인께서는 조선독립은 자유와 평화에 기초하여야 온전한 독립이 이루어질 수 있다고 역설하였다. 그가 저술한 『조선독립에 대한 감상』에는 평화의 첫 번째 핵심적 가치와 기준은 '평등' 이며, 평화와 관련한 두 번째 가치와 기준은 '자유' 임을 분명히 밝히고 있다.

이런 만해 한용운 시인의 평화적 독립의식에 비춰 본 오늘날 대한민국의 통일방안에서도 정부의 통일정책 기조 또한 민족공동체 통일방안을 공식적인 방안으로 채택하고 인간 중심의 자유민주주의를 통일의 기본 철학으로 담고 있다.

바로 자유, 평화, 민주의 3대 통일원칙을 천명한 것인데 만해 한용운 시인의 평화적 독립의식에 '민주' 가 추가되긴 했지만 시대상황에 비추어 만해 한용운 시인의 통일관과 현재 대한민국의 통일관이 다르지 않음을 시사해 주는 것이다. 다만 통일이라는 지향점에서는 남과 북의 '관계의 평등성' 이 지켜져야만 할 것이다.

어쨌든 제4회 卍해통일문학축전에서 '통일문학 작품낭송회' 로 활용되는 시책으로서 뿐만 아니라 일반 독자들께도 많이 읽혀 우리 민족 모두가 화해하고 상생하는 매우 특별한 계기가 되길 간절히 희망하는 바이다.

## 차례



### 시

## 시

# 차례

시

수필



동화



소설



희곡

**가 람** _ jinnyee7@hanmail.net. 본명: 이진숙

- 한국문인협회, 한국현대시인협회, 국제PEN 한국본부 회원
- 시집 《혼자 된 시간의 자유》, 《담배》 외. 영시집 《Poem Tree & Cigar Flower》
- 수상: 한국현대시인협회 작품상, 매월당문학상 외 다수

# 한민족의 봄

2018년 4월 27일은 역사가 축복할 날
한민족의 미래가 충천하여
세계로 나아가리라
이제
염원이 이루어지고 분열은 끝이 났다
미래의 시작이요
세계 역사의 시작이다
봄이 왔다 봄이 왔다 한민족의 봄이 왔다
비극과 반목 슬픔이 사라지고
봄이 왔다 봄이 왔다
우랄알타이어 산맥에 봄이 왔다
한민족의 요하문명이 되살아나고
흩어졌던 민족이 기개를 펴며 비상하리라
가장 우수한 세상문명의 뿌리였던
한민족에게 고토회복의 봄기운이 왔다
만주벌판에도, 연해주에도
저 멀리 시베리아 바이칼호까지 봄이 오리라
시대의 부름이요 하늘의 사명을 받아
한민족의 터전은 하나가 되어 웅비하리라
봄이 왔다 봄이 왔다 한민족의 봄이 왔다

**강상률**
- 1969년 「전우신문」을 통해 작품 활동시작.
- 1984년 시집 《북소리 들리는 아침》 발표. 한국문인협회 지역협력위원.
- 국가보훈처 추모헌시 최우수상 수상.

# 조국 찬가

백두대간
등줄기 타고 내리는
겨레의 얼 부둥켜안고
무궁화 삼천리를 별처럼 밝힌
감격에 찬 민족의 이름 앞에 서서
꿈에 그리던 통일의 노래 끝없이 부르고 싶네요

바람 머문 능선마다
산 역사의 증인으로 남은
한세월 명백한 그 소리
손잡고 하나가 되어야 한다고
맹서한 길 위에서 갈색 피로 외쳤던
우리들 영혼을 흔드는 통한의 울림들

겨레여! 다시 한 번
생각의 실 끝 얼지 않은 자락마다
벼랑에 꽃피듯 한 줌 햇살 밀치고 일어서
동포의 가슴 여는 거룩한 염원 솟구치게 하라!
우뚝 선 백의민속 찬란한 그날의 부활을 위하여
어둠 사르는 빛으로 조국찬가 한없이 부르고 싶네요.

**강준형** _ kang-poet@hanmail.net 호는 낙촌(樂村).
• 1964년 「충청일보」에 시 〈한 마리 양〉 작품발표로 문단에 나옴.
• 시집 《댕기》 외 11권 상재.
• 충북 도민대상(문학부문), 영랑문학상 대상, 한국크리스천문학작가상 대상 외

# 판문점에 가다

(1)
여기는 문산 땅
애환의 철길이 막히고
북으로 달리던 철마(鐵馬)의 향수는
서른 살을 넘도록 졸고 있었다

꿈길 속에서나
육중한 말굽소리를 내면서
서울의 소식을
신의주까지 나르는 경의선
이제
그 기적은 안개 속에 파묻히고
밝은 햇살
차창에 살날은 아득하기만 하다

'철마는 달리고 싶다'

통일의 염원을 깨치고
활짝 웃는 얼굴에
분을 바르고
서울시청 지붕을 날으는
비둘기 떼 가득히 싣고
오색찬란한 테이프를 끊어야지.

〈철마는 달리고 싶다〉

(2)
떨어지지 않던
서러운 발자국들
밤마다
임진강의 물귀신들로 신을 신는 소리
엄마를 찾다가
목쉰 소리는 잠을 잔다
임진강변
젖줄도 싸늘한데
우뚝 솟은
임진각에 원혼을 달래며
석양에
임 오실 날만을
기다리다 지쳐 있었다

누가 버린 다리냐
누가 건너야 할 다리든가
가슴은 터져서
꿰맨 자국으로
새파랗게 늙고 있었다.

〈자유의 다리〉

(3)
임자 없는 나룻배도 없이
죄 없는 강은
쇠사슬에 싸여 흐르고
수없이 쓰러진

전우(戰友)들이 발버둥 치며 소리 지르고

씨도 못 받은
아기 아빠들
시퍼런 이빨로
하얀 물거품을 씹으며
아직도 살아서 몸부림치고 있었다

세월이 흐르고
강물도 변한다면
강변에 무성한 풀같이
너울너울 춤도 추겠지만
가로 지른 외다리인 양
짝 잃은
임진강은 한(恨) 많은 울음 투성일 뿐.

〈임진강〉

(4)
총성이 싫은 무풍지대
가르마 같은 아스팔트길 주변엔
자연이 눈을 크게 뜨고
신의 섭리 속에 조용하기만 하였다

전쟁이 낮잠을 자다가
목욕하는 아늑한 호수
신동(神童)들이 벌거숭이로
경운기를 몰며 손을 흔들고 있었다

대성동 마을엔

높이 솟은 태극기 게양대
사철 변함없이
나부끼는 평화의 깃발 속에
산과
산들이 허리를 구부리고 있었다.

〈비무장지대〉

(5)

휴전선
한 발꿈치도 양보할 수 없는
말의 싸움터
전쟁을 잠재우는
자장가 쉬지 않는 엄마의 품이었다

여름철에 얼음이 얼고
겨울철에 소낙비 내리는 곳
이곳은
사철 꽃을 볼 수 없는 곳이다
항상
연막에 싸인
꼭두각시가 춤을 추는 곳이다

목 잘린
미루나무
싸늘한 북녘바람에
소름을 가시지 못하고
돌아오지 않는 강변에 서서
숨을 헐떡이고 있었다.

경대호 _ ddhojn@naver.com
• 2000년 『시의나라』(푸른별) 가을호 등단.
• 청주문인협회, 한국문인협회 회원.
• 시집 《밤에도 풀은 초록이다》, 《안다미로》, 《뚝배기 속에 끓인 시》


# 아! 한반도

하늘에서 내려다 본 조국은 하나
두만강 압록강 한강 낙동강 영산강
한눈에 보인다
아름다운 작은 땅 삼천리 금수강산

나라를 빼앗긴 설움
선현의 피로 되찾은 나라
반 토막이라니

천년의 신라
고려 오백년
조선 육백년
조상님들 지하에서 통탄할 일

한 하늘 아래 같은 말 같은 풍속
누구를 위한 분단인가
누구를 위한 희생인가
누구를 위한 반통일인가

생명은 유한하고 민족은 영원한데

민심은 천심
도도히 흐르는 역사의 큰 물줄기
뉘라 막을 수 있으리오

남북이 함께 잘 살면
그 누가 통일을 훼방할 것인가

우리의 소원
자유민주
평화통일

곽종철 _ kwakjc@hanmail.net
- 2011년 계간지 『대한문학세계』 신인상 등단.
- (사)창작문학예술인협의회 이사. (사)한국문인협회 회원.
- 시집 《마음을 흔드는 잔잔한 울림》《물음표에 피는 꽃》 등.

# JSA에서

온 세상이 푸른데
폭풍의 전야처럼 적막이 흐르고
큰 물결 지난 후에 흔적만 남아
마음의 벽이 하늘을 가리네.

뭇짐승들이 지나다녀도
날짐승이 날아다녀도
벌 나비가 임을 찾아 왕래해도
가는 길 막는 자 보질 못하네.

북녘 땅을 바라보며 외쳐본다.
날짐승이라도 타고 갈 거야.
벌 나비처럼 임 찾아 갈 거야.
잡지를 말아다오 우리는 형제야!

그리움에 지쳐 핀 꽃들이
미움으로 변해 시들기 전에
나라 사랑하는 넋이 떠도는 곳에서
평화통일의 길을 함께 열어가세.

**김동률**
• 1993년『한글문학』신인상 당선.
• 시집《너는 사랑이어라》외 다수.
• 한국불교문학상 외

## 건봉사 가는 길

길을 가다가
주장자를 든 노승에게 물었다
금강이 어느 뫼냐고
저어기! 가리키는 손가락 끝
그믐달이 걸려 있다
참 멀기도 하다
건봉사 가는 길

집 없는 사람, 집을 그리워하고
집 있는 사람, 집을 버리더라
집 떠나 생각하니
살아오는 동안 얻은 것
잃은 것 하나 없더라
빈 들녘 바람처럼
세월을 몰고 스러져 가더라

임진강 쇠울타리 훨훨 넘나들던
물새 바라보며
반세기 넘도록 그리움 삭이던
나그네, 자유에 지쳐

금강 건봉사 찾아 가는데
아직 눈 덮인 개골이더라

노승 이르기를
머지않아 금강이고
머지않아 봉래이며
마침내 풍악이 될 테니
부지런히 걸으라고
등짝 후려치더라

가자
가자
금강이 멀지 않으니
풍악 지나 백두옹 머무는 곳까지
훠이훠이 가보자
보름달이 길 밝혀 줄 테니…

김말분 _ qns0305@hanmail.net 아호 : 침향(沈香).
• 『詩와 수필』 등단.
• 한국문인협회 회원. 한국불교문인협회 부회장.
• 시집 《내 마음 어떻게 전할까》《빛으로 사랑으로》

## 비무장 지대(DMZ)

어머니~
어머니~
혼이 되어 끝맺은 목소리
철새들 나래에 실려 오가는데
녹슨 이념은
철조망에 걸린 채 반세기
부서진 푸른 꿈은
한으로 멍울져
여명의 기슭에
야생화로 피었나

우리 모두는
백두산에 내리신
그분의 아들 딸
마주잡고 피안으로
보내리라 자리하신
비로자나 부처님

이 가을
갈라놓은 허리에

물든 단풍잎
누구를 위한
핏빛이옵니까

버려진 땅에도 주인이 늘어
공존의 하늘 뜻
보여주는데
언제쯤일까
금수를 놓은 강산에
허리띠 풀리고
너의 눈물과
나의 눈물이
뜨겁게 하나로
범벅이 될 그날이…

김사윤 _ kandp95@nate.com
• 『자유문예』 신인문학상(시부문)으로 등단.
• 저서 《돼지와 각설탕》《가랑잎 별이 지다》《여자, 새벽걸음》 외
• 제5회 후백 황금찬 문학상 수상.

# 언 가슴으로

통일은 끊어진 길을 다시 이어 보자는 게 아니다
그동안 쌓아온 벽을 허물고 가슴과 가슴을 잇는
눈물겨운 의미가 그것이어야 한다

구경하자고 장사하자고 나서는 길이어선 안 된다
말이 구겨져 의미조차 풀어헤친 그 먼 길에
우리 민족 자존감은 설핏 잠이 든 건가

묵은 속내는 숨긴다고 가려지는 것이 아니다
오래된 연인처럼 굳이 말하지 않아도
알 수 있고 감출 수도 없는 거다

누가 먼저 제안했다고 매체에 발표하고
누가 상을 엎었다고 세계에 알리는
유치하고 추잡한 형제들이 아쉽다

찬탁이 번영이고 반탁이 쇠퇴가 아닌 줄 알고
마음 속 진실과 정의에 귀 기울일 줄 알고
더 이상 맹욕(盲慾)은 버려야 한다

귀 얇은 민주주의는 오래 가지 못한다
중심이 흔들리고 생각조차 뿌리채 바꾸는 일
남에게 맡겨서는 안 될 일이다

경교장(京橋莊)*이 잊혀진다고 해서
통일정부 수립조차 백 년을 채우려 하는가

*경교장(京橋莊) : 대한민국 임시정부의 주석이었던 백범 김구의 사저로, 신탁통치 반대 등 현대사의 주요 무대가 된 곳(사적 465호)

김석기 _ sksanai@hanmail.net
• 월간『한울문학』등단(2004).
• 시집《영혼 속에 젖어드는 그대》《순풍에 돛 달고》《부활의 꿈》
• 한국문화예술교류진흥회 '금오문학대상' 詩부문 수상 외.

# 통일을 기원하며

한반도 허리 졸라맨 지
어언 60여 년
DMZ 기차 레일도
녹슬어 녹아내리고
동족끼리 무슨 한이 그리 남아
아직도 총부리 겨누며
세월 죽여야 하나
그 의미 상실한 지 오래다
북한의 지하자원과 시베리아 횡단열차
이산가족 상봉과 국방비 절감
이 냉정한 세계 질서 속에서
우리 조국의 평화 통일
반드시 필요하다
한반도 통일의 결단을 내려야 할
결정적 시점이 온 것 아닐까?

**김소해**
- 1988년 「부산일보」 신춘문예 시조 당선.
- 시조집 《투승점을 찍다》 등 3권.
- 성파시조문학상 등 수상

# 사물놀이

꽹과리
작아도 무리지면 폭우처럼 무서운 것
기다리던 세월만 혼자 저만치 갔다 해도
한평생
버릴 수 없는 희망
두드리고 두드려라

징
가슴엔 끓는 쇳물 아직도 뜨거운 피
잔등에 패어진 골 강산의 맥(脈)을 돌아
한 마디
진실한 말 듣고 싶다
목 놓아 울리거라

북
너 하나 얻기 위해 생명의 피를 흘려
비나리* 한마당에 신문고를 두드린다
그 소리
하늘과 땅을 잇는
가슴을 열고 있다

장구
한반도 백성이면 만들고 싶을 거다
동여맨 허리 자꾸 아파 만들밖에 없을 거다
두고 온
아리랑 가락
잊을 수가 없어서

*비나리 : 굿판에서 행복을 기원하는 덕담

김에순
• 『기독교아동문학』 동화 당선. 『아동문학평론』 동시 당선.
• 창작동화집 《하얀나비의 노래》.
• 세계문학상 동시 대상.

# 시계

동그란 시계도 있고
네모난 시계도 있지만
동그란 시계도 오른쪽으로
네모난 시계도 오른쪽으로

다른 생각 서로 다른 목소리로
사람들은 지난 일을 놓고 다투지만
추운 나라 시계도 오른쪽으로
더운 나라 시계도 오른쪽으로

저 38선 너머 북한의 시계도 오른쪽으로
오른쪽으로 오른쪽으로
한결같이 똑깍똑깍 전진하지요

날이면 날마다 시계를 보고
시간에 맞추어 살아가는 사람들
무거운 총 다 그만 내버리고

우리들도 시계처럼, 한 마음 한 목소리
오른쪽으로 오른쪽으로
발맞추어 또깍또깍 전진할 순 없을까요

**김영만(金永萬)** _ 법명: 보강(甫剛), 아호: 청공(靑空)
- 『한국불교문학』 신인상 당선.
- 한국문인협회 회원, 한국불교문인협회 부회장.
- 서울메트로법우회 제8대 회장

# 만해심우장(卍海尋牛莊)

청공심계침묵해(靑空心界沈默海)
푸른 하늘마음 세계 침묵의 바다이고

삼세불인평등심(三世佛印平等心)
삼세 부처 펼치신 뜻은 평등심 마음이네

통일문학백련화(統一文學白蓮花)
통일문학행사 연꽃 중의 백련이고

무상대도심우장(無上大道尋牛莊)
위 없는 법의 세계 마음 찾는 심우장이네

불교유신개혁론(佛敎維新改革論)
불교를 새롭게 하고자 개혁을 논하시고

불교청회지만당(佛敎靑會之卍黨)
불교청년모임 위해 만당을 결성하셨네

만해경지무아경(卍海境地無我境)
만해선사 깊은 경지 둘이 없는 무아세계

만해정신심우장(卍海精神尋牛莊)
만해선사 정신세계 마음 찾는 심우장이네

**김용기**(金龍起)
- 『한국불교문학』 신인상 당선
- 대구은행 부행장 역임
- 21세기생활문학인협회 회원, 한국불교문인협회 회원


## 너와 나의 동행

가게 되어 내가 가니
가는 내가 따로 있어 가는 것이 아니고
가게 되어 네가 가니
가는 네가 따로 있어 가는 것이 아닌데

너와 내가 만나 함께 가니
내가 없으면 만나지 못하고
네가 없으면 만나지 못하니
내가 없으면 네가 없고
네가 없으면 내가 없어

너와 나의 동행은 우연의 필연일지라도
동행이 너와 나를 있게 하니

가는 속에
나는 너로 하여 있어 가고
너는 나로 하여 있어 가니

너와 나의 나툼과 바탕이 따로 하지 않고
동체대비(同體大悲), 동행으로 흐른다

(참고)
1. 去者則不去 不去者不去 無第三去者, 此有則彼有 此無則彼無. -〈龍樹〉의 〈中論〉-
2. 實存主義에서는 實存이 本質을 先行하며 동행하지 않는다. 다만 神에 있어서만이 실존과 본질이 구별되지 않는다. 불교의 緣起法은 無神論的汎神論의 입장임. 존재의 본질은 상대성.

김용재(金容材) _ 아호 창운(蒼云).
• 월간『시문학』으로 데뷔(1974~1975).
• 국제계관시인연합(UPLI) 한국회장, 한국문학시대 명예회장.
• 시집《겨울산책》(1976) 외 10권, 기타 영문시집 등 다수.

# 잡을 수 없는 간격의 길을 가면서

핵(核)이 승리의 상징으로 군림하여
가난의 허리를 펼친 듯할까마는
아니다, 아니다, 그게 아니다
고독한 반역의 패배로 내달려
당신은 망각의 눈을 뜨지 못할 것이고
대지는 피눈물의 개천을 이룰 것이다
말풍선은 대침을 찔러 터뜨리고
말폭탄은 망치질로 박살을 내라
아픔으로 깨어있는 이성(理性)의 골고다
한 마리 양(羊)으로 달려가 무릎을 꿇고
소리칠지어다, 평화의 땅 평화의 나라를.
그리고 그 가능의 틈을 찾아 쐐기를 박고
개꿈도, 헛된 망상도 모두
두들겨 쪼개고 부수고 분쇄하여
의미가 살고 역사가 꽃피는
바다의 새벽 가슴을 펼칠 일이다
그래 우리 평화 찾아 살자
그래 우리 자유 기려 살자
그래 우리 정의 세워 살자
그래 우리 민주 깨워 살자

분열이 적일 때 또 물리치고
도발이 앞에 설 때 또 응징하라
손잡을 수 없는 간격의 길을 가면서
어찌 동행의 시간을 기다릴까,
이제는 그 막막함을 후리고
뛰어서 밝음을 찾는
힘이여, 지혜여, 솟아라
저 깃대처럼 솟아라
여기는 대한민국 통일전망대
우리는 기려 염원의 목을 내민다.

김윤한 _ k8211594@hanmail.net
• 1984년 『시로』를 통해 작품 활동, 1995년 『자유문학』 등단.
• 시집 《세느강 시대》, 《무용총 벽화를 보며》 외.
• 2011년 제11회 자유문학상 외.

# 잠자리 편대

잠자리 몇 마리
편대를 만들어 이륙을 했다
하늘 높이 선회를 하고는
아득한 시간 속으로 이내 사라졌다

하늘 저편에서 전투기 편대가 나타났다
떨어지는 폭탄에 모든 것이 차별 없이 부서졌다
후폭풍에 초가지붕이 날아갔다
주인 잃은 팔과 다리가 길가에 떨어졌다
살점이 떨어져 나간 소가 뒹굴고 있었다
죽은 소녀의 머리칼이 지직거리며 불타고 있었다
움직이면 죽는다, 도랑에 거꾸로 머리 처박고 숨죽이며 있었지만
기총소사, 하늘에서 쏘아대는 기관총은 피할 수가 없었다
남북, 노소, 남녀, 사상 따위는 아무런 참고가 되지 않았고
목숨 있는 것들은 모두 쓰러졌다
임무를 마친 편대, 하늘을 선회하고는
시간의 언덕을 넘어 작은 점이 되어 사라졌다

다시 날아온 잠자리 편대, 마침내
휴전선 비무장지대
지뢰밭 위에 무사히 착륙을 했다
날개가 노을빛에 붉게 젖어 있었다

김의식

• 1990년 『월간문학』 등단.
• 시조. 의상작가


# 무지개 빛이어라

– 광복 70여 년

소낙비 내려 구름 머문 자리 쌍무지개 떠오르는 황홀한 빛 고와라
눈 감아 고요히 침묵 흐르면 내 가슴 맥박소리
다시 눈 뜨면 사라져간 휑한 공간에 아련한 기억 저편
내 유년의 언덕은 무슨 색이었을까?

몰라라. 나 너무 어려 초롱한 눈빛 너무 맑아 볼 수 없고
겹쳐진 세월 층 광복 70여년

눈가엔 희미한 안개 서려 가물대고
귓가엔 뜬금없는 헛바람소리
아버지!
노랗게 절여진 사진 한 장. 광복 70여년

시간은 제 자리 지키지 못하고 지나버린 숱한 날들의 아쉬움
생시의 아버지 모습 모르고 한 번도 볼 수 없었던 이름 석 자 金鐘萬
아예 아버지란 없는 줄 알았습니다
꿈에서라도 단 한 번 뵙고 싶습니다

그 역사의 굴레 속에 주름진 백발의 노인들

흐릿한 눈빛으로 서로를 확인하고 보듬고 안아주는 피붙이들
그 사람들 울고 통곡하고 기뻐하다 눈물짓고
멍한 가슴 나 타인 되어 너무 부럽고 절실하여 돌이켜 본다

그럼 나는 어디에서 왔으며 나의 부리는 과연 있는 것인지 없는 것인지
방랑의 바람결에 튕겨 나온 집시의 후예처럼
나라도 피붙이도 하나 없는 홀대 맞는 한 시대의 사생아인가

원한의 38선아 통한의 벽이여
인연이란 무엇인가 한 세상 있는 듯 없는 듯 흔적 없이 감춰진 역사 속에
바람 따라 떠돌다 빗물로 넘쳐흘러 이 땅 위에 어딘가 흡수되고
38선 가로 막히니
"못 다한 일 정리하고 곧 뒤따라가마"
한 마디의 여운만 남겨지고 건너 뛴 세월 광복 70년

원한의 38선은 녹슬어 삭아 내려도 가로막힌 철조망은 제자리 그대로
소식 없이 돌아오지 못한 아버지 지금 어느 하늘 어디쯤
그 젊음 정지된 채 오랜 침묵 때때로 천둥번개 벼락 치다
날빛 맑으면 사계절 이 강산 푸른 숲 들꽃으로 피어날까?

아무도 찾지 않고 찾을 수 없어 혼(魂)이라도
수호신 되어 남과 북 넘나들며 살피소서

김정희

• 1975년『시조문학』으로 등단.
• 시조집《물 위에 뜬 판화》,《모국어》등 12권.
• 수필집《차 한 잔의 명상》등 3권. 현) 한국시조문학관 관장.


# 개구리, 자진모리

풀숲에 소리꾼이 밤이면 여는 굿판
어여쁜 목숨들이 제 목청 틔우면서
징소리 북소리 없어도
왁자지껄 자진모리.

몸에 지닌 성낭(聲囊)은 살아 있다는 표적(表迹)
노랫말 다듬느라 뜸 들이고 밤 지새우며
개구리, 무당개구리
득음 위해 목숨 건다.

겨레가 예순 해를 눈 부라리던 역사 앞에
앞뜰에서 소리치면 뒤뜰에서 화답(和答)하듯
남녘과 북녘 개구리
쾌지나 칭칭했으면!

김종상 _ jongsang-gim@hanmail.net
• 1959년 민경친선 『신춘문예』에 詩,《새벗》 현상공모에 童詩 입상.
• 1960년 「서울신문」 신춘문예 童詩 〈산 위에서 보면〉 당선.
• 한국시사랑회 회장, 한국아동문학가협회 회장, 국제펜 부이사장 지냄.

# 하나로 살자

쇠밧줄로 막아놓은 창칼의 높은 장벽
그 밑에 엎드려서 노려보는 살인병기
그들이 무엇이라고 남과 북을 가르나

한배검님 단군왕검 다 같은 뿌리에서
동해물과 백두산을 함께 해온 우리인데
어째서 등을 돌렸나 금수산하 백의민족

기다림이 병이 되어 피골은 상접하고
무너진 가슴에는 마귀들이 깃드는데
이대로 살아갈 수는 없는 일이 아닌가

한라산 백록담과 백두의 천지 물은
한 바다로 흘러들어 손을 잡고 있단다
우리도 그렇게 만나 뭉쳐서 함께 살자.

**김형식** _ 필명 인묵(印默)
• 『불교문학』 시부문 등단.
• 시집 《그림자 하늘을 품다》, 《오계의 대화》, 《광화문 솟대》 외.
• 고흥문학회 초대회장, 한하운문학 편집주간.

# 씻김굿

- 조국, 통일로 나아가자, 6월의 영령(英靈)들께 바침

(나무야 나무야/ 나무 나무 나무야/ 나무불이나 길이나 닦세)

말짱 좋은 달
6.25 그날이 오면
팔도강산이 신열이 나
서럽고 애달픈 달이 구름 속에 뜨네

전란의 슬픈 악몽 안고 떠나지 못한 넋이여 피아골에 주인 잃은 녹슨 철모는 삭아 가는데 부모형제 처자식 잊지 못해 떠나지 못 하는가 이제는 떠나야지
오늘 밤 굿판 벌려 매듭 풀어 천도코자 하니 훠이 훠이 훠어이 떠나가시게나
(나무야 나무야/ 나무 나무 나무야/ 나무불이나 길이나 닦세)

불쌍타 불쌍해 6월의 영령들이여
(춘일은 원약하고/ 하월은 동령한데/ 청림녹엽이 만발하니/ 정처 찾아 쉬어를 가시오/ 나무야 나무야/ 나무불이나 길이나 닦세)

조정래는 태백산맥에 그 슬픔 모다 담아 소지했건만 그것으로도

부족해서 떠나지 못하는가
(나무야 나무야/ 나무불이나 길이나 닦세/ 한고부 가시다가/ 백노 홍강 녹수일랑/ 원앙 한 쌍이 있었거든/ 새왕길이나 물어서 가소)

바람아 텃바람아
안개향불 피워 올려 진혼곡이나 불러보소 전쟁터, 이 땅 지키다가 객사한 원혼들이여 어서들 오게 어서 오소 (우리나라 이씨 왕은 춘추명절 달랬어도/ 염라대왕을 못 달래고/ 화타와 편작인 약이 없어 죽었으며/ 공자씨 맹자씨는 글을 몰라 죽었던가)

산딸기나무 하이얀 꽃아 넘실넘실 나빌러라
(어와 청춘 소년들아 홍안을 자랑 마소/ 어제 청춘 오늘 백발 그 아니 가련한가)

4.27판문점 선언
등 돌린 남과 북이 하나로, 통일로 가자 하네
(당대에 일등 미색 곱다고 빼기지 말게/ 서산에 지는 해는 누기라서 금지하며/ 창해유수 흐르는 물/ 다시 보기 어려울세)

6.12 싱가포르 북미선언
냉전 끝낸 평화의 메시지
(불쌍하신 망제씨/ 아차 한 번 가게 되면/ 백골난망 넋이 되야/ 혼자 슬피 울음 울면/ 그도조차 서러울제)

쑥꾹새 꾓꾹 꾓꾹 뻐꾹채로 울어
그것도 70년을 산을 넘고 이어 넘어 꾓덩어리로 울었던가
(일신봉천 제불제천/ 상수설법 도제 중에/ 백마나 권속 거느리고/ 명이나 명수 앞세우소/ 평등지옥을 면하소사/ 사제왕은 제사 오관

대왕)

훠이훠이 훠어이 나빌러서
평화와 번영으로 나아가자
이제 모두 다 잊어버리고 극락정토로 어서 떠나시게
(일신봉천제불/ 상수설법 도제 중에/ 태산지속을 면하소사/ 불쌍하신 6월 망자/ 이차지 천근을 여웁시다/ 일원에 천근 월월에 천근/ 야호문전에 득수지라/ 천근이야 천근이야)

훠이훠이 훠어이~
통일로 나아가자

*채정례의 진도씻김굿 사설,
길닦음. 넋올리기. 희설에 운을 맞추다
*채정례(1925~ ) : 무녀. 진도 씻김굿 무형문화재 제72호
진도의 마지막 당골.

**김화순**
- 2013년 『다온문예』 등단(시부문).
- 2015년 시집 《명주실 타래》 출간.
- 2015년 청계문학상 수상(시부문).

# 임진각 기적소리

임진각 팔각정에 들어서니
녹슬고 부서진 낡은 기차가
강 건너 북녘을 향해 외치는
확성기의 목쉰 기적소리

끊어진 다리를 바라보며
달려가고 싶은 간절한 마음
나무와 울타리에 걸려 있는
한과 원이 담긴 쪽지편지

가고파도 갈 수 없는 땅
외쳐도 대답 없는 형제들
누가 이렇게 갈라놓았던가

손을 뻗치면 잡힐 것만 같은
저기도 우리 땅 우리 하늘인데
통일이여 어서 한 마음 되어
저 강을 넘나들게 하소서.

**노유섭** _ nysh21@hanmail.net
- 『한글문학』 신인상 등단
- 시집 《원으로 가는 길》, 《햇빛 피리소리에 어깨 걸고》 외 7권.
- 우리문학상, 한국현대시인상, 계간문예문학상 수상.

# 디엠지(DMZ) 평화의 나라

디엠지가 바로 여긴데
디엠지 평화의 땅이 바로 여긴데
온갖 꽃과 나무, 새와 곤충이 어우러진
디엠지를 펼치고 펼쳐
백두에 이르도록 한라에 이르도록
펼치고 펼쳐
한겨레 한민족끼리
총도 미사일도 겨누지 않는
디엠지 평화의 나라는 언제 오려나
디엠지가 바로 여긴데
디엠지 평화의 땅이 바로 여긴데
온갖 꽃과 나무, 새와 곤충, 물고기와 산짐승이
더불어 사계절 만들어가는
선하고 아름다운 나라 코리아
대대손손 영광의 빛으로 이어갈 그날은 언제런가
디엠지가 바로 여긴데
한라에 이르도록 백두에 이르도록
디엠지 평화의 나라
동과 서, 남과 북이 하나 되어 살아가는 그날은
또 다른 그 아름다운 날은 언제나 오려나

**도종환**
• 1985년 동인지『분단시대』에 작품 발표하며 문단에 등단.
• 시집《고두미 마을에서》(1985),《접시꽃 당신》(1986) 외.
• 신동엽창작상, 정지용문학상, 윤동주상 문학부문 대상 외.

## 남북정상회담을 위해 기도하며

– 먼 곳의 벗에게 쓰는 편지

벗이여 우리 만나 이런 것을 서로 자랑하면 어떨까
그대와 우리 중 누가 더 많이 서로를 사랑했는지
그대들과 우리 중 누가 더 서로를 그리워했는지
먼 곳의 벗이여 그대들과 우리가 만나
이제는 누가 더 총칼을 많이 쌓아두었는지 자랑하지 말고
누가 더 이 땅의 하나 됨을 간절히 소망했는지
누가 더 한 나라 한 겨레 되기를 진심으로 바랐었는지
벗이여 그런 마음을 서로 털어놓는다면 어떨까

이제는 누구의 곳간이 더 넉넉한가 견주지 말고
어떻게 서로 나누며 사람답게 살 수 있는지 밤새워 의논하고
서로를 쓰러뜨리던 기억보다는 서로를 부축해 세울 수 있는 마음을
누가 더 똑똑했던가를 겨루기보다는 누가 더 많이 부끄러웠던가를
터놓고 다독이며 새도록 밤을 밝힐 순 없을까
그대들과 우리 포연 자욱히 묻었던 옛날 옷 벗어 묻고
보통강 물줄기에 빨아 헹군 그대들 옷과
북한강 상류에서 빨아 입은 우리 새옷을 입고
누가 더 전생을 미워했는가를 이야기하는 일은 어떨까

벗이여 이 땅의 구석구석 아직도 아물지 않은 상처들을
우리 함께 찾아나서 삽질해 묻으면서
삼천리를 우리의 새로운 땀으로 적시면 어떨까
우리가 못다 했던 사랑 능금빛 얼굴 우리 착한 아들딸들에게 주어
그대들의 아들과 우리의 딸들이 서로 사랑하게 하면 어떨까
벗이여 그렇게 우리가 화해와 축복의 잔치마당에서
서로 어깨동무를 하고 춤추며 만나는 일은 또 어떨까
아직도 만날 수 없는 먼 곳의 벗이여
이제 다시는 싸움으로 만나지 말고 화해와 용서로 만날 순 없을까

진정으로 사람답게 사는 세상을 만들기 위해
서로 머리를 맞대고 고민하는 마음과 마음으로 만날 순 없을까
내가 먼저 거짓을 버리고 네가 더 너그러워져서
압록강 낙동강 물이 큰 바다에서 만나듯 섞이며 만날 순 없을까
목이 타듯 그리운 사람들이여 목마르게 애타는 산하여 사랑이여

동시영 _ SIYOUNG.DOUNG@Gmail.com
• 2003년 계간『다층』으로 등단.
• 시집《미래 사냥》외 5권.
• 2004년 설송문학상, 2010년 박화목문학상 외.

## 미래는 달콤한 시간의 아이

평화에 분단의 선을 긋지 말아라
이 땅을 피 뿌려 지킨 선조들의 무덤이
부서진 악기처럼 슬픔에 떨고 있다
우리의 끓는 피는 평화의 혈관을 흐르고 싶다
평화거나 자유거나 그걸 묶을 쇠사슬은 어디에도 없다

지금도
한 번의 목숨을 타고
이 땅으로 날아드는 우리들의 천사
아들딸이 있다

별은 어둠을 입고 빛난다
겨레여 이젠
슬픔에 쓴 시간을 찾자
자유를 방향으로 우리의 구속을 해방하자
지금을 지금 하지 못하면
내일도 내일 하지 못한다
전쟁을 잡초처럼 뽑아낸 거기
곡식들이 평화를 심게 하자
멈추지 않는 바람은 없다
슬픔도 그렇다
미래는 달콤한 시간의 아이

**류각현** _ ryugh4412@hanmail.net

- 『월간문학』『한국시』 등에 시, 시조, 동시, 동시조, 민조시, 수필 등단.
- 저서《행복한 인연》외 14권.
- 황산시조문학상, 강원문화예술상, 시조발전공로상, 강원문학작가상 등.

# 비행운, 너였으면

하늘을 가로질러
그어진 저 비행운

점차로 흐려졌다
서서히 없어지듯

휴전선
녹슨 철조망
너였으면 좋겠다.

## 류준식

- 초등교장 퇴임(황조근정훈장).
- 매월당문학상 외 5개 문학상 수상.
- 시조집《바벨탑을 쌓는 자여》외 12권. 시집《고향은 부른다》. 수필집《아리의 눈물》.

# 만남

(1)
이념이 뭐란가요 눈물보다 중한가요
사상은 또 뭐란가요 피보다도 진한가요
그런 거 없는 세상에 우리 살면 안 되나요

산새야 너는 아니 그리움이 무엇인지
모르면 어서 물으렴 아픔이 무엇인지
그런 거 알면 뭘 해요 괜히 속상하잖아요

체제란 뭐란가요 좌우는 또 뭐란가요
차진 속 빼내뽀고 망칠(望七)에도 꼭두살이
이대로 화석이 되자 봄꿈이 아닐 바엔

(2)
철벽인들 막겠는가 날선 칼로 자르겠나
쇠줄보다 질긴 탯줄 눈비야 울어 가든
죽어도 가서 죽겠다 달려가는 저 행렬

반나절도 남아 돈 길 돌고 돈 무심세월
숯덩이 검다 말고 희어지게 닦아보세

밤마다 그려본 하늘 명경같이 맑도록

(3)
잘린 자리 끼워놓고 맞다맞어 맞다맞어
한 꼭지 돌려 물던 너와 나 긴 거 맞지
복사꽃 벌겋던 마을 어깨 너머 보인다

맑은 피 수혈하고 막힌 동맥 뚫어내자
이식인들 왜 못 하리 악성종양 도려내자
퀄퀄퀄 계곡물소리 백두대간 적신다

**마종옥** _ mjo58119@hanmail.net

• 2009년 『한맥문학』 신인상.
• 시집 《젓두리》(상상미디어, 2011년)
• (주)대우조선해양 문학상. 농촌문학상. 한국불교문학 문학상 등.

# 통일씨

굵직한 대화를 거머쥔 대한의 최강자라 부르렵니다

둥그런 테이블 앞에 앉아 야무진 말로
속삭이고 다독이고 쓰다듬어 평화의 통일씨를 만들고 싶습니다
새소리 자유로이 경계를 넘고 강물의 물줄기는 회오리를 칩니다

통일씨
호랑이 등살 무늬 지도 속에 이어지는 태백산맥 사이마다
둥글둥글 떠다니는 시간들의 안안한 분위기를 어찌하렵니까
당신을 높이 사렵니다

당신과 하나가 되는 그 날까지
떠나버린 님 그리듯
예를 다지듯
당신의 이름을 통통하게 여물게 하여 당신의 도시를 만들고 싶습니다
동그란 찻잔에 미량의 녹차 부스러기를 띄우며 당신을 그리워합니다

파란 하늘과 푸른 바다
산천초목마저도 그어진 선을 허물고 있습니다
통일씨,

**맹기영**

• 한국문인협회 회원. 국제PEN 한국본부 회원.
• 시집, 수필집, 소설집 다수

# 그날이 오면

그날이 오면
더덩실 어깨춤에
탁 트인 가슴에
손에 손잡고
꼬부랑 할머니도
코흘리개 꼬마도
무궁화 물결에
북에서 남으로
남에서 북으로
둥실 둥실 두둥실
우리는 한겨레
영원토록 하나
지난 시절 날리고
맺힌 것 털어내며
미래는 한반도
어허라 두둥실
세계를 품으며
평화를 위하여
삼천리 금수강산
만만세.

**박만진**_ manjini47@hanmail.net
- 1987년 『심상』 신인상 등단.
- 시집 《접목을 생각하며》 외, 시선집 《개울과 강과 바다》.
- 충남문학대상, 충청남도문화상, 충남시인협회상 본상 수상.

# 우리나라 지도

1
책상 서랍 속에 오래도록 간직해 온
그림 복사본 한 장,
호랑이 모양을 닮았다고 하고
토끼 모양을 닮았다고도 하는
대한민국 지도에 무용수를 그려놓고는
조국은 하나의 몸이라 쓰고
2002년 8월 15일
평양 손님 대표 김동환이라 서명도 했네

2
비무장을 지키기 위해 무장을 한
남과 북의 현실이 안타깝기 그지없네
38선은 우리나라 허리,
나라의 허리가 아프니
우리 허리가 아플 수밖에
너나없이 자주 허리가 아픈 까닭은
녹슨 가시철조망,
바로 그 동티 때문이 아니겠는가

박상문
• 『시조문학』 2회 추천.
• 시집 《심우송》, 《생명의 마중물 인도 불교기행》 외 7권.

# 민족의 생명수

백두산 밑뿌리가
바닷물에 잠기어서
숨통구로 통하여져
천지(天池) 물로
콸콸 솟아
억겁 년
쉼 없이 용출
만민족의 생명수네.

**박순자**
- 수필집《목련꽃 필 무렵》. 시조집《가난도 사랑을 품는다》외 시집 다수.
- 한국문인협회 회원.
- '한국시' 수필대상. '한국육필문학' 단테문학 대상.

# 하나라는 말 어렵네요

창공에 구름나들이 공유하고는
햇살 쏟아내는 대지를 오고갔던
그 시절 그 시간들 가물가물 헤집는다

두 곳의 철책 안 초록의 땅 생명들
자유롭게 가족처럼 뛰어놀고 있는 곳
세월은 짙어가는 백발을 재촉하고 있다

어느 날 철조망 걷어낸 길 따라서
관광버스 차창 밖 벙어리 손짓으로
고향땅 흙냄새 저 폭포 물맛을 느꼈다

지금도 쉼 없이 남으로 흐르는 물결
그 틈새로 전해 오는 계절의 바람인데
되새긴 그리움의 빗장은 언제 열릴까

**박영원** _ parkyw100@hanmail.net
• 1965년 『전우신문』 현상모집 시 당선으로 작품활동 시작.
• 1992년 시집 《사모곡》으로 등단.
• 시집 《사모곡》 외 6권.

# 백조의 꿈

– 이데올로기 · 5

조롱 속 빨간 새와
들녘의 파랑새가
입맞춤하면
무슨 새가 잉태될까?

하늘과 땅,
마주한 눈빛만으로도
우주의 신비를 잉태하듯,

파랑새 빨강새가
얼싸 가슴을 보듬으면,
박달나무 드리운
아사달 호수엔
오순도순 백조의 꿈
무지개가 뜨련만.

**박영춘** _ byh665@hanmail.net
- 『창조문학』 신인상 당선
- 시집 《들소의 노래》《패랭이 꽃》《아스팔트 위에 핀 꽃》 외
- 한국공무원문학 옥로문학상. 한국창조문학대상 외.

# 이별

잠시 떠나는
잠시 피하는
잠깐의 헤어짐으로만 알았지
영영 이별이 될 줄은 정말 몰랐습니다
핏덩어리의 가슴에 흐르는 피눈물
그해 놓친 엄마아빠 손 찾아 삼만리
들에 산에 강물에 흘렸건만
환갑 넘어 칠순이 넘도록
아직도 못 만난 부모형제 처자식
그냥 이렇게 영영
이별이 될 줄은 정말 꿈에도 몰랐습니다
피비린내가 가신 줄 알았는데
아직도 총칼은 피붙이를 겨냥한 채
꼭두각시는 망나니가 되었습니다
마냥 즐겁기만 하던 고향산천
이제 정말 가지 못하는가 싶어
이제 정말 영영
이별이 되고 마는가 싶어
서리움이 북받쳐 오릅니다
살아서는 못 가고 죽어서야 가는 고향

아버지는 끝내 유명을 달리 하고서야
고향에 들르셨나 봅니다
배부름 찾아 따뜻함 찾아
핏덩이를 이끌고
푸른 초원 밭뙈기를 찾아다니다
끝내는 타향에 묻히신 아버지
영영 고향에 가시지 못하고
고향과 이별을 하고 말았습니다
피붙이들과 사별을 하고 말았습니다
고향과의 이별 아버지와의 사별
이렇게 빨리 올 줄은 정말 생각도 못했습니다
이별은 슬픕니다
또 맞이하지 않으면 아니 되는
아름다운 이 세상과의 이별
오랜 세월일 줄 알지만
이 또한 잠시이겠지요
고향과의 이별 아버지와의 사별 정말 몰랐습니다
헤어짐이 이렇게 뼈저린 아픔일 줄 정말 몰랐습니다.

**박용진**

• 『아람문학』 등단.

• 『미소문학』, 『문학광장』 신인상.


# 노병의 마스크

환절기가 왔다
꽃가루가 있든 없든 고운 땅에
후각 세포는 예민해진다
인플루엔자, 바이러스, 이산화탄소
내벽에 막힌 불평의 성대
습도 가득 세균이 늘고
분해되는 신체 같은
끊어진 침묵과 핏빛 마스크
병사의 나팔소리가
귓전에 생생하다
DMZ
냉정한 기온 차이만큼
저 세계도 욕을 할까
노을은 잉걸로 깊어지는데.

**박정숙**
- 1974년 「매일신문」 및 「한국일보」 신춘문예 시조 당선.
- 작품집 《하얀 무지개》 외.
- 1976년 『여성중앙』 여류문학상 수상.

## 한탄강 비원(悲願)

1.
시원(始原)의 숲을 돌아
역사의 길을 깎는

살 아픈 벼랑마다
몸으로 푼 긴 이야기

얼룩진
핏빛을 묶어
울먹이는 놀이여.

2.
꽃잎 진 그 목숨을
물결 위로 더듬으면

저 하늘 닫힌 벽(壁)이
파도처럼 일렁이며

철모(鐵帽)에
메아리지는

못다 부른 이 악장(樂章)

3.
아직도 귀 기울면
모음(母音)은 뜨거운데

녹슨 심층 밑바닥에
과녁처럼 죄는 눈길

굽이친
일월(日月)의 늪에
별빛처럼 떨린다.

4.
금간 아픔 속에
남과 북을 마주잡고

언젠가 그날 바라
열고 선 이 가슴에

홍건히
고이는 무늬
자유 그리고 통일이어.

박종규 _ zzizl@hanmail.net.
• 한국소설가협회, 한국문인협회 회원. 국제펜클럽 회원.
• 장편소설 《주앙마잘》, 《파란비》, 소설집 《그날》
• 수필집 《바다칸타타》, 《꽃섬》.

# 나는 압록, 강이로소이다

낮은 곳으로 낮은 곳으로 나는 흐른다
해거름 수평선에 까치놀 지도록
흐르고 흐름은 내 숙명이다.

흐르는 것에는 궤적이 있다
역사는 시간의 궤적이나 내게는 궤적이 없다
나는 모든 것을 품어서 흘려 보낼 뿐

오래 전, 나는 백두 서남쪽 기슭에서 태어나
온갖 생물을 품으며 나를 정화해 왔다
오로지 하나, 수평을 이루려 내달리는 나는
천길 물떠러지도 겁내지 않았다

수평은 모자람을 채움이다
슬픔을 기쁨으로, 풍요와 부족함의 높낮이를
고루 맞추는 것이다
수평은 내 존재 이유다.

다툼은 오히려 인간들에게서 왔다
늘 그들 다툼의 경계에 선 나는

한반도, 중국, 만주의 요충지였고
러일전쟁, 한국전쟁 때는
수많은 병사의 추깃물로 넘쳐났다

하늘은 노기를 뿜어 천둥 번개로 나를 키우고,
진노의 물동이를 땅 위에 쏟게 하나
이 또한 수평을 이루기 위함이라.

그런데, 벌거숭이산 뙈기밭 언저리에서
내 거센 흐름마저 거슬러 올라 가슴 에이게 하는
이 소린 무언가?

통곡, 통곡, 통곡….
그리고 웃음소리….
내 언제부터 풍요와 빈곤을 갈라 흘렀나
반세기를 늦추어 살아가는 원시 마을 사람들
그들 뿌리는 눈물의 의미는 무엇인가

물 울타리 건너편 불빛 찬란한데
밤을 밝히지 않는 어둠의 촌락들….
저녁이 되어도 굴뚝에 연기가 없는
파란 하늘 아래 잿빛 마을 사람들!

끝없는 굶주림과 노역,
아이들의 잃어버린 표정까지도
일족의 안위를 담보로 삶이 억류당하는
아, 어이할까나 이 희대의 비극을!

사람들이 굶어 죽어 나간다
건너편에는 흰 밥에 고기 있어
굶어 죽느니 그 목숨 걸어, 나를 건너고 또 건넌다
그래 차라리, 차라리 내 배를 밟고 건너라!

탕 탕 탕!
오! 비명도 못 지르고 붉은 상처로 가라앉아
내 가슴에 안겨들며 생사를 묻고, 또 묻는다
그래, 나는 어쩌란 말인가, 내가 어쩌란 말이냐?

나는 안다
물살에 섞여드는 이 소리도
내 흐름 거슬리지 못하고 유유히 흘러가
결국은 숨은 여로 수장되고 말 것임을!

이제까지는 없었던 시간이 내게 머물고 있다
비로소 나도 하나의 궤적을 가지는 것이다

흐르는 것을 거스르지 마라
흐르는 것은 흐르게 하라
먼 훗날 이 모든 아픔 하늘바라기 되더라도
그 깊은 궤적 수평으로 메울 수 있으리니.

**박중선** _ 아호 혜산.
• 계간지 『시와 수필』 신인상 당선 등단.
• 시집 《봄, 여름, 가을, 겨울 그리고 일상》 외.
• 한국불교문학 작가상, 망운문학상 수상.

# 통일항아리

1.
좀도리 부엌 놓고
끼마다 한 줌 한 줌

소중한 살림살이
조상께 물려받아

염원인 통일항아리
가득 채워 이루세

2.
한 줌 쌀 채곡채곡
어려울 때 꺼내려

가정의 보물창고
조금씩 모아두고

든든한 생활의 지혜
두고두고 나누리

3.
헐벗은 북한 동포
언제쯤 햇볕 볼까

굶주린 우리 동포
우리 땅 우리 반도

태극기 펄럭이는 곳
우리 반도 한 겨레

4.
한 핏줄 우리 겨레
언제쯤 함께 할까

한 민족 한 겨레로
살고픈 우리 염원

언제나 이루어질까
우리 소원 그 염원

5.
조상의 복된 지혜
이어온 우리 후손

항아리 마련하여
언젠가 닥칠 큰일

소중한 통일항아리
평화통일 밑거름

**백덕순**

- 계간『문예작가』신인상 당선 등단.
- 시집《꽃지의 연인》공동작품집《시인부락》외 다수.
- 한국문협 서울시문학상. 제1회 북한인권문학상 수상.

# 압록강에서

밀가루 개떡이 먹고 싶어
죽음의 제한선을 넘어
자유와 평화를 찾아온 탈북자는

환상의 남쪽 나라에
꿈에 그리던 둥지를 틀고
악몽에서 벗어나려 애를 쓰지만

굶주림과 전쟁의 공포에서 떨고 있는
북한에 두고 온 부모 형제 모셔다가
다 같이 한 번 살아보는 일이 마지막 소원이라

전 재산을 털어 북한에서 탈출시켜
이제는 만나보세 그 날만 기다리는데
북한에서는 남한으로 떠났다 하고
압록강을 건넜는지 소식을 모른다 하네

너는 아느냐 압록강아
무너지는 탈북자의 심정을
그리운 부모 형제 어디로 갔다더냐
말해다오 한강에서 만날까
소식 좀 전해주게 말 좀 해다오.

**백리디아**

• 2003년『시조월드』신인상. 2004년『월간문학』동시 당선.
• 동시집《가을에 온 엽서》외 4권.
• 시조집《단비 한 줌 내리네》외 1권.

# 통일이 되면

뭐부터 할까?
기차를 타고 신의주까지
막 달려 볼까?
아님
뛰어서 휴전선을
후딱
마음 놓고 넘어 볼까?

아니야!
아니야!

북녘에 있는
나 또래 아이의
손부터 덥석 잡아야지
그리고
마음껏 안아줄 거야!

너무 오래
널 보기 위해 기다렸다고……

**송봉현**

- 한국문인협회 이사, 국제펜 한국본부 이사.
- 시집 5권, 수필집 2권.
- 제8회 한국문학백년상, 허균문학상. 홍조근정훈장 수훈 등.

# 낙원 세우기

우리를 뒤덮은 머흔 구름 분열 속에서
한 번쯤 빠져나와 깨인 가슴으로 돌아봐야겠네.

큰 재앙에 갇힌 지 얼마인가
생각 깊을수록 한숨 커지네
정녕, 본질 본 형상 아닐 것 같은
편 가르며 갈갈 찢겨 골병든 몸
주검 되어 떠내려가는 이념의 강 외면한 채
붙잡고 부추기는 불질 참회하고
싸움보다 센 사랑으로 아우러야겠네

이 땅 뉘라 얽히고설킨 핏줄 아니랴
이 강산 어디라 아늑한 삶터 아니랴
나보다는 너보다는 모두를 감싸는 화평 꿈 키우고
편 아니라 내몰고 몰아붙이는 앙칼짐 다듬어
맑은 심성 선한 품격으로 돌아가

아름답고 그리운 우리 강산 품어
칠전만 그루 하나 되는 푸른 숲 아래
화음(和音) 퍼지는 낙원 세워야겠네.

**송진현**

- 2002년 『현대시문학』 시로 등단.
- 한국문인협회, 부산문인협회, 부산시인협회 연제문인협회 회원.
- 시집 《가나다라마바사》 외 3권.

# 우리 올림픽

메달에 홀려 세월 버린 나 미친놈이지
메달에 열광하는 올림픽도 달친 년이고
만인도 열광하는 메달로 통일했으니
만산이 울창하게 메달묘목 나눠주고 싶다
묘목 가꾸는 손마디가 다 순국할 열사라면 4년 뒤에는
물 뿌리는 땀샘이 다 땅 적실 투사라면 8년 뒤에는
만세소리 자지라지게 통일묘목 나눠주고 싶다
은주은정 빛난 리우올림픽 너도 갈 테면 가라
더 못 미쳐 미칠 우리 올림픽은 오고

수진 _ soojin372@hanmail.net
- 『문학청춘』 등단.
- 수도사 주지

# 백두산 천지에서

낮은 구름이 머뭇거리는 백두고원
천상의 화원을 지나 도달한 천지는
또 하나의 하늘을 보듬어 키워내는
하늘나라 어머니였네
날마다 젖줄을 짜내어 가득 채워놓은
백두산 천지에
내 눈물 한 방울 보태놓고
나는 그만 울어버렸네

바람도 숨죽인 천지에서
가슴 속 깊이 아리랑이 살아 출렁이네
관자놀이 흘러내린 실핏줄이
백두대간에서 꿈틀거리네
단군이 민족의 기틀을 잡으시고
고조선을 세우신 백두의 정기(精氣),

끓어오르는 용암을 누르고
솟구쳐 발원한 물이 흐르고 흘러
둑도 없이 두 동강이로 나뉘어
열여섯 형제 봉우리들 갈라진 국경

남의 땅을 밟고 선 두 발이 아리어
백두산 영봉 장군봉을 우러러보고
하르르 가슴 시리어
나는 그만 울어버렸네

이웃한 천문봉의 촛대바위도
촛불을 치켜들고
우리의 통일을 기원해 주리니
한 핏줄이 오롯이 엉켜 붙는 그날
옷깃을 여미고 환희에 찬 눈물 한 방울
첨작(添酌) 올리려 하네

천지 속에 노니는 하늘이여!
저 높은 하늘에 가 닿아
도솔천 내원궁 문을 열고
미륵부처님을 찾아뵈옵고
우리의 소원을 빌어 보시라

베를린 장벽이 무너지고
소련이 몇 갈래로 나눠지고
체코의 벨벳혁명이
프라하의 실패한 봄을 되찾는
바츨라프 광장의
환호를 보았네

내친김에 백두에서
개마고원, 묘향산, 금강산, 지리산까지
한 걸음에 달려갈 그날이 사뭇 그리워

나는 그만 울어버렸네

자작나무 사이로 언뜻언뜻 보이는
백두의 맨 살결 어우르는
작은 꽃무리들의 군무(群舞)를 두고
오색 이파리 이별의 문턱을 서성이는
백두를 두고 가야 하다니 못내 아쉬워
나는 그만 울어버렸네

**신강우**
• 『조선문학』 시 등단.
• 시집 《항해일기》, 《안개밭》, 《외곽의 빛》.
• 열린문학상, 조선시문학상, 한국시조문학상, 대통령표창 수상.

## 위대한 약속

두 눈 감고 두 손 모아
아직도 뜨거운
죽음으로 얻은 빛의 목소리 듣는다

뜨거운 함성으로 새겨진 무수한
피의 언어들이 피운
아름다운 꽃송이를 손으로 만진다

나밖에 모르고 살아온
연약한 이파리 하나로
가을 나뭇가지에 외로이 매달려 있어도,

손짓을 향해 조금씩 나아가
쓰러진 나라를
다시 세우신 아름다운 웃음
마음을 다 열어두고 가슴으로 본다

꽃으로 핀 무수한 생명의 언어
하나씩 촛불로 밝혀
부끄러운 얼굴을 조금씩 든다
마음으로 위대한 약속을 하는 시간

## 신계전

- 『한맥문학』 신인상 등단.
- 시집 《네가 우는 이 순간만은》, 《이 세상은》, 《시련의 햇살》
- 노천명문학상, 농촌문학상, 한맥문학상, 한국문학신문 문학상 세계문학상.

# 기다림

생성과 소멸
혼탁과 청정
어둠과 빛이 함께 하는 필연

칼이 칼답게 쓰이고
물이 물답게 흘러
안개꽃 충만한 탄력의 아침
자유와 절제를
사랑할 줄 아는
넉넉한 내재(內在)의 강으로 살아
진솔한 하늘이
우리 시린 역사의 매듭을 푸는 날,
가슴에 가슴을 꿰어
격려와 용서의 행진을 서두르는
진정한 동포의 사해(四海)를 꿈꾸며
성황당 고갯길에 염원으로 묻혀
인고와 화합의
뜨거운 해후를 기대하리.

**오하룡**

- 1975년 시집《母鄕》으로 등단.
- 시집《잡초의 생각으로도》《별향》《마산에 살며》《몽상과 현실 사이》등.
- 한국현대시인상, 한국문학백년상, 한국농민문학상, 경남도문화상 등 수상.


# 북녘

날씨 쾌청해도
안개 걷히지 않는다

까치발 한다고
멀리 보이지 않는다

가슴 친다고
답답증 가시지 않는다

**오현정**(吳賢庭) _ every424@hanmail.net
• 1978년, 1989년 『현대문학』 2회 추천완료로 등단.
• 시집 《몽상가의 턱》《광교산 소나무》 외 6권.
• 애지문학상, PEN문학상, 들소리문학대상 등 수상.

# 지리산의 아들

서부전선에 고사포와 평곡사포를 쏘아대는 북쪽
그 아들은 임걸령 구름을 데려가고 싶은 게다
산새도 구름 업고 산맥 이을 기세다

6.25사변 때 툇마루에 초조한 다리를 걸치고
해질녘까지 국군인 형을 기다리다 허기를 움켜잡고 갔다던
그 남자가 까마득 오솔길 헤매다

남쪽 아내가 그리워 또 아들을 낳고
그 아들의 아들이 묻은 목함지뢰를 거두러 가는지
한 소식 전하려는 남명(南冥)선생 정기(正氣) 어린 소나무가
새벽별 품은 채 솔향을 쏟는다

나이테에 감긴 아린 바람
남에서 북으로 가는지 북쪽에서 남쪽으로 오는지
아직도 첩첩산중 지리산 이별법
숲길에선 나침반 없는 나무의 무늬다

이념이 해로 떠 열정이 달무리 지는 사이
그 남자의 아들은 사유의 숲을 낳고
어머니 다녀가신 산마루의 구절초
피보다 골 깊은 수액을 길어 올린다

우형숙
• 『한국시』 신인상 등단.
• 시집 《산안개》, 《아침 창가에서》 외.
• 한국시 대상, 복사골문학상, 숙명문학상 등 수상.

## 통일 염원

회장님
소떼 몰고
통일대교 건너실 때

반백년 흘린 눈물
옥가루 된 듯싶어

합장한
할매 손가락
파르르 떨렸었지.

임진강
누각에서
오늘도 서성거려

이도령 기다리는
춘향이 마음일까

품안의
할부지 사진도
기다림에 지쳐 운다.

**우홍순**

- 1994년 시조 전문지 『시조문학』 추천으로 등단.
- 시조집 《연하장》 외 5집 출간.
- 국민훈장 석류장. 성파시조문학상. 진주예술인상 등 수상.

## 한(恨)의 내공(內攻)

1.
우리에게 특별 메뉴 있느냐 물어오면
천여 년 울며 먹던 겨자별식 있었다고
그 맛깔 한 번 풍겼을 때
못할 일 없는 힘이었다.

2.
검붉게 멍든 빛깔 차돌로 맺힌 응혈
맵고 쓴 그 맛들은 가슴 깊이 자리 잡아
힘들 때 신바람으로
겨레 영육(靈肉) 들썩이고.

3.
글 말 얼 나라주권 총칼에 짓밟힌 원한
빈손에 목숨을 건 기미년 독립 아우성
그 불씨 살리고 살려
8.15의 광복 환희.

4.
못나서 겪은 아수라 고통 이 갈며 연명한 목숨

태울 것 뭐가 남아 잿더미로 태운 6.25
한강에 기적 탑 세운
그 풀무질 어찌 잊으랴.

5.
3.15 4.19 민주횃불, 86년 성화(聖火)로 솟아
'동방의 등불' 입증하고 그 열기 몰아다가
88년 용광로로 타올라
온 인류 함께 누렸다.

*동방의 등불 : 1919년 3월 1일부터 거국적으로 일으킨 독립만세 운동을, 인도의 시성 타골이 보고 감동하여 찬양한 시 제목임.

원화윤
• 2003년 3월 시 등단.
• 2003년 6월 수필 등단.

# 경의선

아, 만세— 만세— 만세—

한 맺힌 체증!
반세기만에 관통하니
수천만 민족의 숙원이던
장벽의 빗장이 드디어 열렸습니다
마음과 마음의 매듭이 풀렸습니다
염원이던 연결고리가 이어졌습니다

서광에 안긴 경의선
늠름한 철로에 인도되어
기적소리도 흥겨워 콧노래로 달립니다
칙칙폭폭—
반세기의 맺힌 한 무연으로 비상합니다
수천만 형제자매 이산가족들
반세기만의
환희의 상봉은 단눈물이 내를 이룹니다
산천초목도 기뻐하며 녹출물을 뿜습니다

활짝 열렸습니다

시원하게 풀렸습니다
단걸음에 달렸습니다
분단균열 38선 드디어 융합됐습니다
북쪽 뫼봉에서
남쪽 산머리에서
마주보던 노송에도 송화가 만발했습니다
송홧가루 짙은 향 철책선도 녹였습니다
삼삼오오 왁자한 경의선에 몸담은
가족들의 대화도 오케스트라 화음이었습니다

아, 화합의 그날이여!
통일의 그날이여!

**위무량** _ w1183@hanmail.net
- 『한국문인』 신인문학상 등단.
- 저서 《석춘여정》《내 마음 나도 몰라라》 외.
- 한민족통일문예 대제전 우수상, 하이네탄신 212주년기념 문학 대상.

# 가슴이 툭 트이던 날

- 2007. 5. 17일 철마가 남북을 관통하여 달리던 날

김일성 불장난의
총탄과 포화 속에
상처 받은 육신
끊긴 혈맥 움켜 안고

한 맺힌 숨통 쓸어내리며
풍상(風霜)에 찌든 세월
반백년을 넘고 넘어
굽이굽이 감돌아 여섯 해

그간 양의사, 한의사
돌팔이 처방전으로
점쟁이, 무당, 광대패가
얼기설기 벌린 굿판

심장이 박동하며 혈류하는
오늘 이 한순간의 희열
피눈물 흘리며 참아온
그 세월의 한(恨)보다 더 목이 메누나!

유경옥
• 2015년 『문학미디어』 겨울호 신인상 당선
• 2017년 반달문화원 시낭송 대상 수상
• 2017년 문학의집 시낭송 대상 수상

## 통일조국 · 1

하나가 되어야 할 우리나라 금수강산
어디든 자유롭게 오가야 할 팔도강산
이제는 동방의 나라 등불 높이 밝히자

너와 나 힘을 모아 부강하게 살기 좋아
삼천리 방방곡곡 갈등 없이 평온하게
이루자 무궁화 꽃피는 아름다운 통일조국

**유지희**
- 1998년 등단.
- 시집《삶은 너무도 깊은 사랑이어서》《천 년의 사랑을 잃어버린 듯》외.
- 서포문학상, 후백 황금찬 문학상 수상.

# 통일의 그날까지

백두에서 한라까지 푸른 산맥마다
넘실거리는 태극기의 물결로 가득할 날은
기필코 오리라
봄이면
약산의 진달래 그림자가 영암 월출산까지 드리워질 날도
기필코 오리라
가을이면
순천만 갈대밭의 황금빛 함성이
저 멀리 평양까지 울려 퍼질 날도
기필코 오리라
오래도록 염원하고 있는 겨레의 통일은
기필코 오고야 말리라
둘로 나뉠 수 없는 민족이 둘로 나누어졌지만
하나가 될 날 머지않으리
지순한 기다림은 아름다운 것, 지순한 기다림은 헛되지 않을 것임을
알기에 통일로 가는 길이 어렵고 힘들더라도 해내고야 말 것이다
눈에 보이지 않게 다가오고 있는 통일의 발걸음 소리를 들어야 한다
작은 소리 하나도 놓치지 말고
백두산의 정기와 한라산의 정기가 하나로 이어지는 날
함박눈 펄펄펄 날리는 평화통일의 깃발을 나부끼리라

**윤난정**

- 『계간문예』 등단.
- 가산문학회 사무차장

# 우리는 하나다

단군이 터를 잡은 자랑스런 이 강토
홍익의 정신으로 살아온 우리들은
세계가 부러워하는 경제대국 이뤘는데

이 땅을 그 누가 갈라놓고 있으며
무엇이 서로를 등 돌리게 하였는가
그리운 남북 동포여 우리는 하나다

휴전선 육백여 리 쇠사슬로 묶어놓고
겨레의 앙가슴을 찢어놓은 경계선
이제는 모두 허물어 걷어내 버려야지

**이독밀** _ 본명 이경화.
• 1999년 월간 『문학세계』 시 부문 등단.
• 시집 《남아 있는 날들 영원히》.
• 예술가곡 작시 〈사랑의 종이 되리〉〈지난날 흘러라〉 등.

# 우리 아빠

아빠
병아리는 물 마시고
하늘을 보지요

나는
물 마시고
아빠를 보지요

나는
물 마시고
아빠를 보는데

아빠는
술 드시고 눈물을 흘려요

아빠는
분단된 조국의 현실이에요
아빠는 술 드시면 눈물을 흘려요

나는 물 마시고

아빠를 보는데

아빠는 술 드시면
눈물을 흘리고

눈물이 아직
마르지 않은 조국에
아빠는 가시고
내가 울어요

아빠
병아리는 물 마시고
하늘을 보는데

어쩌면
나도 물 마시고
하늘을 보아요

이명신
• 한국문인협회 회원.
• 緣불교문학작가회 사무국장.
• 시집 《홀로 부르는 노래》《길은 날고 싶다》 외.

# 꿈

백두산 입구를 지키는 인민군 부대
그 부대의 병사에게서 편지가 왔다
부대 앞을 흐르는
개울의 잔돌과 물줄기는 자신들이 잡았으니
농사를 지어달란다
먹을 게 부족해 자급해야 한다고

친목회 친우들과
서울서 속초를 거쳐
함경도를 따라
다시 내륙을 가로질러
평안북도 초산쯤 압록강변을 간다

아들 면회 가는 마음으로
쉬며 가다 물어 가며
개울 건너 중국 땅이 보이는
인민군 부대에 당도했다

편지 보낸 병사가
평양말로 반갑게 맞는다

자기 부대원들은 훈련 겸 진지보수작업 나가
우리 일행을 맞을
환영 행사를 못 해드린다고

아지랑이 피어오르는 강변 너머
중국의 마을은 아늑해 보였으며
개울의 자갈논은 우리들에겐 익숙했다

어느새 돌들은 다 거둬내지고
연둣빛 모는 모두 심었다

병사의 환송을 받으며
남으로 오는 길은
단풍이 물든 가을 저녁이었다

잠을 깨니 선명한 꿈이다
통일이 되려나
백두산 갈 일 있으려나
아버지 고향에 가고 싶은
실향민 2세의 꿈은
꿈에서도 나타난다.

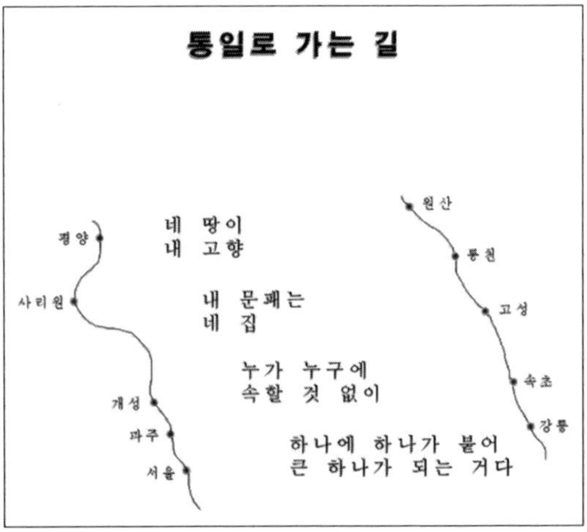

**이무천** _호 舞天.

• 『좋은문학』 시부문 등단. 『글길문학』 동인.
• 독도지키기 대마도 되찾기 활동본부장. 한국법률일보이사 및 편집위원.
• 경기환경문제연구소 전문위원. 한국기술안전(주) 전문위원.

# 한반도의 봄

한반도의 봄은 온다!
북녘 찬바람 부는 계곡
그 얼음장 밑
어린 물고기의 입김에서
갯버들 실핏줄 타고 오르는
가녀린 온기에서
굳게 닫힌 그대 창가
문풍지 조그만 틈새로
자연의 섭리에 따라
아니 올 수 없는 봄
앙팡진 이빨 사이로
새어나오는 한숨에도
한반도의 봄은 오고 있다!
추위에 웅크린 가슴
눈보라에 감았던 눈
이제 모두 활짝 떨치자!
이제 곧 봄이다
사랑을 몰랐던 가슴에도
동토의 한반도에도
너와나 우리들

모두 마음에 그리던
더 바랄 것 없는
그
한반도에 봄이
오~ 오고 있다
저어기 온다.

**이삼문** _ lsammoon@hanmail.net 호 벽원(碧源).
• 2010년 봄 『문학예술』 신인상 등단.
• 서은문학회 문학예술작가회 회장. 곡성문인협회 회장.
• 시집 《길을 묻는 등대》《길을 걷는 연꽃》《천왕봉 하늘바다》 등 상재

# 옥문

– 통일전망대에서

어쩔 수 없는 선택인가
외로운 선택인가
선택은 형벌이어라

기약 없는 형벌에 울고 웃는 세월
백발이 성글어
민둥산 꽃무늬 그려도
누가 이곳에 악마의 옥문을 달았느냐
천국과 지옥 사이에 다는 문
열리면 천국이요
닫히면 지옥이려니
에덴동산의 선악과를 쪼개던
아담과 이브는 남남북녀로 은하수 되어
한 모금 두견주로 목마른 한숨을 달래고
녹슨 쇠말뚝은 창살 되어
돌아오지 않은 다리에 오밤중이 너무 멀다

정해지지 않은 가까운 날
우리는 열어 제쳐버려야 한다
저 부끄러운 악마의 옥문을…

이상철
• 2008년 『한국문학시대』 문학상으로 등단.
• 대전 삼천중학교 국어교사 재직.
• 한국문학시대 부주간.

# 강화도 통일전망대

사랑을 잃어버린 목수가
용서의 마음으로
강화도 전등사 대웅전을 지을 때,
발가벗은 도깨비
대웅전 처마 4곳에 배치하여 둔
기지(奇智)에 탄복하여, 들뜬 마음으로 향한
강화도 통일전망대
아이들을 위해 망원경을 볼 참으로
오백원 주화를 잔뜩 바꾸어
신나는 발걸음으로 층층 올라
이리저리 좌우로 돌려가며
북방(北方)으로 향한 호기심의 눈길을 두고
손바닥만큼 가깝다는 여러 말을 늘어놓으며
이런 저런 쓸데없는 이야기를 나눌 즈음
벤치 끝에 노인 한 분
태우다 만 담배를 든 채
하얀 연기 모락모락 다 타들어가도록
움직이지 않고 바다 너머
먼 곳을 응시한다.
잠복해 있던 슬픔이 손끝에 온 것인가

가끔씩 담배 든 손이 떨린다.
수직으로 세워 놓은 철조망 걷어내면
평화의 땅 밟을 수 있으련만
지나가는 어느 아줌마의 실없는 넋두리
망배단(望拜壇) 앞 서성거리는 몇 분의 노인들
늦은 봄, 따가운 햇살이 사라지고
음산한 구름이 어느덧 몰려오더니
쏴아쏴아 소낙비를 한 차례 흩뿌린다.
무엇이 깊디깊은 땅속까지 이토록 갈라놓았나
오지 못할 사람 있다면
더 기다리고 기다리는 사람이 되어
잊지 못할 모진 추억을 가졌어도
한 때 무척 사랑했던 그대를 향해
이제 그만 용서하고 도깨비를 처마에서
내려오게 하여, 벌거벗은 그대로
덩실덩실 함께 춤을 추게 한다면
부끄러운 일이 될까
저 낡은 수직의 철조망을 걷어내고
얕은 물, 가까운 바다 건너며
70여 년 품어 온 미움의 쇠붙이 버리고
달려가 부둥켜안고 함께 입을 맞춘다면
수치스런 일이 될까.

**이상현** _ shlee@asiacement.co.kr
• 2007년 『문학바탕』 등단.
• 한국문인협회 서대문지부 부회장. 아세아시멘트(주) 임원.
• 시집 《미소짓는 씨알》(2007).

# 천지(天池) 눈물

중국 땅 장백산에서
나의 두 발로 더 이상 갈 수 없는 곳
바라보기만 해야 하는 백두산

솟구쳐 장백폭포
송화강 흐르는 천지 물은
우리 동포 하나 되길 갈망하는 눈물

두만강 압록강 물은
목말라 굶주린 황토 흙 눈물

세상 사람들
형 아우 만나 볼 부비며 사는데

머리도 다리도 있건만
못 만나고 사는 우리 겨레

이젠 털어내야만 할 작고 천박한 그릇
없던 철책선까지 만들고 스스로 없애지도 못하는
못난 씨알들

만주벌판 선구자는
오늘도 우리를 향해
눈 부릅뜨고 말채찍 갈긴다

**이은경**

- 1980년 『시문학』으로 등단.
- 국제펜 한국본부, 한국시인협회, 현대시인협회 회원 외.
- 시집 《건널목을 흐르는 바람의 눈》《벽시계와 달력과 나》 외.

## 잠 깨어남

– 통일

태어날 적부터 한 울타리
한 지붕 밑에서 우리는 자랐네

가슴 깊은 곳 수천만의 언어
눈빛 하나로 풀고 엮으며

세상 밖 푸른 꿈밭 일구고
세상 안 어지러움 허기 다스렸네

누가 우리에게 돌을 던지랴
누가 우리 사이 갈라놓으랴

잠깐의 엇갈림으로 등 맞대고
으르렁 다른 눈빛 된다면

천년 푸른 꿈밭 폐허가 되고
만년 보금자리 쑥대밭이 되는 것을

우리는 살과 뼈로 알고 있다네

우리는 일심동체 칼로 물베기

젖은 가슴 얼싸안고 노래 부르는
그 노래 새 되어 하늘 날으는

그 길만이 우리 사랑 보존하는 길
그 길만이 죽지 않고 살아남는 길

처음부터
우리는 알고 있었네.

**이종호**

- 1986년『한국아동문학』신인상 등단.
- 시집《열어보자, 꽃이 피게》동시집《오아시스 속의 한국인 학교》외.
- 이육사문학상. 오륙도문학상 수상 외.

# 38선

바다는
늘 하늘을
하늘은
늘 바다를
마주하고 있다.

가까운 듯
먼 두 얼굴
마주칠 듯
끝내 만나지 않는
그리움
두 개.

만난 곳 찾아
끝없이
달려가는
통통배
한 척

멀리 사라져 가고

갈매기 우는 소리만
파도에 실려 온다.

*월간 『어린이세계』(극동문제연구소, 1989. 6)의 '이달의 동시'에 게재된 동시입니다.

**이현정**(李炫姃) _ mom1836@hanmail.net 본명 현숙(賢淑)
• 『한글문학』 신인문학상 당선 등단.
• 시집 《영혼의 호수에 낚시를 드리우고》 외 10권.
• 장편소설 《모녀의 강》《수수깡 궁전》 등.

# 통일멀미

쇠뿔도 단 김에 뺀다고
북핵도 급한 김에 빠지나 보다.

강대국 입김이 풍랑을 일으켜
멀미하던 통일이
잦은 입방아에 그치지 않고
엉덩방아 찧을 몸체를 보이니 말이다.

평창 동계올림픽을 계기로
우상화에 신들린 과거도
말 못하고 저문 날의 아픔도 가고
헤어지기 얼마나 힘들었던가.

우리 이제 통일이 이룩한 번영 위에
새 아침을 맞이할 차례가 왔다.

이호연(李浩然) _ sh357@hanmail.net
• 월간『문예사조』등단(1993년).
• 시집《산호빛 대화》《그리움은 물안개로 피어오르고》외.
• 모범공무원상 수상(2011), 공무원문학상 수상(2012)

# 달 뜨는 전선(前線)

달이 뜬다
달이 뜬다
그리움 솟구쳐 달맞이꽃이 핀다

오늘도
비무장지대 원시림 사이
노루는 내달리고 새들 날아도

보고 싶은 사람 그리워 애태우듯
가고 싶은 고향 꿈속에 달려가듯
살고 싶은 세상 평화를 소망하듯

달 뜨는 전선에
달맞이꽃 피어나고
네 마음 귀 기울여 또 다른 눈을 뜬다

임학기(林鶴基) _ hgi72@hanmail.net
• 1999년 『문예사조』 수필, 2003년 『문예사조』 시 신인상 등단.
• 문집 《숨은 발자국》.
• 문예사조 문학상 수상.

## 統一念願

임이 올 듯한 낭보에
封窓을 활짝 열어젖히고
오는 모습 눈 담으려 주야등을 켰습니다.

그러나 임의 모습은
어슴푸레도 보이지 않고
왕왕대는 햇살만이 쪼아보고 있었습니다.

공연한 트집의 포만으로
에둘러온 70여 년이
봉 잡혀 씨알 데 없는 權謀에 밟혀갔습니다.

헤어질 수가 없는 고리 緣
먹구름 거둘 염원 잡아
무거운 짐 보따리 함께 지고 큰 걸음 재야지요.

울분과 정분의 깬 목소리
주린 배 풍요로 지켜가며
서로 마주보고 알토란 민족 혼 세워 가야지요.

임이여! 더 늦기 전에 어서 와
우리 함께 故園에서 살고지고
聖祖에 한 점 부끄럼 없는 神域을 짓게 하소서.

『그는』
1994년 7월 8일
그의 아버지는 82세로 갑자기 절명했을 때
통일이 곧 다가올 것처럼 달 띄어진 분위기 데웠는데
17년이 흐른 뒤에 그마저 급성심근경색으로
졸지에 똑같은 혈연 하직하니
3대 세습 급급하여
따가운 세계의 시선 철저히 외면하고
전례 없는 역사와 이목 아랑곳하지 않았다.

권좌의 37년간
무엇이든 마음대로 휘둘렀던 절대독재자
미루나무 도끼만행, 아웅산 테러, KAL기 폭파, 핵무기 실험,
천안함 침몰, 연평도 포격 사건 등
천인공노할 동족의 피눈물에 저주받아
아직도 한창인 69세에 비명횡사하였다.

핵무기 개발로 3백여 만 명의 아사자를 밟고
2012년 부친의 탄신 백주년 기념행사를
준비하다가 졸사하니
웬 겨울에 연극배우들의 홍수바다
한낱 역사의 인물로 떠내려가고 말았다.

금수산 기념궁전에 박제 된 미라

그래도 죽어지니 불쌍하더라만
지난날의 설움과 한 많은 생명 걸어간 업보
환갑 진갑을 넘긴 민족 숙원 통일에
원혼이나마 이바지해 준다면
7천만 염정의 묵은 때를 관용으로 씻어 주리오.

**전대홍** _ jdh47@hanmail.net
• 2009년 『詩와 수필』 시 부문 등단.
• 국제펜클럽, 한국문인협회, 부산문인협회, 부산시인협회 회원.
• 시집 《또 다른 삶을 찾아》

# 장막

1.
오늘 해가 또 뜬다기에
눈 뜨자 커튼 올려 창을 여니
밤새워 쑥쑥 자란 나뭇잎 위로
눈부신 햇살이 있고
창틈 스미는 서늘한 바람
코끝 지나 가슴까지 후련하다

열고 맞음은 찬란한 광명
닫고 막음은 처절한 암흑
커튼 열며 문득 스치는 깨달음
밖은 이렇게 찬란한 것을

철의 장막 그 속의 참혹한 군상
삶기는지 얼리는지 알지도 못 한 채
어둠에 갇혀 굴종하는 이들

그들을 위해 그 장막
이 커튼 열 듯 열어주고 싶은 맘
오천만 중 설마 나뿐이랴

2.
한반도 모습이라도

분단 설움 한 세기 다가온다
7천만 한민족 피맺힌 염원
얼마나 기다리는 통일이던가
기약 없는 기다림에 지쳐
모습이라도 보고 싶어 찾은 곳

평창강 굽이돌다 물줄기 머문 자리
한반도 지형은 누구의 작품일까
남북은 물론이고 동서해 지형까지
볼수록 너무 닮아 탄성소리 연속이다

산 위에 전망대 물 위에 뗏목선
마주 보고 외치는 통일기원 함성에
온몸이 전율하는 뜨거운 격정
통일된 후 백두산 정상에 서서
이 기분 그대로 다시 외치리라
아 아름다운 한반도여

정성수
• 『월간문학』 신인작품상 당선
• 중3때 낸 첫시집 《개척자》를 비롯 《세상에서 가장 짧은 시》 외 11권.
• 제1회 한국문학백년상, 제7회 앨트웰 PEN문학상 등 수상.


## 비가 되어 내리면, 이산가족 눈물이

보이시지요, 어머니
오늘도 잃어버린 가족을 찾아서
개성의 허공 수없이 떠도시는 어머니

남한 하늘 속에 낮게 떠있는 구름자락
북한 하늘 속에 낮게 떠있는 구름자락

아시지요, 그것이 모두
남북한 이산가족이 흘린 눈물들이
조금씩 떠오른 것이라는 걸

그 구름들이 슬픔의 무게를 견디지 못해
비가 되어 내리면
남북한에 숨어있는 메마른 풀뿌리들을 적시면

삼천리 금수강산 온 산천에
한 송이 두 송이씩 꽃봉오리가 벙근다는 것을
그것이 향기로운 통일의 꽃이라는 걸

어머니
내 사랑하는 이산가족의 딸은 아시지요?

정수미
• 2012년『한국불교문학』신인상 시부문 당선
• 한국문인협회 회원, 한국불교문인협회 이사

# 통일 아리랑

사람이 어우러진 이 땅에
그리던 봄이 찾아오면
만발한 봄꽃에 설레며
꽃등을 접어보아요.

바다를 건너는 저 배엔
평화의 돛을 달고서
자연과 조화를 이루며
사랑의 씨를 뿌려요.

연인들 잠 못 이루는 밤이 다시 오면
지나간 아픔은 서로의 가슴에 품고
고단한 흔적 애써 감추려 하지 말고
눈물과 상처를 보듬고 손잡고 가요.

아리아리~ 한강의 기적
스리스리~ 얼~씨구~
아~리랑~ 대동강에서도 이루어가요.

아사달 벌판을 달리던 말발굽소리

단군의 기상 받은 홍익인간 이화세계
두 손을 모으고 부르는 축복의 노래
하나 된 미래를 위해서 함께 불러요.

아리아리~ 한강의 기적
스리스리~ 얼~씨구~
아리랑~ 대동강에서도 이루어가요.

**정원**_본명 정정자
- 2003년 『월간문학』으로 등단.
- 시집 《굽은 나무도 멍에가 된다》
- 혜산 박두진 문학상 수상

# 장파리에서

고향이 목마른 사람들
임진강가에 모여 산다
낯선 계절풍에 야위어진 목숨
북녘 하늘 자락에 매달려 산다

강 건너 민통선에 진달래가 타오르면
북으로 난 굽은 길을 따라
시린 안개로 허기를 채우며
지뢰밭에서 고향소식을 캔다

피 흘린 풋 별들 아우성으로 돋아난
원추리, 둥굴레, 무릇, 홑잎나물
알짱거리는 할미새와 방울새들도
익숙해진 사격장 메아리를 먹고 산다

굴비 두름이 되어 인민군에 끌려간
소식 없는 심대삼촌 손짓하는 능선에
해마다 산수유는 눈물겹게 피는데

언젠가는 못 다한 소망의 땅 금줄을 풀고

백두산 행 금강산 행 고속도로가
활개 치며 달릴 날을 그려본다

사시사철 두루미가 되어
괭이로 경운기로 고향을 갈아엎는 사람들
밤이면 밤마다 부엉이 울음을 삼키고 산다.

**정일남**

• 1970년 「강원일보」 신춘문예 시. 1973년 「조선일보」 신춘문예 시조.
• 1980년 『현대문학』 시 추천완료로 등단.
• 시집 《꿈의 노래》《훈장》《봄들에서》 등 다수.


## 수절(守節) 60년

호시절은 행방불명되었다
'여보 얼마나 고생이 많았소'
하지만 아무 응답이 없다
그렇게도 사무치던 그리움아
말문이 트이지 않아
마주 앉았는데 다른 곳을 본다

그때는 스무 살의 나이
부부가 밭일도 같이 하고 새참도 같이 먹었는데…
사랑사랑 연꽃 같던 얼굴 누가 훔쳐갔나
모시 머리에 흑버섯 피고
이마엔 세풍(世風)의 골이 파였다
금반지를 손가락에 끼워주며
'나를 용서하오' 말을 뱉지만 서먹하다
속죄는 아무 쓸모가 없는 것

달 가고 해 가고 물 흘러갔는데
옛사랑 누가 구겨버렸는가
손잡기도 쑥스럽고
서로 눈 마주보지 못한다

정정길

- (사)국제미술작가협회 문예위원장. 한국예술협회 이사.
- 시집《연분홍 파도를 타고》등 10권.
- 대통령상 수상.


# 光復 70년

이대로 하나 되어 한강에서 압록까지
이대로 하나 되어 한라에서 백두까지
이대로 하나 되어 서울에서 평양까지
이대로 하나 되어 세계는 서울로 평양으로
이대로 우리 하나 되어 세계 속의 우리가

동해에서 서해로 남해에서 오대양으로
우리 모두 하나 되게 철조망을 헐어내고
독도에서 외치자 대한민국 만세를
대한국민 만세를 대한겨레 만세를
우주에서 부르자 배달민족 만만세를

**정하선**

- 『월간문학』으로 등단.
- 시집 《재회》《한오백년》. 동시집 《도깨비바늘》《무지개 자장면》 등.
- 방촌(황희정승)문학상, 통일문학상 등 수상.


## 백마고지

저렇게 제멋대로 누워 있지 않은가
저렇게 포개어 앉아 있지 않은가
화랑담배연기 아직 자욱한 산골 안개
횃대에 저고리 걸어둔 채 능선에 흰 구름
사랑방에 때 묻은 목침 대신
녹슨 철모 베고 누워
흰 이빨 드러내고 하얗게 웃는 모습
원망은 이미 다 삭아 이끼 너그럽고
뼈와 손 서로 마주 잡은 채
너는 이어도 해녀의 이야기나 하다가
너는 백두산 호랑이 이야기나 하다가
금방이라도 소피보려 가는 척
어린 마누라 기다리는 제 집으로 돌아가
아랫목에 욱신거리는 허리 지지고
동트면 두엄 지게 짊어지고 논밭으로 나갈, 채비로
끝내 누워버린 고지여, 고지여

**정형국**
• 『문예운동』 시 등단.
• 청하문학회 회원.
• 현대자동차(주) 근무.

# 우리는 하나

바람 불면
해는 서산에 울먹인다

민족의 아픔
가시밭길 걸어온 지난날이
가슴 시린 망울 위에
꽃처럼 피다 지는 슬픈 사연

아 지금도
분단의 쓰라린 멍석을 깔고
총구의 초점은 얼굴을 향한다

동포의
뜨거운 가슴을 얼싸안고
민족의 함성을 노래하는

통일
그날을 맞이하자

정형석 _ 53hsjung@hanmail.net

• 월간 『문학세계』 등단.
• 한국문인협회 회원.
• 파블로 네루다 기념문학상 수상.

# 군인이 남겼을 말은

조국이 무엇이던가
하나뿐인 목숨과 바꾸어도
후회가 없겠더구나
잘 살아라 후손들아
우리는 간다 북망산(北邙山)으로
사랑하는 사람 이승에 두고
빛나는 눈동자만 가슴에 담아
차마 보고 싶어 견딜 수 없으면
풀꽃 되어 오겠노라 그 자리로

*대구 칠곡 유학산 다부동 전적비를 보며 6.25 동란 2개월 만에 국군이 낙동강까지 밀리면서 유학산 하나를 두고 인민군과 치열한 접전이 벌어졌던 역사의 현장이라고 한다.
대구 사수의 마지막 보루였던 다부동은 양보할 수 없는 전투의 요지였다. 그래서 무려 9차례나 뺏고 뺏기기를 거듭하며 온 산과 들판은 선혈로 물들었단다.

## 정혜숙

• 하나로 선『사상과 문학』등단.
• 강서구 가양동 문학동아리, 강서문화원 문창반 가산문학회 회원.

# 통일로 가는 길

탈북 학생들과
남한 대학생들
독도에 모여
"독도는 우리 땅"
한 목소리로 외쳤다

리우올림픽에서
남한 선수들과
북한 선수들
서로 손 잡고 응원했다

고국에선 남남이지만
타국에선 형제자매
남북이 하나 된 모습
세계에 보여줬다
통일 가는 길목이다

조경화 _ ckwha33@hanmail.net 필명 다연(多蓮).
• 월간 『문학저널』 시 등단.
• 시집 《봄눈 녹듯》 외 3권.
• 대한민국 불후명작상, 한국불교문학 작가상, 한국문학신문 문학상 수상

# 통일이란 꽃으로

반쪽의 세월
가장 현명하게 완전한 하나는 언제일지

하늘이여
오직 민초들의 바람으로 주문을 외우면
통일이라는 소원을 보내주소서
이제부터 역사는
우리라는 이름으로 새롭게 쓰면서
이런 세상이었으면 좋겠습니다
달랑 교통카드 한 장으로
무사통과되는 남쪽과 북쪽
아니 그때는
환승 필요 없는 빠른 전철도 생기겠지요

한민족의 탯줄들이
조금은 어색한 몸짓이라도
소소한 이야기로 늦도록 차를 마시며
따뜻하게 바라보는 눈빛으로 충분히 좋은
그렇게 편안한 사람들로 살고 싶습니다.

**조관선**

- 소설가, 시인.
- 강원문인협회 부회장(현).
- 삼척예총 회장(현).

# 해안선 철조망

내 형제들의 피 흘린 역사로 전시된
내 형제들의 분쇄된 육골이 전시된
동족상잔의 유적

반백 년
세월 켜켜이 덮여도
햇살 한 점 나누지 못한
절연의 벽
오늘도 간극 한 뼘 보이지 않고

그렇게 散華한 꽃다운 원혼
그 피멍 酸化하여
해풍마저 피내음인데

오욕의 궤적
아직도 입관되지 않은
해안선 철조망

**조병무**

- 『현대문학』(63-65)으로 등단.
- 문학평론집《가설의 옹호》등. 시집《꿈 사설》《숲과의 만남》등.
- 현대문학상, 국제펜문학상, 녹색문학상 등 수상.


## 그대들, 이룩한 이 땅

이른 새벽
쏟아 내린 총성,

38선 한 맺힌
조국 산하의 갈림길에서
영원히 조국의 품에서 멈춰버린

그대,
젊은 전사들이여,

긴 세월 흐름과 함께
오늘도 이 땅의 마디마디에 핏줄 되어
도도한 새로운 생명으로 피어나

온 나라 방방곡곡 조국의 땅 위에
그대 젊음으로 이루어진
영원의 샘물이 치솟는구나.

조국이여.
기억할 것이로다.

그대들,
젊음의 영혼으로 인해
이 땅의 아픔이 세계에 울림 하는
더 큰 힘의 원천이 되었다는 사실을,

살아가는 모든 이와 함께
산화한 젊음의 거룩한 정신을

통일된 그날을
조국이여
기억할 것이다.

**조성범** _ rj929@daum.net

• 2006년 계간 『아람문학』 등단.

• 갯벌문학, 두레문학, 한국문인협회 회원.


# 고성 통일전망대에서

정적으로 쌓인 바다
가까운 듯 혹은 먼 듯
금강산 자락이 선하고
몇 마리 갈매기 구름 사이 날아드니
엽서 사진으로는 제격일 것 같은 통일전망대

아직 끝나지 않은
이별의 경계선 가장자리를 찾았다

지키지 못한
약속 지켜야 한다
꺾어진 세월을
곧추세워야 한다
기억이 늙어 갈수록
의지는 피 끓는 청춘이어야 한다

거역할 수 없는 소명으로
지칠 수 없는 청춘의 의지로
저 한라산에서 백두산까지 하나가 된 벅찬 함성이어야 한다

하늘에서
오리떼 날아다니고
바닷물 속엔 명태, 양미리
헤엄쳐 다니는데
어찌 우리 한민족 하나가 되어
자유와 평화 속
형제 되어 두 손 높이 들어 만세를 부르지 못할소냐!

조은미 _ choeunmi227@hanmail.net
• 2013년 『한국현대시문학』 등단.
• 한국문인협회 회원, 국제PEN 한국본부 회원. 계간문예 중앙위원.
• 시집 《억새, 아침을 열다》《음악분수》 등

# 통일이 오는 소리

1절
대마도 탐라도를 양발로 딛고
만주 벌판 달리던 호랑이 기개
허리 꺾인 60년 무심한 세월
지척에 둔 고향 땅을 바라만 보다
두고 온 어머님이 마냥 그리워
눈 감으면 만날까 꿈길 찾아 헤매이네

2절
한 나라 한 핏줄 우리는 하나
한 걸음씩 가까이 가슴을 열고
이산가족 상봉의 물길을 이어
포효하는 호랑이로 다시 서 보세
어두운 밤바다에 동이 터온다
모두 함께 손잡고 통일 노래 불러보세

후렴
얼씨구 좋─구나 통일이 오는 소리
지화자 좋고 좋아 춤추며 맞이하세

조정자
• 『心象』 신인상 등단.
• 심상문학회 회원. 한국문인협회 회원.

# 적군 묘지

같은 한 나라이면서
남쪽에 산다는 이유로
북쪽에 산다는 이유로
우리는 적이 되었습니다

전쟁이라는 폭력에
청춘이 누려야 할 푸른 꿈들을 접고
총을 들어야 할
그 꽃다운 인생
영령의 무덤들
임진강을 바라보며
쓸쓸한 침묵의 영혼들

부모님의 통한의 눈물을
그립고 보고 싶어
잠들지 못하는 밤과
낮의 한숨은 바람이 되어
이 나라의 곳곳을 누비며
뿌리는 눈물

돌아오지 못하는 펄펄한 젊은이들을
이들을 기다리는
남과 북의 어버이들은
이제 백발이 성성하여
긴 기다림을 가슴에 묻고 세상을 떠났지만
생존의 지어미와 자식들은
아직도 돌아오지 않는 기다림을 품고
행여 바람결에도 들리지 않을까
남과 북의 가족들의 마음은 다름이 없겠지요

임진강 강가의 젊은 영혼들 잠든 곳
그 황량한 언덕 위
쓸쓸히 부는 바람은
살아 있는 이들의 한숨과 눈물입니다

임진강 사이를 두고
한 민족끼리
우리는 적이 되었습니다

그러나 우리라는 그 하나를 꿈꾸며
희망을 갖습니다

**조형식**

• 2013년 월간『문학세계』신인상 등단.
• 광명문인협회 사무국장. 목란문학회 이사. 문학에스프리 이사.
• 2015년 한국예총 광명지회장 공로상 수상.

# 백두산의 눈물

한반도를 아우르며
만주를 드넓게 거느리고
구름 중심에 높이 솟아서
압록 두만의 젖줄을 흘려 먹이면서
고조선에서 고구려까지
누천년을 살찌우고 키웠는데

아! 고구려 쓰러지고
중심에 흐르던 젖줄은
중심을 잃고 눈물길로 흐르고 있네

슬픔이 분노로 끓어올라
백두정상 분화하여
피 같은 용암 하늘로 치솟아 울부짖어
시뻘건 용암 온 대지를 뜨겁게 덮고
캄캄한 화산재 수수년 동안
대지에 켜켜이 내려앉아
부끄러운 역사를 묻어 버렸다

아! 세계의 중심이 되리라고

그처럼 거룩한 백두제단을 쌓았건만
그토록 맑고 순결한 압록성수로 흘렀건만
이제는 끝자락 변경이 되어
압록강변은 서로 다른 땅으로 울고
백두성산은 경계선으로 조각 나 있다

아! 한반도 허리 잘린 것도 통한이어늘
수치스런 변두리로 바뀌어
수천 년 젖줄의 천지가
천년의 눈물길 근원이 될 줄이야

나는 수수천년 전 고구려 사비성읍이었던
대련에서 이천리 넘게 달리고 달려
백두산정에 올라 천지를 바라보며 눈물을 훔쳤다
못난 후손으로 한스러워 흐느꼈다

그 먼 먼 옛날 우리의 광활한 땅이었던
지금은 낯설고 말설은 남의 땅이 되어 버린
옥수수 밭이 끝없이 펼쳐지는
옥수수 밭 사이사이 붉은 지붕을 이고
옹기종기 모여 농민주택에 살고 있는
그 먼 먼 조상들은 강성한 고구려의
자랑스런 백성이었을
지금은 남의 나라 인민으로 살고 있는
언어가 다른 후손들을 보았다

단동의 압록강변에 줄지어 서있는
삼십 층도 넘는 아파트들은

강 건너 신의주 땅을 삼킬 듯이 내려다보고
신압록강대교는
21세기 인해전술의 대로로 질주하고 있었다

우리는 무엇을 하고 있는가
단동 고려관에서 만찬을 하며 관람하는
북한 어린 아가씨들의 공연은
마음이 착잡해서 흥을 낼 수가 없었다
결코 쉽게 웃지 않으며
경직된 그들의 행동거지는
약소국의 최소한의 자존심이리라

아! 슬프고 부끄럽다
수수천년 전 우리의 땅이었던
지금은 남의 땅이 되어버린 단동에서
단군의 피를 함께 나눈 남북이
북쪽은 앵벌이 아닌 외화벌이를 하고
남쪽은 남의 자식 재롱 보듯 웃음이 헤픈
닮은 얼굴, 같은 말을 하면서도
마음이 옹졸하게 멀어져
남보다 더 남이 되어가는 못난 한민족

누가 우리를 이렇게 못나게 갈라 놓는가
망국의 대한제국 치욕의 역사
식민지 36년간의 식민 근성
자력으로 이루지 못한 독립
동족끼리의 이념의 대리전쟁까지
70년이 지나도록 반목을 풀지 못하고

백년을 넘어 못난 짓으로 살고 있다

아! 천지는 울고 있다
나는 부끄러이 이천리길을 돌아 내려와
압록강변에서 울고 있다
요원한 백두산의 중원의 꿈
다시 한반도를 가슴에 품고
만주 시베리아를 등에 업고서
풍만하게 흐를 압록 두만의 젖줄이
그립고 그리워서
그 꿈이 사무치고 서러워서
그렇게 강변에 앉아
푸른 거친 압록 루수(淚水)에 눈물을 적시고 있다

**차옥혜** _ okhye09@naver.com
• 1984년 『한국문학』 신인상으로 등단
• 시집《깊고 먼 그 이름》외 12권. 서사시 〈바람 바람꽃-막달라 마리아와 예수〉
• 1997년 경희문학상, 2014년 경기펜문학 대상 수상.

# 누가 우리를 미치게 했는가

누가 우리를 미치게 했는가

미치지 않고서야
어머니 가슴팍에 불비 쏟았으리
미치지 않고서야
형제끼리 죽창 휘둘렀으리

풀도 하늘도 붉던 그 날
우리들 혼은 재로 흩날리고
여름은 갔지

반신불수 어머니
타버린 꿈 못 잊어
남은 목숨에 불을 질러도
눈밭의 보리는 오월을 기다리다 지쳤다네
약초 캐러 간 자식들은
가시나무에 찔리고 벌레 물리며
어느 첩첩산중을 헤매는가
비둘기는 처마 끝에서 울고
밤마다 대숲에서

피리소리 들린다지

우리는
물이네
바람이네

흙을 울게 하고 뿌리를 적셔
하나의 풀밭 가꾸고 싶은
늪을 빠져나가
강이 되고 바다가 되고 싶은
우리는 물이네

백두에서 한라까지 오가며
산비탈에 벌판에
꽃씨 뿌리고 싶은
우리는 바람이네

물이 가른다고 갈라지던가
바람이 자른다고 잘라지던가

누가 우리를 미치게 하는가

**태종호**(太宗鎬)
• 웅변인, 시인, 언론인, 통일운동가.
• 30여 년간 통일부 통일교육위원, 5천여 회 강연 통일관련 칼럼 집필.
• 국민포장, 통일부장관 표창, 대통령상, 국회의장상, 국무총리상 외 다수.

## 새 역사(歷史) 쓴 판문점(板門店)

2018년 4월 27일 오전 9시 30분
남북(南北) 정상이 만난다.
한민족의 한이 서린 널문리에서 만난다.
역사적인 오늘!
안개도 사라진 아침
하늘은 높고 날씨는 청명했다.
봄꽃들은 예서제서 활짝 웃고
새소리도 청아(淸雅)하다.

아침 8시,
청와대를 나선 대통령을 보고
국민들이 환호한다.
통일염원 가득 담아 힘내라고 응원한다.
결의에 찬 대통령도 잘하겠노라 화답한다.
차는 북녘으로 달린다.
자유로를 달린다. 통일대교를 달린다.
판문점을 향해 거침없이 달린다.
55분을 단숨에 달려 온 판문점엔
활기(活氣)가 있고 희망(希望)이 넘친다.

9시 30분,
군사분계선을 사이에 두고
남북정상이 마주보고 서서 두 손을 잡는다.
이렇게 쉬운 일이 너무 오래 걸렸다.
강제로 허리를 묶어 국토를 찢고
가족을 갈라놓은 통한의 선을
두 정상이 새털처럼 가볍게 넘는다.
굴곡진 세월이 너무나도 허망(虛妄)하다.
한 번씩 더 넘나들며 통일의지를 다진다.
70년 묵은 응어리를 풀기 위해
한 맺힌 분단의 장벽을 허물기 위해
평화의 집 문을 활짝 열고 들어선다.
맞다. 그렇다.
민족이 힘 합치면 무슨 일인들 못하랴.
아! 오늘, 지금 이 순간!
가슴이 벅차오른다.
남북(南北)의 대표들이
평화의 집 원탁(圓卓)에 둘러앉아
현안(懸案)을 논의한다.
회담장 분위기도 둥그런 원탁처럼
화기애애(和氣靄靄) 다정하다.
통역도 필요 없고
번역기도 필요 없다.
우리말 우리 글로 말하고 받아쓴다.
품격과 예의 갖춰
꾸밈없는 진지한 자세로
한반도의 어려운 방정식을
하나하나 풀어낸다.

한반도의 비핵화를 결의하고
종전선언과 평화협정 평화체제
이산가족 상시상봉
땅길, 바닷길, 하늘길 다시 열고
금강산과 개성공단
조국의 평화통일을 다짐하고
언약의 소나무 함께 심으며
도보거리 산책길 70년을 반추(反芻)한다.
평화(平和)를 약속하며
남북정상이 얼싸안는 모습에는
외신기자들도 눈물 글썽이며
본국으로 감동의 메시지를 전한다.
그렇다. 누구인들 이 장면을 보고
감동받지 않으리.

6시가 넘어가고 날이 저물자.
영부인들도 합류하여 만찬식장을 빛내고
한민족의 정서 가득한 공연은
우리가 문화민족임을 과시한다.
드디어 9시 30분.
만난 지 겨우 열두 시간 지났는데
모두가 백년지기(百年知己)가 되어
남북정상은 잡은 손 놓지 않고
가을을 약속하며 석별의 정을 나눈다.
아! 이곳 판문점(板門店)에서
한반도의 새 역사는 이렇게 창조되었다.

*무술년 2018년 4월 27일 판문점 남북정상회담을 보고.

**하수현** _ hsh-poet@daum.net
• 1985년 월간 『한국문학』 등단.
• 시집 《나의 연인은 레몬 향기가 난다》. 장시 〈올리브나무〉 외 다수.
• 중봉문학상, 김만중문학상, 이한열문학상, 경북예술상, 수주문학상 외 수상.

# 백두산

긴 북풍 떨쳐내고 새봄은 동토에도 오리니
언 발로도 겨울 황톳길 걷다 보면
우리에게 그날은 기어이 오겠네
그날, 하늘 밑 백두산에 금빛 햇살 쏟아지고
나는 들녘으로 산자락으로 달려 나가리
산구절초 제비동자꽃 보며 손뼉 치며 뛰어보겠네

울다 지친 누이들아
한 세상 사느라 넋이 다 나간 동족들아
마음도 곳간도 다 비운 가슴들아
우리에게 그날은 울며불며 오는 줄 내 아노니
하늘이 하나로 되는 그날에
백두산 마루에서 우리 한사코 만나겠네.

한인숙

- 「경남신문」 신춘문예 시 당선 등단.
- 시집《푸른 상처들의 시간》《자작나무에게 묻는다》등 상재.
- 안견문학상 대상 수상.


# 금지된 구역

이곳의 경계는 물에서 이룩되었다
중국과 북한이 다리 하나를 끼고서 침묵을 장전한 채
이데올로기도 없이 대치하고 있는, 생필품을 실은 화물차들만이
검문소를 통과하여 국경 밖으로 간혹 멀어질 뿐
적재함 어딘가에 묻어 있을 약간의 은신감을 못내 외면하면서
내가 바라보고 있는 건
분단의 긴 불통이었는지도 모른다
다리 중간 이제는 짐작으로만 지워진 국경선
오랜만에 북녘을 남쪽으로 바라보는 일,
내가 이곳을 찾은 건 분단 이전의 입구
우리가 우리의 힘으로 우리의 뿌리를 잃기 전
어딘가 지나치고 있을 저고리 마고자 차림을
중성의 그리움으로 만나고 싶었음인지도 모르리라
어떤 용서도 이곳에 이르러서는 또 다른 탐욕으로 바뀌기도 하고
다시 물빛을 되찾아서야 더 오래된 용서와 해후하게도 되는
참으로 이곳에선 함부로 단정할 게 없다
어디쯤에서였는지 연기 하나 붙들고 있었을 것 같은 희미한 짐작의 끝
이미 저쪽 공장은 어떠한 이데올로기도
어떠한 생필품도 생산해내지 못하는 빈 자궁일 뿐
붉게 가동되던 우상화 정책은 벨트가 벗겨진 지 오래인 듯하다

이미 구호만 남은 역사의 경계를 더듬으며 도문강으로 유실되는 동안
자유를 담보한 북쪽의 죽음은
視界가 불투명해서인지 쉽사리 떠오르지 않고, 그런 때문일까
다리 아래 제 동심원만큼의 영역을 서성이는
봉건의 황소 등줄기에도 국경이 다른 태양이
서로 등가죽을 잡아당길 것 같은 한낮
나는 몇 걸음의 갈증을 강물 저쪽에 방임하며 검문소를 통과했을
하루 몫의 이념들을 조심스레 헤아려 보았다

허남준 _ hurnamjoon@naver.com

- 1993년 『해동문학』으로 등단
- 시집 《창문 밖 달빛은》《누가 가는 이를 멈추게 하나》 외 6권
- 한국불교문학상 대상 수상

# 펀치볼마을

반구형으로 푹 꺼진 분지
팍팍한 산기슭 따라 민통선 땅
북풍한설에 풀 한 포기 제대로
자라지 않는 자갈밭은
사과, 인삼, 포도, 참깨 밭으로 변하여
삶의 향기가 스며들고 있다

고산준령에 에워싸인 마을
지난 전쟁 시 피의 능선인 까칠봉과 도솔산 대우산
흘러내린 핏줄기가 적셨던 땅
분단의 현실을 품어 안고
장엄하고 아름다운 풍경으로 변하였다

지난 슬픈 역사의 흉터로 남아
약초 반 지뢰 반 땅이지만
세월이 흘러간 노력이 이루어진 곳
이제 그 흔적은 지워져
은하수가 흐르는 별천지로 변하였다

*강원 양구 펀치볼마을은 고원 분지이며, 북쪽 능선은 비무장지이며 막혀 있음. 까칠봉 북쪽 군사분계선 안쪽은 스탈린고지가 있고 을지전망대 동쪽은 김일성고지가 있음. 화채 그릇을 닮았다 해서 종군기자들이 붙인 지명임.

**허형만** _ hhmpoet@hanmail.net
• 1973년 『월간문학』으로 작품 활동 시작.
• 시집 《가벼운 빗방울》《불타는 얼음》《영혼의 눈》 등 15권.
• 한국시인협회상, 영랑시문학상, 펜문학상, 한국예술상 등 수상.

# 녹슨 철조망에 달맞이꽃은 기대어 피고

녹슨 철조망에 달맞이꽃은 기대어 피고
먼 하늘로 별빛 푸르다

바람은 레이더망에 걸리지 않고
재두루미 훠이훠이 하늘을 품는데
손 내밀면 잡힐 듯
발 딛으면 내달릴 듯
눈앞에 두고도
사람만은 오지도 가지도 못하는
비무장지대여

그러나 우리 슬퍼 말자
그리움은 희망을 낳는 법
손 내밀어 따뜻이 손잡고
발 딛어 발목이 시리도록 내달릴
그리하여 마침내 어루얼싸 하나가 될
그날이 우레처럼 오리니

녹슨 철조망에 달맞이꽃은 기대어 피고
먼 하늘로 별빛 푸르다

**현명숙** _ ilianasophia@naver.com

• 2010년 월간 『순수문학』 신인상 당선 등단.
• 수필집 《연꽃향기 날리는 날에는》. 공저 《오후의 그리움》(Ⅰ, Ⅱ)
• 2010년 『순수문학』 신인상(수필), 2011년 『순수문학』 신인상(시) 수상.

# 강대나무

두고 온 북녘 마름질하던 아버지
배운 적 없는 가위질로
옷 한 벌 뚝딱 만드셨습니다

단둘이던 어머니 잃고
아내마저 보낸 외기러기
딸 다섯의 맏이 대학 입학 때
밤색 코트, 짧은 치마로 날개 다셨습니다

직각으로 삶을 갈던 아버지
가위날 대신
지팡이 잡으시다가 어느 날
모든 것 내려놓으셨습니다

살갗 벗겨지고 햇볕에 깡마른 손
북쪽 하늘로 뻗치며
강대나무 한 그루로 남았습니다

**홍경흠**

한국문인협회 해외발전위원. 한국시인협회, 국제PEN 한국본부 회원.
문학저널 신인상 예심위원.
사자상. 공로상 수상. 홍조근정훈장 수훈.

# DMZ

어둠이 길을 묶자 별빛이 그 끈을 끊어버린다.

형은 별빛의 힘을 빌어서 끝을 찾을 수 없는 DMZ의 문을 연다. 안테나를 높이 세우고 한 걸음 떼어 놓기 전에 초록 숨을 쏟아내며 수풀을 읽는다. 미간을 잔뜩 찌푸리고 쓴 침을 내뱉는 마지막 원시림, 산적 같은 여우의 눈빛이 상처의 기억을 불러온다.

바람이 날개를 치며 무늬를 만드는 사이, 존재마다 서로 탐색하느라고 잠 못 드는 밤, 어둠을 우그려 코펠을 만들고 암호는 잘게 썰어 반찬을 마련하고 DMZ가 새파랗게 닦아 놓은 무기들을 으깨어 서둘러 죽을 쑨다.

경계선이 여우웃음을 머금으면 총알이 무차별적으로 쏟아지는 환영(幻影)에 쫓기는 소쩍새가 되어, 삼가 DMZ의 명복을 빌며 소주 한 잔 올리고 하늘 깊이 날아올라 하늘같이 살아 보자며 별마다 팔베개하고 눕는다.

가장행렬 같은 세상에서
안개꽃 난쟁이붓꽃이 공룡과 어울려 말갛게 인사를 나누는 거리거리

한 무리의 새 떼들이 새 길을 내고 있다.

새 길에 들어서면 아리고 눈물겨운 시간이 없는, 서로를 품고 잠들 수 있을까.

수선화가 하얀 미소로 아침노을을 불러 모으는 DMZ, 묵묵히 바라보던 먼 산이 커다란 눈으로 윙크를 하자 풍산개의 이빨이 날카롭게 빛나고 회오리바람이 벌떡 일어선다.

홍은숙
• 1996년『순수문학』등단.
• 시집《강가에 앉아》1,2,3권 외 공저 다수.
• 2011년 영랑문학상, 2012년 유주현 향토문학상 등 수상.

## 통일 염원

산 따라 남쪽 새는
북으로 가고
강 따라 북쪽 물고기
남으로 온다

끊어져 녹슨 철길은
이념의 잔재
사람만이
흐르는 정을
욕심으로 막는다

지리산 선홍빛 진달래
북풍에 소식 띄우면
영변의 약산 진달래꽃
핏빛 그리움
온 산을 물들이누나

마음과 마음으로
이어온 그리운 세월
강과 산으로

이어진 그리운 세월

지금 철조망을 걷고
철길을 이어
구름보다 포근하게
바람보다 빠르게
다정하게
따뜻하게
마음을 열 때가 되지 않았는가

**황우진** _ serklin@hanmail.net
- 금강시마을 동인. 한국문인협회 회원.
- 시집 《장막을 벗고》 상재.
- 2012년 웅진문학상, 2014년 창조문학 신인상 수상.

# 통일의 함성

대지를 박차고 백두에서 한라까지
한 몸으로 달려온 조국 강산아!
한 핏줄로 써 내려온 조국의 역사
오천년 국조의 향기 흘러 넘쳐
금수강산 푸른 줄기 영롱하여라.

강물은 흘러서 어디로 가나
산맥은 달려서 무엇이 되나
보아라! 찬란히 빛나는 역사의 얼굴
들어보라. 조국산하 거센 함성을
8천만 하나로 굽이치는 태극의 물결

온 겨레 사람들 모두다 어깨동무
통일된 조국산하 눈앞에 펼쳐지네.

김복동
• 1993년 월간 『수필문학』 천료 등단.
• 수필집 《수국이 피는 집》
• 제5회 강원수필문학상 수상.

# H의 붉은 마음

이 가을에는 우리 모두 더 행복해졌으면 좋겠다. 파란 하늘을 닮은 가슴을 펴고 곱게 물든 가을 창가에 앉아 늘 그랬듯이 따뜻한 차 한 잔 나누는 여유와 그동안 적적했던 시간들에 대해 많은 이야기들을 나누고 싶다.

해마다 설악제가 열리는 날이면 불원천리 마다않고 속초로 모여드는 사람들이 있다. 과거 고향우체국에서 같이 근무했던 동료들로서 오랜 시간 뿔뿔이 흩어졌다가 퇴직 후 다시 소식이 이어진 것이다. 신명나는 이 모임이 10년을 족히 넘어가고 있는데 해마다 모이는 숫자가 하나둘 줄어들고 있다. 그럴 때면 다시 나이를 실감하게 된다. 나이가 든다는 서글픔도 있지만 그것도 잠시 평생을 살 것처럼 우리들은 또 다짐을 한다. 다리에 힘이 있을 때 자주 연락도 하고 이렇게라도 만나자고 한다.

어인 부고인가. 세월은 그냥 지나가는 법이 없나 보다. 올해도 동료 한 사람이 타계를 했다. 봄부터 시름시름 앓고 있다는 소식을 들었을 뿐인데 우리 곁을 이렇게 쉽게 떠날 줄은 까맣게 몰랐다.

가슴 밑바닥에서 앙금처럼 남아 있는 슬픔이 아프게 치고 올라왔다. 진정 우리가 한 약속도 있는데 그렇게 서둘러 가다니 말도 안 되는 일이다.

"김 양, 통일되면 내 고향 함흥에 꼭 같이 갑세."

무슨 뜻인지 알고도 남을 이 말, 젊은 시절이 어제처럼 환청으로 살아난다.

속초 청호동에 가면 아니 아바이마을로 더 알려진 이곳은 1.4후퇴 때 함경도에서 피란을 나온 사람들이 정착한 곳이다. 아무도 거들떠보지 않았던 쓸모없는 모래땅, 바다와 청초호 사이 아프게 뻗어있는 반도 위에 올망졸망 성냥갑 같은 집을 짓고 아바이마을을 형성했다.

함경도민은 처음부터 순박한 이 지역 사람들과 판이하게 달랐다. 알아듣지 못하는 진한 사투리가 그러했고 공격적이고 급진적인 성향이 그랬다. 청호동을 지나갈 때면 또 어떤 봉변이나 당하지 않을까 하는 염려로 늘 긴장을 해야 했다.

추운 겨울 퇴근길에서 새로 생긴 호떡집이 있어 호떡을 몇 번 사 먹은 적이 있었다. 때로는 찐빵도 먹었는데 그 할머니가 어느 날부터 보이지 않았다. 그런가 보다 하고 잊어버렸는데 하루는 훤칠하게 생긴 청년이 우편 일을 하게 되었다며 사무실에서 인사를 했다. 그가 바로 H였다.

1.4후퇴 때 H는 폭격으로 부모님을 모두 잃고 그나마 다행스럽게 조부모님 슬하에서 해조음에 잠들고 깨면서 고등학교를 마치고 입대를 했단다. 가난하고 외로운 조부모님들은 당장 먹고 사는 것을 해결하기 위해 집 앞에서 호떡을 구워 팔았고 막 제대를 한 손자가 박봉이긴 해도 취직이 되어 길거리 장사를 접게 되었다고.

H를 처음 만났을 때 우리는 젊음의 상징인 아름다운 꽃이었다. 같은 직장 동료로 또는 이성간의 친구로, 말단이긴 해도 우리는 영업 관청에서 작으나마 심장역할을 했다고 본다. H는 우편업무를 보았고 하루의 수입은 금융 업무를 보는 내게로 넘어왔다. 지금은 어떤지 모르겠으나 그때는 이런 시스템이었다.

서류상이긴 해도 과장님에게 전달되려면 꼭 내 손을 거쳐야 했고 서류가 들어있는 갈피에는 쪽지가 가끔 들어 있었다. 무슨 영화가 상영 중이니 퇴근 후 같이 극장에 가자고 했고, 함흥냉면을 먹자고도 했고 등등 금쪽같은 시간들로 우리는 충분히 젊음을 구가했다. 모든 업무 처리는 수작업으로 행해졌으나 그럼에도 날마다 기쁘고 즐거운 날이었다.

당시만 해도 피란을 나온 함경도 사람들은 가난하고 주로 배를 탄다 하여 한참 내려다보는 경향이 있었다. 직업의 귀천을 따지던 시절 엄격했던 집안 어른들에겐 불을 보듯 뻔한 결과였다. 돌파구를 찾지 못한 우리는 그저 서로에게 애달프고 시린 존재로 남을 수밖에 없었다.

그로부터 많은 세월이 흘렀다. 남북이 하나 되는 날 남보다 한 발짝이라도 먼저 고향에 가겠다는 일념으로 속초를 떠나지 못했던 피란민 1세들, 숱한 애환이 서려 있는 아바이마을에는 진한 사투리도 사라지고 지금은 피란민 2세와 3세의 고향이 되어버렸다.

속초의 발전은 누가 뭐래도 함경도민들로부터 나왔다 해도 과언이 아니다. 인구의 유입으로 행정구역이 늘어나고 어업의 성장으로 경제발전의 틀이 마련되었다고 본다. 갖은 모욕과 멸시를 받으면서도 오뚝이처럼 일어났던 그들은 오늘도 한을 풀지 못한 채 저세상 사람이 되었거나 북쪽 하늘로 마음을 실어 보낸다.

사람들은 살아가면서 각자 마음 속에 자신만의 열망을 갖는다 했다. 그리고 그 열망을 이루기 위해 혼신의 열정을 쏟아 붇는다. 그 마음을 빛으로 나타내 보면 태양처럼 붉은 빛을 띤다 하지 않던가.

H의 그 붉은 마음을 어찌 모른다 할 수 있으랴. 옆에서 지켜본 세월이 얼마인데. 고향 간다는 부푼 꿈으로 한 생애를 보낸 H, 비록 꿈을 이루지 못하고 갔지만 편안하게 영면하기만을 기도하리다. 그래도 가끔 이승이 그리워지거든 새처럼 구름처럼 자유로운 몸 되어 고향산천을 돌아보거나 옛 동료들이 살고 있는 속초에도 들러 보면 좋으리라.

뒤에 남은 사람들의 책임이 막중하다는 것을 더욱 더 실감하는 요즘이다. 해법도 없는 휴전선의 대치라든가 북한의 적화야욕이 사라지지 않는 한 통일은 요원하기만 하고 국가안보를 위태롭게 하는 패거리들이 색출되지 않는 한, 갈 길은 참으로 험난하다. 국가안보의 밑불이 되어준 분들을 가볍게 여기는 막말도 난무하는 와중에 핵무기로 우리나라를 위협하는 김정은을 보고 있으면 국가와 국민의 안위를 위해 사드배치는 꼭 필요할 수밖에 없다.

**김성렬**_ sandong@dbpromy.com
• 1997년『포스트모던』수필 등단.
• 저서《가깝고도 먼 그곳》《청계천 비둘기와 노점상 할머니》《아내의 향기》
• 강서문학상. 한국문예창작기금 수혜. 한국수필문학상. 한글문학상 수상.

# 유치장(留置場) 사람들

몇 년 전인가, 육로로 금강산엘 다녀온 적이 있다.

웬일일까, 비무장지대를 넘어 철의 장막으로 가려진 북한 땅에 첫 발을 들여 놓을 때 참으로 묘한 기분이 들었다. 다른 나라도 아닌 바로 우리 민족, 우리 의 땅이건만 몸과 소지품 검색을 받아야만 하니 신비와 공포가 뒤엉켜댔다. 반세기만의 일이니 오죽이나 하랴!

자유란 도대체 무엇인가, 나에게 고향은 이 지구상에 다시 없는 자유와 평화의 천지였다. 종달새가 노래하고, 무지개 꽃이 피는가 하면, 개똥벌레들이 나는 들판을 아무에게도 구속을 받지 않고 뛰어 놀았다.

울창한 밀림 속에서는 숲이 보이지 않는다고 했다. 자유와 평화의 낙원에서 뒹굴어, 자유와 평화의 그 위대한 가치관을 느끼지를 못하다 북한 땅에 발을 들여놓자마자 자유의 그 소중함을 떠올렸다. 기억하고 싶지 않은 민족상잔, 그 전쟁 상처의 흔적들이 반세기가 훨씬 지난 지금도 여기저기 그대로 방치되고 있다.

내가 찾은 북녘 땅은 외부와는 철저하게 폐쇄된 장막 속이었다. 산은 헐벗고 흙먼지 나는 신작로엔 그 흔한 자동차 한 대 구경할래야 할 수가 없다. 마을은 있어도 인적은 없고 모두가 칠흑 같은 암흑의 세계다. 들판에 심어진 농작물들은 황달병에 걸린 것처럼 생육상태가 나빴다. 소들이 아직도 논을 써리고 있는 것이 전쟁 직후 우리의 농촌 모습을 보는 것 같았다. 군데군데 보이는 무장한 경비병들의 총부리가 섬뜻할 뿐이다.

다음날 아침, 나는 이른 새벽 숙소 문을 나섰다. 북쪽 사람들을 만나 살아가는 이야기를 직접 듣고 싶어서였다. 공연장 주차장까지는 한 오리길쯤 되는 거리를 자유의 거리라고 이름을 붙여놓았다. 우마차 겨우 비켜갈 수 있는 비포장도로 양쪽으로는 철조망으로 된 울타리가 둘러쳐져 있었고, 그 울타리 밖으로는 일정한 간격을 두고 무장한 북한 경비병들이 감시를 하고 있는 모습이 왠지 을씨년스럽고 암울함이 어깨를 사정없이 짓눌러대는 것만 같았다.

경비병들이 휴대하고 있는 개인화기가 그들에겐 힘겨워 보였고, 마치 총을 들고 있는 마네킹처럼 생명력이란 전혀 없어 보였다. 이른 새벽부터 협동농장으로 가는 아낙네들의 행렬이 종종 보이나 그들은 일부러 남쪽 사람들의 눈길을 피하려 하고 있었다. 어찌나 반가운지 나도 모르게 "반갑습니다" 라고 말을 건넸지만 그들은 일부러 고개를 외로 돌리고 말대꾸도 없다.

조금 걷다 보니, 철조망 울타리 밖에서 공동으로 일을 하고 있는 작업반 사람들을 볼 수가 있었다.

말 듣던 대로 제대로 먹지 못해 하나같이 바람만 불어도 그대로 날아갈 것만 같은 허약한 체구들이다. 거기에도 한두 사람이 남자이고 대부분 아녀자들뿐이다. 남자들은 모두다 군대엘 간 모양이다. 작업반 사람들은 거진 스무 명이 가까이 되어 보였다.

나는 그들 세계가 몹시 궁금하여 발걸음을 멈추고 그들의 대화 내용을 들으려 귀를 기울였다. 그들의 숨결소리도 듣고 싶었다. 그들의 진정한 땀내도 맡고 싶었다. 숨결 속에는 자유의 농도를 측정할 것 같아서이다. 그런데 자기들끼리도 말 한 마디 없다. 서로 감시를 하고 감시를 받는 것이 사실인가 보다.

그들의 표정은 하나같이 어둡고 무표정했다. 우리네 같으면 휘파람이나 콧노래도 불러가며, TV에서 방영되는 연속극의 줄거리나 돌아가는 국내외 정세도 한두 마디쯤은 있으련만 반 시간이 거의 다 지나도록 입술은 철문처럼 굳게 닫혀만 있다.

저들에게도 꿈이 있을까, 꿈이 있다면 어떤 것일까, 하얀 쌀밥에 따뜻한 쇠고기 국일까, 저들의 가슴 속에 진정한 장군님(?)의 피가 흐른다고 믿고 있을까. 반 백 년이 넘도록 인민을 위한 사회주의 혁명이 고작 이런 것인가, 이것이 바로 북쪽에서 입이 닳도록 선전하는 지구상의 최고 낙원이요, 장군님의 은덕이란 말인가, 한 마디로 그들은 사회주의 쇠사슬에 묶여 지쳐 있는 노비들이다. 우리에 갇혀 사는 짐승보다 무엇이 다르다는 것일까, 그들에게 따뜻한 햇볕은 없고 변질된 사회주의 곰팡이 세균들이 득시글대는 음지에 살고 있다. 그들에게는 한 조각의 빵보다는 한 줌의 자유와 인권이 더 시급하다.

이미 지구상(地球上)에서는 거의 사장(死藏)된 지 오랜 공산사회주의 체제를 유지하려는 몇몇 대궁들은 백로를 찬양하고, 잎과 뿌리는 변치 않는 사과나무일 뿐이다. 가면을 쓴 햇볕정책은 변질되어 백성은 굶어도 핵무장을 하도록 만들었고 흩어져 있던 좌경 세력들에게 명분을 주어 한반도를 다시금 양극화 늪에 빠지게 하는데 크나큰 업적(?)을 남기었다.

굶주린 북한 주민들에게 보낸 구호품을 6.25 통일전쟁에서 승리한 대가로 남쪽에서 조공(朝貢)을 바치는 것이라고 선전을 하고 있단다. 그래도 우리 정부는 손뼉을 치며 달라는 대로 주지 못해 안달이 날 정도다. 도대체 백성이 알지 못하는 사연이라도 있는 것일까.

청와대를 깨부수겠다고 세검정 고개를 넘어 청와대 뒷길까지 쳐들어왔다가 선량한 시민들에게 자동소총을 난사하며 구사일생으로 북으로 도망쳤던 무장공비 하나가 있었다. 추위에 굶어 얼어 죽었을 것이라고 믿었던 자가 북쪽 고위 관료가 되어 결국은 청와대 초청을 받아 햇볕정책으로 포장했던 대통령을 만나고 갔다.

세상이 변해도 너무나 변했다.

이제는 문인들이 나서야 할 때가 아닌가. 권력과 명예 앞에서만은 나는 되고 너는 안 된다는 사고방식들이, 왜 여기서는 나는 안 되고 너만은 된다는 식으로 침묵을 지키고 있는 것을 보면 마치 반쪽 문인들인 것 같다, 그렇기는 정치인들도 마찬가지다. 북한도 우리 땅이요, 우리들 형제들이련만, 선거 때만 되면 그 큰 목소리들이, 북쪽 앞에서는 주눅들이 들어 있는지 모를 일이다. 북한의 인권문제를 말하는 사람 아무도 없고 오히려 덮으려고만 한다. 북한의 야만적인 대학살에 대해 침묵하는 것은 수수방관이요, 공범(?)이 아닌가, 지옥과도 같은 유치장 안에서는 백성들이 굶어 죽어가고 정치범 수용소에서는 공개 총살도 서슴지 않고 있다.

그런데 보고도 못 본 척, 듣고도 못 들은 척, 입은 얼어붙은 지 오래되어 말 한 마디 못하는 우리 문인들이 고도 장애자들이 된 것 같다. 꽁꽁 얼어붙은 북녘 땅을 이제는 제대로 보고, 제대로 듣고, 사실 그대로를 말한다는 것은 그것이야말로 우리 문인들의 몫이요, 역사가 우리에게 요구하는 시대적 사명이 아닌가. 북극의 빙하도 녹아내리는데, 동토의 땅 북한은 언제쯤이나 봄이 돌아올까, 짐승들의 우리 같은 유치장 문을 우리 문인(文人)들의 붓으로는 녹일 수가 없을까.

**백승국**(白承國) _ kimkyungbok2@naver.com
• 『문예사조』로 수필 등단
• 청탑수필문학회 회장 역임
• 현재 한국수필협회 이사, 한국문인협회 회원, 리더스 에세이 회원

# 꿈에도 소원은 통일 70년 동안 스쳐간 '바람' 소리

엉뚱한 일이 벌어져 황당했다. 엉거주춤 전화수화기는 내려놓았으나 마음이 뒤숭숭하고 누구인가 감시하고 있는 것 같아 불안해졌다. 지금 같으면 한 줌의 웃음꺼리도 아니겠지만 그때는 신경이 쓰였다.

1970년대 초 일이다. 카이로(이집트)에서 열린 세계 산업박람회를 돌아보고 귀국하는 길에 아테네(그리스)를 들렀다. 처음 찾는 나라이기에 궁금한 일이 많아 호텔 교환에게 한국대사관(Korea Embassy) 전화를 부탁했다. 얼마 되지 않아 연결됐으나 생각하지도 못한 일이 벌어진 것이다. 수화기를 들자 억양이 강한 사투리가 내 귀를 자극했다.

"조선인민공화국 대사관 ○○○입네다. 뭣 때문입네까?"

분명히 전화가 잘못 연결된 것이다. 나중에 확인한 사실이지만 그 당시 유럽 지역에서는 Korea하면 우선 북쪽을 알고 있는 사람들이 많다고 했다.

우리는 일반의 해외여행이 매우 제한되어 있었다. 때로는 출국 전에는 반공교육을 받아야 했다. 해외에서 허가 없이 북한 쪽 사람들과 접촉하면 요시찰 인물, blacklist로 감시 대상이 되기도 했다. 간첩이라는 말만 들어도 몸이 굳고 주위를 둘러보던 때다. 특히 일본, 홍콩 등 동남아 지역을 출장할 때면 또 다른 금기사항이 따랐다. 흰 저고리에 검은 통치마를 입은 북한 여인들은 특정교육을 받은 '요인' 들이니 신경 쓰라고 했다. 호텔방문 밑으로 들이민 '어버이 수령' 등등… 선전문을 발견하면 수집, 관계기관에 우선 신고해야 했다. 분위기가 이렇게 팍팍한데 자신의 의견과 관계가 없었다 해도 북측 대사관에 전화를 걸고 통화를 했다는 점은 꺼림칙한 일이다.

어수선한 '사건' 이 일어난 후부터 해외에 나갈 때면 나는 Korea 대신 반드시 South Korea임을 강조하고 여권 서명에도 그렇게 밝히게 됐다. 우화 같은 일이지만 두 개로 쪼개져서 아웅다웅하고 있는 현실을 확인하고는 한심스럽고 짜증이 나던 시절이다.

몇 년 시간이 지난 후였다. 런던 주택가 모텔 구내식당에서 또 일그러진 내 모습을 확인했다. 30대 초반, 젊은 동양인이 어리벙벙해 보였는지 식당 남자 종업원이 의외로 친절했다. 아침 메뉴를 하나씩 설명해 주고는 자기 신변 이야기를 하더니 다른 말을 했다. 자신은 자메이카에서 왔는데 당신은 어디서 왔냐는 것이다. Korea라는 나의 대답에 또 북(North)이냐 남(South)이냐 따진다. 가는 곳마다 두 개의 코리아가 나를 괴롭혀 즐거운 일이 아니었다.

나는 해방된 다음해(1946년)에 '새 나라의 새싹' (국민학교 입학)이 됐다. 신기하고 자랑스러웠다. 해방은 독립이고, 독립은 바로 통일이라고 착각했던 때 제일 먼저 알게 된 신기한 노래가 있다. 초등학교 2학년이 됐을 때다. '우리의 소원은 통일' (작사 안석주, 작곡 안병원, 1947년) 제목부터 안쓰럽다.

> 우리의 소원은 통일 꿈에도 소원은 통일
> 이 정성 다해서 통일 통일을 이루자
> 이 겨레 살리는 통일 이 나라 살리는 통일
> 통일이여 어서 오라 통일이여 오라

동요 같으면서도 즐거운 노래만은 아니라는 사실을 알게 된 것은 시간이 지난 후였다. 함께 소원을 외치던 새싹들은 어느새 칠순을 넘겼고 한

명 두 명씩 먼저 떠난 이들도 늘어나고 있다.

초등학교 5학년이 됐을 때 6.25 전쟁이 일어났다. 여름, 겨울 두 번씩 피난을 갔다가 다시 집으로 돌아왔으나 아끼던 교실이며 운동장은 온통 군인 아저씨들이 차지해 우리는 이곳저곳을 찾아 야외수업을 해야 했다. 향교 창고, 군청 앞 느티나무 그늘, 비가 오는 날에는 교장선생님 관사 마루 등에서 공부를 했다.

시간이 지났어도 통일이 화두가 될 때면 그때 함께 소원을 외치던 동무들 생각이 난다. 우리는 그들을 처음에는 피난 온 애들이라고 했다가 나중에는 서울 애들이라고 불렀다. 서먹서먹한 마음이 풀어진 것은 함께 부르던 우리의 소원은 통일 덕분이다. 서울깍쟁이들도 우리가 잘 부르는 노래를 좋아하고 있다니 기분이 좋은 일이다.

세월은 지치고 무심했다. 10년, 20년… 40년, 60년 아들, 손자 두 세대가 지나가고 있는 것이다. 20여 년 전 현직에 있을 때 색다른 통일을 생각한 적이 있다. 탈북했다는 거물을 인터뷰하던 중이다. (1994년 9월) 상대는 김일성종합대학 경제학 박사라고 했다. (현재는 국회의원) 궁금한 진실을 듣고 싶었으나 결론은 시원치 않았다. 우리 관계기관원이 자리를 같이 했기에 말을 아끼고 서로 신경이 쓰였다.

그래도 아직도 잊을 수 없는 이야기가 남아있다. 탈북자의 질문이다. 남조선에 와보니 놀라는 것이 많은데 특히 이해할 수 없는 일이 있다고 했다. 북(北)에서는 통일문제, 대남전략을 다루는 요인들은 10년, 20년, 평생 한 자리에서 버티고 있는데 이곳은 그렇지 않은 것 같다는 것이다. 눈초리가 날카롭다. 어느 한 곳이 뻥 뚫렸다는 생각이 들어 섬 했다. 함께 자리를 지키던 우리 관계자도 궁색했는데 동문서답했다.

다시 바람이 분다. 통일은 대박이라고 했다. 그 바람의 크기와 모양, 색깔이나 맛은 아직 알 수가 없다. 미풍, 훈풍인지 강풍, 회오리바람인지 쓰나미, 태풍인지도 모르지만 바람이 분다. 잔칫날은 항상 어수선하다. 일꾼은 정신이 없고 훼방자도 설친다. 마련한 음식은 일품일 수도 있고 맛

없는 상이 될 수도 있다. 서투른 요리사는 잔칫날 분위기를 망칠 뿐이다. 통일 바람은 준비이며 기다림이다.

전쟁이 난 다음해인 1951년 1.4후퇴 때 이산가족이 된 장모님은 아직도 믿지 않고 있는 것 같다.

'그 사람덜 어드렇게 믿냐?….'

통일은 짝이 함께 만드는 작품이라는 말인 것 같다. 며칠 전 서울에서 열린 한 · 중 정상회담에서도 평화통일이 오고갔다고 전하고 있다. 서둘 필요도 서두를 수도 없지만 바람을 기다린다. 우리의 소원은 통일이고 미래이기 때문이다.

**옥창열**

- 2012년 월간 『한맥문학』 수필부문 등단. 계간 『글벗』 시부문 등단(2015).
- 수필집 《앎이란 무엇인가》 출간.
- 대통령/총리 표창 각 1회, 장관급 표창 2회 수상.

# 통일은 도둑처럼 다가온다

북한은 공산주의 국가에서도 유례가 없는 3대 세습으로 국제사회의 웃음거리가 된 지 오래다. 갓 서른 넘은 애송이가 할아버지와 아버지 후광을 등에 업고, 통치에 걸림돌이 되는 제 고모부마저 처형하면서 공포정치를 펴고 있다.

그러나 북한의 상황은 녹록지 않다. 날이 갈수록 코너에 몰리는 형국이다. 작년(2015년) 말 유엔 총회는 11년 연속으로 북한인권결의안을 압도적 표차로 통과시켰고, 북한 인권탄압의 책임자 김정은을 국제형사재판소에 세우라는 국제적 압력은 더욱 높아졌다.

탈레반이 그랬고, 사담 후세인과 카다피도 그랬다. 보편적 인권을 억압하고 무리하게 독재정권을 연장하면서 자유세계를 위협한 세력은 모두 종말을 맞았다. 더욱이 자기 국민도 먹여 살리지 못하여 탈북자가 속출하는 마당에 인권유린과 강압 통치를 일삼으면서 핵무기를 만들어 세계를 위협하는 무리를 그냥 둘 수는 없다. 아마 경제제재의 강도를 높여 목줄을 더 단단히 조일 것 같다.

요즘 종편방송에 자주 나오는 언론인과 탈북자 중에는 북한이 향후 수 년 내, 또는 박근혜 정부 임기 내 급변사태가 일어난다고 예언하는 사람이 많다. 동서독도 그랬지만, 통일은 갑자기 올 가능성이 높다.

북한 노동당 국제담당 비서를 하다 1997년 탈북한 황장엽은 남한이 하기에 따라 3년 내 통일이 될 수도 있다고 했었다. 1995년 한 해에만 굶어 죽고 못 먹어 병들어 죽은 사람이 50만 명이었다며, 통일을 앞당기려면 남한이 경제지원을 하면 안 된다는 견해를 피력했다. 특히 북한지역에 투자를 하는 것은 북한정권의 생명을 연장하는 길이라고 했다. 당시에도 중국이 상당한 지원을 하고 있었지만, 중국이 본격적으로 나서서 북한을 도와줄 경우, 13억이 한 숟가락씩만 떠주어도 2천만을 먹여 살리는 것은 어렵지 않으며, 그렇게 될 경우 통일이 몇 십 년 걸릴지 모른다는 말이었다.

꼭 지원하려면 쌀은 전량 군대로 들어가니 빼고, 옥수수를 연간 1백만 톤 정도 지원하면 남한이 지원한 것을 북한 주민이 부지불식간에 알게 되고 괜찮겠다고 했다. 그리고 통일환경 조성을 위해, 미국은 물론이고 일본과도 공식적으로는 으르렁거리더라도 비공식적으로는 서로 친하게 지내야 한다고 조언했다. 중국과는 경제관계를 더 돈독히 하여 FTA를 체결하면 북한체제가 무너진다고 했는데, 2015년 12월 한 · 중 FTA가 정식으로 발효되었다.

당시 황장엽의 말은 1998년 김대중 정부가 들어서고 햇볕정책이 시행되면서 공염불이 되고 말았고, 좌파들은 지금도 햇볕정책을 금과옥조로 여기면서 불쌍한 북한 주민을 돕지 않는다고 야단이다. 우리 관광객 살해와 천안함사건에 대한 일언반구 사과도 없는데, 금강산 관광과 개성공단을 재개하라고 야단이다.

당장 통일이 되면 남한 측으로서도 북한 경제재건 비용이 너무 많이 드니 지원을 하면서 서서히 통일을 이루어나가는 것이 낫다는 게 일부 학자들의 생각이기도 한 것 같다. 우리 젊은이 중에도 통일을 원하지 않고 이대로 살고 싶다는 사람이 많다고 한다. 좌파 정부 10년간 썼던 정책이 바로 그런 것이었다.

그러나 고위급 탈북자와 많은 우파 학자들은 통일비용을 너무 걱정할 필요는 없다고 주장한다. 통일되더라도 북한 주민의 먹는 문제를 우선 해결해 주고 생활수준은 서서히 끌어올리는 정책을 쓰면 되며, 북한 주민의 대거 남한 유입과 토지문제에 따른 혼란도 미리 대비책을 세워 통제하면 큰 문제가 아니라고 본다. 더욱이 분단 고착화에 따른 군사비와 통일에 따른 경제 시너지 효과를 고려하면 분단보다는 통일이 유리하다는 입장이다. 동서독도 통일 후 혼란으로 말들이 많았지만 잘 극복하고 잘들 살고 있지 않느냐고 한다.

햇볕정책을 펴던 김대중 정부시절, 미국 정보기관 요원이 햇볕정책을 강하게 비판하는 걸 들은 적이 있다. 레이건 때 소련을 붕괴시켰는데, 그것은 밀을 주어서가 아니라 스타워즈 계획을 밀어붙여 소련이 군비경쟁 끝에 경제가 파탄되어 스스로 무너졌다는 것이었다.

통일되면 긴급한 북한 재건비용 때문에 당장은 우리가 낼 세금이 많아져 불리할 것이다. 그러나 장기적으로는 북한의 풍부한 지하자원을 개발하고 양질의 노동력을 활용하며, 대륙으로 직접 통하는 길이 열리고 규모의 경제가 실현되어 유리할 게 틀림없다. 경제적 유불리를 따지기에 앞서, 무엇보다 인권탄압과 기아에 신음하는 북한 주민을 구출하는 것은 민족적 책무가 아니겠는가.

북한이 핵무기를 보유하면 통일이 요원하다는 사람도 있지만, 주변 강대국들과의 관계를 개선하면서 국제사회와 협력하여 경제제재를 더욱 옥죄면 북한정권이 내부에서 스스로 무너질 수 있다. 북한은 시민운동 세력이 성장하지 못해 시위를 통한 봉기는 어렵지만, 군부가 들고 일어날 가능성이 있다는 분석이 있다. 군부란 가장 보수적인 집단이지만, 자신의 부모 · 형제와 이웃이 굶어 죽었다는 소문이 계속 들려오면 무한정 참고 있지만은 않는다는 것이다. 고 황장엽도 2~3개 사단만 들고 일어나면 북한정권을 무너뜨린다고 말한 바 있다.

통일은 한밤중 도둑처럼 다가온다. 통일되어 북한 주민과 손잡고 만리장성과 바이칼 호로 휴가를 갈 날이 머지않았다. 정부가 나름대로 대비책을 세우고 있겠지만 국민들도 마음의 준비를 하자.

**윤옥석** _ yos00g@hanmail.net 본명 옥석.
- 월간 『문학세계』 등단.
- 한국문인협회 회원. 소정문학회 이사. 전국인권협회 사무처장.
- 동인지 《달팽이 날다》《수요일엔 파란 장미를》, 공저 《하늘비 山房》 외 다수.

# 가장 아름다운 소원과 희망

이 세상에서 내가 또는 우리가 가장 원하는 소원은 무엇이며, 희망이란 무엇인가? 개인이나 국가는 물론 누구나 자기가 원하는 소원과 희망은 있기 마련이다. 동서고금 남녀노소를 막론하고 이러한 꿈을 가지지 아니한 사람은 없을 것이다.

우리나라 이산가족의 고통과 슬픔을 막고, 언어, 풍습, 문화 등의 차이가 더욱 더 커지기 전에 우리 민족은 기필코 평생 염원인 통일을 해야만 한다.

며칠 전, 독립운동가이며 시인, 승려이신 만해 한용운(韓龍雲, 1879~1944)님이 잠들어 계신 곳을 찾아갔었다. 28세에 스님이 되어 3.1운동 때 민족 대표 33인 중 불교계를 대표로 서명했고, 체포되어 3년간 옥고를 치루셨다.

> 님은 갔습니다. 아 아 사랑하는 나의 님은 갔습니다.
> 푸른 산 빛을 깨치고…(이하 생략)…

이러한 시집 《님의 침묵》을 발표하여 일제침략에 저항하는 민족정신과 염원을 노래하셨다. '임만이 님이 아니라 중생이 다 님이다' 라고 강조를 하셨다.

필자는 문화원 소속 향토문화해설사로서 이곳 공원에서 해설을 끝마쳤다.

독립운동가들과 각계각층의 유명인사가 잠들어 있는 망우공원에서 일과를 마치고 귀가할 때 문화원에서 주는 초청장을 받아들고 공연장에 들어갔다. 관람석에 앉자 무대가 열리고, 예쁜 모습을 한 무희들이 노래와 춤으로 첫 장을 열었다. 무지개의 빛 오색찬란한 옷을 입고 미소 띤 여성들은 평양예술단으로 구성되었다. 정작 고운 연지 색깔은 두 볼에 흐르고 초롱초롱한 눈빛은 곱게 빛났다.

우리 고유의 한복을 입고 붉은 앵두 같은 입술에서 청아한 목소리가 감미롭게 흘러 나왔다. 그 노래는 내가 어릴 때 배웠던 '우리의 소원은 통일 ~~' 이란 익숙한 음성이 장내에 감명 깊게 웅장하게 울려 퍼졌다.

어느새 장내는 숙연해지면서 함께 따라 부르는 소리가 여기저기에서 들렸다. 가사에 가락을 붙여서 부르는 것이 노래이지 않던가? 소리를 즐기는 것을 음악(音樂)이라 하는데, 이것은 세계의 공통어(共通語; common tongue)라고도 한다. 이러한 광경을 보고 듣는 나와 관람객 모두에게 우리의 소원이 무엇인가를 가슴 깊이 심어 주었다.

우리들이 그토록 바라고 원하던 것이 소원이라고 한다면, 오래 전부터의 소원(所願; wish)은 숙원(宿願; long cherished wish)이라고 하지 않았던가?

우리나라가 통일이 된다면 모범적인 나라로 우리가 세계평화에 크게 기여할 것임에 틀림이 없을 것으로 믿는다.

며칠 후 다시 만해의 '님의 침묵' 시비 앞에서 내가 해설할 때는 왜 침묵하고 계시었는지 물어보고 싶어지기도 했었다.

세계문자올림픽에서 우리 한글이 금메달 제1위로 세계의 부러움을 가졌다. 이러한 자랑스러운 글자로 '통일' 을 외치며, 우리의 소원과 희망을 애타게 노래하는데 왜 침묵하시는 것일까? 우리의 소원에 대한 염원이며 통일인데, 님은 어찌하여 침묵하고 계실까? 이런 생각을 하면서 나도 우리나라가 세계에서 가장 아름다운 나라가 되어 곧 통일의 날이 오기를 간절히 기원해 본다.

지금 나의 귓가에는 앵두 같은 입술로 애절하게 부르는 아리따운 목소리가 메아리처럼 스쳐지나가는 듯하다. 과연 나의 소원은 무엇이고, 우리들의 숙원은 무엇이란 말인가?

'우리의 소원은 통일~~' 이 노래를 또 다시 부르고 싶어지는 이유는 무엇 때문일까?

'가장 아름다운 네 소원이 무엇이냐?' 라고 묻는다면 어떻게 대답해야만 할까?

예술단 공연이 끝난 후 내가 어느 작가의 여행기를 읽었던 내용은 다음과 같다. 그가 남아프리카 광산에 있는 추장 집 문 앞에 앉아 있는데, 아이들이 돌놀이를 하고 있었다. 그 돌은 다이아몬드였으므로 깜짝 놀라 추장에게 말했다.

"우리 아이들도 돌놀이를 하는데 몇 개를 줄 수 있겠는지요? 대신 담배를 드리겠소."

추장은 쾌히 승낙하여 그것을 팔아 추장의 땅을 샀고, 그래서 그는 최고의 부자가 됐다. 그곳 사람들은 보석 더미에서 살면서 그것의 가치를 모르고 추장은 물론 모두가 몰랐다.

우리의 삶 역시 크게 다르지 않다. 대부분 사람들도 내가 있는 곳의 소중함을 깨닫지 못하고 살아간다. 세계에서 첫째가는 한글의 고마움과 소중함을 깨닫지 못하는 것과 무엇이 다를까? 또 세계에서 단 하나의 유일한 분단국가로 손가락질을 받아가며 부끄럽게 살아가면서, '통일(統一)'의 중요성을 잘 알지 못하는 것과 과연 무엇이 다르단 말인가?

통일정부를 세우기 위한 독립운동가이며 정치가인 김구(1876~1949)의 소원은 무엇이었을까? 네 소원이 무엇이냐 하고 하느님이 물으시면, 그는 서슴지 않고 무엇이라고 대답을 했을까?

"동포 여러분! 나 김구의 소원은 이것 하나밖에 없다. 이 말은 우리의 가슴 속을 설레게 한다. 또 나는 우리나라가 세계에서 가장 아름다운 나라가 되기를 원한다."

이런 저런 사연들과 함께 '우리의 소원은 통일~~' 이란 노래가 내 가슴 속에서, 마치 물결치며 파도처럼 세차게 출렁거린다.

오늘 푸른 별이 빛나는 밤에, 공연장에서 아리따운 모습과 청아한 음성으로 노래 부르던 얼굴들이 꿈에라도 나타날까? 그녀들과 함께 아주 의미있게 노래를 부르고 싶어지는 이유는 무엇 때문인지 도무지 알 수 없다.

순례란 성지나 영지를 두루 예배하고 다니는 것이다. 이번 광복절 독립유공자 추모사업에 '만해 순례길' 을 추천했다고 전해졌다. 이러한 영광스러운 길을 따라, 나 역시 해설가와 작가의 신분으로 최선을 다하여 사명감을 가지고 성실하게 활동하려고 다짐을 해 보려고 한다.

우리 모두가 일치단결하여 '통일' 이란 우리의 소원을 이루고, 세계를 향하여 평화스럽고 푸른 희망이 샘솟는 가장 아름다운 나라를 건설해 본다면 어떠할까?

**이광일**

• 2011년 『현대문예』 등단.
• 한국문인협회 회원. 광주시인협회 회원.

# 문수사

지리산 문수사에 오르는 길은 어머니 생각에 까닭 없이 눈물이 나고는 했다. 6.25 난리통에 지리산 중턱에 자리한 문수사가 불길에 휩싸여야 하는 이유가 빤히 들여다보이기도 했다.

해방 이듬해 일본 징용에서 살아 돌아온 아버지는 늦은 나이에 어머니와 결혼하여 칠봉산 자락에 터를 잡고 살림을 차렸다. 산밭을 일구어 땅심이 돋을 만하자 전쟁이 터졌다.

서울을 끝까지 지키겠노라던 대통령께선 소리도 없이 피신하시니 순식간에 전황은 남쪽으로 밀려 내려와 점령지역이 되었다가 밀고 밀리는 전쟁통에 칠봉산 아래 농사꾼들은 일제와 진배없는 고통에 내몰렸다.

밤에는 죽창에 소총을 겨누고 소리 없이 기습해 오는 밤손님들에게 밥을 지어내지 않을 재주는 없었다. 낮에는 무장을 하고 수색을 나온 경찰들에게 주눅이 들어 나라에 세금을 내는 백성이라는 표정조차 짓지 못했다.

주먹만한 심장이 종내는 터져 버릴 것 같던 전쟁이 끝나가는 기미가 보이고 침략자들을 완전히 쫓아낸 즈음에 심판의 날이 왔다.

며칠째 소재지 쪽에서 가끔 콩 볶는 듯한 총소리가 나고 흉흉한 소식이 돌더니 급기야 5중대 군인들이 산간마을에 진군해 들어왔다.

야밤손님 밥지어낸 전력으로 겁에 질린 이모부는 마을 앞으로 모이라는 말에 뒷산으로 도망을 치다가 바위를 타넘으며 총에 맞았다. 어머니는 그 광경이 토끼가 폴짝 뛰다 떨어지는 것같이 맥 없이 쓰러지더라고 했다.

지금도 기를 못 펴고 사는 종친인 현이 아빠는 밭이랑에 숨어 있다가 집중사격을 받았다.

"사람 목숨이 개구리 목숨하고 차이가 없더라! 서너 발 갈깅게는 폴짝 뛰는가 싶더니 사지를 쭉 뻗드라!"

그 때 주눅이 든 때문인지 평생 말을 더듬거리던 어머니가 "그 뭐시냐 긍께 그것이…" 하면서 이어지는 여름밤의 이야기는 타다만 담배꽁초 연기 속에 이어지고는 했다.

동추 청년 손짓에 따라 잠깐 동안 사람을 골라내더니, 열두 명을 끌고 가려고 우물 앞터에 줄을 세우더라.

나는 암만 생각해도 끌려가면 죽을 거 같아 두 살짜리 니 형한테 젖을 먹이는 척하고는 우물가로 가서 줄에서 뒤쳐져 뭉그작거렸어야.

육군 중위가 눈을 치켜뜨더니 눈을 껌벅하고는 모른 체하고 열 명만 데리고 가불더라.

그 사람들 모다 모평 마실 앞에서 총맞아 죽었어야.

그래서 생긴 느그덜 목숨잉께 남에게 좋은 일만 하고 살아라 와 엄니 문수사에 종이 울리요.

'덩그렁 데엥.'

엄니, 근디 살다 보니 그게 남 좋은 일만 하고 살 일이 못 됩디다.

좋은 거도 먹고 싶고, 돈도 있으면 편하고 자리 승진할 적에는 가슴도 뛰고, 새로운 세상을 보면 눈도 자꾸 돌아갑디다. 평생 60킬로도 못 나가는 이 몸 낳아주실 때 욕심 그런 거 하나만 더 빼고 낳아주지 그러셨소?

호랑이 물어간다 썩을 놈 죽 끓일 거도 없어서 풀죽 먹고 사는 참에 낳고 싶어 낳다냐?

그래도 산 입에 거미줄 치랴. 문지방에 발목 묶어 두고 농사일 갔다 오믄 똥 쳐 바르고 울다 잠든 니가 살기는 할까 안쓰러웠는디 어찌 어찌 살아가는 거 보면서 이 에미 가슴 다 쓸어내리드구나.

엄니 옛 타령 듣다 봉께 문수사에 다 와 부렀소 목탁 불경소리가 가까이서 가슴에 저며 오요 어찌된 일인지 지나온 날들에 즐거웠던 일은 하나도 기억이 안 나고 슬픔만 차 오르요. 아무것도 모르던 어린 시절 반항하고 속 썩이던 일만 생각난단 말이요. 황달로 바짝 마른 엄마의 누런 얼굴이 이제 와서 왜 이리 가슴을 후빈다요. 아고 저 청승맞은 목탁소리 엄니 엄니 다시 가라시면 나는 못가요. 지난 시절 넘 배고파서 다신 못가요.

오가는 길 계곡에 닭백숙 돼지구이 문수사에서 본 반달곰 발바닥까지는 아니어도 인파 속에 먹을거리 넘쳐나는 풍광이지만 내 마음은 '엄니 아직도 우리는 전쟁 중이어라!'

**장봉호** _ cbhhs@hanmail.net
- 『지구문학』 신인상 수필 부문 당선으로 문단 등단.
- 한국문인협회 회원. 한국불교문인협회 부회장. 『한국불교문학』 편집위원장.
- 에세이집 《길 따라 가세요》 외.

# 노벨문학상을 예(禮)로서 찬(讚)하다

너무 오랜 시간동안 너무나도 긴 터널을 헤쳐 오느라 어둠 속에서 많은 시간이 걸렸고 삶과 죽음의 질곡 속 갈림길에서 우리는 결코 좌절하지 않고 한 가닥 여명을 바라보며 오늘에 이르렀다. 남과 북, 언어와 문자가 동일한 같은 민족이라는 천혜의 바탕 속에서 우리 민족의 선천적 품부는 화애가 아니던가. 이제 우리들 남북의 문인들이 이루고자 하는 역사는 세계문학사에 빛나게 그 기치를 높이 들어 '우리는 하나' 라는 명제를 앞세워 문학의 본질에 다가가 고유한 우리 민족의 우수성과 홍으로 점철된 유구한 역사의 바탕에 깔린 참 삶을 일깨워 크게 포효하려는 것이다. 문학하는 지성인들은 자기가 하고 싶은 일을 하는 것이 아니라 해야 할 일을 하는 사람들로 이젠 그 시대적 사명감이 바로 우리 앞에 다가왔다고 본다.

모든 시대적 흐름과 변화의 조짐이 아름다운 변화의 원천이 될 수 있다는 확고한 신념으로 자리잡아 조용히 밝음으로 다가가고 있다. 그동안 얼마나 오랜 세월을 가슴에 묻어둔 한과 원으로 해서 침묵으로 지내왔던가?

그리움이 침묵이면 모든 것이 끝이라 했는데, 남북한 문인들의 침묵은 끝없이 뻗어나 되려 침묵을 모르고 지나온 것이 아닌가 싶다. 이젠 새로이 굳건히 해야 할 때가 왔다.

이데올로기에 빠져 미학적 진영 논리에 스스로 가두지 않고 시를 쓰고, 문학을 논하는 작가로서 세계문학사에 거리낌 없이 다가갈 때 하늘은 스스로 돕는 자를 돕는다는 것을 굳게 믿으며 새로운 출발을 시작해야겠다.

그동안 우리들은 혼탁한 시대상황에서 고난 좌절에 부닥치면서 많은 외상을 입고 살면서 그보다 더 아픈 것은 정신적 내상이었다. 이 내상을 치료하는 데 명약은 좋은 문학 작품을 읽으며, 쓰며, 남북이 동류의식으로 교류하며, 사귀는 그런 정양이 필요한 시점에 다가온 것이라 믿는다.

남과 북으로 갈라서서 지내온 우리들 문학인들은 누가 굳이 괴롭히지 않아도 혼자 충분히 괴로운 사람들이다. 모든 존재에는 그 나름의 역사적 운명이라는 게 있다는 하이데거의 말을 빌리지 않더라도 문학은 고뇌하는 인간을 다룬다고 하지 않던가. 잊혀져가는 소멸의 애착이 삼천리강산에 엉키면 신덕을 길러 글쓰기를 원하지 않던가?

고졸하면서 애틋한 역사의 비장함을 느끼며 살아온 우리 문인들이 아닌가? 신산한 삶을 살아온 우리 세대에 삶은 여전히 지불유예에 머물고만 있어야만 했던가? 그러나 이젠 잊고 살아온 자유, 사라진 영광, 무지로 묻혀진 진실과 새로이 돋아나는 신탁의 업보를 털고 일어나 숨겨진 긍정의 환희를 위하여 과연 오늘을 맞이한 우리들은 무엇을 해야 할까?

주지하시다시피 우리 민족은 위대한 역사와 문학의 토양 위에서 살아왔다. 신라의 향가와 이두문자, 혜초의 왕오천축국전의 위대한 기행문을 읽으며 자부심을 느끼고, 서동요에 함축되어 있는 신라와 백제간의 민속의 이야기가 바로 우리들 문학의 원류가 아니겠는가?

고구려의 천신사상에 바탕을 둔 가무제의에서 문학을 바탕으로 하여 호태왕(광개토대왕)의 웅혼한 비문에서 보듯 찬란한 역사와 문장으로 쓰여진 기록을 대할 적마다 우리의 혈관 속에 넘쳐흐르고 있는 문학적 민족혼은 오늘에 되살려 문화 민족임을 세계만방에 문학으로 말할 때가 된 것이다. 남북의 문학인들이여, 이젠 우리 뜨겁게 손잡고 가슴으로 정을 통하여 세계문학사에 우리 민족의 위대성을 글로 옮겨 이제까지 보류되어 온 노벨문학상을 본궤도에 자리 잡은 한반도 문단으로 가져와야겠다.

인류의 진정한 역사는 인류문명과 문화의 총합에 선각자들이 기여한 업적 속에 있기 때문이다.

**장월근**

- 초대 창설 금산문화원장. 배재대학교 겸임교수.
- 저서 5권.
- 충청남도 문화예술대상 수상.

# 금강산으로 가는 길

남과 북이 갈라지고 부모형제가 헤어져서 한 핏줄이 서로 못 만난 지 반 세기가 흘렀다.

참으로 불행한 역사의 소용돌이 속에서 우리 민족만큼이나 아픈 상처를 안고 살아온 사람들이 또 어느 하늘 아래 있겠는가. 그래도 세월이 약이라더니 금강산으로 가는 길이 터지고, 남쪽의 관광객들이 그립던 금강산으로 향하는 물결이 이어지고 있으니, 참으로 꿈만 같은 일이 아닐 수 없다. 아마도 북측의 시장 경제로의 전환과 남측의 앞을 내다보는 점진적인 교류확대에, 현대(現代) 측의 30년을 내다보는 사업 의욕이 맞아 떨어진 소산이 아닌가 싶다.

아무튼 나는 충청남도 관광협회장이라는 직함 덕분에 현대측의 초청으로 금강산 여행길에 오르게 되었다. 1999년 2월 12일부터 15일까지 3박 4일 일정으로, 나는 아내와 함께 동해항으로 가서 12일 오후 6시에 출항하는 봉래호에 몸을 실었다.

우리 배의 일행은 800명 만선이란다. 두 개 조로 나누어 저녁식사를 마치고, 영화관으로 가는 사람들도 있었지만, 우리 내외는 쇼 공연장에서 시간을 보내고, 10시경 침실로 돌아왔다. 2인 1실 방 구조는 약 네 평 정도의 규모로 침대 두 개에 화장실과 샤워장까지 잘 갖춰져 있었다. 밤배는 풍랑을 만나 요동을 하면서 북으로 향하는데 나는 12시가 넘어서야 잠이 들었다.

기다리던 13일, 새벽은 밝았고, 아침식사며 하선 준비와 몇 가지 주의사항도 방송으로 안내가 되었다. 우리는 아침식사를 7시에 마치고 간식과 도시락을 배낭에 지고 장전항 부두에 내려 그 꿈에도 그리던 북녘 땅을 밟았다. 첫눈에 들어오는 것이 붉은 글씨로 '금강산 관광객들을 동포애의 심정으로 환영한다' 라고 쓴 플래카드가 산자락에 걸려 있고, 그 옆에 인민군 두 사람이 서성거리는 것이 시야에 들어왔다.

그러나 우리 일행 800명이 상륙하고 현대 관광버스 70여 대가 줄을 서서 대기하고 버스 기사와 우리 안내원들의 환호에 북측의 요원과 세관원들이 오히려 압도되는 듯하였다. 우리는 세관의 검사를 간단히 마치고 9시 반쯤부터 30대의 버스에 나누어 타고 금강산으로 향했다. 모두들 차창 밖을 다투어 내다보는 것이었다.

안내원(현대측)은 부지런히 설명을 시작하였다. 장전항에서 금강산 입구 온정리까지 10km의 길 양쪽은 철조망이 처져 있고, 북쪽 군인이 띄엄띄엄 보초를 서고 있는 것이었다. 철조망 너머로 보이는 신작로 길에는 차량의 내왕은 없고, 주민들의 도보 왕래와 자전거를 끌고 가는 사람이 있었는데 안내원의 말이, 이 추운 겨울에 왜 자전거를 타고 가지 않는지 모르겠다고 하는 것이었다.

이윽고 온정리 입구에서 오른쪽으로 가면 만물상, 왼쪽으로 가면 구룡폭포 쪽인데 우리가 탄 버스는 좌회전하여 구룡폭포로 향했다. 아침 기온이 영하 5도라고 했지만, 구름 한 점 없이 맑은 하늘이 등산하기엔 참으로 적당한 날씨였다. 차가 '슬기넘어고개' 를 지나니, 미인송(美人松)이라는 울창한 송림(松林)이었다.

우리가 타고 간 버스는 신계사 절터를 지나 차에서 내려 걷기 시작했다. 신계사, 유점사, 표훈사, 장안사가 금강산 4대 사찰인데 모두가 6.25 때 불타버리고 텅 빈 절터에 깨어진 기와장만 나뒹굴고 있었다. 우리들 일행은 모두 배 안에서 이천 원씩 주고 빌려온 '아이젠' 을 등산화에 감고 눈길을 오르기 시작했다. 등산로는 한팔 남짓한 넓이로 잘 되어 있고, 오르막길은 돌계단으로 해 놓았다. 우리는 가파른 '할딱고개' 를 지나 '양지대' 를 거쳐 금강문 바위틈새 앞에 다다랐다. 불교에서 말하는 불국정토로 들어선다는 금강문을 지나니, 금강산 최고의 비경이라는 옥류동(玉流洞)에 들어선다.

맑은 물이 구슬이 되어 흘러내린다고 해서 옥류동이라고 불렀다고 한다. 금강산 비로동에서 흐르는 물도 이 옥류동으로 흐른다는 것이다. 지금은 한겨울이라 맑은 물은 다 얼어붙고 폭포도 얼음으로 굳었으니, 다만 설경(雪景)은 사방 어디를 둘러보아도 병풍처럼 빼어났다.

아마도 이 옥류동과 구룡폭포를 보고 송강(松江) 정철은 "은 같은 무지개며 옥 같은 용의 꼬리/ 섯돌며 뿜는 소리 십리에 잦았으니/ 들을 때는 우레더니 와서 보니 눈(雪)이로다" 라고 했던가.

구룡폭포에 당도하니 폭포도 얼고 연못도 얼었구나! '선녀와 나무꾼' 의 전설이 서린 상팔담은 길이 얼어 못 가보고 하산하였다. 배로 돌아오는 길에 철조망 너머로 북한 주민들의 집짓는 모습을 보았다, 10여 채의 집을 짓는데 붉은 깃발을 꽂아 놓고, 60년대 우리들의 새마을 사업처럼 일들을 하는데, 시멘트는 없이 흙벽돌집이라는 설명이고, 유리창은 비닐이라고 하여 자세히 보니 바람에 비닐이 흔들렸다. 13일 밤도 배에 돌아와 무거운 마음으로 잠을 청했다.

다음 날 14일 아침, 우리는 어제와 똑같이 다시 만물상 코스를 밟았다. 어제보다는 가파른 등산길이었지만, 오늘은 양지 바른쪽 길이라서 '아이젠' 을 풀고 땀을 흘리며 만물상으로 길을 재촉했다. 만물상 입구에 귀면암이 수문장처럼 험상궂은 모습으로 우리를 맞는다. 다시 하늘문과 천선대를 오르니, 눈앞에 펼쳐지는 장관은 참으로 만물상 그대로였다. 천하만물을 모아다 놓은 야외 박물관 그것이었다.

1926년 스웨덴의 국왕 '아돌프구스티프' 는 이 금강산 만물상을 보고 조물주가 천지창조의 6일 중 하루는 금강산을 만들었을 것이라고 찬탄했다고 한다.

만물상을 보고 하산하면서 금강산 봉우리들을 돌아보니, 그 끝이 창끝과 칼끝, 송곳니나 촛대, 붓끝을 세운 것처럼 기세가 당당하며, 그런가 하면 또 어떤 곳은 아이스크림으로 자유롭게 주물러 놓은 듯한 부드럽고 원만한 돌산도 있다.

그래서 춘원(春園) 이광수는, "비로봉 대자연을 사람들아 묻지 마소/ 눈도 미처 못 보거늘 입이 능히 말할손가/ 비로봉 알려 하옵거든 가보소서 하노라" 하였지 않았는가.

우리는 석양에 배로 다시 돌아오는 길목에서 철조망 너머로 양말을 신지 않은 어린이를 보고, 가슴이 시려오는 것을 느꼈다. 나는 배에 돌아와 멀리 바닷가 마을의 저녁연기가 집집이 피어오르는 모습을 보면서 향수에 젖는 듯 느껴졌다. 밤이 묻어오면서 배는 남쪽으로 돌아가고 있었다.

금강산은 장엄하고도 수려했지만, 가고 오는 길목이 너무도 춥기만 한 것은 비록 나만의 느낌이었을까? 아마도 눈 덮인 개골산을 보아서 정녕 그렇다면 언젠가 잎이 피고 꽃이 피는 봉래산을 다시 한 번 아내와 함께 찾고 싶다는 생각을 하면서 15일 아침 우리는 동해항으로 돌아왔다.

**한미정**
- 2009년 1월 효성이엔텍 대표.
- 2016년 8월 광진문인협회 수상.

# 키 높이 라면

돌아보니 대략 5~6년에 한 번씩이었다. 북한과의 관계가 불편하여 민감한 긴장상태였던 적이. 그때마다 남편은 라면과 쌀, 부탄가스 등 비상식량과 연료를 사놓게 했다. 어떤 때는 사놓았는지 확인 전화까지 하는 세심함도 보였다. 그렇게 하기를 딸아이 생후 6개월부터 지금까지 여러 차례였다.

처음엔 결혼 후 얼마 되지 않은 때라 남편의 말을 하늘처럼 믿었다. 전쟁 나면 한 살배기 어린애와 함께 어찌해야 할 것인가 싶어 가슴이 철렁 내려앉곤 했다. 남편이 시키는 대로 라면을 사서 쌓고 보니 사람 키 높이였다. 비상상태인지라 밖에 나가지도 않고 행여 어디서 전쟁 났다고 소리치는 게 들릴까 귀를 쫑긋하며 아이만 안고 지냈으나 하루가 지나고 이틀이 지나도 조용했다. 생각해 보니 마트에서 라면이나 쌀을 나처럼 많이 사는 사람이 없었다.

'이상하다, 저 사람들은 아직 전쟁 날 걸 모르는가 보다. 내가 부지런해서 다른 사람들보다 먼저 사는 거다' 라고만 생각했다.

라면의 키가 한 상자씩 내려앉는 사이 딸아이는 혼자 일어서고 걷게 되었다. 높이 쌓인 라면과 쌀이 다 떨어질 몇 달 동안 쌀 사러 다닐 일 없고 집에 먹을 것이 있으니 든든하기도 했다. 이런 일이 두세 번 거듭되면서 나는 계산대에서 점점 다른 사람들 눈치를 봤다. 혹시 왜 이렇게 많이 사는지 물어보면 어쩌나 해서.

3년 전, 남편이 개성공단에서 일하게 될 것 같다고 했다. 다른 곳도 아니고 불안전한 개성이라고 하니 말리고 싶었지만 사업상 가야 한다고 했다. 혹시라도 전쟁 날까 봐 비상식량을 꼬박꼬박 사놓게 하던 남편이 개성에 들어가 일하게 되었다. 남편은 개성에 폐기물 처리 시설(소각장)을 짓는 데 소각장을 컴퓨터로 제어하고 운영하는 프로그램을 만들었다. 개성 땅을 처음 밟고 돌아온 남편은 무척 놀라워했다.

남한의 도라산 출입국 사무소에서 출발하여 북한 땅에 도착하는 한 시간 사이에 완전히 다른 두 세상을 봤다고 했다. 남한의 호화롭고, 자유로우며 풍족한 세상과 차이나는 북한의 실정을 개성공단이라는 한정된 지역에서만 느꼈을 뿐인데 감정이 많았던지 후에도 여러 번 되풀이해서 말했다.

개성에 드나들며 일하는 기간 중 북한 목함지뢰 폭발사건이 발생했다. 북한과 관계가 악화되어 주어진 48시간의 시간 동안 문제가 해결되지 않으면 북한은 군사행동을 하겠다고 했다. 무언의 긴장감이 팽배하던 하루 전날 남편과 나는 역시 마트에 있었다. 쌀 20킬로 두 포대, 라면 세 박스, 고구마 한 상자, 국수 두 뭉치, 과자, 생수 등이다.

우리처럼 먹을거리를 한꺼번에 많이 사는 사람은 없었다. 술을 너무 좋아하는 남편이라 소주는 안 사냐고 물으니 금세 멋쩍어 했다. 여러 번의 경험상 이번에도 아무 일 없이 쌀과 라면을 오래 두고 먹을 것 같은 마음의 여유도 생겼다.

2년 반 동안 개성공단 일을 했다. 물건 하나 들여보내거나 가지고 나오는 것, 사람 한 명 들어가고 나올 때마다 정해진 날짜와 시간, 차량만 가능했다. 물건이나 사람이 한 번씩 들어가려면 2,3주 전부터 서류 준비하였다. 통일부를 통한 북한의 승인과 남한의 통일부, 양쪽에서 승인 날 때까지 여러 단계를 거쳐 기다려야 하는 과정이 처음엔 무척 답답했다. 어찌 보면 외국과 거래하기보다 훨씬 까다롭고 절차가 복잡했다.

나의 아버지는 함경도 분이셨다. 자식들만 모두 피난 내려와 부산에 거처하며 막내로 자라셨다 한다. 어머니는 결혼 후 처음 들어본 '아저씨'의 사투리인 함경남도 말 '아주바이'라는 말이 낯설었는지 특유의 억양을 넣어서 자주 말씀하시곤 했다. 남편은 개성 얘기를 처음 꺼낼 때 통일을 위한 작은 발판 하나를 먼저 놓는다는 소망으로 개성에 들어가고 싶었다고 했다. 이제 공단은 폐쇄되어 아무런 물건도 생산하지 못하고 있다. 먼지만 휘감는 공단에 맥없이 서 있는 많은 기계와 설비들이 어쩌면 힘차게 도는 날을 손꼽아 기다리며 하루하루 철갑을 만들고 있을지도 모를 일이다.

북한 노동자들에게 초코파이가 지급되는 날이면 북한 아줌마들이 배급받은 초코파이 상자를 너무나 소중하게 가슴에 안고 갔다고 남편은 말했다. 남편의 일이 마무리되어 개성공단에서 나오기 얼마 전부터는 라면도 배급되어 그들이 무척 좋아한다고 했다. 그들도 우리 집처럼 키 높이 라면을 한 상자씩 쌓고 있었던 것은 아닐까 생각하니 씁쓸한 웃음이 나온다.

언제 다시, 남편의 비상식량 사라는 말 떨어지기 무섭게 키 높이 라면이 우리 거실에 쌓일지 모른다. 몇 번이든 키 높이 라면을 쌓을 것이고 얼마든지 그 라면을 먹어 줄 수 있다. 단지 그것만으로 평화가 지켜질 수 있다면…….

홍재숙

• 『계간문예』 이사. 지구문학 작가회의 감사. 강서문협 수필분과위원장.
• 저서《꽃은 길을 불러 모은다》공저《문인의 꿈 독서의 힘》1, 2권 외 다수
• 계간문예 상상탐구작가상. 허균문학상. 통일부장관상 수상


# 아버님의 통일

이리저리 뒤척이다가 비몽사몽으로 겨우 까무룩 잠이 들었을 때다.

"내…주민…호 가지고 있어?"

꿈결인 듯 아닌 듯 방문 앞에서 시커먼 그림자가 내게 묻는다.

실내등에 비친 실루엣이 마치 딴 세상에서 건너온 잔상인 듯하다.

"아… 네!"

눈을 깜빡이며 다시 현실세계로 돌아와 보니 아버님이시다. 십삼 년 전에 뇌일혈로 쓰러져 말씀이 어눌하신 아버님의 발뜻을 미루어 짐작해 보니 '내 주민등록증 가지고 있냐' 라는 말씀이시다. 낮에 동사무소에서 장애인 등급심사 갱신을 하고 미처 돌려드리지 못했는데 주무시다가 생각이 나셨나 보다.

흐린 조명등 아래서 내 방을 기웃거리는 아버님의 몸이 마치 수액이 말라버린 가시나무같이 삐죽삐죽하다. 더욱이 쓰러지신 뒤로 언어기능의 반을 잃어버린 터라 식구들은 아버님이 표현하고자 하는 내용을 못 알아들어서 얼추 짐작으로 대화를 한다. 그러고 보니 어느덧 구순의 고갯길을 올라가는 중이니 깡마른 모습이 더욱 애잔하고 슬프다.

늙음은 이렇게 오나 보다. 잠자리에서 눈을 뜨면 새 '오늘' 을 맞이하고 각자의 주어진 업(業)대로 하루를 살아가는데 세월은 기척도 없이 다가와서 부유하거나 가난하거나 나이순으로 고르게 늙음의 외투를 입혀주면서 사람의 모습을 변형시켜 놓는다. 지금 아버님도 어쩔 수 없이 세월에

게 선물 받은 늙음이라는 외투의 무게에 눌려서 힘겹게 살아가고 있는 중이다.

아버님의 삶의 한 단락에는 펄펄 끓던 청춘의 시절을 국가를 위해 바쳤던 불꽃같던 시대가 있었다. 스물한 살에 이웃 동네에 살던 어머님과 맞선을 봐서 혼인을 했고 곧이어 공군에 입대를 해서 복무하다가 24살 되던 초여름에 6.25전쟁이 일어나자 곧 바로 전쟁터로 달려가서 나라를 지켜내셨다.

그리고 전쟁이 끝나자 집에 돌아와서는 한 집안의 고단한 장남으로 가족을 위해 당신의 모든 삶을 다 바치셨다. 공무원 정년퇴임 후에는 대한민국 무공수훈자회 회원으로, 대한노인회 강서지부 부회장으로 분단된 우리 민족의 통일을 위해 활발하게 활동하셨다.

아버님의 말씀이 제일 또렷해질 때는 6.25전쟁 이야기를 풀어내실 때이다. 나는 아버님의 말씀이 자꾸 뒤엉클어질 때마다 희미해져 가는 정신을 붙잡으려고 전쟁이야기를 끄집어낸다.

"그래서요. 평양 땅을 밟았을 때 아버님의 부대는 어떻게 되었다고 하셨지요?"

이때 기억을 더듬는 아버님의 눈동자는 생기가 돌아오고 옆에서 거들어주는 어머님도 부족한 이야기를 보태주면서 아버님의 기억을 이끌어내신다.

북한의 갑작스런 기습남침으로 온 국토가 전쟁터로 변해서 초토화되었던 그 참혹했던 시절에 아버님은 가족들과의 짧은 이별을 뒤로하고 전쟁터로 떠나셨다. 생사를 가늠할 수 없는 포화 속에서 적군과 싸우다가 1950년 가을 아버님의 부대는 38도선을 돌파하여 평양 미림비행장까지 행군을 했다.

급기야 우리 국군은 유엔군의 참전으로 압록강 부근까지 진격하여 우리 민족의 통일을 앞두고 사기충천하였다. 바로 이때 중공군 수십만 명이 인해전술로 전쟁에 개입하면서 전쟁은 또 다른 국면을 맞게 되면서 퇴각하게 되었다.

그 삶과 죽음을 가르는 아수라장 속에서도 손바닥만 한 장마당이 평양 시내의 흙바닥에 펼쳐졌다. 그때 주위를 경계하며 행군하던 아버님의 눈길에 앙증맞은 자주 색깔 꼬마 단화가 들어왔다. 순간 아버님은 얼굴도 못 보고 헤어져야만 했던 꼬물거리던 아들이 눈앞에 아른거려서 구두를 사서 옷 속에 품고 수호신처럼 그 고된 전장을 견디어 내셨다.

제1차 세계대전과 맞먹었을 정도로 피아간에 퍼부은 총탄이 어마어마했던 6.25전쟁은 3년 1개월 2일이 된 1953년 7월 27일 날 드디어 휴전을 했다. 그리고 어느덧 올해로 분단된 지 70년이 흘렀다.

아버님은 그렇게 치열했던 동족상잔의 악다구니 속에서 대한민국을 무사히 지켜내고 집에 돌아와 이렇게 늙어 가시는 중이다.

아버님은 막내 손녀가 고등학교 2학년이었을 때 할아버지를 보면서 지었던 시를 낭독해 드리면 제일 좋아하신다. 막내는 국가보훈처가 공모하는 글짓기 대회에 '할아버지 웃음' 이라는 시를 응모하여 우수상을 탔다.

**할아버지의 웃음**/ 조경민(안양외국어고)

식탁 앞에 앉은/ 할아버지의 웃음이/ 젓가락으로 집은 해초처럼 싱싱하다// 오늘 따라/ 골 깊은 두 이랑이 밝게 펴진다/ 저 골짜기 저쪽에/ 신산한 세월이 숨어있다// 군번 3201530 공군 일등상사로/ 푸른 애국 세우고/ 평양미림비행장으로 진격했던 젊은 군인이/ 퇴각했을 때 품에 꼭 안아/ 가져온 사랑 하나// 할아버지는 사무치는 아들 생각에/ 전쟁의 와중에서도 품에 따뜻하게/ 안고 오셨다// 신발을 신은 어린 꼬마는/ 할아버지가 주신 '자유' 를 안고/ 아빠가 되었다// 전쟁을 내려놓은/ 할아버지의 웃음에서/ 세월을 느낀다

아버님은 대견해 하면서 웃고 또 웃으신다. 그러면서 백 번은 더 들었을

화약 냄새 가득한 전쟁이야기를 또 들려주신다.

그때 아버님의 얼굴은 얼마나 빛이 났던가. 말씀하시는 행간에서 조국을 지켜냈다는 자랑스러움이 얼마나 자긍심으로 반짝였던가. 그러나 이제는 아버님이 기억하는 불꽃같은 이야기에 힘이 없다. 기억의 해마가 군데군데 지워져서 거실 장에 놓인 훈장을 물끄러미 바라보는 날이 많다.

지금 현재 아버님과 같이 살아계신 6.25참전 용사들은 약 20만 명이라고 한다. 이 분들은 풋풋한 청춘에 목숨을 초개처럼 나라에 바치고 총을 들고 용감하게 적군과 싸워서 우리의 자랑스러운 대한민국을 지켜낸 세대들이다.

어느덧 세월은 6.25전쟁을 역사의 한 페이지로 남기고 저만치 달려가서 참전 용사들을 손짓하며 부른다. 더 늦기 전에 불꽃같았던 전장의 기억들을 경험하지 못했기에 전쟁의 무서움을 모르는 후손들에게 증언하라고 귓속말을 한다.

여기 나의 시 〈해동청 보라매〉를 아버님께 바친다.

### 해동청 보라매

흰머리 깊은 주름 아버님의 모습에서
65년 전 그 날을 다시 본다

공군 3201539번 일등상사
조국의 운명을 두 날개에 싣고
응격모지(鷹擊毛摯)로 평양미림비행장으로 진격했던
해동청 보라매 우리 아버님

전쟁을 내려놓은 지금은
그 날에 누비던 흰 구름을 머리에 이고

적군을 응징하던 골짜기를 얼굴 가득 주름으로 담고
24살 빛나던 열혈 청년에서 구순(九旬)의 노병으로
대한민국 6.25 참전유공자 대한민국 무공수훈자라는
명패를 이름 위에 덧붙인 채

거실 장에 놓인 무공훈장을 닦는다
조국의 내일을 닦는다

어느덧 세월은 흐르고 시대는 바뀌어서 어제의 적이었던 중국과 한·중 FTA도 체결했으며 현재 중국은 우리나라의 제1교역국이 되어 우리 경제에 큰 영향을 미치고 있다. 또한 우리나라는 인도적인 아량으로 6.25전쟁 당시 전사해서 파주시 적성면 답곡리에 묻혔던 중국군의 유해를 중국으로 송환했다.

이제는 '통일' 이라는 밀린 숙제만 남았다. 분단 71년, 휴전 63년 동안에도 이룩하지 못한 '통일' 을, 예고 없이 어느 날 해일처럼 넘쳐 들어올 수 있는 통일을 준비해야 한다.

올해 아버님께 '대한민국 무공수훈자회 서울시지부 강서지회' 에서 공문이 왔다. 고령회원이 85%가 되어서 회의 참석률이 30% 밖에 되지 않으므로 총회를 열지 않고 그 비용으로 불우이웃을 돕겠다는 내용이다.

이것이 6.25참전동우회 회원들의 현실이다. 이젠 아버님도, 동료전우들도 기력이 쇠잔해져서 다만 통일을 간절하게 기다릴 뿐이다. 어느 날 아버님 생전에 잠에서 깨어 새벽을 맞았더니 TV뉴스에서 통일이 되었다고 눈물 섞인 함성이 터져 나오더라 하는 꿈같은 일이 일어나면 얼마나 좋을까.

홍성훈

• (사)한국문협 문학낭송가회 회장. (사)한국현대시인협회 이사
• 저서《아버지를 사가세요》《남편을 팔았어요》외 다수.
• 한국문협작가상, 황희문화예술상 문학부문 대상, 불교문학 대상 외 수상.

# 통일소 1001마리

아주 오래 전에, '한반도' 라는 삼천리 금수강산에는 한 핏줄을 타고난 쌍둥이 형제가 한 지붕 밑에서 사이좋게 살았습니다.

"우리는 단군의 자손이니, 떨어지지 말고 살자구."

형제 이름은 남이와 북이입니다.

그랬던 것이, 힘센 나라의 욕심으로 지금은 헤어져 살고 있습니다.

"생각이 다른 너희 형제니까, 서로 떨어져서 네가 우리를 섬기면 잘 살게 해 줄게."

잘못된 웃음(미소) 작전은 한 마디로 이런 것이었습니다.

형은 남쪽에 자리를 잡았고, 동생은 북쪽에서 살게 되었습니다.

형은 따뜻한 고장에서 부지런히 일하여 행복하게 잘 살았고, 동생은 추운 고장에서 농사조차 잘 안 되어 어렵게 살았습니다.

"나는 못 사는데, 형만 잘 살다니……."

북쪽에 사는 동생은 남쪽에 사는 형을 시기했습니다.

그래서 동생은 불량한 사람들을 데려와 형의 집과 땅을 빼앗으려고 마구 행패를 부리며 싸움을 걸었습니다. 6이라는 숫자와 25라는 숫자가 붙은 이 싸움으로 남쪽과 북쪽에 살고 있던 많은 사람들이 죽었습니다. 남쪽 사람들 중 일부는 북쪽으로 올라가고, 북쪽 사람들 중 일부는 남쪽으로 내려왔습니다.

그때부터 남이와 북이 형제는 더욱 사이가 좋지 않았습니다. 또 헤어져 살다 보니 서로 믿지 못하는 마음이 생겼습니다.

그래서 남쪽에 사는 형과 북쪽에 사는 동생은 약속을 했습니다. 가운데 선을 그어놓고 서로 넘어가지 않기로 한 것입니다.

그 경계선 이름을 3이라는 숫자와 8이라는 숫자를 합했습니다. 38선 중앙에 판문점이라는 집을 지어 서로 감시도 했습니다.

많은 시간들이 흐르자, 한 핏줄의 헤어진 형제의 가족들은 서로 그리워했습니다.

같은 핏줄의 형제이지만 너무 오래 떨어져 살아서, 지금은 남이 가족들과 북이 가족들은 서로 생각과 행동 그리고 사는 방법마저 달라졌습니다.

새잎이 돋는 싱그러운 6월 초여름 어느 날이었습니다.

"엄마, 힘을 내세요. 죽으면 안 돼요."

"할머니, 죽지 마세요."

"아니다. 나는 살 만큼 살았다. 벌써 증손자까지 보았지 않느냐."

엄마소는 힘들게 숨을 몰아쉬었습니다.

"그래도 더 살아야 엄마가 그토록 원하던 통일이 되는 것을 보시고, 또 남쪽에 있다는 부모 형제도 만날 것이 아니에요?"

"글쎄. 그렇게만 된다면 더 바랄 것이 없지. 그러나 통일이 어디 오늘 내일 바로 되겠니?"

엄마소는 눈을 감고 생각에 젖었습니다.

'이제는 남한 사람들도 마음만 먹으면 이곳 금강산을 구경하게 되었으니, 그동안 많이도 변했지.'

엄마소는 몇 해 전에 북쪽으로 올 때를 생각하며 먼 남쪽의 푸른 하늘을 바라보았습니다.

그때가 1998년 6월 16일이었습니다.

판문점에 영원히 잊지 못할 뜻 깊은 좋은 일이 생긴 날입니다. 38선이 생긴 후, 처음으로 남이 형이 기르던 소떼 500마리가 판문점을 통해서 동생 북이네 집을 방문하는 날이었습니다.

남쪽 사람들은 새벽부터 가슴 설레며 나와 소떼 500마리를 바라보았습니다.

"음매, 왜 저 많은 사람들은 눈물을 흘리며 우리들을 부러운 듯 바라봐요?"

"응! 모두 북쪽에 고향을 둔 실향민들이야."

트럭 위에 실려 있던 어린 소가 옆에 서 있는 나이 많은 소에게 물어보았습니다.

"그런데 왜 저렇게 슬프게 울어요?"

"고향에 가고 싶어도 갈 수가 없어서 그런단다."

"왜 못 가요. 가면 되잖아요?"

"너는 아직 어려서 그 이야기를 모르는구나. 38선이 가로막혀 가고 싶어도 못 간단다."

나이 많은 소는 어린 소에게 그 동안에 전해 들어온 이야기를 자세히 설명해 주었습니다. 바로 눈앞에 두고도 갈 수가 없는 곳이 북한 땅이라는 것을…….

"애들아! 너희들이 부럽구나, 부디 너희들로 하여금 통일의 물꼬를 터서 우리를 빨리 고향으로 갈 수 있게 해다오."

"올 추석에는 그리운 고향 땅을 밟아 보려나…. 꿈에도 그리던 금강산을 가볼 수가 있을까?"

"너희들이 정말 효자구나. 너희 황소가 지나는 논밭마다 통일의 열매가 열리길 바란다."

북쪽에 고향을 둔 사람들(실향민)은 그곳의 부모 형제들에게 황금 들판을 안겨주고 싶은 마음이었습니다.

"한낱 짐승도 고향 땅을 밟는데, 사람으로 태어난 우리는 왜 그곳에 못 간단 말인가!"

어쩌면 이 소들이 분단의 세월을 허물고 통일로 가는 길을 내어줄지도 모른다는 기대에 실향민들은 한 마디씩 했습니다.

많은 실향민 노인들이 소를 붙잡고 애원도 하고 울부짖고 흐느꼈습니다.

"음매, 알았어요. 우리들도 눈물이 나는군요."

소들도 큰 눈을 껌벅이며 눈물을 흘렸습니다.

"음매, 우리들보다 저 사람들이 가면 좋겠어요."

"그러면 오죽 좋겠니. 우리를 이제까지 잘 먹이고 키워주신 주인님도 고향이 북쪽이래."

"17세 어린 소년이 소 판돈 70원을 들고 고향을 도망쳤다면서요?"

엄마소는 그때 모자를 쓴 인자하셨던 80대 노인을 생각했습니다.

그 할아버지는 소년 시절에 고향을 떠나온 것이 한이 되어 소 1000마리를 몰고 고향을 찾으셨습니다.

1000마리는 끝이라는 뜻이라 이제 시작이라는 뜻을 담아 한 마리를 더 보태어 1001마리를 데리고 가셨답니다.

우리들은 그때 모두 한 마음이었습니다.

소들은 북한에 가서 건강히 씩씩하게 일도 잘하고 아기도 많이 낳아서 좋은 일을 많이 하기로 했습니다.

그리고 북한 동포의 가슴에 통일의 열매를 맺자고 맹세했습니다.

소들은 신이 나서 얼굴에 미소를 띠고 어깨와 다리에 힘을 주고 북으로 북으로 움직였습니다.

1001마리 소들은 북으로 와서 많은 형제들이 알 수 없는 곳으로 끌려가 이제까지 소식이 없는 형제들과 먹지를 못해서 죽어간 형제들을 생각하며 서로를 위로했습니다.

엄마소는 또 남쪽에서 날아온 새들이 들려주는 이야기에 가슴이 답답했습니다.

요즈음은 남쪽도 어려운 모양입니다. 어떤 뱁새는 황새를 따라가다 다리가 찢어졌고, 또 꿩도 아닌 것이 꿩인 척하다 망신당했다는 닭들의 이야기를 들려줄 때 눈물이 났습니다.

모두 자기 분수를 모르는 그들이, 묵묵히 자기 일에 최선을 다하는 우리 소들보다도 못하다는 생각에…….

"엄마 무슨 생각을 그렇게 하세요?"

생각에 잠겨 있던 엄마소는 깜짝 놀랐습니다.

엄마소는 힘없이 아들소와 손자소에게 입을 맞추며 말했습니다.

"너희들은 통일이 되는 날까지 건강하여라. 그리고 그 날이 오면 북으로 올라온 우리들은 통일을 위해 갖은 어려움을 참으며 열심히 일했다고 전해 주기를 바란다."

엄마소는 힘없이 큰 눈을 껌벅이며 주저앉았습니다.

하늘에서는 새들이 이 소식을 전하려는 듯 남쪽으로 힘차게 날갯짓을 하며 날았습니다.

김현삼(金鉉三)
• 2014년『문장21』소설부문 신인상 등단.
• 한국문인협회 회원, 한국문인협회 영등포지부 사무국장.
• 2015년 제2회 추보문학상 수상.

# 혼자 서는 나무

그 흔하던 바람이 멎은 해변은 하얀 점들로 채워졌다. 하늘은 문을 통째로 열고 눈을 뿌리고 있었다. 금세 하얗게 변한 섬에서 본 바다는 수없는 점들로 가득 찬 거대한 화폭 같았다.

북소리는 그 눈 속에서 배경음악처럼 들려왔다. 섬의 남쪽이었다. 일정한 간격으로 그냥 두드리는 소리였다. 마음의 동요가 없는 듯 앙칼지거나 빠르지 않았다.

철탑 조립을 하던 아중과 석천은 북소리가 나기 시작했을 때 거의 동시에 소리가 나는 쪽을 가리켰다. 점심을 알리러 오는 것도 좋지만 할아버지를 그냥 두고 오니 저러지 않느냐는 주의를 주고 있는 것이었다. 그러나 그뿐이었다. 둘은 이내 작업에만 열중했다. 그 소리는 그만큼 익숙했다.

나는 쏟아지는 눈에도 아랑곳하지 않고 작업에만 열중하는 둘의 태도에 놀라고 있었다. 방학 중이니 작업을 꼭 오늘 끝내야 할 이유도 없었다.

석천은 이런 눈을 흔하게 봐온 사람처럼 아무렇지 않게 휘파람을 불면서 앵글을 옮기고 있었다. 대학생이 앵글을 해변에서 철탑까지 옮기는 일은 힘든 일일 텐데도 휘파람을 불고 있는 것은 그래도 눈 때문이 아닌가 싶었다. 그는 가져온 앵글을 철탑 위에 걸린 도르래의 망태기에 담은 다음 반대쪽의 줄을 당겨 위로 올리면서도 시선은 20여 미터 높이에 앉아 있는 아중을 향해 있었다. 아중 역시 작업에만 열중이었다. 철탑이 높아지는 재미에 빠져 있는지, 일정하게 뚫어 놓은 앵글의 구멍에 볼트와 너트를 끼우면 바로 전동기로 단단히 조이기를 계속하고 있었다.

나는 다시 손을 흔들어 보이고는 언덕을 내려왔다. 철탑에 앉은 아중이 알았다는 뜻으로 원을 그려 보였기 때문에 지상에 있는 석천의 반응에는 상관하지 않았다. 나는 정신이 오락가락하는 할아버지와 요리 담당이었다. 집은 언덕 아래에 있었다. 철탑은 야트막한 섬의 정상에 설치되고 있어서 강화에서 실어 온 앵글을 다시 정상까지 들어 올려야 했다.

둘의 호흡은 척척 맞았다. 한 사람이 내리는 눈에 꽂혀 있고 한 사람은 작업에 열중인 그런 어긋남이 없었다. 밑에서 거드는 것이 위에 올라앉아 조립하는 것보다 힘들다는 식의 푸념을 한 적도 없었다. 이곳을 세 번째로 찾고 있었지만, 둘은 이상하리만치 각자의 역할에만 집중하고 있었다. 각자의 역할은 셋이 이곳에 와서 하게 된 첫 작업 그대로였다.

섬은 해발 50미터 정도로 높지는 않았지만 제법 큰 밤톨 모양의 산 밑에는 아담한 집터가 될 만한 평지가 있었다. 우물도 전기도 없었지만, 다행인 것은 송 교수가 할아버지를 위해 마련한 작은 발전기가 공사를 돕고 있었다. 할아버지는 섬에서 무슨 발전기냐며 쓰지 않았다.

율도는 엄연히 할아버지가 살고 있는데도 아이러니컬하게도 무인도였다. 국제 해양법상 무인도의 기준은 섬에 사람이 살고 있느냐가 아니라 섬에 두 세대 이상이 거주해야 하고, 식수가 있어야 하며, 나무가 자라야 했다. 만일 이 세 가지의 조건 가운데 어느 하나라도 충족시키지 못하면 유인도가 될 수 없었다.

한없이 올 것 같던 눈이 멎자 할아버지의 북소리도 그쳤다. 갑자기 멎은 북소리 때문에 나는 서둘러 남쪽 해변을 향해 뛰었다. 경험으로 볼 때 소리가 멎을 때는 자리를 이동하거나 북 치기를 그만 둘 때였다. 작은 섬의 갯벌을 따라 돈다면 모르지만 어느 바위틈이나 잔솔밭에 앉아버리면 찾기가 쉽지 않았다. 다행히 할아버지는 해변 바위 위에 앉아 있었다. 하늘은 아직 흐린 그대로였지만 해안가의 눈은 파도가 오간 흔적만큼 물러나 쌓여 있었고, 모래로 두른 해변은 바다와의 경계선처럼 섬의 곡선을 따라 선명하게 이어지고 있었다.

할아버지는 멀리에 보이는 작은 돌섬을 지켜보고 있었다. 허리춤에는 장대를 묶은 채였고 장대 끝에는 흰 깃발이 달려 있었다. 북은 왼손으로 안고 오른손은 북채를 잡고 있었다.

"할아버지, 점심!"

내가 인기척을 알릴 겸 소리치자, 할아버지는 웃음을 지어 보이다가 이내 도리질을 했다. 아침도 안 먹었는데 입맛이 없는 모양이었다. 어제 오후 내내 볏짚을 엮어 집 주변에 심은 감나무 밑동을 싸매더니 아흔셋의 나이 때문인지 아침에 잔기침을 했다. 몸살기로 보이지만 워낙 말이 없는 분이라 짐작할 수밖에 없었다. 그래도 나이에 비해서는 건강한 편이었다. 스스로 열심히 챙겨 드시는 편이었고, 시도 때도 없이 섬의 해변을 따라 걸으면서 북을 치는 습관 때문인지 작은 키에 야위었어도 눈빛과 근력은 살아 있었다. 나이보다는 열 살은 젊어 보였다.

"할아버지 오늘 네 시쯤이면 철탑이 완성돼요. 이거 거기다 옮겨 꽂으려면 점심 드셔야 힘이 나요."

나는 할아버지의 허리춤에 묶인 장대를 흔들었다. 철탑이 완성되면 그 꼭대기에 옮겨 꽂겠다며 짊어지고 다니는 중이었다. 집을 나설 때는 반드시 깃발과 북을 챙겼다. 송 교수는 할아버지의 그 고집 때문에 철탑 공사를 해야 했다.

"내가 못 가니 너희들이 판단을 해. 철탑이 현장에서 보기에 좀 낮아 보이면 바로 전화해. 높게 안 보이면 아버진 또 섬을 떠날지도 몰라."

송 교수는 할아버지가 율도를 포기하고 또 어디론가 떠날 수도 있다고 봤다. 그래서 방학기간 주말을 이용해 율도에 갈 우리에게 저녁을 사면서 애가 타 있었다

"부탁 좀 하자. 대신 너희들이 궁금해 하는 할아버지에 대해서 아무것도 숨기지 않을게."

할아버지는 율도에 아무도 얼씬거리지 못하게 했다. 북 치는 일은 할아버지의 유일한 일과였고, 이곳에서만큼은 영역을 알리는 작업이었다. 할아버지가 율도에 거주하면서는 주변 섬사람이나 낚시꾼들이 율도에 들어올 수 없었다. 철탑 공사 부지를 살피러 온 사장도 바로 내쫓겼다. 다행히 우리는 내쫓기지 않았다. 송 교수가 방학기간 아르바이트라 생각하고 도와달라는 이유가 거기에 있었다. 송 교수는 작업이 쉽도록 전문가가 설계하고 가공한 것을 조립만 하면 되게 했다.

송 교수는 할아버지에 대해서는 뭐든 숨기지 않겠다고 했지만, 우리를 잘못 읽고 있었다. 우리 셋은 이제 송 교수의 가족사를 대충 꿰고 있었다. 우리는 무 학력으로 알고 있던 할아버지가 일본 유학생으로 밝혀질 경우 송 교수가 어떻게 나올지를 궁금해 하고 있었다. 그건 송 교수가 수업시간 우리에게 어떤 역할을 주고 토론을 지를 지켜보면서 우리의 속마음까지 읽는 것과 비슷했다.

송 교수의 통일론 강의는 지난 학기 학내를 뜨겁게 달군 열기만큼 수강생으로 넘쳐났다. 교실을 벗어나 중강당에서 수업을 했고, 첫 시간 무작위로 셋을 불러내 역할을 맡겼다. 그날 나는 얼떨결에 아중과 석천의 중간에 서는 역할을 맡았다. 아중은 주로 민족주의 통일론을, 석천은 보편주의 통일론을 대변해야 했다. 자신의 생각과 무관하게 주어진 역할에 충실하면 되는 거였다. 그러나 대본 없이 시작된 그날의 토론은 학점을 의식한 탓인지 이상하게 과열됐다.

그리고 그날 이후 셋은 송 교수의 수업을 듣는 한 학기 내내 개강 때 맡은 역할을 벗어나지 못 했다. 왜 그렇게 됐는지는 수수께끼 같았다. 기억나는 것은 틀린 표현이라도 좋으니 자신의 주장을 강조하라는 주문이 있었고, 열띤 토론을 해준 우리에게 술을 사주는 자리에서조차 우리 셋은 여전히 비슷한 역할을 하고 있었다. 뒤늦은 생각이지만 그날 술자리에서 이제 그만하라고 했으면 달라지지 않았을까 싶었다.

우리가 율도에 들어오는 시간 송 교수는 나리타행 비행기를 타게 돼 있었다. 송 교수는 철탑 공사를 우리에게 맡기고 현장에 없게 된 것을 미안해 하고 있었지만, 우리는 송 교수가 확인하고 들려줄 할아버지의 학력에 관심이 집중돼 있었다. 우리에게 할아버지와 할머니의 싸움은 그 어떤 놀이보다 흥미로웠다. 할아버지는 가족에게 무학력자로서 고물상을 해서 자수성가한 분이었다. 할머니는 그것을 뒤집었다. 일제강점기에 일본에 유학까지 간 사람이라는 말에 송 교수는 사실이 아니기를 바라면서 일본으로 갔다.

송 교수는 할아버지와 할머니가 싸우는 내내 그 중간에 끼어 있었다. 지루한 싸움 끝에 할아버지가 섬으로 떠나겠다고 했을 때, 가족들은 이제야 싸움이 끝나나 했었다. 하지만 할아버지는 고물상 입구에 있는 철탑은 해체해서 율도에 세워달라고 했다. 싱거운 부탁이다 싶었지만 할머니는 이사를 다섯 번 했어도 한 번도 철탑을 옮겨 세운 적은 없다면서 가로막았다. 송 교수는 새것으로 더 높게 세워주겠노라 할아버지를 설득해야 했다. 멀리에서도 보이게 산꼭대기에 세워주겠노라고 했다. 그렇지만 서해의 외딴섬에 30미터 높이의 철탑은 눈에 띄는 정도에 불과했다.

"이런! 어디를 보는 거야? 둥둥 떠다니누먼!"

할아버지는 가까이 다가선 나를 향해 불쑥 그렇게 말했다. 아중과 석천의 질문에는 마지못해 한 마디 하면서도 나에게만큼은 그렇지 않았다. 여자아이가 숨소리가 거칠고 시선이 할아버지의 이곳저곳을 살피고 있다는 핀잔이었다. 나는 이런 할아버지가 정신이 오락가락한다는 것을 믿을 수가 없었다. 나는 할아버지의 북채를 잡은 손을 통째로 잡고 북을 한 번 힘껏 내리치면서 말했다.

"바람이 없는데 깃발이 꽂혀 있으면 뭣해! 볼 필요도 없는 거지!"

할아버지가 움찔했다. 나는 웃어 보였다. 송 교수가 할아버지의 핀잔은 거의 시선의 높이나 깃발과 관련이 있다고 했는데, 그건 희한하게도 매번 적중했다. 표정이 너무 멀쩡해서 처음에는 정신이 오락가락한다는 것조차 믿기지 않았지만, 할아버지는 그동안 쓰지 않던 사투리가 늘고 있었다.

송 교수는 할아버지의 핀잔은 화가였던 친구의 말투를 흉내 내는 것 같다고 했다. 할아버지의 친구란 놀랍게도 작고한 서양화가 이규 씨였다. 송 교수의 말에 의하면, 화가 이규 씨의 조각 자화상은 거의 할아버지를 모델로 한 것이었다. 그런데도 자화상이라 이름 붙였다. 외모를 뺀 시선과 표정이 자기와 닮아 있다는 뜻인지도 몰랐다.

이규 씨는 조각은 물론 서양화도 고물상에 와서 작업한 것이 많았다. 서양화의 배경에 나타난 알 수 없는 선과 인물은 고물상 그대로의 풍경이었다. 이규 씨는 말없이 앉아 있는 할아버지를 역시 말없이 그리곤 했다. 가끔 하는 말이란 시선을 지적하는 거였다. 그러다가 이젤 채 놓아두고 떠나서는 어떤 때는 한 달, 어떤 때는 두 달하는 식으로 모습을 보이지 않다가 불쑥 나타나 미완의 그림을 완성하고는 또 훌쩍 떠나는 것이었다. 화가 친구가 자살했다는 소식을 뉴스로 들은 날, 할아버지는 거의 이틀을 실성한 사람처럼 빈 리어카를 끌면서 북만 쳐댔다. 멍하니 앉아 있다가 하는 혼잣말은, '그리도 갈 곳이 없더냐!' 였다.

나는 할아버지가 돌섬이 아닌 먼 허공을 보고 있었을지도 모른다는 생각을 하면서 손을 잡아끌었다. 할아버지 손마디는 여전히 거칠었다. 거친 손마디 때문인지 북과 북채는 반질반질 빛이 났다. 그 손마디에 잡혀 있는 북채는 몸의 일부분처럼 보였지만, 할아버지는 의외로 선뜻 넘겼다. 나는 할아버지로부터 넘겨받은 북을 할아버지의 속도로 치면서 뒤를 따랐다. 할아버지는 아무에게나 북을 넘기지 않았다.

평생을 고물상만 한 할아버지에게는 북은 자신의 위치를 알리는 도구였다. 리어카 손잡이 부분에 북을 묶고 그것을 치면서 골목을 누빈 습관 때문에 북을 넘긴다는 것은 리어카를 포기하는 것과 같았다. 리어카는 곧 할아버지의 삶이었다. 다른 소리와 구분 짓기 위해서 할아버지는 할아버지만의 리듬도 갖고 있었다. 할아버지의 소리는 크지도 작지도 않으면서 세 걸음을 걷고 툭 던졌다. 그러면 쿵과 둥의 중간 음이 되면서 잔향도 길었다. 아중과 석천은 내가 치는 북소리에서는 그 깊이가 느껴지지 않는다고 했다.

"너희들 아버지하고 이름의 성이 다른 사람?"

송 교수는 어느 날 수업에 들어오자마자 가쁜 숨을 몰아쉬면서 그렇게 물었다. 흥분된 상태라는 것을 금방 알 수 있었다. 우리가 눈만 깜빡거리고 있자, 아버지가 지금껏 써온 성을 바꾸겠다고 하면 너희들은 어떨 것 같으냐고 다시 물었다. 역시 아무도 나서는 사람이 없었다.

송 교수의 통일 강의라는 것이 그랬다. 항상 의외성이 많았다. 이상한 주제를 던져 놓고 지켜보기 일쑤였다. 사실과 허구를 극과 극으로 대비하기를 즐겼기 때문에 잠시 지켜보는 것이 나았다. 그러다 보니 궁금한 사람은 수업 끝나고 정문 앞 '하얀 집' 으로 오라고 했을 때에도 모두 시큰둥했다. 수업이 끝날 즈음 우리는 덫이 아니라는 것을 알았지만, '하얀 집' 에는 5명밖에 오지 않았다. 그중 2차를 따라나선 사람은 나와 아중, 그리고 석천뿐이었다.

"누가 먼저였을까?"

우리 셋은 그로부터 한 달 후 '하얀 집' 을 다시 찾아 있었다. 질문을 한 석천은 팔짱을 끼고 있었고 아중은 핸드폰의 사진을 들여다보고 있었다. 할아버지의 고물상 입구에 세워진 깃발을 찍은 사진이었다. 셋은 송 교수가 알려준 고물상을 찾았고, 할머니로부터 이규 씨의 자살 얘기를 듣고 난 다음이었다.

나는 둘의 생각에 말려들고 싶지 않아 가만히 앉아 있었다. 둘은 짐짓 태연했다. 둘은 셋이 잘 어울릴 수 있었던 것은 다 중재를 잘해준 나 때문이라 하면서도 논쟁에는 꼭 이용하려 들었다. 둘은 마음에 드는 장난감을 놓지 못하는 것처럼 송 교수의 집안일에 빠져있었다.

둘은 시인의 깃발과 건물의 상징처럼 흔하게 보는 깃발의 차이로 다퉜고, 무속인의 깃발과 고물상 입구에 세워둔 백기의 의미도 같으니 틀리니 했다. 이번에는 할아버지의 시선을 화폭에 옮긴 것인지, 화가가 할아버지의 시선을 깃발을 향하도록 하고 그것을 그린 것인지를 따지고 있었다. 이규 씨의 그림에 나타난 인물은 어김없이 시선이 닮아 있었다. 만약 모델인 할아버지의 시선을 그렸다면 이규 씨는 그냥 옮겨 그린 것에 불과했다. 문제는 이규 씨의 유학시절 유화에도 깃발이 있었다.

"넌 여자잖아."

난데없는 지적이었다. 아중이었다.

"여자여서 어떻다는 건데?"

"우리완 다른 생각을 할 것 같아서."

둘의 성향을 모르는 것은 아니지만 여전히 낯설었다. 아중의 말투에는 항상 너와 내가 존재했다. 그에게는 일정 기준의 호불호나 내 편이 존재하지 않았다. 지금 가까워도 언제 타인 같아질지 모르는 사람이었다. 둘이 자주 다투는 것도 다 그 때문이었다. 나는 말장난 같은 다툼은 싫었다.

"깃발 하나쯤은 누구에게나 있는 거 아냐? 두 분은 표현 방식이 달랐을 뿐이고……."

내 말에 아중은 눈을 반짝이며 반응했다.

"바로 그거야. 누가 먼저냐가 중요한 게 아니고. 그 극한의 향수, 어쩌지 못하는 그리움 같은 것을 봐야지 촌스럽게 누가 먼저냐가 뭐냐?"

석천이 한숨을 쉬었다.

"그래, 달라도 어울릴 수 있다는 것이 좋지. 당분간 각자의 생각을 보류하도록 하자."

석천은 늘 갈등을 피하려는 쪽이었다. 그 후 우리 셋은 할아버지에 대한 관심을 같이 할 뿐 생각을 교환하지 않았다. 관심 사항에 접근하는 방식도 각자 달랐다. 높이 6미터 이상의 장식 탑은 설치 승인을 받아야 해서 석천은 송 교수와 함께 시와 군을 오갔고, 공작물 기초 신고 과정을 같이 했다.

나는 할머니만 찾았고, 아중은 고물상을 찾아 할아버지만 만났다. 그래도 가끔 만나 셋의 얘기를 묶어보면 할아버지의 일상은 파고들수록 공허

했다. 할아버지의 삶 속에는 우리와 함께 고민하고 부대낀 공통의 흔적이 없었다. 고물상 말고는 생각 자체가 없는 사람 같았다.

"할아버지, 철탑 높이가 저 정도면 됐다 싶은가요?"

점심을 먹고 나자 아중은 할아버지의 의견을 기어이 들어야 되겠다는 듯이 다시 물었다. 어쩌면 철탑 위에서 마무리를 지을 사람은 자기라는 생각을 하고 있어서인지도 몰랐다. 그 질문은 점심을 먹기 전 석천이 했었다. 할아버지의 특징은 답을 쉬 내놓지 않는 데 있었다. 식사 도중 한적한 분위기를 띄우려고 일명 효도 라디오라고 하는 MP3 라디오를 틀어놨는데 흘러간 옛 노래는 넷이 둘러앉아 있는 외딴 집의 마루 분위기를 묶어주더니 이제는 질문의 빈 공간을 메우고 있었다.

석천은 대답을 기다리는 것이 우스워 보인다는 듯이 바람을 뺀 막걸리병에 마개를 씌워 부피를 줄인 다음 작업을 나갈 채비를 하고 있었다. 나는 상 위의 그릇들을 담아 부엌으로 옮긴 다음이었다. 아중도 장갑을 끼고 있었다.

"꽃을 보고 갈매기가 울면 되는 것인데……."

할아버지의 말투는 늘 뜬구름 잡는 식이었다. 철탑의 높이에 대한 대답이 그랬다. 그뿐으로 뭉그적거리고 있었다. 나는 짧은 순간, 철탑 위에 꽂힐 깃발을 꽃으로 보는가 싶었다.

"할아버지 갈매기는 항상 우니까 걱정하지 마. 지금 철탑을 봤을 때 높이가 맘에 드느냐고. 낮아 보이면 지금 말해 달라는 얘기야."

"몰라. 갈매기라는 놈이 그렇지만, 그림자라는 것이 대중없는 겨."

할아버지의 표정은 해맑았다. 셋은 피식 웃음을 토했다. 할아버지 말의 특징은 사투리가 없고, 다음 말이 전 말과 잘 이어지지 않은 것이었다. 그런데 갈매기와 그림자는 이상하게 낯설지 않았다. 둘은 그런 퍼즐 맞추기를 하는지 아주 느리게 산으로 올랐다. 점심을 먹으면서 나눈 얘기대로라면 둘은 4시까지 철탑 소립을 마치고, 나는 송 교수에게 전화를 하게 돼 있었다. 마지막 작업인 깃대와 피뢰침을 세우면 30미터 높이에는 좀 작아

보이지만 할아버지 장대에서 깃발만 떼어 달기로 했다. 그리고 5시에 오기로 한 배를 타고 나가면 이번 주말은 끝이었다.

"내 걱정은 철탑이 설치된 다음이야."

송 교수는 전화 속에서 한숨을 짓고 있었다.

"허가를 얻었다고는 하지만 지척이 북한인데 외딴섬에 아무런 이유도 없이 흰 깃발이 걸려 있다 생각해 봐… 누구에게 내 거는 백기냔 말이야."

나는 잠시 아연했다. 이미 고물상 입구의 백기가 아니라는 점은 미처 생각하지 못했었다.

"가신 일은 어땠어요? 확인 결과 할아버지가 유학생 맞았어요?"

"그래! 그 얘긴 만나서 하자."

'그래' 라는 말의 깊이를 알고 있었다. 다른 것은 몰라도 할아버지가 일본 유학생이었다는 것을 확인하게 될 경우 송 교수는 심한 혼란에 빠질 것 같았다. 아버지의 실체도 성도 다 잘못 보고 큰 것이었다.

송 교수에게 할아버지는 자랑스럽지 못한 존재였다. 송 교수의 말로는 할아버지가 고물상을 하고 있으니 늘 '고물' 이라는 별명이 따라다녔다. 송 교수는 친구들이 고물이라 놀린 만큼 늘 할아버지를 더한 고물로 취급했다. 그래서 숱하게 고물상을 때려치우라고 졸랐지만 할아버지는 한 번도 송 교수의 부탁에 관심을 보인 적이 없었다. 할아버지가 자랑스러운 순간은 화가 이규 씨가 찾아왔을 때뿐이었다.

이규 씨가 할아버지를 모델로 삼은 것은 우연 중에 우연이라고 믿고 있었다. 이규 씨는 교수이자 화가였다. 특히 그의 자화상 조각은 근대미술을 전시하는 박물관에는 거의 있을 만큼 인정받고 있었다. 할아버지가 번듯한 화가와 어울리는 모습은 신나는 일이었다.

송 교수는 할아버지가 율도를 사 둔 것을 아는 날 둔기로 뒤통수를 맞은 것 같았다고 했다. 물도 없는 작은 섬이었고, 그런 곳으로 가족을 끌고 가겠다는 것인가 싶어서였다. 할아버지는 늘 이사할 곳의 토지를 미리 매입하고 가족에게는 통보하는 식이었다.

섬을 사뒀다는 사실은 할아버지의 성인 송 씨를 손 씨로 바꾸고자 하면서 드러난 일이었다. 실향민으로 호적을 갱신할 때 성을 손이라 했는데 송으로 잘못 등록됐고, 이름도 장조가 아닌 상조로 잘못 기록한 것이어서 지금이라도 자식에게 본래의 성을 찾아주겠노라고 시작한 것인데 할머니의 반대에 부딪치자 섬에 가서 혼자 살겠다고 하면서 알게 된 일이었다.

4남매 모두 정말 어이없어했지만, 그 나이에 섬에 가 혼자 살겠다는 말은 더 혼란스러웠다. 할머니의 반대로 지루한 언쟁이 시작되면서 4남매는 중간에서 이럴 수도 저럴 수도 없었다. 그 과정에서 알게 된 할아버지의 실체랄까 독단적인 삶의 방식은, 섬을 사뒀다는 정도로 끝나지 않았다. 이북에 또 다른 가족이 존재한다는 거였고, 무학력자가 아닌 일본에 유학까지 간 적이 있는 부유층이었다는 말에는 아연할 수밖에 없었다. 힘들게 한세상을 헤쳐 온 착하고 소박했던 삶이, 어느 순간 모순과 흉악한 계략을 숨기고 자신의 신분이 드러날까 봐 애면글면하면서, 그것도 전연 어울리지 않는 고물상으로 가장하여 살아온 것처럼 보였다.

할머니는 어떻게든 성 변경을 포기하게 하려고 양파를 까듯이 할아버지를 압박해 들어갔다. 이제 와서 성을 바꾸는 문제는 북에 두고 온 전처 자식을 생각해서라고 확신해서였다. 할아버지의 반응이 시답지 않을수록 강도가 높아졌다. 송 교수는 할머니가 워낙 강하게 나가니 지켜볼 수밖에 없었다. 토닥거리듯 시작한 일은 별거로 이어졌다. 얼마 뒤에는 이혼 얘기로 확대됐다. 이혼 얘기는 재산 분할을 위해 고물상을 처분하는 단계에 이르렀고, 마지막에는 이혼과는 아무런 상관도 없을 것 같은 화가 이규 씨가 할아버지의 고물상을 오간 얘기까지 나왔다. 4남매는 그 부분에서도 어리둥절했다. 화가 이규 씨가 둘의 싸움에 왜 등장하나 싶어서였다.

할아버지는 이규 씨 얘기가 나왔을 때 처음으로 할머니 눈치를 보면서 한동안 일에만 몰두했다. 4남매 모두 화가 이규 씨 얘기에 할아버지 행동이 바뀌는 이유를 물었지만 할머니는 그것을 설명해 주지 않았다.

할머니의 요구는 할아버지의 침묵이 아니라 포기였다. 여든 말년의 나이와 아흔셋의 나이에 오가는 이혼 얘기는 2남 2녀의 자식들을 주말마다 모이게 했다. 싸움을 말리면서도 그동안 써온 송 씨 성이 손 씨로 변경될 경우 불편해질 사항을 수군거리듯이 따졌다.

송 교수는 57년을 송 씨로 살았는데 손 씨가 된다는 것은 불가능에 가깝다고 생각했다. 남매들 모두도 그랬다. 그러나 할아버지는 침묵 속에 성 변경을 강행했고, 할머니는 자식들을 불러들여 할아버지의 과거를 풀어놓기 시작했다.

4남매는 할아버지가 가족을 두고 혼자 월남한 것은 알고 있었지만, 북에 자식이 있다는 사실은 알지 못했었다. 부인이 둘째를 임신 중이라 잠시 피하면 될 줄 알고 혼자 내려왔다는 구체적인 사실을 들었을 때, 누나는 그 시절에는 어쩔 수 없었을 거라면서 할아버지 입장이 되어 눈물까지 흘렸다.

할머니는 속도가 붙은 내리막길의 굴렁쇠처럼 멈추지 못하고 매일 독설을 퍼부었다. 사는 것이 잠시의 꿈인 줄 알았다가 뒤늦게 자식들 성이라도 같게 할 욕심으로 저런다는 것이었다. 북에 두고 온 마누라를 허망한 꿈으로 생각하는 줄 알았더니 이제 보니 자신을 허망한 꿈으로 여기고 있다면서 노염을 토했다.

할아버지는 할머니의 계속되는 폭로를 모른 척했다. 4남매 역시 할머니의 폭로가 어디까지 사실인지는 알 수 없어 지켜보고만 있었다. 할머니가 내놓은 가장 그럴듯한 증거는 깃발뿐이었다. 깃발은 고물상의 위치를 알리는 간판 같은 것이려니 했지만, 할머니는 북에 두고 온 마누라와 한 어떤 약속 때문일 거라고 했다. 모르기는 해도 흰 깃발을 보고 자신을 찾으라 하지 않았을까 추측했다. 그 이유는 할아버지가 월남하면서 가져온 것이 장대 하나였고, 깃발을 포기한 적이 없다는 것을 보면 알 수 있다는 것이었다. 그래서 깃발의 위치를 확인시키기 위해서 한 장소에 오래 머물지 못하고 옮겨 다녔고 다른 사업은 깃발을 세울 수 없으니 죽어라 고물상만 고집한 것이라고 했다. 고물상을 팔고 옮길 때는 주변이 개발되면서 매번 몇 배 오른 가격으로 땅을 팔아서 얼마든지 전업을 할 수 있었는데도 고물상을 고집한 이유가 깃발 때문이라는 것이었다. 하지만 할아버지는 단 한 마디도 반대나 동의를 표하지 않았다. 잔소리를 들으면서 밥상을 받았고, 밥상에 마주 앉아서 하는 온갖 이상한 소리에도 눈살을 찌푸리는 일도 없었다.

할머니는 그런 속에서 어떤 말은 어제 한 말을 다시 했고, 반응을 봐 가면서 새로운 사실을 추가했다. 분명한 것은 아주 결정적 타격이 될 만한 말은 차마 참고 있다는 식으로 엄포를 놓기도 했다. 할아버지는 묵묵히 성 변경을 진행하면서 언제나 그랬듯이 북을 치면서 동네를 돌 뿐이었다.

송 교수의 기억에 우리가 알아낸 것을 합하면, 할머니가 결정적인 흠이 될 만한 말을 한 것은 두 달 전이었다. 할아버지의 상 위에는 그날따라 소주병이 올라와 있었다. 막걸리가 아니라는 것일 뿐 할아버지 밥상에는 늘 반주용 술이 끊이지 않았으니 이상할 것은 없었다. 하지만 그날따라 할머니는 오랜 결심의 끝이라 그런지 사뭇 정겹게 할아버지와 마주 앉아 있었다. 그러다가 물었다.

"시아버지는 교장선생으로 인민군에 총살을 당하셨지요?"

그것이 첫 질문이었다. 4남매는 한순간에 '뭐?' 하고 외쳤다. 할아버지는 할머니의 말에 좀처럼 귀를 기울이는 것 같지 않았는데, 그때도 수저를 든 채로 할머니를 봤다. 할머니의 질문은 계속됐다. 2남 2녀가 숨죽여 지켜보고 있었다.

"당신 형제들은 사상 증명을 바로 해 보이겠노라고 인민군에 바로 입대해 목숨을 건졌고, 당신은 도망병으로 숨어 지내던 중 형들이 보낸 인편의 귀띔을 받고서야 혼자 월남했지요?"

할아비지는 묵묵히 식사만 계속하고 있었다. 할머니는 그래도 기회를 주겠다는 것인지 그날은 여기까지만 하겠다고 끊었다.

한 주는 별 큰소리 없이 지나갔다. 할아버지의 일상은 여전했다. 고물이 들어오면 값을 쳐서 받고 공간이 채워지면 그것을 차로 실어 내는 일상이었다. 다르다면 리어카를 끌고 나가지 않을 뿐이었다. 고물을 실어 내는 일은 할머니가 했던 것이지만 할머니는 손을 놓고 있었다. 그러는 도중에도 할아버지는 가족 모두가 성을 바꾸는 것에 동의한다는 확인서를 써오라고 전화를 했다. 그것이 화근이었다.

싸움을 말릴 겸 모여 있는 처지이기는 해도 4남매는 모두가 할머니의 눈치를 보고 있었다. 문제는 할아버지의 전화 내용이 할머니 귀에 들어가면서였다. 할머니는 남겨둔 얘기를 기어이 밝힐 수밖에 없다는 듯이 4남매 부부 모두를 불러들였다. 할아버지도 있어야 된다고 해서 할아버지까지 마루에 앉힌 자리에서 할머니의 폭탄 발언은 시작됐다.

할아버지의 고향은 평안북도 선천이 아니라 함경남도 함흥이었다. 과거를 숨기자니 실향민의 호적 갱신 때 의도적으로 친구 이규 씨의 주소지로 적었고 이름도 틀리게 했다. 의도적인 것과 잘못 적은 것은 엄청 다르다는 폭로였다. 또 할아버지의 학력은 무학이 아니라 그림을 공부하기 위해 일본에 간 유학생으로 학도병에 지원해서 지원병 신분으로 남산에 있던 중일전쟁 전사자를 추모하는 경성호국신사를 건설했다. 남산 산자락인 후암동에서 젊은 시절 공사 진행을 감독했고, 해방 후에는 인민군뿐만 아니라 국군에도 잠시 몸담았지만 역시 도망병으로 스스로 가짜 삶을 선택했다가 이제 와서 이런다는 것이었다.

할아버지는 양심상 직장을 가질 수 없었다. 가족을 찾을 엄두도 내지 못했다. 이규 씨는 해방과 함께 헤어지게 된 일본인 부인이 그리우면 며칠씩 일본에 다녀와 아쉬움을 토로했지만, 그 부인 역시 재혼했다는 점에서 할아버지와는 서로를 의지했다.

하지만 이규 씨가 일본인 전처가 있었다는 말도, 할아버지가 미술을 전공한 유학생이었다는 말을 선뜻 믿은 사람도 없었다. 할아버지는 늘 생활에 바빴고, 이규 씨의 자살은 신문에 실린 유서대로, 그의 예술에 대한 지나친 완벽성에 있으려니 했다.

〈나도 화폭 안으로 가련다. 그림자 없이도 아침을 맞을 수 있고, 지팡이 삼아 세운 깃발을 하루 종일 앞세워, 너로 반가운 그림자를 안게 하련다. 끝내 도둑맞은 인생아, 그래도 술 한 잔 앞세우고 웃자! 이규〉

당시 언론은 화가가 누구를 빗대 '나도' 라고 했는지에 대해 말이 많았다. 화폭 속에는 당연히 그림자가 없는 것이지만 하루 종일 붓으로 세운 깃발은 외로움이었고, 도둑맞은 인생의 실체는 설만 분분했었다.

어쨌든 할머니의 일방적인 폭로에, 그날 할아버지는 담담한 목소리로 그 소설을 누가 써준 것이냐고 물었다. 할머니는 화가 이규 씨와 마주 앉아 있을 때 매번 술상을 봐준 사람이 누구냐고 되물었다. 말문이 막힌 듯 할아버지가 멍해서 서 있자, 둘이 술상을 놓고 한 얘기니 소설을 썼다면 둘이 쓴 거라고 했고, 할아버지가 자리에서 일어나려고 하자, 마지막 말이 남았다고 했다.

할아버지는 말없이 주저앉았다. 그러자 이규 씨가 자살한 이유를 아느냐고 물었다. 할아버지는 허탈해진 눈으로 보고만 있었다. 이규 씨가 그림을 그리다가 놔두고 가면 할아버지가 그것을 손보는 것을 여러 번 목격했다고 했다. 이규 씨가 어느 날 그것을 알고는 자살을 한 것이라고 했을 때, 할아버지는 그럴 리 없다는 듯이 눈을 부릅떴다. 할머니는 자신이 이규 씨처럼 죽어줘야 이 일을 그칠 것이냐고 되물었다. 아직도 어느 쪽에 서야 할지 갈피가 서지 않아 백기만 보고 있느냐고도 했다.

이규 씨의 그림에 붓을 댄 것은 술에 취해서라고 하지만 지금은 무엇에 취해서 할머니를 사지로 모느냐는 것이었다. 이규 씨가 몇 번이고 사는 방식을 서로 바꿔보면 어쩌느냐 했는데도 못 알아듣는 척했는데, 나에게도 그렇게 할 것이냐고 따졌다.

송 교수는 그 말을 듣고서야 이규 씨의 유언에 언급된 그 '너' 라는 사람이 할아버지 같아 보였다. 당연히 그림자는 이규 씨의 주검이 되는 것이었다. 송 교수는 단 한 번이라도 할아버지가 그림과 관련된 사람이라고 생각한 적이 없었다. 그런 만큼 그 말을 듣는 순간 할머니가 지어내서 한 말이 아니라는 것을 확신했다.

이틀이 지나 할아버지는 철탑 위에 꽂힌 장대와 북만 가지고 섬에 가 혼자 살겠다고 했다. 4남매는 이제 모든 혼란이 끝나고 조용해지나 기대했다. 하지만 고물상의 처분으로 여전히 시끄러웠고, 성 변경은 변호사가 대신했다.

송 교수는 몸살을 앓았다. 율도에는 전기도 물도 없었고 철탑도 세워야 했다. 정착을 돕자니 노구의 삶이 안쓰러웠고, 휴식의 삶도 아닌데 왜 그래야 되는지를 생각하면 할머니 마음도 살펴야 했다. 결국 부피에 비해 무게가 없다시피 한 스티로폼 공처럼 구르고 처박히는 연속 끝에, 소원인 만큼 율도의 삶을 열어주자고 결론을 내린 거였다. 하지만 철탑을 세우려면 허가를 받아야 했고, 할아버지의 학력은 직접 찾아와서 확인하라는 것이었다.

찌푸린 하늘에서 다시 눈발이 흩날리기 시작했을 때 나는 다시 집 밖으로 나왔다. 잠들어 있는 할아버지가 손을 허공을 향해 휘저으면서 두려움에 떠는 신음을 뱉었을 때, 그 손짓 밖에서는 또 눈이 쏟아지고 있었다. 그런 할아버지의 잠꼬대에도 놀라지 않고 조용히 책을 덮고 나올 수 있는 나는 누구인가 싶기도 했지만, 철탑에는 여전히 아중이 매달려 있었다. 추울 것 같았다.

울타리처럼 둘러선 나무 사이로 보이는 바다는 강화에서 정기선을 타고 2시간 가까이 달려 다시 배를 빌려 타고 율도에 들어와야 하는 그런 멀고 외딴 느낌이 아니었다. 물이 빠지면서 섬 주변의 갯벌이 드러났고, 섬과 멀리 선착장 사이에 보이던 바닷물도 걸어서 건널 수 있을 것같이 거의 바닥을 드러내고 있었다.

나는 그냥 해변을 거닐자 생각했으면서도 개펄에 눈이 가 있었다.

“오래 아니 걸림메. 내레 저 짝 갔다 올찍엔 님자가 멀리 서리 알아보게이 고랑대에 흰 기빠르을 달고 달려오겠슴메! 여그 앉아서리 팔만 벌리고 있으라우야, 내레 얼매 날래 달리는 지 봄서 말임메!"

할아버지는 그 말을 끝으로 내달렸다. 소화를 시킬 겸 걷자고 했을 때 어김없이 북을 들고 나서면서, 여느 때와 다르게 나를 젊은 시절 아내 대하듯이 봤다. 그러다가 내가 젊은 아내의 환영처럼 보이는지 갑자기 뛰면서 외쳤다.

"내레 이리 살아 있어! 내레 이리 달리고 있다 말임메!"

할아버지의 신명 나는 외침은 처음이었다. 도심의 골목을 누비면서 속으로는 늘 그렇게 외쳤는지도 몰랐다. 그러다가 현란한 북춤을 쳤다.

나는 서쪽 해안가로 난 숲길로 걸어가 큰 바위 사이에 받쳐놓은 양동이의 물을 확인했다. 이미 가득 차 있었다. 할아버지 걱정을 덜 하려면 한 양동이라도 더 옮겨 담아야 했다. 그런데 물이 가득한 양동이를 들고 마당에 들어서자 안에서 할아버지의 호통소리가 들렸다. 할아버지 손에는 전화기가 들려 있었다. 손이 떨리고 있었다. 창밖을 향해 서있는데도 나를 알아보지 못 했다. 시선은 허공에 멎은 채로 소리치고 있었다.

"철탑 하나 세우는데, 내레 죽은 갈맥이라도 돼서리 누워있어야 되겠음둥? 일본? 뭘 확인했다는 거나! 뭘?"

송 교수의 전화일 것 같았다. 순간 내 눈에는 이상한 환영이 보였다. 털실로 잘 짜인 인형이었다. 인형의 끈이 풀리고 있는 것 같았다. 안 쓰던 사투리가 늘고 있었다. 이대로 풀린다면 머잖아 형체도 없이 사라질 것 같은 불안이 엄습했다. 나는 철탑을 조립하고 있는 둘을 향해 내달렸다.

"90평생 숨겨온 뒤를 캐면 나라도 그래. 근데, 털실로 짜인 인형 같다고?"

둘은 한꺼번에 웃었다. 아중은 그건 우리지 결코 할아버지가 아니라고 했다. 할아버지는 파쇄공이라고 했다. 고물상의 철물이 작은 기계에 의해 부피가 압축되듯이, 부피가 큰 쇳덩어리도 용광로에 들어갈 정도로 작게 찌그러뜨리고 부셔야 할 때는 파쇄공을 사용한다는 것이었다. 그것은 20톤의 무게로 하늘로 끌어올려졌다가 내던져지듯 낙하하면서 쇄를 부수는 공이 어서 결코 자신은 부서지지 않는다는 것이었다. 할아버지는 이미 승리의 깃발을 세우는 중이라고 했다.

석천은 갑자기 눈살을 찌푸렸다. 동의할 수 없는 뭔가를 생각하는 눈치였다. 나와 아중의 시선이 따갑게 느껴졌을 텐데도 눈살을 찌푸린 채였다. 잠깐의 검증이 필요한 모양이었다. 아니면 아중과의 토론에서 늘 그랬듯이 이번에도 상대의 의견을 한방에 날릴 묘안을 찾나 싶었다. 석천은 찌푸린 눈을 더 움츠리면서 말했다.

"점심때 얘기한 갈매기가 그냥 나온 게 아닌 것 같아. 리처드 바크의 꿈을 좇는 갈매기, 트레플레프의 처지를 대변하고 있는 체호프의 갈매기, 이명준이 중립국으로 가는 배에서 보는 최인훈의 갈매기, 뭔가 있는 것 같지 않아? 무심코 죽인 트레플레프의 갈매기인 것 같다가 꿈을 좇는 갈매기도 돼. 그 안에 할아버지와 이규 씨가 있어. 둘은 마치 숲은 홀로 이룰 수 없는데도 홀로서기를 꿈꾼 나무처럼 서 있어. 깃발 때문이지."

나는 석천의 얘기를 들으면서 이상한 상상을 했다. 생각이 화석화돼 버린 그리움. 파쇄공이든, 갈매기든, 혼자 서기를 꿈꾸는 나무든, 그 이상의 확장이 가능할 것 같은데, 석천과 아중의 중간에 설 때 늘 그랬듯이, 달리 표현할 무엇을 찾고 있었지만 들려오는 것은 할머니의 목소리뿐이었다.

"난 시퍼렇게 눈을 뜨고 있었어. 난 바깥양반과 전혀 다른 입장에서 우리 고물상 입구의 깃발을 봤더랬지. 저 양반의 깃발을 탐한 사람이 어디 이규 씨뿐이었겠어. 내가 억지소리를 했지만, 아무나 백기만 쳐다보고 한 세상 살 수 있냐고. 어느 날 보니 내 백기도 거기 있더라니까. 나도 섬으로 들어가야지."

할머니가 머잖아 섬에 온다는 생각을 하자, 철탑이 생명이 있는 한 그루의 거대한 소나무였으면 싶었다. 할머니가 봐온 장대를 거기 어딘가에 세워줄 생각을 하자, 그 깃대는 할아버지 허리춤에 묶여 있고, 할머니를 본 할아버지는 신명이 나서 북춤을 추고 있었다. 그 흔하던 바람이 멎은 해변이 다시 하얀 눈으로 채워지고 있었다.

**박영순**(朴榮順)
- 『문학예술』로 등단.
- 장편소설《예천에서 꿈꾸다》《그 남자》《서울 20 평양 60》.
- 통일문학포럼 부회장. 국제한국어교육문화재단 이사장.

# 목례

청명하게 맑은 하늘에 드문드문 시커먼 구름떼가 노닐고 있었다. 이 구름떼가 언제 소나기로 변하여 쏟아질지도 모를 일이었다. 나는 눈부신 푸른 하늘에 나타난 시커먼 구름의 존재가 신기하기도 하고 섬뜩하기도 했다. 구름 한 점 없이 파란 하늘을 보기란 참으로 어려운 일이었다. 때로는 뭉게구름이 아름답게 피어있기도 하지만 때로는 심술궂은 검은 구름이 파아란 하늘공원에 여기 저기 흩어져 심술을 부리기도 한다.

나는 회사에 다니며 사랑하는 아내 은선이와 1남 1녀를 얻어 그런대로 안정되게 살고 있다. 이제 아내도 대학을 졸업하고 취직을 하니 경제적으로도 좀 더 여유롭게 살 수 있게 되었다. 정말 네 명의 가족에겐 더 이상 부러운 것이 없이 평화롭고 행복한 나날이었다.

그러나 웬일인지 나는 회사에 다니는 것이 싫증이 나고, 꼭 남의 옷을 입은 것처럼 불편했다. 공부를 더하고 싶었다. 그간 저축해 놓은 돈도 좀 있고, 아내의 월급도 들어오고 영국대학은 등록금도 없으니 꼭 공부를 더 하고 싶어 아내에게 내 뜻을 말했다.

"정 그렇다면 당신은 원하는 공부를 더 하세요. 집은 내가 책임질 테니…."

"여보, 고마워. 당신은 역시 내 수호천사야."

아내는 쾌히 승낙했고 나는 아내를 힘껏 안아 올렸다. 10년 전 아내를 처음 만나 가슴 설레었던 때가 불현듯 떠올랐다. 그때의 그 아리따운 아가씨가 지금 내 아내가 되어 나를 떠받치고 있으니 고맙고도 황송하다.

그렇게 하여 나는 다시 대학원에 진학하여 교육심리학을 전공하였다. 2년 뒤에 석사학위, 다시 3년 뒤에 박사학위를 받고 상담심리연구소에 취직하였다. 영국의 교육제도는 학부 때엔 강의를 해 주는 교수들이 있지만 조교가 가정교사처럼 공부를 도와주는 제도이고, 대학원은 역시 강의는 있지만 기본적으로 혼자 공부하여 논문 쓸 준비가 되면 지도교수에게 얘기하고 혼자 논문을 쓴다.

논문을 제출하고 나면 날짜를 정해 학생과 교수들이 다 모인 자리에서 세미나 식으로 논문 발표를 한다. 거기서 토론이 이루어지고 공방이 모두 끝난 뒤 교수들이 가부를 정하는데, 3분의 2 이상이 가를 주면 논문은 통과한 것으로 되어 박사학위자 명단에 올라가게 된다. 그래서 혼자 공부하고 논문 쓰는 것이 익숙하지 않은 학생은 학위 받는 데 시간이 아주 오래 걸리거나 중간에 자퇴하고 나간다. 대신 혼자서도 잘 하는 학생은 빨리 논문을 낼 수 있다.

나는 비교적 빨리 논문을 쓴 편에 속했다. 그러나 내가 대학원 다니는 동안 아내는 아마 힘들 때가 많았을 것이다. 이제 공부를 끝내고 직장을 다니니 오랜만에 다시 평화가 찾아왔다. 그냥 그렇게 계속 안정되게 살았으면 얼마나 좋았으랴.

그러나 나의 치기 어린 용기인지, 하느님의 뜻이었는지 알 수 없으나, 박사학위를 받고 연구소에 취직한 지 2년이 지난 어느 날 나의 인생을 송두리째 바꾸는 일이 일어났다. 조선인민공화국 창설 50주년 기념식에 참가할 사람을 모집한다는 광고가 연구소 벽보판에 붙었던 것이다. 나는 그 벽보를 보는 순간 갑자기 호기심이 발동하였다.

'그래, 안 그래도 북한이라는 나라를 한 번 가 보고 싶었는데, 이렇게 기회가 왔으니 신청하자.'

그렇게 하여 나는 계획에 없던 평양 여행을 하게 되었다. '영국대표단 한성준' 이란 명찰을 달고 다른 10명과 함께 평양을 가게 되었다. 총 37개국의 대표단이 참석하여 성대한 기념식에 참석하고 일주일 동안 그들이 보여주는 것만 볼 수 있었다. 대오를 벗어날 수도 없고, 다른 나라 대표단과 얘기할 수도 없으며, 북한주민에게도 말을 걸면 안 되었다. 감시원들이 대표단 한 명 한 명을 감시하는 가운데, 그들이 보여주는 곳, 먹여주는 음식, 재워 주는 호텔(양각도 국제호텔)에서 자고 돌아오니, 오히려 호기심이 더욱 발동하였다.

그들이 자랑스럽게 보여준 금수산태양궁전, 주체탑, 평양학생소년궁전, 평양제1백화점, 김일성종합대학, 평양제1중학교, 창광유치원, 평양체육관, 문수유희장, 평양제1병원 등 호화찬란하고 깨끗한 곳만 보여주니 그렇지 않은 것들이 너무나 보고 싶었다. 더구나 그들이 하는 말 중에 뜻을 알지 못하는 단어들을 여러 번 듣고 보니 남북한의 이질화된 한국어를 체계적으로 연구해 봐야겠다는 생각이 설핏 들었다.

'그래, 그거야. 그러려면 좀 더 합법적으로 평양에서 오래 있으면서 공부하는 길을 찾아야 해.'

나는 며칠 동안 곰곰이 궁리하다가 김일성대학에 가서 공부를 하면서 남북한 언어를 연구하면 되겠다는 생각으로 정리가 되었다. 당장 이튿날 북한영사관으로 달려갔다. 처음엔 겨우 참사관을 만나 김일성대학에서 공부하고 싶으니 좀 도와달라고 했다. 처음엔 선뜻 답을 주지 않았다. 일주일 후에 다시 갈 때는 스카치위스키를 한 병 사들고 갔다. 조금 태도가 누그러지며 생각해 보겠다고 했다. 이주일 뒤에 다시 가고 또 일주일 뒤에 가면서 그 다음은 봉투를 은밀히 건넸다.

역시 약발이 있었다.

"적극적으로 나서 보겠소."

드디어 움직이기 시작했다. 그러나 큰 진척은 없었다. 할 수 없이 영사를 만나고, 대사를 만나 좀 더 많은 파운드화를 넣은 봉투를 건넸더니 일주일 후부터 드디어 원서도 주고 대학과 대학원의 성적표를 내라든가 신원보증서를 내라든가 하는 식으로 일이 진행되어 나갔다. 그리고 한 번 더 봉투를 돌리고 대학원원서 서류를 제출하고 난 두 달 뒤쯤 김일성대학에서 초청장과 함께 대학원 입학을 허락한다는 편지가 대사관을 통해서 왔다.

내가 대사관에 드나들며 애원을 한 지 1년 쯤 되는 날이었다. 그간 집안의 경제사정도 도외시하고 오로지 북한에 가서 공부하겠다는 생각만 가득했다. 아내는 이 모든 과정이 탐탁지 않았겠지만 내색을 않고 참아 주었다. 참으로 아내에게 고맙고 미안한 생각이 들었다.

"여보, 정말 당신에게 너무도 고맙고 면목 없소. 그러나 나의 이 불같은 염원을 주체할 수 없었소. 나 평양에 가서 최대한 빨리 공부 끝내고 돌아오겠소."

"박사학위까지 가진 사람이 왜 또 공부를 더하려고 하는지, 하필이면 그토록 폐쇄적인 북한에 가서 공부를 하겠다는 건지 도무지 이해가 안 되지만, 당신을 적극 말리기에는 당신의 뜻이 너무 강한 것 같아 그냥 참고 기다렸어요. 그래 그리도 가고 싶어요? 거기 가면 아무 탈 없이 공부할 수 있을 것 같아요? 난 왠지 불안한데요."

"괜찮을 거예요. 일단 저쪽에서 받아줬으니까 아무 탈 없이 공부할 수 있을 거예요. 이왕 한세상 사는 거 조국의 통일작업에 벽돌 한 장이라도 놓는 심정으로 공부하려고 해요. 당신에게 면목 없지만, 3년만 참아줘요. 3년이면 다 끝낼 수 있을 거예요. 그동안 아이들 잘 부탁해요. 내가 당신에게 이렇게 큰 짐을 지우게 될 줄 몰랐소. 미안하오."

나는 아내에게 진정으로 미안했다. 대학원도 아내 덕분에 다녔는데, 이제 좀 안정되나 했는데, 내가 또 엉뚱하게도 평양에 가서 공부하겠다니 아내 입장에서는 너무 어이없고 짜증날 수도 있을 텐데 그래도 또 참고 동의해 주었다. 나는 아내를 꼬옥 안아주었다.

그리고 한 달 뒤 평양으로 가는 비행기를 탈 수 있었다. 런던 히드로 공항에서 이륙한 지 14시간 만에 평양 순안비행장에 내리니 '영국 한성준 선생 열렬히 환영' 이라고 쓴 피켓을 들고 서 있는 사람들이 두 명이나 있었다.

"고맙습니다. 안 그래도 김일성대학에 가려면 무슨 차를 타야 하나 하고 있었는데, 이렇게 마중을 나와주시니 감사합니다."

"어서 오시라요. 우리가 잘 모시갔습네다."

"예, 감사합니다. 한성준입니다."

그리고 명함을 건네니, 두 사람 모두 명함을 주는데, 이석춘, 황기출이란 이름 석 자만 있을 뿐 아무 직함이나 연락처는 쓰여 있지 않았다. 순간 '참으로 이상하구나' 하는 생각과 함께 불안한 예감이 머리를 스쳐갔으나 내색을 할 순 없었다. 나중에 보니 이석춘은 김일성대학에 나와 있는 보위부 말단 간부이고 황기출은 김일성대학의 세포조직이었다. 나중까지 나의 일거수일투족을 감시하는 임무를 맡은 인물들이었다. 정신이 번쩍 들었다.

'이거 보통 일이 아니구나, 앞으로 꽤나 골치아프겠구나.'

남북의 가교역할을 하겠다는 나의 순진한 바람이 이들 감시원 덕에 산산조각 나는 기분이 들었으나, 이왕 시작한 일 꿋꿋이 밀고 나갈 수밖에 없다. 감시원들과 함께 김일성대학 캠퍼스에 들어서니 그제야 좀 안정도 되고 마음도 놓였다. 정문 앞에 서서 보니 '김일성대학' 이라고 김정일이 쓴 현판이 가로로 붙어있고 캠퍼스에 들어서자마자 오른편에 '학습도 전투이다' 라고 새긴 돌비석이 서 있다. 대학이 언덕에 자리잡고 있어 학교에 들어서면 캠퍼스가 한눈에 보이는데, 수십 만 평의 넓은 캠퍼스가 특별히 아름답진 않지만 그래도 어쩐지 권위가 느껴졌다.

큰 건물의 외벽에는 엄청나게 큰 벼이삭이 그려져 양각되어 있다. 신축 당시 인민들이 십시일반으로 쌀을 모아 신축자금을 보탰다고 해서 '애국미' 라고 하며 벼이삭을 형상화하여 벽면에 그려 넣고 새기고 색칠을 해놓은 것이다. 실제로 자발적인 것이었는지 강제로 거둔 것인지 알 수 없으나, 현재는 그렇게 선전하면서 그 정성을 잊지 말자며 캠퍼스에 들어오면 그 벼이삭을 보지 않을 수 없도록 상기시키고 있다. 또한 후문 언덕길 입구에는 '우리식대로 살아나가자' 라고 쓰인 화강암 돌비가 서 있어서 북한의 이념을 상징적으로 보여주는 것 같다.

김일성대학 외국인기숙사에 짐을 풀고 조선어학으로 최고의 학자인 정운호 교수님을 만나 나의 간단한 이력과 나의 희망사항을 얘기하면서 지도교수를 맡아달라고 간청했다.

"제가 학부와 대학원에서 심리학을 전공했지만 지금부터는 조선어학을 공부하고 싶습니다. 지난번 건국 50주년 때 잠시 다녀갔는데, 그때 보니 남한과 북한의 언어가 많이 다르다는 걸 느꼈습니다. 제가 남북조선의 언어를 비교 분석하는 공부를 하고 싶습니다. 저를 지도학생으로 받아주실 수 없겠습니까? 은혜는 결코 잊지 않겠습니다."

"그래요? 거참, 뜻이 가상하구만요. 내 기꺼이 맡겠소."

"고맙습니다. 참으로 감사합니다, 열심히 공부하겠습니다."

이렇게 하여 나는 정운호 교수의 지도학생으로 등록하게 되었다. 여기는 등록금도 없고, 오히려 학용품과 책값이 나오고 점심도 학교에서 배급받아 먹을 수 있었다. 나는 행운아라는 생각을 하면서 밥 먹는 시간, 잠자는 시간 외에는 공부를 하였다. 물론 여름 한철에는 농촌봉사활동을 가야 하지만 그래도 외국인이라고 특별 대우해 주는 것도 많았다. 물론 그 감시원들이 늘 나를 따라다니긴 했으나, 되도록 신경 안 쓰기로 하니 어느 정도 안정이 되었다. 단지 지도교수와 사적인 얘기를 좀 하고 싶어도 할 수 없는 게 제일 참기 어려운 고통이었다.

그래도 김일성대학에 들어오고, 정운호 교수 지도학생이 된 건 행운이었다. 갑작스럽게 생긴 호기심에서 출발하여 평양관광에서(물론 자유스런 관광도 아니었지만) 김일성대 대학원에 입학까지 하게 된 건 하늘의 도움이 틀림없었다. 아마 하느님이 나에게 무슨 큰 사명을 주시기 위해 이렇게 이끌어 주신다는 생각이 강하게 들었다. 내가 믿는 하느님은 '구하라, 그러면 얻을 것이다' 를 확실히 보여주시는 것 같다.

하여튼 나는 지금 만족하고 있다. 앞으로 어떤 어려움이 닥칠지, 어떤 역경이 기다리고 있는지는 모르겠지만, 지금 기분 같아서는 그런 역경쯤은 얼마든지 헤쳐 나갈 수 있다는 자신감으로 충만해 있다. 그리고 내가 믿고 의지하는 하느님이 늘 나와 함께 하실 것이므로 특별히 불안한 건 없다. 단지 그 감시원들이 계속 뇌리에서 떠나질 않는다. 오로지 공부나 하는 내가 무슨 이상한 일을 할까봐 이토록 철저하게 감시하는지 가끔씩 숨이 막혔다. 친구도 마음 놓고 못 사귀고, 지도교수와도 단 둘이서는 만날 수가 없고, 학과의 다른 교수와도 인사 외에는 할 수가 없다.

내가 김일성대학에서 공부하는 4년간 나라의 경제사정이 점점 나빠졌다. 굶어서 죽는 사람이 자꾸 생겨난다는 말이 여기저기서 들렸다. 시시각각 뭔가가 나를 조여오는 느낌이 들었으나 누굴 잡고 속 시원히 물어볼 사람도, 이 나라가 왜 이렇게 자꾸 어려워지는지 물어볼 사람도 없었다.

어쨌든 나는 공부에 매달릴 수밖에 없다. 처자식을 두고 이 멀리 공부하러 왔으니 공부밖에 더 무엇을 할 것인가. 어차피 이곳에선 밤에 불이 없으므로 할 수 있는 게 별로 없다. 전기불이 없으니 별과 달은 잘 볼 수 있다. 반짝반짝 빛나는 별을 보며 서울 생각, 런던 생각을 하면 언제나 눈시울이 시큰거린다. 서울에서 평범하지만 안정되게 평화롭게 살 수 있는 길을 버리고 구태여 영국으로 가 몇 년간 고생하다가 이제 좀 살만 하니 다시 생뚱맞게도 평양에 와서 가족들에게 고통을 주면서까지 이 답답한 나날을 보내야 하니 참으로 한심한 생각이 들기도 한다. 남이 시켜서 하는 일이었으면 도저히 할 수 없었거나, 매우 불행을 느끼며 하겠지만, 내 의지에 의해 내가 택한 길이니 그런대로 잘 버티고 있는 것이리라.

나는 특별 허가를 얻어 남한의 국어사전을 구해서 조선말사전과 비교를 하기 시작했다. 남한은 서양 외래어가 많이 생겼고, 북한은 새로 만든 우리말이 매우 많이 생겼다. 아마 남북이 어휘 면에서 경쟁을 한다면 분명히 명분에서 북한이 이길 것이다. 왜냐하면 북한은 한자어나 다른 외래어 대신 우리의 고유어를 많이 발굴하고 새롭게 만들었기 때문이다. 물론 한글로 썼어도 무슨 말인지 알 수 없고, 어색한 말도 많이 있지만, 그래도 가능한 한 우리말을 쓰려고 노력한 점은 충분히 인정되기 때문이다.

예를 들면 출구 → 나가는 곳, 출하 → 짐보내기, 경사 → 비탈출국 → 나가는 곳, 대합실 → 기다림칸, 계주 → 이어달리기, 아이스크림 → 얼음보숭이…. 이런 예들은 매우 바람직한 우리말다운 다듬기라고 할 수 있다. 그러나 도저히 그 뜻을 알 수 없거나 매우 어색한 표현도 많다.

다음과 같은 것들이 그 예이다.

노날드리듯, 악패듯, 자가사리끓듯, 불피코, 저저마다, 발볌발볌, 얄포름, 반도와, 늘치분, 긴찮이, 깡지근하니, 님드르다, 되우, 다루, 맛적다, 앙바틈하다, 헤무르다, 헤식다, 해낙낙하다, 에굽다, 잔달다, 숫스럽다, 깡지근하니, 겹석, 울바자, 뽈깃하다, 헤번즈르르하다, 달물, 늘치분….

나는 공부가 너무나 좋고, 언어를 공부하게 된 것도 나의 적성에 딱 맞았다. 어서 학과 공부가 끝나고 논문 쓸 때가 왔으면 좋겠다. 하루가 어떻게 가는지도 모르게 공부에 열중하였다. 결국 4년 뒤 나는 조선민주주의인민공화국에서 수여하는 언어학박사 학위증을 받고 메달도 받았다. 이렇게 국가가 주는 학위이므로 논문심사 때도 사회과학원과 김일성대학에서 열 명 이상의 학자들이 모여 공개토론을 하여 '통일적 발전을 위한 남북의 언어비교연구' 논문을 통과시킨다. 그러므로 학위의 무게가 호주나 남한보다 더 귀하고 무거운 느낌을 준다. 졸업을 하고 영국집으로 돌아가니 세상을 다 얻은 듯 감개무량했다.

그 사이 아이들도 다 커서 대학생이 되었고, 아내도 흰머리가 드문드문 보였다. 나는 아내와 감격적인 해후를 하고 뜨거운 입맞춤을 하였다.

"여보 고맙소, 모두 당신 덕이오."

진정 아내한테 말할 수 없는 고마움과 미안함을 느끼며 아내를 꼭 껴안고 한참이나 흐느꼈다. 사나이 눈에 뜨거운 눈물이 쉴 새 없이 흘러내렸다.

오랜만에 가족들과 만나 외식도 하고 가족여행도 했다. 아름다운 케임

브리지 도시도 보고 케임브리지 대학도 보고 셰익스피어 생가도 보고 신기한 스톤헨지도 보았다. 일주일 정도 여행하면서 가족의 소중함과 감사함을 더욱 절실히 느꼈다. 다시 새로운 마음으로 일상으로 돌아왔다.

직장이 마땅한 것이 없어 내가 '상담심리 및 남북한 언어연구소'를 설립했다. 연구원과 직원도 채용해서 평상시는 주로 상담심리 쪽 일을 하면서, 북한 관련 일은 주로 연구 프로젝트를 따서 수행하는 식으로 일을 했다. 수입이 일정하지가 않아 어려움이 있었지만, 그래도 내가 공부한 것을 풀가동할 수 있게 되어 기뻤다. 북한에 있다 온 것이 알려져 여기저기 원고청탁이나 강연 청탁이 들어와서 그런대로 수입이 생겨 아내한테 줄 수 있어서 좋았다. 나는 틈틈이 남북한 비교 사전을 만들기 위해 자료를 정리하고 원고를 썼다.

몇 년 뒤 평양에서 김일성대학 창설 55주년 기념식에 참가하라는 초청장이 왔다. 나는 대사관에 가서 영사를 만나 학위증을 보이며 부탁했다.

"덕분에 공부 마치고 왔습니다. 이번에 이런 초청장을 받았는데, 아내도 함께 동행하고 싶습니다. 함께 갈 수 있도록 도와주시라요."

그리고는 북에서 가지고 온 인삼주를 건넸다.

"그건 곤란합네다."

단칼에 거절당했다. 내가 그동안 바친 게 얼만데, 이 정도도 못 해준다는 게 너무 야속하고 얄미웠다.

"딱 일주일만 다녀올 건데, 허락 좀 해주시라요. 4년이나 떨어져 지냈으므로 이번에는 꼭 집사람을 데리고 가고 싶습니다."

"초청장에 한 선생만 쓰여 있지 부인 이름은 없지 않소."

"그래도 따로 관광으로라도 갈 수 있지 않습니까?"

"나도 마음대로 할 수가 없다니까요."

"도저히 안 되겠습니까?"

"예, 안됩니다."

나는 참으로 야속했지만 그를 설득할 방법이 없어 결국 혼자 다시 평양에 갔다. 간 김에 여러 가지 일을 했다. 이왕 간 김에 김일성대학 교수들과 사회과학원 교수들에게 '문화어사전'을 만들자고 제의하였다. 원고를 다 쓰면 출판은 남한에서 하겠다고 하니 모두 동의하였다. 북한에서는 책을 출판하는 것은 너무 어렵기도 하거니와 지질이나 인쇄 자체도 남한과는 비교가 안 되게 좋지 않으므로 남한에서 하겠다고 한 것이다.

영국은 우선 출판해 줄 출판사도 찾기 어려워 남한에서 하겠다고 한 것이다. 남한에서는 지난번 서울에 들렀을 때 H출판사와 대략 구두로 약속한 것도 있기 때문이다. 이렇게 '문화어사전' 집필을 결정한 다음 나는 '남북언어비교'라는 책을 쓰기로 결심했다. 이미 논문 쓸 때 많은 자료를 수집해 놓은 게 있어 그리 어려운 작업은 아닐 것 같았다.

이후 나는 매해 건국기념일, 김일성 생일, 김정일 생일, 김일성대학 창설기념일을 전후하여 한 달씩은 꼬박꼬박 평양에 머무르면서 작업을 하는 생활을 하게 된다. 그럭저럭 일년에 4개월 정도 머물게 된 지 10년이 넘었다.

내가 평양에 머물게 되면 평소에 알고 지내는 몇 가족에게 공중목욕탕에서 목욕을 시켜주고 냉면을 사주곤 하는데, 나는 언제나 외국인이 가는 목욕탕과 식당만 갈 수 있고, 거기서는 바가지를 씌우므로 늘 비싼 목욕을 하고 비싼 냉면을 먹어야 한다. 한 번은 휴일에 윤씨네 가족들에게 목욕비를 대주고 냉면을 사주었더니, 눈물까지 글썽거리며 먹는 그들 가족을 보면 마음이 짠하다 못해 아리기까지 한다. 그들의 그런 모습에 나 역시 울컥해진다.

윤씨의 부인은 간호원인데 병원 얘길 하며 한숨을 쉰다. 주사기 바늘을 썼던 걸 또 쓰고, 끝이 부러지거나 휘면 돌에 갈아서 쓰고 굽은 것은 다시 펴서 사용하는 현실, 이런 걸 잘 해야 능력 있는 간호원으로 인정된다고 하면서 한숨을 쉰다. 평양에는 상위 1%만 가는 병원이 따로 있는데, 이곳에는 일반인이 절대로 갈 수 없다고 하며, 일반병원에서는 링거액도 부족하여 환자 집에서 설탕을 가져오게 하는 등 약이 없어 고생하는데, 그런

병원에선 외국에서 좋은 약을 들여와 마음껏 치료한다는 것을 부러움 반, 울분 반 푸념을 했다. 그녀는 이야기를 이어갔다. 그나마 간호원이라고 간호 일만 하면 그래도 괜찮은데, 병원에 딸린 농장과 축사도 돌보아야 하므로 피곤해 죽을 지경이라고 털어놓았다.

"그게 무슨 얘기에요? 농장과 축사를 돌보다니요?"

"병원에서 일하는 사람들과 환자들의 식사문제를 자급자족하라는 명령이 하달된 지 오래 됐어요. 그러니 어쩌겠어요? 일단은 누구든 병원 식구들이 먹고 살아야 하니까 병원 안에서 농장도 운영하고 가축들도 기를 수밖에 없지요. 과로도 과로지만, 병원 안에 이런 시설들이 있으니까 위생문제가 가장 큰 문제라요."

그녀는 연신 한숨을 쉬어댄다. 그리고 얘기를 계속했다.

"소독약도 거의 없으므로 환자들이 병원에 와서 오히려 병을 키우게 되는 경우가 허다하지라요."

그러면서 매우 안타까워한다. 평양에는 49호병원이라는 정신병원이 있단다. 그런데 이 정신병원은 진짜 정신과 환자들만 오는 게 아니라 고위직 아들들의 군대 기피를 위해 악용되기도 하고, 심지어 고위간부들의 휴식처로도 악용된다는 것이다.

'정신병원에서 휴식이라니….'

이상한 나라의 이상한 병원이야기에 너무나 잘 되어 있는 영국의 병원, 남한의 병원들이 새삼스럽게 고맙고 자랑스러웠다.

'나도 여기서 병이 나면 큰일 나는데….'

입속으로 중얼거리며 그녀에게 위로의 말을 전했다.

"이제 모두 옛날 얘기가 될 테니 조금만 참으면 돼요. 세상이 바뀔 거예요. 통일이 되면 의약품 같은 건 1년 안에도 해결될 거고 병원에서 농장이니 축사니 하는 것을 운영 안 해도 되는 세상이 곧 올 거예요. 2,3년 아니면 아무리 늦어도 4,5년 안엔 해결될 것으로 봐요."

나는 원래 청교도 정신으로 무장된 기독교신자인데 어디서도 예배를 볼 수 없는 것이 가장 불편한 것 중의 하나다. 오로지 김씨 부자만이 신앙의 대상이요, 존경의 대상이므로 다른 신을 믿는 것은 철저히 금지되어 있는 나라, 이것이 북한이었다. 여기까지 생각 못한 건 오로지 나의 불찰이므로 어느 누구를 원망할 수도 없고, 따질 수도 없으니 속으로 눈물을 삼킬 수밖에 없었다.

특히 전기가 부족하여 밤엔 암흑세계가 될 때가 많으므로, 밤에 공부를 하기 어려운 것도 내겐 큰 고역이었다. 영국이나 남한에선 주로 밤에 공부를 많이 하는데, 여기서는 초를 켜고 공부를 해야 하는데, 초값이 비싸기도 하려니와, 어떤 땐 구할 수조차 없으니 잠이 안 와도 그냥 자리에 누워있을 수밖에 없다. 멀뚱멀뚱 누워있으면 가족들의 얼굴이 하나씩 나타났다. 나도 모르는 사이 눈물이 주르르 볼을 타고 내려와 베개를 적시곤 했다.

어느 해 4.15 김일성 생일을 맞이하여 다시 평양에 왔는데, 대학의 모든 구성원은 태양궁전을 참배하라는 지시가 당에서 내려왔다. 외국인이라고 예외는 없다. 지난 2.16일 김정일 생일에도 다녀왔는데, 두 달 만에 또 안 가면 안 된단다. 지금까지 이미 수십 번을 갔는데, 이번에도 예외 없이 가야 한단다. 할 수 없이 김일성대 교수 몇 사람과 감시원과 함께 태양궁전에 김부자 참배를 갔는데, 유리관에 살아있는 모습 그대로 안치되어 있는 시신에게 하나같이 90도로 절을 했으나 나는 그냥 목례만 하였다.

배고픈 사람이 허겁지겁 밥을 먹듯이 나는 정말로 공부에 고팠던지라 공부가 너무 즐거워 평양에만 오면 정신없이 공부에 매달리는데, 이런 델 자꾸 가라니 참으로 지겹다. 내가 태어나서 익힌 우리말과 글을 다 안다고만 생각했는데, 막상 학문적으로 공부를 해 보니 모르는 것도 많고, 한 언어의 체계가 이토록 체계적이고 과학적이라는 것을 새롭게 깨닫는 시간이 되었다.

나는 이 분야 공부를 선택한 데 대해 무한한 긍지와 자부심을 가지게 되었다. 여생은 조선어와 함께 하리라 결심해 본다. 남북 언어가 많이 달라진 데 대해 안타까움을 느끼면서 무슨 방법으로든 간격을 좁혀야 한다는 생각이 들었다, 알고 보니 철자법부터, 문법, 자모의 이름과 순서, 음운론, 형태론, 통사론, 의미론 모든 분야에서 이질화가 진행되었음을 확실히 알게 되었다. 나는 이 모든 분야를 다 감당할 자신은 없으므로 학부에서 조선어학을 전공하지 않은 사람으로서 할 수 있는 것은 어휘론뿐이라는 생각이 들었다. 따라서 논문도 어휘론으로 쓰기로 결정하고 틈이 나는 대로 자료를 모았던 것이다.

아무래도 어휘는 사전을 가지고 해야만 체계가 설 것 같아 사전을 통째로 외우다시피 여러 번 훑기로 마음먹었다. 또한 여러 문헌을 통해 문화어가 정립되기까지의 과정을 추적하기로 하고 열심히 문헌을 찾았다. 몇십만 어휘중 적어도 만 개 이상의 어휘가 남한과 다를 것 같은데, 실제로 무엇이 어떻게 다르며, 앞으로 남북통일에 대비하여 언어통일을 어떻게 이루어야 할지 연구하기로 하였다.

마침 국제코리아학회를 북경대학에서 개최한다고 하여 김일성대학 외사부에 중국여행 허가신청서를 냈다. 마침 나의 지도교수인 정준호 교수님은 기조강연자로 학회 본부로부터 초청을 받아 가시게 되었다고 하여 나는 더욱 함께 가고 싶었다. 나의 신청서는 몇 단계의 심사를 거쳐 석 달 뒤 쯤 최종 승인이 났는데, 이 승인이 나기까지 다섯 군데에 뇌물을 건네야 했다. 학생 처지로 이들에게 뇌물을 주는 게 쉽지는 않았지만 있는 것을 다 털어 겨우 장만했다. 영국을 떠나올 때 아내가 비상시에 쓰라며 챙겨주었던 비상금을 다 털다시피 하였다. 하얀 피부에 곱상하게 생긴 아내의 얼굴이 떠올라 눈가가 촉촉해졌다.

'여보, 나의 수호천사, 보고 싶소.'

드디어 북경에 도착하였다. 평양 순안비행장에서 비행기에 오른 지 1시간여 만에 북경공항에 도착하였다. 그리고 다시 버스로 한 시간을 달려 북경대 외국인숙소에 도착했다. '북경대학' 이라 쓰인 교문을 들어오자마자 '축 국제코리아학회 16회 대회 개최' 라는 현수막과 '국제코리아학회 회원들을 열렬히 환영합니다' 라는 현수막이 나란히 걸려 있었다.

남한은 '대한민국' 이라 하고 북한은 '조선민주주의 인민공화국' 이라 하며 각각 '한국', '조선' 이라고 약칭하니 중국과 일본 같은 데서는 남북한을 하나로 통일해서 불러야 할 때는 매우 난감해진다. 따라서 이런 학회 명칭에서도 남북한 학자들을 모두 참여시켜야 하므로 궁여지책으로 '코리아학' 이라는 다소 어색한 이름을 쓰기도 하고 '한(조선)국' 이라 쓰기도 한다. 남북한이 나뉘어있는 참담한 현실이 이런 데서도 그대로 나타난다.

숙소에서 짐을 풀고 제일 먼저 학교의 전산실로 가서 신분증을 제시하고 마침 비어 있는 컴퓨터를 하나 차지하고 앉았다. 얼마나 그리웠던 것인가? 평양에서는 컴퓨터를 사용할 수 있어도 인터넷을 못 하니 옛날 전동 타이프라이터 앞에 앉는 것과 같다. 중국만 해도 인터넷이 되니 꿈만 같았다. 나는 허겁지겁 국제뉴스를 보고 다음은 한국의 대표 포털사이트인 네이버로 들어와 동아일보, 조선일보를 보고, 통일문학포럼 사이트에 들어왔다. 내가 문학을 전공하는 건 아니지만 남북통일을 염원하는 작가들이 모여 통일에 대한 적극적인 활동을 하기 위해 몇 년 전에 '통일문학포럼' 이라는 단체를 만들었다는 소식을 어디서 들은 것 같았기 때문이다. 이 사이트에 들어와 보니 얼마 전에 회원들이 두만강 문학기행을 했다 한다. 몇 년 전에는 압록강 문학기행을 하고 31인의 문학기행집인 『압록강 따라 가슴앓이 2천리』라는 책도 발간했다고 한다.

이 기사를 보니 문득 몇 년 전의 일이 떠올랐다.

학기 중에 어느 날 갑자기 당에서 나를 찾는 것이었다. 무슨 일인가 하여 당 보위부 부부장에게 갔다.

"한성준 선생은 '불충한 사람' 이라는 제보가 들어왔소. 무슨 일인지 아시오?"

"불충한다니요? 나는 불충한 적이 없소."

나는 영문도 모르고 답을 해야 했다.

"뜨거운 맛을 보아야 정신 차리겠소?"

나는 기가 막혔다.

'잠자는 시간 외에는 감시를 당하는 처지인데, 내가 무엇을 잘못했다는 것인가?'

이렇게 생각하니 더욱 기가 막혔다.

"글쎄 난 왜 이런 심문을 받아야 하는지 도무지 모르겠소. 내가 무슨 잘못을 했다는 거요?"

"정 이렇게 나오면 할 수 없소. 당신은 태양궁전에 가서 제대로 인사를 안 했잖소? 그게 불충이 아니고 뭐란 말이오? 그래도 외국인이니까 이렇게라도 친절을 베푸는 것이오. 아무래도 반성할 시간이 필요한 것 같으니 저리로 가시오."

그가 가리키는 곳을 보니 쇠창살이 보였다. 순간 나는 기겁을 하여 그에게 사정했다.

"이거 안 됐수다. 내가 실수를 한 것 같소. 절대로 마음이 부족해서 그런 건 아니니 한 번만 용서해 주시구려. 나도 모르는 사이에 영국식으로 묵념을 한 것 같소. 이해해 주시오."

"조선에 오면 조선식으로 해야지 영국식이라니…. 어쨌든 그냥은 못 넘어가니 저리로 가서 반성을 하고 있으면 곧 풀려날 것이오."

그러더니 창살이 있는 방으로 나를 밀어 넣고 자물쇠를 잠그고 가버렸다.

나는 이 청천벽력 같은 상황에 어찌할 바를 몰랐다. 그래도 하루 이틀 가두었다가 내보내 주겠지 하면서도 땅바닥에 주저앉았다. 만 가지 감회가 소용돌이쳤다. 어느새 뜨거운 눈물이 뚝뚝 바지에 떨어져 원을 그려 나갔다.

'아내나 내 아이들이 이걸 알면 얼마나 놀라고 슬퍼할까?'

그렇게 갇혀 있으니 지도교수님한테 연락할 방법도 없고, 내가 강의를 듣고 있는 교수님들한테도 연락할 길이 막막하였다.

끼니가 되었는지 간수가 멀건 장국에 보리밥 반 그릇, 단무지 두세 조각이 있는 밥을 밀어넣어주고 갔다. 하염없이 눈물이 흐르지만, 살아서 이곳을 나가야 하니까 눈물이 섞인 찝찌름한 밥을 꾸역꾸역 씹어 목으로 넘겼다. 결국 그릇을 깨끗이 비웠다. 다음 시간에도 비슷한 음식이 들어오고 난 그릇을 싹싹 비웠다. 하루가 가고 이틀이 가도 내보내줄 기미가 보이지 않았다.

'이거 큰일 났네, 이러다가 이번 학기 완전히 망치는 거 아냐?'

며칠이 지났는지 이젠 가늠이 안 되었다. 사람이라고 가끔씩 지나가는 간수들과 나처럼 잡혀오는 사람들이 심심찮게 있었다. 이렇게 갇혀 있으니 무엇보다도 온갖 불편과 어려움을 혼자서 당할 아내가 가장 먼저 떠올랐다. 그토록 순수하고 아리따운 처녀였던 그녀에게 첫눈에 반해 가슴이 쿵쾅거렸던 기억이 새롭다. 너무나 사랑하면서도 사귈 때나 결혼하고 나서나 너무 많이 떨어져 지내게 되는 것이 늘 미안하고, 그만큼 더 애틋하였다. 아이들의 얼굴도 떠올랐다. 어질고 배려심이 많은 첫째 준호는 언제나 동생과 잘 놀아주고, 샘이 많고, 웅석도 많은 둘째 준서는 가끔씩 형에게 숙제 도와달라고 떼를 쓸 때 외에는 사이좋게 잘 지냈다. 특히 형 준호가 늘 동생을 잘 챙겨주므로 집안은 평온했다.

너무도 불우한 누님에게 미안할 정도로 집안이 화평했다. 누님과 행복을 나누어 가질 수 없는 것이 늘 미안하고 안타까웠다. 누님의 불행은 필설로 다 설명할 수 없을 정도지만, 지금의 내 처지를 안다면 누구보다도 속상해 할 것이다. 아내나 아이들도 모두 지금의 나의 처지를 안다면 기절초풍할 것이다. 그리고 지도교수님도 얼만 애를 태우실까.

40년 넘게 살아오는 동안 나 자신은 누구와 싸워 본 일도 없고, 억장이 무너지는 일도 없었으니 평탄하게 살아온 행운아였다. 단지 한 분밖에 없는 누님이 매형과 자식 둘을 하늘로 보냈으니 그게 가장 가슴이 아프다. 더구나 큰 아들은 교통사고로 잃고 누님은 실신까지 했었다. 세상사는 게 참 만만치 않음을 누님의 불행을 보고 실감했을 뿐이다. 이렇게 갇혀 있으니 누님이 왜 이리 보고 싶은지 모르겠다. 누님한테 안겨 실컷 울고 싶다.

'어리석은 동생을 꾸짖어 주세요. 누님이 그토록 믿고 자랑스러워했던 이 동생의 미욱함을 용서하세요. 그래도 꼭 살아서 나갈게요.'

그러던 어느 날, 그러니까 내가 이곳에 갇힌 지 두 달 쯤 되는 날이었다. 인민군복을 입고 어깨에는 상좌 계급장을 단 청년이 오더니 묻는다.

"동무가 한성준이오?"

"그렇습니다만…."

"어서 나오시오. 이제 집에 가도 좋소."

그는 교도소 문을 열어주고는 어디론가 쏜살같이 가버렸다.

나는 내가 갇혀 있던 어둑하고 퀴퀴한 방을 한 번 돌아보고 내 방에 밥을 갖다 주던 간수가 있으면 인사나 하려고 찾았으나 보이지 않아 얼른 보안성 건물을 벗어나 달렸다. 버스정류장이 어디 있는지 살펴보니 300m 전방에 버스정류장이 있어 얼른 뛰어가서 나의 거처가 있는 창성동으로 가는 버스를 기다렸다. 한 30분쯤 기다리니 버스가 와서 오르니 이미 사람들로 꽉 차있어서 결사적으로 비집고 들어가 겨우 손잡이를 잡고 서 있을 수 있었다.

평양은 출퇴근 때 건 아니건 버스는 늘 만원이어서 몸과 몸을 부딪는 숨막히는 경험을 해야 한다. 콩나물시루 같다는 말이 딱 맞았다. 여름엔 이런 콩나물 버스가 더욱 고통스럽다. 금방 온몸은 땀에 젖고 사람들의 몸에서 나오는 악취는 참기 어려울 만큼 역겹기 때문이다. 여름이라고 냉방이 되는 것도 아니고 겨울이라고 난방이 되는 것도 아니어서 버스 타는 것도 여간 고역이 아니다.

그러므로 평소엔 40분이나 걸리는 학교를 걸어서 다닌다. 차라리 걷는 편이 훨씬 더 좋다. 평양거리는 언제나 청소가 잘 되어 있고 자동차도 그리 많지 않아 매연도 많지 않고 가로수도 있어서 걷기에 매우 좋은 조건이다.

집에 돌아오자 마침 물이 나오는 시간이라 얼른 목욕을 하고 옷을 갈아입고 지난번 서울에 갔다가 사온 라면을 하나 끓여먹고 집을 나섰다. 빨리 학교에 가 보아야 하기 때문이다. 시계는 오후 3시 반을 가리키고 있었다. 뛰다시피 걸음을 재촉하여 학교에 도착해 보니 아직 4시 5분 전이었다. 제일 먼저 지도교수인 정준호 교수님을 만나기 위해 교수휴게실로 가니 정 교수님은 안 계시고, 마침 내가 수강하고 있는 조선어사 교수인 김인태 교수와 잘 모르는 두 분이 계셨다. 나는 김인태 교수한테 90도로 절을 하고 사정을 이야기했다.

"교수님, 제가 피치 못할 사정으로 수업에 많이 빠졌습니다. 용서해 주십시오. 그리고 이제 제가 어떻게 해야 하는지 알려주십시오."

"그래, 자네 지도교수한테서 사정은 들었네. 하지만 두 달씩이나 빠졌는데, 학점을 줄 수는 없지. 그러나 다음 학기에 다시 듣더라도 어차피 공부는 해야 하니까 빨리 책을 읽고 동료들한테서 공책을 빌려서 베끼게. 이번 학기는 어쩔 수 없지만 다음 학기엔 잘 해 보게. 자네가 이토록 빨리 나온 것은 다 자네 지도교수 덕인 줄 알게. 지도교수에게 고맙다고 인사나 하고."

"아, 예 그럼 이번 학기는 학점을 딸 수 없는 겁니까? 아무리 시험을 잘 봐도요."

"어쩔 수 없지 않은가? 학기의 반을 빠졌는데… 다음 학기에 조금 더 듣고 열심히 하게나."

"알겠습니다. 그럼 다음 학기에 다시 수강하겠습니다."

그리고 혹 정 교수님은 오늘 안 나오셨습니까?

"조금 전까지도 여기 있었는데 아마 퇴근하신 모양일세."

"아, 예, 그러면 내일 뵙지요."

이곳 북한 대학에는 연구실이란 게 따로 없고 집에 전화도 없으므로 연락할 길이 없다. 그러므로 교수들은 강의가 끝나면 주로 이곳 교수휴게실에 있다가 공부는 집에 가서 한다. 그리고 따로 일대 일로 만나는 건 거의 불가능하므로 꼭 개인적으로 하고 싶은 얘기가 있으면 조그만 종이에 깨알같이 써서 아주 기술적으로 악수하는 척하며 건네주거나 틈이 보이면 얼른 주머니에 넣어준다.

어느새 평소에 나를 감시하는 세포조직이 나타나더니 아는 척한다.

"동무, 이거 오랜만입니다. 그래 잘 있다 나오셨디요?"

그러면서 입가에 흘리는 야릇한 웃음이 얄밉기 그지없었다.

"동무가 날 발고한 건가요?"

"그래요, 내가 동무를 고발했소. 수령님께 불경했으니 그 정도 벌은 받아야지."

기분 같아서는 한 대 갈겨주고 싶었지만 나는 꾹꾹 눌러 참았다.

'한성준, 너 정신 차려, 여긴 평양이야, 평양.'

하는 소리가 마음 속 깊은 곳에서 들려왔다.

나는 고개를 끄덕이며 침을 삼켰다. 그러나 두 손이 불끈 쥐어졌다.

이튿날 첫 수업이 끝나고 나는 다시 교수휴게실을 찾았다. 마침 지도교수님이 다른 세 분과 함께 계셨다. 나는 깊은 절을 하고 나서 그간의 사정을 이야기했다.

"교수님, 죄송합니다. 심려 끼쳐드려 참으로 면목 없습니다. 그리고 살려주셔서 감사합니다."

"응, 뭐. 조심해야지. 자칫 큰일 날 뻔하지 않았나? 각별히 조심하게. 처자식도 생각해야지. 그저 남이 하는 대로만 하면 되네. 아무 것도 따지지 말고 남이 하는 대로만 하란 말일세."

"예, 무슨 말씀인지 충분히 알겠습니다. 다시는 이런 일이 없을 것입니다."

나는 마음 속에서는 울화가 불같이 치밀어 올랐으니 우선은 지도교수님 곤란하게 하는 일은 절대 해선 안 된다는 이성적인 생각이 나를 지배했다. 알고 보니 지도교수님이 갑자기 내가 사라져서 궁금하고 걱정되어 혼자서 고민하다가 당세포원에게 혹시 내 행방을 아느냐고 물었더니 한

성준 동무가 지도자에 대한 불경죄로 교화소에 갇혔다는 이야기를 해 주더라는 것이다. 무슨 불경죄냐고 물으니 수령님께 목례를 했다고 알려줬다. 그래서 지도교수님이 나를 빼내려고 노력해 보았으나 힘이 미치지 않자 노동당 중앙군사위원인 사돈에게 부탁을 했던 것이다. 고의적으로 지도자 동지에게 반동을 한 건 아니고, 단지 자신도 모르는 사이에 서양식으로 목례를 한 것일 뿐, 불경스런 마음이 있었던 건 절대 아니니 한 번만 도와달라고 간청을 했다.

"그의 사상에 대해서는 내가 책임질 터이니 이번 한 번만 도와주시라요. 지금 한창 학기 중인데, 이렇게 오래 갇혀 있으면 어떡합니까? 정말 공화국이 좋아서 공부하러 온 사람입니다. 영국과의 외교문제로 비화될 수도 있으니 그만 풀어주시라요."

이렇게 하여 나는 두 달 만에 풀려났던 것이다. 풀려나 다시 학교로 돌아오니 마치 지옥에서 천당에 온 느낌 바로 그것이었다. 캠퍼스 구석구석이 모두 새삼스럽게 더 정겹고 만나는 사람이 모두 더 반가웠다. 여기저기 핀 꽃들도 더 아름답고, 하늘도 더 청명해 보인다. 모든 것이 새롭고 더 다정해 보인다.

그러나 이런 감상에 젖을 겨를이 없다. 그간 밀린 공부가 태산이기 때문이다. 나는 그간의 공백을 메우기 위해 분초를 다투어 공부에 매진하였다. 이번 학기 학점은 모두 날아갔지만, 다음 학기를 성공적으로 마치기 위해서도, 논문을 제때에 잘 쓰기 위해서도, 또한 공부 자체가 재미있어서도 배고픈 사람이 허겁지겁 밥을 먹듯이 공부에 고팠던 나도 허겁지겁 공부했다. 아직은 생소한 조선어 음운론, 형태론, 통사론, 의미론, 조선어학사 공부를 하면서 언어가 얼마나 신묘한지, 얼마나 체계적인지, 그리고 얼마나 과학적인지 알게 되면서 공부가 더욱 재미있어졌다. 이런 기초적인 공부를 다 한 다음에 궁극적으로 남북한의 언어가 언제부터 어떻게 달라졌고, 통일되어야 할 부분이 어떤 것인지 밝혀낼 참이다.

마침 지도교수님이 워낙 박학다식하시니까 어떻게든 지도교수님의 머릿속에 있는 지식을 받아내야 한다. 그리고 많은 자료를 읽고 분석해야 한다. 결국은 어휘 분야로 좁혀서 논문을 쓰고, 남북한 어휘의 동일성과 차별성을 매우 체계적으로 정리해야 한다. 아마도 사전을 통달해야 할 것 같다. 아니 통달할 수는 없더라도 적어도 10번은 보게 될 것 같았다.

이제 평상심으로 돌아와 그간 밀렸던 공부를 하니 안정도 되고 억울하고 분한 마음도 조금씩 가라앉았다. 그간 나에게 무슨 일이 있었는지 아무것도 모르고 그저 내가 공부 마치고 돌아오기만을 손꼽아 기다릴 가족을 생각하니 힘도 나고 정신도 더 번쩍 들었다. 이제 다음번에 태양궁전에 가서는 나도 남들처럼 90도로 절을 하리라. 이제 목례 같은 것은 절대로 안 하리라. 평양에 있는 동안은 지도교수님 말씀처럼 남들이 하는 대로 하리라. 교실에 들어가서도 김씨 부자 사진에 대고 90도 경례를 하고, 교수휴게실에 와서도 김씨 부자 사진 앞에 경례를 하리라. 통일되는 그날까지 나에겐 목례는 없다. 이제 얼마 안 있어 통일될 테니까.

뜨거운 열기를 내뿜는 하늘을 쳐다보니 파아란 하늘에 시커먼 구름떼가 금방이라도 소나기를 쏟아낼 듯한 기세로 모여들고 있었다. 그 사이를 비둘기들이 일렬로 줄을 맞춰 훨훨 날아가고 있었다.

**박하식**

- 1987년 소설집《이승의 옷》등단.「축산신문」중편소설《토종》당선.
- 단편집《잃어버린 땅》장편소설《단군의 눈물》《그 누이의 사랑》외 다수.
- 제11회 금복문화상. 경상북도문화상, 문학상. 한국예술문화상 수상.

# 분단의 땅에 꽃은 안 핀다

1.

우리는 그까짓 없애 버리면 그만인 녹슨 휴전선 철책을 신주처럼 모시고, 만타(慢他)를 잊은 채 허수아비처럼 서 있다. 형제를 원수로 알고 총을 겨누고 71년 세월을 부질없이 서 있는 것이다. 그까짓 개도 안 주워 먹는다는 이데올로기를 주워 물고 뜯는 싸움질을 한다. 내 편 네 편 편 가르기, 내가 옳고 네가 그르다고, 무엇이 옳고 그르단 말인가. 대답 없는 이 산천아! 전쟁이 일어나면 우리는 승자도 패자도 없는 제물이 된다. 조국 강산은 재 덩이로 변할 것이다.

이승만과 김일성 광복 후 다음다음 정권을 잡았던 대통령과 북한 지도자들께 진정으로 물어보자, 미 · 중 · 소에 물어볼 것 없이 우리 형제끼리 손잡고 뜨거운 눈물을 흘리며 통일을 세계만방에 외치면 그만인 것을… 왜 그리 못하는가. 심지어 국가 권력에 병든 남북의 50명만 이 땅에서 사라져 준다면 스스로 통일이 된다는 우스개도 있다.

피는 물보다 진하다. 이념은 피를 넘어서는가. 형제간에 이념과 이데올로기를 넘어서 손을 잡으라. 누가 반대할 것인가. 세계가 박수칠 것이다. 하늘이 축복할 것이다. 우리는 왜 그런 지도자가 태어나지 못했고, 또 바른말하는 사람이 이 땅에는 하나도 없는가.

광복 후 남북을 분단해 형제간에 서로 원수를 만들고 전쟁을 하게 하고 파멸이 아니고는 통일을 이룰 수 없는 이데올로기로 몰고 가는 사람들이 누구란 말인가. 참으로 하늘이 원망스럽다. 그렇게 외세에 의해 38선이 갈렸더라도 김구나 조만식, 여운영, 송진우, 장덕수 선생들처럼 우리 국민들이 스스로 깨달아서 형제끼리 서로 손잡고 통일을 이루면 그만이 아닌가. 동서독이 그렇게 하라고 우리에게 모범을 보여주지 않았는가.

그리고 광복 후 전범국가인 독일과 일본을 반쪽으로 가르기로 해놓고, 주범인 일본을 안 가르고 한국을 반쪽으로 가른 외세는 뭔 때문일까. 강대국들의 정책 대결에 따라 지정학적으로 억울하게 희생양이 된 것인가. 역사의 죄인은 누구인가. 어느 나라인가. 이 원인의 정답을 얻기 전에는 우리 통일의 해답은 없다. 그 정답 외의 모든 말들은 거짓말이다.

그리고 분단의 땅에는 정의가 없다. 정의가 없는 땅에는 꽃이 피지 않는다. 우리는 정의가 없는 땅에서 살아가고 있다. 통일의 이념이 없는 지도자와 대통령은 지도자가 아니다. 버림받은 국민에게 위선을 가장한 윤간으로 땅을 한 번 따먹는 것뿐이다. 교수와 학자, 정치가와 대통령은 진정한 철학이 없는 사람들이 한다. 국가의 다른 윗자리도 다 그렇다. 그들은 국가와 참 나를 찾는 사람들이 아니기 때문에 바로 되는 것이 없다.

교육과 종교도 바로 설 수 없고 언론은 몽땅 정의를 벗어난 사이비다. TV는 더욱 그러하다. 정의, 진리, 진정한 민주주의 공산주의를 외치는 것은 다 허깨비 짓이다. 외세에 오염된 괴물들이 외치는 기성의 헛소리다. 허리가 두 동강난 인간이 어찌 성한 사람 구실을 할 수 있겠는가. 그것은 괴물들의 행진일 뿐이다.

중국 위(魏)나라 때 조조가 양위하고 싶었던 다섯째 아들 조충(曺冲)은 형제들의 수난 속에서 스스로 무덤을 팠다. 둘째 아들 조비(曺丕)는 아버지 조조가 정권을 양위하려는 눈치를 보인 동생 조충을 죽이고 정권을 장악했다. 셋째 아들 조창은 조비가 똑같이 붙은 독방에 거처하면서 밤에 독이 있는 독사를 넣어 물리게 하고, 자기는 독이 없는 뱀에게 물리게 하여 형을 또 죽였다. 정권을 잡은 조비는 맏형 조식(曺植)이 자기가 동생 조충을 제거할 때 도와주지 않았다는 이유로 죽이려 했다. 그러나 죽이려니

글이 아까웠다.

조식은 대문장가였다.

"형님이 마지막 가는 길에 절명시나 한 줄 남겨주십시오. 내가 일곱 발자국을 걷는 동안 지으셔야 합니다. 못 지으시면 죽습니다."

붓을 받아든 조식이 '칠보시(七步詩)'를 지었다.

콩을 볶는데 콩깍지를 태우니(煮豆燃豆萁)
콩은 가마솥 속에서(뜨겁다고) 울어대네(豆在釜中泣)
본래는 한 뿌리에서 나왔건만(本是同根生)
서로 볶기(핍박하기)를 어찌 이리 급한고(相煎何太急)

시를 읊는 형 조식을 본 조비는 문득 형제를 깨닫고 형님 앞에 칼을 버리고 꿇어 엎드렸다. 큰 절을 올린다. 뜨거운 눈물을 쏟으며 "형님 잘못했습니다. 앞으로는 형님을 모시고 좋은 위나라를 만들겠습니다." 남북 우리 형제는 조비 형제처럼 이러면 안 되는가.

형제간에 어찌 서로 죽인단 말인가. 천륜을 저버린 폐륜이다. 단군할아버지가 세운 동방예의지국 국조 단군의 칙어, 삼일신고 참전계경은 어디로 갔단 말인가. 강대국의 외세와 지배 간섭을 받는 분단국가의 서러움을 털어버리고 형제가 서로 손을 맞잡으면 핵과 전쟁의 공포가 사라질 것이다. 서로 힘을 합해 하나로 똘똘 뭉쳐 위대한 국가를 건설하면 세계의 예절 있는 강대국이 된다고 '정감록'은 말하고 있다. 그렇게 살아간다면 얼마나 좋을까. 세계 속의 평화롭고 아름다운 나라로, 그런 날이 필연코 올 것이다.

어느 신문사에서는 통일 나눔 펀드를 펼치기도 한다. 남북교류는 많이 할수록 좋다. 남북에 그런 일이 많이 일어나야 한다. 공자의 제자 자공(子貢)이 "한평생 나침반으로 살아갈 말 한 마디가 뭡니까?"라고 물었을 때. 공자는 서(恕)로 살라고, '기서호(其恕乎)아' 했다. 모든 것을 용서하라. 서로 용서만이 단군할아버지의 건국이념인 홍익인간 재세이화의 뜻을 이어받을 새 나라를 창조하는 통일의 길이 되는 것이다. 통일의 길은 서로 용서와 화해뿐이다.

휴전선 앞에서

틀림없는 조국강산
저 하늘 땅 위에
한 할아버지 자손으로 살면서
어쩌다 막히었던가.
조국이여! 겨레여!

뫼 너머 북녘 땅에
우리 형제 살건마는
외치며 불러 봐도 대답 없는 저 산천아
언제나 통일이 되어
설움 없이 살으리.

휴전선 앞에 선 할아버지는 북쪽 하늘을 향해 시조를 읊는다. 어린 손녀는 시조를 모른다. 애국가를 부른다.

"동해물과 백두산이 마르고 닳도록/ 하느님이 보우하사 우리나라 만세./ 무궁화 삼천리 화려강산/ 대한 사람 대한으로 길이보전하세."

애국가 1절 첫 소절에서부터 후렴 '대한사람 대한으로 길이 보전하세' 대목에서 소녀는 눈물을 흘린다.

할아버지의 청아한 시조가락은 북녘 하늘을 향해 멀리멀리 날아갔다. 어린 손녀 혜은이는 조용히 머리를 들어 엄마가 계시는 먼 북쪽 하늘을 바라본다. 하얗게 부서지는 해가 서산마루에 걸려 있다. 오늘도 또한 하루가 가는가 보다. 해가 지면 장엄한 태양은 모두에게 비추는 것이니까 내일 아침은 반드시 이 땅에 꽃을 피우는 태양이 우리에게도 떠오르리라.

2

대동아전쟁이 한창인 그때는 '정감록' 이나 남사고의 '도참설' 이 그 시대의 이 땅을 풍미했다. 비결 종류의 책은 주로 '정감록' '징비록' '유산록' '운기귀책' '남사고비결' '삼한산림비기' '도선비결' '격암유록' '토정기장결' 등이었는데, 민심은 흉흉했고, 2차대전의 큰 난리가 일어나자 백자천손 자손의 목숨을 보존하기 위한 정감록의 '십승지지' 가 회자되면서 무학대사와 도선선사의 도참설이 그대로 신봉되었다.

십승지지는 병화의 염려가 없는 곳, 즉 공주의 구유와 마곡, 무주의 구천동, 보은의 속리산, 부안의 변산, 성주의 만수동, 봉화의 춘양 서벽, 예천의 금당실, 영월의 정동 상류, 운동의 두류산, 풍기의 금계촌 등이었는데, 십승지지 중 제1승지가 소백산 풍기 금계동이다. 사람종자는 양백지간(兩白 · 소백산과 태백산 사이)에서 구하고, 곡식종자는 삼풍(三豊) 풍기, 연풍, 무풍에서 구한다고 했다. 정감록 비결파들은 주로 북한에서 풍기 금계동으로 몰려왔는데 북한 정주와 박천, 전라도 무주와 충청도 공주, 부안 등지에서 많이 왔고, 평안도 함경도 황해도, 남으로는 제주도에서까지 조선 팔도에서 사람들이 소백산으로 숨어들었다.

십승지지는 모두 남한에 편중돼 있었다. 피난지는 교통이 매우 불편한 접근하기 힘든 산간오지이다. 이상한 것은 북한에는 피난처가 한 군데도 없다는 사실인데, 북한은 다 피난할 곳이 된다는 뜻인지, 아니면 피난처가 한 군데도 없다는 것인지는 기이한 일이다. 다만 72승지지에 백두산 한 곳만이 포함된 기록은 간혹 볼 수 있다.

참서의 주종을 이루고 있는 책은 '정감록' 이다. '정감록' 은 정감(鄭鑑)과 이심(李沁) 두 사람이 한반도 삼천리강산을 두루 유람하던 중 금강산 비로봉에 올라 이 나라 산세의 기승처(奇勝處)와 조선왕조의 변천사를 논하며 민생의 존망을 대화로 엮은 예언서이다.

앞으로 조선왕조가 망하고 나면 계룡산 도읍과 정씨왕조가 들어서고, 그 과정에서 끔찍한 외세에 의한 전란이 닥쳐 삼천리강산에 사람의 그림자를 찾기 힘들고, 그 난세를 당하여 목숨을 보전할 수 없다는 것이다. 목숨을 보전할 수 있는 길과 은신처와 그 방도에 대한 예언을 했다.

고려시대부터 조선왕조 5백년을 거쳐 구한말에서 경술국치, 기미 3.1운동, 8.15광복에 이르기까지 장구한 세월을 민중 신앙으로 종교의 성격을 이루다시피한 겨레의 사상에 자못 지대한 영향을 끼쳐온 '정감록' 은 조선 태종 때 금서로 지정돼 모조리 거두어 불태워 버리기도 했다. 이를 비판하는 사람들은 '정감록' 등의 참서는 국가에 대한 불평분자나 변혁을 꾀하는 무리들이 황당무계한 망설로 국가를 모함하는 참서로 민족에게 혼동을 정신에 끼친 해독이 막대하다는 것이다.

'정감록' 은 이름을 숨기고 벼슬이나 영리 행위는 아예 버리고 농사에 전념해야 살 수 있다고 했다. 비록 십승지지를 찾아서 살더라도 물질에 대한 욕심을 버리고 마음과 행실을 바르고 깨끗하게 닦아야 생명을 부지할 수 있다고 기록하고 있다.

말세의 하늘은 점점 빛을 잃었다. 검은 하늘에 그림자가 햇빛을 가리더니 온 천지를 덮는다. 막바지에는 하늘에 검은 안개와 구름이 7일 동안 하늘을 가리어 낮에도 어두워지는, 땅은 풀 한 포기 안 나는 세상으로 변한다. 나무나 풀이 다 말라죽는 천지이변이 일어난다. 그 뒤에는 다시 태양이 뜨고 지인(智人)이 남해로부터 나타나 계룡산에 정착을 한다는 것을 믿고, '정감록' 비결파들은 조상이 남긴 상당한 재산을 팔아가지고 소백산 속으로 숨어들어 산전을 일구며 자손 보존을 위해 때가 오는 날을 기다리며 살았다.

아직도 상투를 쪼고 흰 무명옷을 입고 할아버지의 유언을 받들어 밭갈이를 하며 천지이변의 날이 오기를 기다리며 외출을 삼가하고 수신하는 후손들이 있다. 극심한 가난에 허덕이는 집들이 있는 반면에, 정감록을 신봉한 조상을 원망하며 산속을 뛰쳐나와 산업을 일으켜 대성공을 거둔 후손들도 더러 있다.

일부 후손들은 산속에서 나와 인삼과 능금을 재배하고 풍기인견직 공장을 차려 산업에 힘썼다. 광복과 함께 인삼협동조합과 능금조합 풍기직물조합을 결성했다. 산업혁명과 함께 인삼과 사과 가공공장 등을 차려 국내시장을 선점했다. 풍기직물조합 인견직은 중국 동남아 프랑스 시장을 점유해 풍기의 삼대명물 '풍기사과' '풍기인삼' '풍기인견직' 으로 우뚝 솟았다. 또 금계중, 풍기중, 특목고 항공고등학교를 세워 후진 인재양성에 힘썼다.

그중 육군참모총장을 지낸 김계원 장군, 한국정신문화원장 언론인 작가 우인(雨人) 송지영, 음악평론가 박용구, 칠전팔기의 국회의원 박용만, 비결파 교육자 양원빈, 비결파의 맥을 잇는 그 아들 양재적, 계삼정 화백, 향토사학자 송지향, 소설가 성학원, 육군대장 재향군인회장 박세환 등이 십승지지의 비결파의 후손들이다.

하늘에서는 구름을 멈추고 비를 안내려 가뭄으로 모든 생명을 말라 죽게 하는 재난이 온다. 나쁜 짓이 목안에 가득 찬 인간들에게는 하늘이 비를 안 내린다. 세균 비를 내린다. 하늘의 물은 북두칠성이 관장하는데 나쁜 인간들이 많아 지구에 비를 안 내려 준다. 물은 만물의 생명이며 평등이다. 주역 괘상으로는 북방 1.6수(北方水)의 1이다. 북쪽 어머니가 동쪽 아들 나무(木)를 물로 길러주는데, 물이 없으면 아들은 말라 죽는다. 남자나 여자나 물이 많은 사람이 섹시하다. 물이 많은 여자가 더욱 아름답다.

그런데 물이 없다. 그런데 금계동 달밭골 바위틈에서 솟아나는 석정수(石井水) 샘물이 있다. 주야로 흐른다. 하늘에 검은 구름이 7일 동안 가리어 낮에도 어두워지는 화학전이 벌어졌을 때 오염된 사람은 백약이 무효다. 이 샘물을 먹으면 산다는 생명수이다.

참서 중에서 가장 두려운 구절은 남사고(南師古)의 '홍수자' 적구구구지운(赤狗九九之運)이다. 병술(丙戌 · 붉은 개)에서 갑오(甲午)까지 9년, 갑오(2014)년에서 임인(壬寅)년까지 9년, 18년인데, 병신 정유년에는 군사가 4군데서 일어나고, 무술 기해년에는 많은 사람이 무더기로 죽고, 경자(2020)년에는 이 한 몸 어떻게 할까, 갈 곳이 없다. 십승지지를 찾아야 산다. 전쟁으로 일어난 삼재팔난(三災八難) 속에서 가난한 사람은 살고 부자와 권력을 누리는 자는 다 죽는다. 십승지지를 찾아도 행실이 바르지 못한 마음이 음행한 사람은 살아남지 못한다고 기록하고 있다.

신축(辛丑) 임인(壬寅)년에는 용사지인(龍巳之人) 불인쇄옥출시(不忍碎獄出時) 임장군출(林將軍出). 서녀음일(庶女陰日 · 섣달 스무날) 천지혼돈(天地混沌) 일남십녀(一男十女). 남북분쟁(南北分爭) 상살상도(相殺相盜) 생애무로(生涯無路) 가려강산(佳麗江山) 단유백골(但有白骨) 백리야처(百里野處) 일인무답(一人無踏)이다. 사람들은 이때는 핵전쟁이 일어날 것을 말하는 것이라고 수군거린다.

세계의 피를 흘리게 하는 참혹한 6.25 전쟁을 겪었던 한반도에서 다시 무서운 핵전쟁이 일어난다는 것은 생각만 해도 끔찍한 일이다. 광복절 부끄러운 71주년, 미국은 이 땅에 '죽음의 폭격기' 를 배치하고 북의 탄도미사일에 대응해 사드를 배치한다.

한국의 화약고는 언제 터질지 모른다. 적구구구지운의 구절들의 해설은 하늘의 비밀 누설이 두려워 해설을 차마 함부로 못한다. 남북이 서로 무서운 수소폭탄을 뒤집어쓰고 죽는 파국적인 파멸을 의미하는 것은 아닐지 모르겠다. 미 패권주의 사드가 불씨가 되는 것은 아닌지. 하늘에서는 땅을 쓸어버릴 불덩이가 쏟아지고 땅에서는 하늘을 덮는 화산재가 폭발한다. 지구가 심하면 1년까지 어두운 암흑 속에 빠질 수 있다. 지구는 쑥대밭이 되고 불탄 재들이 하늘을 날아 뜨거운 연기를 뿜어낸다. 천기누설을 하면 천벌을 받는다고 되어있고, 깊이 공부를 하여 혼자 알고 실천하고 도를 닦도록 되어있는 게 참서의 요지이다.

중요한 구절은 파자와 은어로 되어 있어 정확한 해득이 어렵고, 정곡(正鵠)의 해득을 얻기는 지극히 어렵다. 지금까지 예언서는 맞는 것도 있고 안 맞는 것도 많았다. 이에 대해 비결파들은 안 맞는 것은 시대의 변천의 오류 때문이라고 해석했고, 파자 등 번역의 오역에서 왔다는 의견이 분분했다.

하긴 인생칠십고래희(人生七十古來稀)요, 조국 분단도 칠십고래희란 것이다. 분단의 수명이 끝날 때가 되기는 됐다. 결단코 통일이 온다는 것이다. 다음 세상에는 서양문화가 아닌 잃어버린 동양문화를 실천할 무오(戊午)생 정도령이 오면 이 땅에 남북통일의 지혜 광명과 사랑의 따사로움이 가득한 세계평화가 온다고 되어 있다.

3.

한 해가 저무는 12월이다. 모처럼 집에서 식구들과 함께 저녁식사를 하고, 엄마, 맘마! 소리밖에 못하는 갓 돌 지낸 둘째 놈이 두 손을 펴 짝짝 두들기며 모걸음 치는 밥상머리 재롱을 받아주고 있을 때였다.

"예쁜 아가씨 목소린데요?"

아내가 받은 전화기를 건네주면서 눈을 흘긴다. 사람의 목소리는 영혼을 가진다고 했다. 그렇게 맑은 목소리는 처음이다.

"누구시죠?"

"경주, 혜은인데요."

"경주의 혜은 씨…?"

혜은이란 목소리의 주인공을 떠올리며 정체성을 파악하려고 애쓰고 있을 때였다.

"저, 일주일 전 대구행 동차에서 만났던 비구니…."

"아, 그래요. 반갑군요."

"선생님이 보고 싶어서요. 소백산 비로사의 달밤도 그립고요. 지난밤에 선생님에 대한 꿈을 꾸었어요. 이상한 꿈 이야기를 하려고요."

"무슨 꿈인데요!?"

"남북통일이 되는 꿈을 꿨어요. 북에 계신 어머니와 오빠도 만나고 가족들도 다 만났어요. 통일이 되었다고 군중들이 태극기를 휘날리며 만세를 부르는 함성에 놀라 꿈을 깼어요. 그보다도…."

무슨 말을 더 하려다가 뒤끝을 흐린다.

"아, 예…!?"

"지금은 영주에 왔어요. 역 앞 공중전화 부스에서 전화를 거는데, 나와 주실 수 있어요?"

목소리가 맑은 물처럼 흘러나왔다. 나는 아내에게 손님이 왔다는 말을 남기고 역광장으로 차를 급히 몰았다. 기다리는 사람의 시간은 눈이 빠질 듯 길기 때문이다. 그녀의 법명은 혜은(惠恩) 비구니였다. 광장 공중전화 부스 옆 의자에 외로운 승복을 입고 홀로 앉아 기다리고 있었다. 은은한 달빛 아래 조명등의 빛을 받은 그녀의 얼굴이 환했다.

세상에는 갈대만 순정이 있는 것이 아니라 비구니에게도 순정이 있었다. 아기 같은 볼웃음을 가득 웃었다. 뼈가 없는 듯 통통한 살을 가진 그녀는 초파일날 법당 앞에 핀 불두화같이 몽실몽실 피어나는 웃음을 웃었다. 나는 불쑥 손을 내밀었다. 공손히 합장을 하려다가 흠칫 한 발 물러섰다가 다가서면서 황급히 덥석 맞잡는 그녀의 부드러운 손길의 촉감은 짜릿한 통증을 느낀다. 그녀와 체온이 처음 교류되는 순간이었다. 전선줄에 손이 닿은 듯 전신이 타들어가 죽는 듯했다.

그녀는 남북통일의 꿈을 한시도 놓치지 않고 기원하며 구도의 길을 걷는 비구니이다. 부처님은 왜 그 길을 걸었을까. 나도 부처님이 걸은 길을 걸어보고 싶다. "우리나라는 왜 분단되었는가. 부모형제를 지척에 두고 서로 눈물을 흘리며 살아야 하는가." "인생은 왜 태어났으며, 사는 목적은 무엇이고, 어떻게 사는 것이 참 삶의 길인가" 의 길을 찾아나섰다. 진정한 행복의 삶이 무엇인가. 어떻게 사는 것이 피안의 언덕에 도달해, 윤회의 인연을 끊고 해탈의 길을 가는 것인가. 그 길이 어디에 있는가 하는 어둠을 벗어나는 자리를 찾는 수도자이다.

이 세상에 나는 원래 없다. 내 것 네 것은 더욱 없다. 내 것이 어디에 있는가. 헛것에 홀려 살지 않으려는 자기 자신을 중요시한 그녀의 숙명적인 영혼이 번뇌로부터 벗어나기 위한 구원의 몸부림은 외로운 마음을 치유하기 위해 비구니의 길을 걸었다.

인생은 참 행복이 무엇인지 모르고 사는 불쌍한 존재이다. 마냥 무제한의 부와 권력을 추구하며 살다 죽는다니, 부귀는 영혼을 행복하게 할 수는 없다. 모든 괴로움은 어디서 오는 것인가. 참 인간의 그리움을 찾아서 산사에서 채식을 했다. 솔방울과 알로에, 꿀, 콩 등을 먹고 살았다. 생식을 한 때문일까. 어떻게 얼굴이 저렇게 커다란 눈이 맑고 깨끗할 수 있을까. 마음에 사랑이 숨 쉬고 있으면 눈이 맑다는데 그런가. 눈에 확 띄며 자꾸 시선이 끌렸다.

밤이슬을 머금은 반짝이는 한 송이 꽃봉오리였다. 여자로 태어나 순리밖에 모르는 볼이 옴폭 파인 볼웃음을 가득 웃었다. 꼭 복슬강아지 같다. 정 줄 데가 없어서 자기 정을 감당 못해 승복을 입은 그녀는 비구니가 아니라 유아원 보모가 더 어울릴 것 같았다. 화장이나 성형에 의한 인공적인 아름다움을 자랑하는 이 땅의 미모의 여성들에 비해 '오염' 되지 않은 순진무구한 모습이 신선하다. 청순함과 순결함에 마음이 쓰인다. 사막에 오아시스다. 세상에 영혼이 맑은 사람을 봤다. 이런 여성도 다 있는가.

그녀가 그랬다. 얼굴이 맑다. 참 사람을 찾는 목마른 나의 눈을 번쩍 뜨이게 했다. 눈이 선(善)했다. 영혼이 맑으면 눈이 맑다. 저 아름다운 영혼을 가진 비구니는 누구인가. 내가 갖지 못한 것을 가진 그녀에게 까닭모를 원함과 수모의 적개심까지 불러일으키게 했다. 푸른 빛이 감도는 희디흰 하얀색, 수십 만 젊은 인파가 물결치며 퍼덕이는 송도 해수욕장에서도 그런 하얀 얼굴, 저런 하얀 피부색은 처음이다. 열차 안에서 환하게 빛나는 그녀의 모습이 그랬다.

여자 앞에서 남자는 다 그렇듯 나는 비구니에게 잘 보이고 싶었다. 내 아는 대로 불교지식을 총동원해 그녀 앞에서 주접을 떨었다. 우리나라 불교는 눌지왕 때 아도화상에 의해 전해졌다고 하나, 이미 그 5백 년 전, 아유타국 공주 허왕옥이 바다를 건너와 가야국의 김수로왕과 결혼하면서 신라 귀족층을 중심으로, 승려와 화랑의 정신생활을 토대로 한 신라 발전의 디딤돌을 놓았다. 그 원동력은 '연오랑과 세오녀' '설씨녀' 설화를 비롯한 인생의 허무함을 묘사한 '조신몽생', 범을 감화시킨 김현의 '호원(虎願)', 설총의 '화왕계' 등 불사의 수많은 연기 설화를 낳았고, 다시 조선시대로 넘어온 불교신앙은 유교사상으로 전환하면서 배달민족의 한글 창제와 한국적 애상이 가득 담긴 작품 '용비어천가' 와 '월인천강지곡' 에 이르러서는 다시 김시습의 '금오신화' 를 탄생했다.

부처님이 평생 하신 말씀은 중도(中道)와 연기설이다. 몸은 오온(五蘊)이 있을 뿐, 껍데기다. 모든 것은 환(幻)이다. 오온은 참 나가 아니다. 삼법인, 무상, 무아, 아상(我相), 일체고, 사성제, 인과(因果), 12연기설, 무애(無碍), 수상행식, 10업(業), 6바라밀, 8정도 등 부처마음과 사람 마음이 하나다. 색계와 무색계, 유위법과 무위법, 색(色)즉시공(空) 공즉시색, 제행무상, 불생불멸, 중도사상, 선(禪), 아라야식과 말라야식, 일념삼천의 구경의 목적은 진정한 자기에로의 귀환에 있다. 즉 내 인생의 주인공은 나다. 내가 서있는 곳, 그 자리가 극락이다.

불교는 참 나를 찾는 종교이다. 여자를 여자로 보는 사람은 스님이 될 수 없다. 스님이 될 수 있다 하더라도 해탈은 어렵다. 그런데 육신을 가진 인간이 애욕을 끊을 수가 없듯, 생사를 초월하여 번뇌를 털어버리고 적멸(寂滅)의 경지에 이르러 일생을 한결같이 참 나를 찾는 수행을 할 수 있는가가 문제다.

모든 것은 마음으로부터 온다. 그러나 마음은 실체가 없다. 허깨비다. 바람 같은 마음은 보일 듯 보이지 않고 잡힐 듯 잡히지 않는다. 보이지 않는 마음을 어떻게 잡아맬 수 있을까. 마음은 순간에 천리를 달아난다. 달아나는 허깨비를 잡아매 자기와 싸워 이기는 것이 부처의 마음이다. 남의 마음은 비우라 하고, 자기 마음은 못 비우는 그런 스님들은 물결같이 흐르는 자기의 마음을 잡아매지 못했기 때문이다.

'나는 어디서 왔는가.' 부모 이전의 나는 '우주전체인 나와 우주가 다르지 않은 하나다'의 깨달음에 이른다. 진정한 나의 발견이 즉 해탈인 열반의 깨달음에 이른다. 이렇게 무명(無明)을 밝히는 수행을 하면 스님이 아니더라도 누구나 탐, 진, 치 삼독을 벗어나 윤회의 고리를 끊고 생사해탈의 경지에 도달해 부처가 될 수 있는 것이다. 눈으로 부처를 보려 하거나 마음으로 부처를 보려 하거나 문자로 부처를 보려 하는 것은 망상이다. 마음이 허공과 같아졌을 때 그것이 부처다.

탐, 진, 치 삼독을 벗어나지 못한 앙굴리마가 악한 사람 108명을 죽여 부처님께 보시하는 마음으로 엄지손가락 한 마디씩을 잘라 108번뇌 염주를 만들었다. 염주를 목에 걸기 위해 107개를 만들고 마지막 1개를 만들기 위해 기다리고 있을 때, 나타난 대상이 어머니였다. 성취욕에 눈먼 그는 어머니가 눈에 보일 리 없다. 어머니를 죽이려고 할 때 부처님이 하늘나라에서 "멈추어라!" 말씀하셨다. 그는 욕망에 눈이 멀어 '멈추'는 것을 잊었던 것이다.

그런데 인생은 집착과 욕망에 눈이 멀어 사물을 실상 바로 볼 수 없는 눈을 가진 육신으로 태어났기 때문에 눈 뜬 장님으로 살다 죽는 것이다. 허상을 보고 산다. 전도몽상으로 살지 말고 집착과 분별심을 버리라. 스스로의 감옥에 갇혀 살지 말고 마음을 닦아 수행하면 사람은 누구나 부처가 될 수 있다. 예수교의 전지전능한 예수 그리스도는 아무나 될 수 없지만, 불교의 부처는 누구나 될 수 있다.

소리에 놀라지 않는 사자처럼, 그물에 걸리지 않는 바람처럼, 혼탁한 물에 물들지 않는 연꽃처럼 혼자서 가라. 무소의 뿔처럼 혼자서 가라. 그러면 부처가 될 수 있다. 부처가 따로 없다. 나(我)를 버리면 부처다. 시공을 초월하는 지혜를 얻으면 성불이 되는 것이다.

공자의 천명(天命)인 인(仁 · 사랑) 의(義)를 벗어나지 않는 길을 걷는 소인이 아닌 군자나 성인처럼 하늘에 걸림이 없는 대자유인(大自由人)이 되는 것이다. 성성적적(惺惺寂寂) 처처무애(處處无碍)면 부처다. 마음이 이타행(利他

行)을 하면 부처다. 분별심이 없으면 부처다. 사람이 부처다. 사람이 없으면 부처도 없고 해탈도 없다. 해탈로 가는 길에 부처를 만나면 '부처도 죽여라!' 편견이나 집착에 속아 거짓 부처 속에 살지 말라는 참삶을 외친 석가모니였다.

대학에 떨어지고 '나는 누구인가'를 물으며 한때 방황한 적이 있었다. 고시공부를 한답시고 절에 몸담아 있던 시절 종지기 부전스님으로부터 새벽 예불을 강요받으며 주워들은 법문과 들은 풍월이다. 사람은 누구나 각자 자기 분복을 타고난다. 특히 '당신 같은 미녀로 태어난 전생은 큰 선업을 짓고 이승에 태어났으며, 미모가 가장 생의 행복의 가치이다'고 존재와 무애에 대한 연기설을 털어놨다.

우리는 중국의 사대사상인 삼경(三京 · 하얼빈, 안시성, 평양)이 아닌, 그곳이 우리나라인 한민족의 정사(正史)인 '신지비사(神誌秘詞)'는 불태워 버렸고 흔적도 없다. 다시 일제 식민지 36년의 역사왜곡, 그 왜곡된 학자와 제자에게 우리는 또 역사를 배웠다. 광복을 맞이했을 때 삼천리 금수강산 산천초목들도 기뻐했다.

그러나 우리의 광복은 광복이 아니었다. 우리가 맞은 광복과 내가 쟁취하지 않은, 남이 가져다준 독립은 내 것이 아니었다. 스스로 껍질을 깨지 않으면 안 되었다. 그냥 얻어진 것은 인연이 아니었다. 역사는 무정했다. 강대국들의 힘의 논리에 희생양이 된 슬픈 역사를 가슴에 안은 우리 민족에게 절대 평등과 자유를 향유할 수 있는 권리는 주어지지 않았다.

우리 민족은 오랫동안 중국과 일본 등 타민족으로부터 고난과 굴욕을 받고 정의는 추방되는 천치가 되었고, 정의는 죄인이 되지 않을 수 없는 왜곡된 문명이었다. 침략자의 운명 앞에 우리 아버지는 종이 되었고, 어머니는 치마를 벗어야 하는, 침략자들은 우리 민족을 천치나 죄인으로 만들어 종으로 부려먹었다.

그까짓 휴전선, 없애면 그만인 것을 우리는 녹 슬은 철사줄을 쳐놓고 신주처럼 모시고 총을 들고 서서 지키고 서 있다. 주인이 쳐준 울타리 속 짐승처럼 살아가고 있는 것이다. 일제 36년간 천황을 위해 죽어야 되는 줄 알았던 우리는 쇠사슬에서 해방된 것이 아니라 다시 무자비한 희생을 강요당하는 강대국들의 불변의 진리로 보이지 않는 동아줄이 우리를 꽁꽁 묶었다.

미소공동위원회는 전범국가인 일본과 독일을 분단하기로 명문화 해놓고, 이 땅을 반을 가른 이유는 뭔가. 분단의 민족적 비극은 외세의 종속논리에 대한 이해 없이는 설명할 수 없는 서글픔. 그 후 체육진흥 문화예술 등 사회 각 분야에 괄목할 기형발전을 했다. 경제부흥을 했다. 그리고 국민 대다수가 군사혁명 덕에 잘 사는 나라가 되었다고 말한다.

우리는 개돼지가 아니다. 불의가 진리로 둔갑한 자손들의 정신을 망치게 한 치욕의 민족정신은 무엇으로 보상 받을 것인가. 역사를 바로 세우고 교육을 바로 세워야 한다. 경제가 발전하고 고급승용차가 늘어날수록 행복이 없는 불쌍한 슬픈 민족이 되어가고 있는 것이다. 회색의 땅, 꼭두각시놀음은 이제 그만했으면 좋겠다. 분단의 땅에는 정의가 꽃필 수 없다! 이 땅의 정의는, 보쌈당한 과부가 애절한 사랑은 저 멀리 두고 죽지 못해 강간당한 남편에게 가랑이를 벌리고 살아야 하는, 자식을 낳고 아내 노릇을 해야 하는 억지춘향으로 목숨을 부지해 가는 그런 어머니다. 아니, 목에 고리를 단 개는 주인의 눈치를 보고 꼬리를 흔들며 살아야 한다.

총성은 멎은 지 이미 오래이지만, 형제를 무더기로 죽이던 6.25도 지나가고 총을 맞대고 핵우산을 머리에 뒤집어쓰고 살면서 지구상에 휴전상태로 유일하게 남은 우리의 모순은 비핵화를 헛구역질 나게 외친다. 우리의 소원은 평화통일. 소백산 뻐꾸기가 배꼽을 잡고 웃을 일이다. 북한에서는 핵폭탄만 만들고 있다. 눈이 어두워 형제를 못 알아본다. 우리의 통일의 길은 남아 있다. 그러나 통일의 길은 형제가 손을 잡는 용서와 화해뿐이다.

정치는 국민이 행복하게 잘 살게 한다고 자랑한다. 우리는 남북이 누구를 위하여 정치를 하는가. 이승만과 김일성부터 다음 대통령들에게 물어

보자. 핵전쟁이 일어난다면 승자도 패자도 없는 공멸이다. 미국과 소련·중국이 우리를 놓아주지 않는다면 우리가 우리 형제끼리 손잡고 통일을 하면 그만인데 왜 안 하고, 세계만방에 통일을 외치지 않고 불편한 진실을 말 안 하고 사는지 모른다.

남한 5천만 형제가 총을 버리고 휴전선을 넘어간다면 그들이 우리를 죽이겠는가. 북한 동포가 넘어온다면 우리가 형제를 죽이겠는가. 바른 말하는 사람이 없다. 그리 비근한 민족이 되어 버렸다. 쉬운 일을 안 하고 8천만 온 겨레가 갈라서 71년 눈물을 흘리며, 남의 눈치만 보는 이유는 뭔지 모른다. 천륜을 망각한 패륜의 민족인 것이다. 단군할아버지의 후손인 애국지사들의 피 흘린 눈물, 주권을 상실한 속죄의 땅이었던 것을 벌써 잊었는가.

만고 영웅으로 추대된 김일성 장군의 우상화 종교화된 최고의 지상낙원이라 선전하는 북한의 현실은 덮어두고, 허리병신이 인간구실을 하는 남한을 살펴보자. 사대사상 식민지사관에 의한 역사는 애국 민족혈통은 제외한 광복, 일본에 아부하고 미국의 높은 코를 좋아하는 망둥이들에 의해 겨레의 염원은 짓밟혔다. 한때 국부 이승만을 아버지로 부르지 않고 반탁, 신탁통치 반대를 외친 사람들은 빨갱이로 몰렸다. 일제에 아부하던 친일파가 나라를 몽땅 차지한 나라, 이건 광복이 아닌 미친 지랄이다.

남북이 막힌 후 이래서는 안 된다고 38선을 넘나들며 김일성을 만나고 이승만을 설득하던 김구, 조만식, 여운영, 송진우, 장덕수 마지막으로 약사봉에서 왜 죽었는지 모르는 장준하까지 조선의 통일과 독립을 갈구하던 애국지사들은 누구의 손에 의해서 왜인지도 모르게 죽어나갔다. 마지막 양심의 함석헌 선생까지 통일을 못보고 죽었다. 착하게 사는 사람들은 죽어야 했다. 진리는 곧 무덤이었다.

우국지사의 딸을 정신대로 잡아 보내던 고등계 형사가 고향이 경찰서장이 됐다. 숙을 줄 알고 도망갔던 고문 형사가 다시 독립된 조국의 애국자 아들들을 잡아 고문했다. 민족정신은 빨갱이란 이름으로 형장의 이슬로 사라져갔다. 할아버지가 족보를 샀고 친일을 했고 대학을 나온 아들 손자는 국회의원 경찰서장이 되었는데 독립운동가 후손은 죽고 감옥가고 3대가 망하는 대물림 씨 말림을 했다.

친일파 매국노들이 부귀영화를 누리는 것이 해방 후 이 땅의 광복이었다. 국민을 개돼지로 보는 사람들이 윗자리에 있다. 흙수저와 금수저로 분리된다. '사회' 없는 국가, '희망' 잃은 청년들을 낳은 이 나라 '헬조선' '지옥한국' '불지옥 한반도' 불법 기득권으로 가득한 썩은 사회는 양심세력의 서민은 설자리를 잃었다. 일자리는 없다. 달팽이도 집이 있는데 집이 없다. 연애와 결혼 출산 내 집 마련, 인간관계 희망과 꿈은 칠포(七抛)시대로 암흑 세상을 만들었다. 젊은이는 직장이 없고 늙은이는 불효자식 앞에 눈물을 흘린다.

민주주의란 정의가 아니더라도 불의의 다수를 따라야 하는 승자 앞에 정의의 패자가 눈물을 흘리는 것이 이 땅의 자유민주주의였다. 사대주의의 문자와 언어는 사람을 속이는 말장난 세상으로 변질했다. 벗고 흔드는 게 예술인가. 인간 상품시대는 소녀가 입을 빨갛게 칠하고, 여자가 가랑이 속살을 드러내는 것이 예술인 세상으로 변했다. 쓰레기 문화다. 변질이다.

외모를 중시한 성형공화국의 아름다움은 모든 것이 돈이다. 돈에 미쳤다. 돈이면 안 되는 것이 없다. 부모 시신을 앞에 놓고 흥정하고 형제간에 칼부림을 하는, 자본을 갖기 위해 싸우는 끝없는 탐욕의 세계는 돈과 권력, 폭력 불법이 세상을 지배한다. 남보다 한 번 더 하고, 돈이 한 푼 더 있는 것이 무슨 의미가 있겠는가. 다 흙으로 돌아간다. 무덤 앞에서는 똑같다. 그런데 우리는 그것을 가지려고 불륜을 꿈꾸고 권력을 꿈꾸고 로또 돈벼락을 꿈꾼다.

쿠데타는 혁명이다. 그런데 그 혁명이란, 정화대상자가 혁명을 일으켜 정화를 하고 혁신대상자가 혁신을 변혁했다. '문학과 지성' 은 문학과 지성이 없는 문단권력에 의해 표절됐다. 진리가 없어졌다. 그리고 종교 만물장! 단군할아버지의 홍익인간, 5천년 역사 왜곡의 민족정신 말살을 하기 위한 이 땅의 종교 만물장은 누가 만들었는가. 영호남 분열 패가름은 누가 낳았는가.

정신분열을 시킨 친일 후예들로 구성된 정치권은 종교적 이념과 정치적 이데올로기로 우리의 정체성을 잃게 했다. 물질만능주의 유물론 신화는 갑질과 을, 필사의 질주, 인간이 살지 못하게 만드는 공해를 내뿜는 공장들, 교묘한 방법으로 필요 없는 물건을 사도록 만드는 살충제 옥시 상업주의 광고의 횡포는 혼탁 속에 이 땅은 인간쓰레기 문화쓰레기로 자손들이 못살 오염의 땅을 만들어갔다.

대학은 허가 남발에, 높은 등록금은 미국을 앞선 세계1위이다. 대책 없는 교육으로 학부모 주머니를 털고, 역사 없는 인문교육으로 신용불량자를 양산해 '너, 취직 못하는 이유는 노력부족이라는 지적' 에 부모님께 유서를 남기고 젊은 세대들이 세상을 등지는 시대, 상처의 아픔을 만들었다. 양심을 속이고 사는 자만이 살아갈 수 있다. 언론이, 정론이 사라진 시대, 길 없는 길 위에서 인문학을 갈구하는 학문을 벗어난 박사수료, 석좌, 초빙, 겸임, 겸직, 특임, 객원, 무슨, 무슨 교수, 표절 논문으로 왜 교수를 해야 하는가.

의사가 환자를 돈으로 보는 나라, 검찰국가 경찰 법원 정부 다 썩었다. 도덕을 상실한 양심 없는 인간을 양산한다. 흉흉한 인간들이 득실거리고 새 소식을 전하는 뉴스시간은 인간성을 파괴하는 군상들이 가득한 시간으로 변해 버렸다. 세계 반부패운동단체가 작년도 국가별 1백75개국 부패인식지수(CPI) 한국의 청렴도는 100점 만점에 55점으로 덴마크 부패지수 92점에 비해 부끄러운 수준이다. 국회의원은 말할 것도 없고 정부에서 개각을 하려 하니 깨끗한 사람이 없어 개각을 못할 정도로 썩었다. 참신한 사람이 없는 것이 아니라 악랄한 사람들에게 밀리기 때문이다.

그리스의 철학자 디오게네프가 "대낮에 저자거리에서 등불을 들고 나는 사람을 찾는다"는 그 말이 지금의 우리를 두고 한 말인가. 정말 사람들은 점점 도둑으로 변해 가고 있다. 우리는 누구나 죽을 각오로 이를 물고 괴롭고 어렵고 슬프고 외롭고 어두운 세월을 힘들고 뼈아프게 살아가고 있는 것이다. 한 나라는 총칼에 의해서만 망하는 것이 아니다. 정신이 망가지면 국가는 있어도 없는 것이다. 민족의 구심점이 없는 나라는 지구상에서 가장 먼저 사라지는 나라가 될 것이다.

그런데 국시가 애매한 나라, 정체성이 없는 나라, 단군은 신화다. 역사를 왜곡비하하는 민족반역자 매국사학자들에 의해 독립 아닌 나라에 '독립기념관' 을 짓고 '유교정신문화원' 간판을 붙여야 할 역사교육관에 '한국국학정신문화원' 간판을 걸어놓고 국민정신을 호도한다. 비뚤어진 역사는 '아비는 종이었다' 가 아니라 '아비는 단군이었다' 로 고쳐야 한다.

얼빠진 민족의 굴욕의식! 국학이 뭔가. 선비정신은 또 뭔 빌어먹을 소린가. 단군의 피를 받은 선비정신이 우리 민족정신문화의 뿌리라면 한국의 정신문화는 한국인의 정신이 숨 쉬는 곳에 살아 숨 쉬어야 한다. 이것이 국민을 행복하게 만드는 대한민국이다. 단군의 천부경 홍익인간이 아닌 주자학이 어떻게 배달민족의 정신문화이며 국학이란 말인가. 어떻게 선비정신이란 말인가. 이런 얼빠진 본질이 전도된 나라에서 무엇이 바로 설 수 있단 말인가.

제 나라 개천절 행사에 대통령은 참석도 안 하고 어느 신문 하나 단군에 대한 기사 한 줄 없는, 5천년 역사가 없는 제 할아버지를 깔아뭉개는 나라다. 단군상은 전기톱으로 목을 댕강 잘라 버리고 전국 어디에도 찾아볼 수 없다. 역사가 바로 서지 못한 나라에 무엇이 바로 설 수 있단 말인가. 정의가 없는 곳에는 모든 것이 비정상적이다.

온 국민의 정신이 황폐화해 간다. 타락했다. 사이코패스다. 사람들이 모두 제 잘못은 모르고 남의 잘못만 따지려 한다. 넘지 말아야 할 선을 넘으면서 산다. 그리고 '민족혼이 사라진 역사왜곡 종속민주주의 천민자본주의는 콜라식민지, 입맛식민지, 노예식민지로, 이 땅은 저속한 문화뿐' 이다. 어쩌면 정부가 로또복권을 팔듯 희생 없는 종교는 기복종교를 만들었다. “종교만물장이 된 나라에 구심점이 있을까요. 거기에 한국인의 혼이 있을까요. 우리 고유문화의 꽃을 피울 수가 있을까요. 민족정신을 다른 데로 흘리기 위한 외책(外策)에 의해 종교를 업으로 하는 사람들이 천당복권을 팔고, 인간을 신의 노예로 만들어 신에게 구걸하도록 만든 나라인지도 모른다”는 어느 신학자의 말을 들어 우리의 슬픈 역사와 신과 종교에 대한 비판을 아는 체 주절댔다.

긍정도 부정도 안 하는 그녀는 웃기만 했다. 한 마디 말이 없다. 까르르 아기 꽃송이 같은 웃음만 웃었다. 순진했다. 내 삶의 인생은 흐르는 계절마다 소중했던 기억들은 바래지고, 현실과 타협하며 살아가야 하는 절실한 속물의 말이 그녀의 귀에는 어떻게 들렸는지 모르겠다. 그리고 헤어졌다. 주소도 전화도 물은 적이 없다. 말하는 도중 내 이름과 M신문사 기자란 말이 불쑥 튀어나왔던 모양이다.

그런데 찾아왔다. 무엇이 그녀로 하여금 주소 하나 확인 없이 먼 이곳까지 찾아오게 만들었을까. 열차 안에서 주체성 없는 이 땅의 노예근성의 정치와 철학 없는 교육, 타락한 종교를 비판한 것이 업보라면 업보였을까. 경주로 돌아가는 기차에서 나를 오래도록 그리워했다는 것이다. 높은 통일정신과 애국심을 존경했다. 그리고 밤에는 내 꿈을 꾸었다는 것이다. 사람의 인연이란 원수는 외나무다리에서 만나고, 옷깃 한 번 스침이 일천겁의 인연이라더니 정말 그런 그녀와의 해후는 꿈만 같았다.

혜은 비구니를 태우고 비로사로 달렸다. 해가 많이 짧았다. 고요한 밤길이었다. 초겨울 청정한 하늘 높이 차디차게 하얀 달이 교교히 산하를 비추는 달밤이었다. 우리는 법당 앞 요사채 방에 불을 밝혔다. 그녀는 세상에 태어나 가장 슬픈 것이 뭔지, 아찔한 현기증 같은 사랑은 알 수 없었고, 첫사랑 같은 것은 아예 안 해본 소녀다. 순수했다. 그런 그녀는 잃어버렸던 개가 주인을 찾은 반려동물처럼 나를 무조건 따랐다. 그리고 순응했다. 마음을 확인하는 통과의례 같은 것은 아예 없었다.

우리는 한 이불 밑에 발을 묻고 서로 벽을 등진 채 마주 앉았다. 그녀는 북한 박천이 고향으로 할아버지가 정감록 비결파의 한 사람으로 먼저 소백산 풍기 금계촌 달밭골을 찾아들었다. 솔깃해 이사를 온다는 것이 38선이 막히면서 어머니와 오빠는 북한 땅에 남아있었다. 달밭골에는 숙모 한 분이 살아 계시며, 그녀는 할아버지와 아버지를 따라 피난지 소백산 금계동으로 이사를 와 살았다. 할아버지는 해방 후 산사람들의 짐을 져다 줬다는 이유로 총살당했고, 아버지는 국군에 입대 후 소식이 없었다.

나는 달밭골 아래 금계바위가 있는 마을에서 태어난 고향을 말했고, 그녀는 행정구역상으로 유년시절을 함께 금계동 한 마을에서 살았던 우리의 만남은 우연이었다.

그녀는 숙명의 순례의 길을 떠났다. '한 알의 먼지에도 우주가 담겨 있다' 는 그 우주 먼지를 찾아나섰다. 만물이 다 부처로 보였다. 이 세상 저편에 무한과 영원의 세계가 있으리라는 것을 믿고 수평선 너머 저 무한의 세계 속에 참된 자아를 찾아 나선 것이다. 그러나 살과 뼈를 가진 인간은 영혼이 생존을 이길 수 없었다. 먹어야 육신을 보전할 수 있는 인간들은 밥이 하늘이었다. 양심을 팔면서까지 살아야 하는 것을 보았다. 길은 항상 열려 있지만, 길은 결국 아무데도 없었다. 대체 나 이전의 정자와 난자의 민얼굴은 무엇이며 나는 어디서 왔을까.

본래의 나는 없었다. 그녀의 존재의 외로움은 세상을 등지고 인생의 근원적인 본원을 찾아 머리를 깎고 절로 찾아들었다. 나는 아내가 있고 아들이 둘이라는 말을 했다. 그러나 그런 것은 무관하다는 태도였다. 무애에서 오는 것인가. 우리는 이런저런 얘기를 나누면서 밤이 깊어갔다. 그녀는 십년지기를 만난 것처럼 수다를 떨었다.

경주 남산 수도원에서 "몸의 때는 씻을 수 있었지만, 마음의 때는 씻을 수 없었다" 고 술회했다. "암자를 뛰쳐나와 열차를 탄 그날 여태 만난 사람들 중에 영혼이 순수한, 맘에 드는 사람을 처음 만났다" 는 것이다. 그리고 "우리는 그까짓 없애버리면 그만인 녹슨 휴전선철책을 신주처럼 모시고 형제가 원수로 총을 들고 71년을 서 있다. 전쟁이 일어나면 우리는 승자도 패자도 없는 재덩이로 변한다. 이승만과 김일성 그 다음 대통령들께 물어보자, 미 · 중 · 소에 물어볼 것 없이 우리 형제끼리 손잡고 통일을 세계만방에 외치면 그만인 것을…" 그 말 한 마디에 나를 사랑했다는 것이다.

선생님의 마음을 다 읽었어요. 어름어름 없이 사랑한다는 마음을 행동으로 보여주었다. 세상에 태어나 25년을 살았다는 그녀는 위선 같은 것은 아예 없었다. 미추 선악 같은 것은 아예 떠나고 없었다. 경건함과 오만이 없는 정직함과 독설 없는 저항과 비굴함이나 비하가 담기지 않은 자비심이 절절했다. 처음 만남인데 들킬까 봐 마음 쓰는 일 같은 것은 없었다. 나를 스스럼없이 무관하게 대했다.

알 수 없는 환희가 넘쳐흘렀다. 그녀는 자신의 모든 인생을 나에게 다 줘도 아깝지 않다는 모습을 내 마음 속에 새겨주었다. 한 번 본 사람에게 신뢰감을 갖는 순수한 그녀의 순진하기만한 마음은 어디서 그런 용기가 나오는 것인가. 사랑은 깊은 강물도 걸어 건널 수 있다는 증명을 보여주었다. 모든 것을 각오하고 무슨 작정을 하고 온 사람 같았다. 밤이 깊어지자 간절한 눈빛을 보내며 자자고 했다. 수줍음을 가득 담은 육신의 애련한 그리움은 하나가 둘이 되고 둘이 하나 되는 즐거움을 간절히 원했다.

잉태가 얼마나 그리웠으면 그녀의 엉뚱한 행동은 내 앞에서 옷으로 영혼을 싸안은 승복을 훌훌 벗고 잠옷으로 갈아입었다. 세상에 몸으로 자기 자신을 알아간다는 것은 얼마나 고통스럽고 슬픈 일인지 모른다. 그런데 그녀는 그 고통을 원했다. 탱탱한 허벅지를 드러냈다. 수도하는 비구니가 아니라 한 마리의 새로 나타난 생명을 가슴에 품은 모태였다. 속살이 피워내는 꽃 한 송이를 보았다. 터질 듯한 젖무덤과 허벅지 속살이 번쩍 빛났다. 부드러운 속살을 보자 죽는 것만 같았다. 잠시 정신이 아찔했다.

아랫도리가 헬륨가스를 주입한 풍선처럼 솟아올랐다. 할 때마다 깊이가 다르다는 속살을 파고 들어가고 싶었다. 심장이 터질 것만 같았다. 아내에게서는 느낄 수 없었던 향내가 났다. 향기는 그녀의 뿌리에서 났다. 풀 향내가 났다. 꽃향기 같은 그녀의 몸속에서 풍기는 복숭아냄새가 방안 가득히 퍼졌다가 내 몸속으로 다시 파고들었다. 나는 아무리 피곤해도 잠이 올 것 같지 않았다.

나는 정신을 딴 데 팔고 있었다. 오늘밤을 어떻게 보내야 하는가. 그녀의 잠든 얼굴은 천사와 같았다. 착했다. 간헐적으로 내는 그녀의 신음소리는 나의 정신을 잃게 했다. 무엇이 그녀로 하여금 나를 찾아 이렇게 먼 길을 달려오게 했는지 모른다. 나를 찾아온 갑작스런 그녀의 외출이 그저 낯설고 황망했다. 중심을 잡으려고 애쓰지만 판단이 안 선다. 남북통일처럼 답이 없다.

남자 옆에서 비구니가 벗고 무방비 상태로 잠든 것을 어떻게 해석해야 한단 말인가. 어떻게 해도 좋다는 뜻이 아닌가. 조금도 남겨두지 않고 마음을 다 내어주는 그녀를 어떻게 하란 말인가. 인연이 있으면 천리 길을 찾아와 만난다더니 그녀가 그랬다. 혹 우리는 전생에 부부였던 것은 아닐까. 한 이불 밑에 든 처녀는 꿈만 같았다. 흡사 소꿉놀이할 때 신랑각시가 첫날밤을 맞이한 것 같은, 그녀는 가랑이를 벌리며 연신 신음소리를 냈다. 말만한 처녀가 풍기는 살 냄새가 코끝을 못 견디게 파고드는 밤은 점점 깊어가고 있었다.

에덴동산에서 아담 이전에 생의 근원을 찾아 나선 그녀인가. 세상에 생명체란 종족보존의 의미밖에 무엇이 더 있겠는가. 암수의 간절함은 종족번식의 사명인 자연법칙의 그리움이었다. 이 모성의 본능을 어떻게 하란 말인가. 사랑의 밑바닥에는 결국 살을 파고들어야 하는데 나는 그러지를 못했다. 이 순간만은 잉태를 갈망하는 진리에 목마른 수도자 비구니가 아닌 제 날개로 날아온 한 마리의 새였다. 그냥 날려 보낼 수는 없지 않는가.

멍석 깔아주는 굿판이다. 태기를 찾아 나선 여인이 아닌가. 섬광처럼 지나가는 순간의 육체의 기쁨을 알아버리는 여인의 몸이 되면 어떻게 하란 말인가. 나를 점점 벼랑 끝으로 몰고 갔다. 우리 조상들도 우리들처럼 섹스를 하고 자손을 퍼뜨렸을 것이다. 누군가를 사랑하게 되고 누군가의 아기를 낳게 될 것이다. 세상에 태어나려고 애쓰는 미지 세계의 무명인은 누구인데 이렇게 재촉하는가.

아기를 밴다. 아기를 낳으면 어떻게 한단 말인가. 아내와 두 아들의 얼굴이 눈앞을 가리면서 차례로 떠오른다. 진정으로 생각해 대책 없는 일을 저지른다면 평생을 두고 얼마나 후회할지 모른다는 생각이 앞선다. 또 내일 아침 그녀의 얼굴은 어떻게 대한단 말인가. 아내와 아이들의 얼굴은 어떻게 대한단 말인가. 하늘에 죄짓는 일이다. 그래서는 안 된다고 내 안에서 서로 다른 소리를 외친다.

그러나 나는 곧 어리석어졌다. 부끄럽다. 터질 듯한 젖가슴만 한 번 만져보고 싶다. 그러다가 저항이 없고 욕심이 하늘 끝까지 뻗친다면 무슨 짓을 저지를지 모른다는 생각이 든다. 참아야 한다. 어떤 일이 있어도 참아야 한다. 일을 저질러서는 안 된다. 나를 시험에 들려고 부처님이 처녀로 현신한 것은 아닌가. 아니, 이런 생각도 들었다. 하늘이 내려준 인연이다. 인생은 딱 한 번뿐이다. 범하고 보는 것이다. 인간은 죽을 때 누구나 가슴에 말 못할 비밀을 하나씩은 지니고 죽는다 하지 않는가. 인간은 욕망과 본능의 노예로 태어난 하나의 동물을 벗어나지 못한 색신(色身)이다.

인생은 어차피 장님 코끼리 만지기식이다. 언젠가는 이 세상에서 사라질 몸뚱이다. 그런 잉태의 길을 찾아 나선 모성애의 비구니다. 미녀 요석공주를 본 원효대사는 파계를 했기에 이두문자를 창안한 성자 설총을 낳았다. 부엉이도 잠든 고요한 이 밤 아기를 잉태한다면 의상대사, 만해스님 같은 남북통일을 이룩할 각자가 탄생할지도 모른다는 생각이 들었다. 나는 이런 고민을 밤새도록 되풀이했다.

창호지문이 희부윰해 온다. 날이 밝아오는 모양이다. 이제는 더 지체할 시간이 없다. 범이 물어다 놓은 날고기를 먹듯 먹으면 되는 것이다. 잠든 그녀를 본다. 잉태의 본능, 알을 낳기 위해 유년의 강을 거슬러 올라온 연어의 본능적 사랑은 자연의 회귀였다. 고향의 강을 찾은 연어는 알을 낳기 위해 배를 드러낸 채 누워있다. 부풀어 오른 젖가슴이 터질 것만 같다. 피부는 눈이 부시게 흰빛을 발산했다. 그녀는 잠결인 듯 무의식 속에서 이불을 걷어차고 가랑이를 벌려 무엇을 간절히 염원하는 앓는 신음소리를 냈다.

누구도 피해갈 수 없는 생의 본능이 가슴 저미는 아픔으로 다가온다. 눈에 내리 꽂히는 그녀의 두둑한 삼각지가 살아서 펄펄뛴다. 계곡에서는 아카시아 향기가 새어나온다. 피가 향기가 되어 온몸에서 풍겨 나왔다. 꽃향기가 정신을 몽롱하게 했다. 수컷의 본능이 거침없이 발휘했다. 불기둥이 솟구치면서 용솟음쳤다. 숨결이 가빠졌다. 애라 모르겠다. 될 대로 되라. 덮치자. 무조건 덮치고 보는 것이다. 하늘이 내린 축복이다. 절대로 절호의 기회를 놓칠 수는 없다. 미워지면 미워하고 보고 싶으면 보고 가슴이 아프면 아픈 대로 같이 울고 같이 웃고 싸움질하며 살면 되지 않는가. 죽음만이 신의 영역일 뿐이다. 나머지 모든 것들은 선택하며 살아가는 것이다. 삶은 별게 아니다.

인생의 기원은 그리 신성하지 않고 종말 또한 마찬가지다. 인생은 하나의 꿈이다. 장난이다. 그리고 나는 명색이 사나이가 아닌가. 어차피 인생이란 장님 코끼리 만지기식이 아니던가. 긴 한숨을 몰아쉬었다. 용기를 내야 한다. 책임을 지면 되는 것이다. 우주는 무정법이다. 신의 법전은 없다. 따라서 인생은 정답이 없다. 카인의 후예 인간은 하나의 모순덩어리일 뿐이다. 인생은 미완의 불완전한 신의 실패작이었다. 사자처럼 덮치면 되는 것이다. 어차피 인간을 낳고 기르고 하는 것이 하늘의 뜻이 아닌가.

그녀의 젖가슴에 머물렀던 내 불타는 욕망의 눈길이 터질 듯한 젖무덤을 쓰다듬고 지나 그녀의 삼각지에 머문 채 뱀이 먹이를 낚아채듯 혀를 날름거리며 이제 막 덮치려는 찰나였다.

그녀가 눈을 부스스 뜨면서 일어났다. 눈이 붉다. 자는 척 가장했을 뿐 밤새 한잠도 못잔 모양이다. 창문을 바라보며 혼잣말처럼 중얼댔다. 벌써 날이 새나 보다 그러고는 방문을 박차고 나가 버렸다. 화장실에 가나 생각했다. 이제는 방으로 돌아오면 끌어안고 깊은 키스를 퍼부으리라. 그녀가 가진 구체적인 형태의 부분까지 한층 깊이 파고들리라. 단단히 마음먹고 기다렸다. 오랜 시간을 기다려도 돌아오지 않는다.

찾아 나섰다. 해우소에는 없었다. 법당으로, 단군성전으로 찾아봤으나 비로자나불상 앞 적막 속에는 밤 촛불만 홀로 깜박일 뿐 아무도 없었다. 사방을 다 찾아 헤매도 없다. 오솔길을 따라 언덕 아래 개울가로 내려갔을 때였다. 개울가 거북바위 위에 홀로 앉아있었다. 그녀는 그리 외로운가. 인생은 사랑을 받지 못해 외로운 것이 아니라 사랑을 주지 못해 외로운 것인가. 그녀는 낙동강으로 한 번 가버리면 다시 못 올 흐르는 개울물을 정신없이 들여다보고 있었다. 아침 인사를 나온 가재 새끼가 어미 가재 앞에서 아물거리며 재롱을 부리고 있는 모양이었다.

한참 후였다. 영혼의 감옥에서 육신을 해방시키지 못한 그녀는 육체가 요구하는 생명의 문을 무슨 죄인처럼 앙칼진 돌을 주워 필사적으로 사정없이 짓찧기 시작했다. 낳고 기르는 것이 하늘의 뜻이었는데, 잉태의 본능 앞에서 거부란 얼마나 잔혹해질 수 있다는 것을 보여주었다. 신음소리를 내면서 생명에의 무한의 회귀에 울고, 거부할 수 없는 운명의 속성에 울고, 인간 육체란 존재의 본능을 정신적으로 해결하지 못하는 슬픔을 울었다.

남녀 간 사랑의 생리적 본능의 작용에 항의하는 성적 발동의 발버둥이었다. 생명의 가장 원초적인 잉태의 본능을 비참과 모멸로 짓밟아 저버리느라 저렇게 애태우는 것인가. 인간이 추구하는 진리란 몸의 즐거움이 아니라 영혼의 행복을 위해 신의 세계로 가까이 가는 것이라면, 육체를 저버린 영혼만이 홀로 행복할 수는 없는가. 정신적으로 육체를 해결하지 못하는 자기 몸의 학대에 나는 진저리를 쳤다. 저러다 상처가 나면 어떻게 한단 말인가 당황할 뿐이었다.

그녀는 어깨가 격동을 치게 흔들며 펑펑 울음을 터뜨렸다. 어미가 죽은 후 비 오는 날 강가에서 우는 청개구리처럼 하염없이 울었다. 오랜 시간이 흐른 뒤였다. 바위 위에 앉아 시간이 흐르고, 사라져 버린 격정들을 위한 그리움으로 하염없이 넋을 잃은 채 달을 쳐다보고 있었다. 보름달은 나무 사이로 그녀를 슬픈 눈으로 내려다보고 있었다. 그녀가 일어서는 것을 보면서 나는 퍼뜩 방으로 돌아와 아무 것도 본 사실이 없다는 듯 누워 있었다.

그녀는 조금 전 자궁의 본능을 어쩌지 못해 싸늘한 돌로 짓찧어 견딜 수 없는 형벌의 매질 아래 영혼이 산산이 부서지던 모습은 간 곳 없고, 입었던 평상복을 벗어 차곡차곡 개어서 보자기에 싸 바랑에 넣고 다시 승복으로 갈아입은 그녀는 태연한 비구니로 돌아와 방긋 웃었다.

"선생님! 저, 오늘 첫차로 경주에 가야 해요. 지금 떠나야 해요."

찬바람이 부는 어두운 새벽 그녀는 떠나갈 채비를 했다. 승복을 벗은 평상복을 입은 채로였다. 나는 아무 말도 못하고 그녀의 얼굴을 바로 보지 못한 채 그 길로 그녀를 태우고 비로사를 떠났다. 멀리 바라보이는 먼 산, 산과 산이 둘러싸인 깊은 산속 음지에 흰 눈이 박힌 비로사의 새벽을 가르며 달려 영주역에 도착했다. 청량리 발 경주 경유 부산행 열차 시간은 아직 한 시간이 남아 있었다. 역 앞 식당들은 문을 열고 손님을 호객하고 있었다.

"추운데 콩나물 국물이라도 좀 마시고 가요?"

"저는 밥을 안 먹잖아요."

"뜨끈한 국물이라도…."

"……."

그녀는 말없이 저 사과 하나를 사 달라는 듯 매점에 진열된 빨간 사과를 손가락으로 가리켰다. 명품 영주특산물 망사에 든 소백산 사과 한 줄을 사주었다. 혜안으로 사물을 보는 그녀는 사과를 보물처럼 받아 안고 돌아서는 뒷모습이 더없이 외로웠다. 그리고 초점을 잃어버린 눈동자로 먼 산을 하염없이 바라보며 엉뚱한 말을 했다.

"선생님은 사람이 죽으면 다시 태어난다는 윤회를 믿어요?"

"……."

"왜, 대답이 없어요."

"글쎄요. 믿기도 하고 안 믿기도 하고…."

나는 어린 시절에는 어머니를 따라 절에 다녔다. 중학교 때는 교회를 다녔다. 직장생활을 하면서는 마음이 혼탁해져 차츰 교회와 멀어졌고 절도 멀어졌다. 불자라면 진화론이나 창조론보다는 연기설을 주장해야 터인데, 그런데 어느 때부터인가 무신론자가 되어 있었다. 나는 머뭇거리며 대답했다. 어처구니없는 대답을 하고 말았다.

"무슨 대답이 그래요? 윤회는 합니다. 생명이란 질량불변의 원칙에 따라 존재는 생로병사로 변화하면서 죽었다 태어나고, 또 다시 죽고 태어나는 것입니다. 인과응보의 업(業)의 값에 따라 뿌린 씨앗에는 그 열매가 다시 다르게 맺힌단 말입니다."

"……."

"해가 져 안 보여도, 태양이 어디엔가는 있다는 것을 사람들은 믿잖아요. 원리는 그래요."

그녀는 창문 너머 먼 산을 하염없이 바라보며 떠오르는 햇볕에 쓸쓸한 뒷모습을 영상으로 남겼다. 내일이 없는 사람처럼 정신을 놓고 멍히 강산만 봐라봤다. 나는 왠지 그녀의 마음에 씻을 수 없는 상처를 주었다는 생각이 가슴을 찔렀다. 다시는 돌아올 수 없는 길을 가는 것 같아 나는 더는 만나지 못할까 봐 마음이 조급했다. 이렇게 떠나가면 마지막이 될지 모른다는 불안감이 가슴에 덮쳐왔다. 나는 그녀 앞에 공손히 합장을 하고 말했다.

"혜은스님! 우리가 오늘은 이렇게 헤어져도 다음에 꼭 한 번은 만나야 해요."

그녀는 무슨 말을 더 하려다가 삼켜 버렸다. 두 줄기 눈물을 주르르 쏟았다. 목멘 목소리로 그녀가 울면서 대답했다.

"만나서 뭐 하는데요?"

"흡사 춘원의 소설 '꿈' 같은 하룻밤이었어요."

"환(幻)…."

"우리가 만나면 한 번 가버린 시간이 다시 올 수 있나요?"

그녀는 숨도 안 쉬고 이어 말했다.

"남자의 최종 목표는 섹스예요. 그런데 선생님은 어제 밤 천명을 저버렸어요."

입을 사려 문 입술에 설핏 눈자위가 붉어졌다. 이미 모든 시간은 흘러가 버리고 말았다는 듯, 차려준 제상에는 박제가 되어 절도 못하고 왜 세월 따라 떠나버린 올가미에 목이 매여 허덕이느냐는 듯 원망이 가득한 눈으로 바라보았다. 슬픈 눈빛이었다.

"못다 한 말이 있어요…."

"……."

그녀는 끝내 대답이 없다. 원망이 가득한 시선으로 입을 앙다물고 먼 곳을 하염없이 바라보는 눈에 눈물이 뚝뚝 빗방울 떨어지듯 했다. 오랫동안 참았던 설움이 뒤늦게 복받쳐 오르는 듯 무엇이 그리 억울한지 엉엉 울었다. 이건 전혀 예상치 못한 상황이었다. 나는 무슨 말인가를 해야 한다고 조바심하고 있을 때 그녀가 타려는 열차가 들어왔다. 그렇게 떠나가는 그녀는 입술을 꼭 깨물고 가슴으로 사랑을 하고 눈물로 이별을 했다. 그녀가 마지막으로 내 손에 종이쪽지를 꼭 쥐어주고 떠나며 흔드는 손은 허공에 남아있었다.

"저가 먼 길을 왜 왔는지 아세요. 꿈을 안고 달려왔어요. 그날 밤 꿈에 우리는 부부가 되어 있었어요. 통일을 하자면 사람이 필요하잖아요. 아이를 낳았는데 그 아이 이름이 통일(統一)이었어요. 남북통일을 할 남해로부터 온 지인 정도령이라고 했어요. 그 '통일' 이를 낳고 싶었어요. 아이가 났으면 삼국통일을 한 신라의 김유신 장군처럼 남북통일을 할 사람이 될지 모르잖아요. 그래서 천리 길을 달려왔어요….

*만타(慢他) : 참전계경 36사 = 한결같은 정성

**방영주**

- 1994년 『월간문학』 소설 당선.
- 소설집 《거북과 통나무》《내 사랑 바우덕이》《카지노 가는 길》.
- 장편소설 《무따래기》(상, 하권) 《우리들의 천국》《카론의 연가》 등 다수.


# 박천 가는 길

천생 만민은 필수직업이 다 각각 달라
우리는 구타여 선인이 되어
먹는 밥은 사자밥이요, 자는 잠은 칠성판이라지
옛날 노인 하시는 말씀은 속언 속담으로 알어를 왔더니
금월 금일 당도하니
우리도 백년이 다 진토록 내가 어이 하자나

허공인지, 머리 안쪽인지, 내 주위에서, 아버지(이한국)의 '배따라기'가 맴을 돌고 있었다. 그것은 대밭을 지나는 바람소리나 한숨소리, 또는 흐느끼는 소리 같기도 했다. 아니, 그 모든 것을 한 데 아우른 것처럼 들렸다. 이는 아버지, 당신의 한(恨)을 풀어내려는, 가슴 저미는 애절한 가락이었다.

아버지는 민요를 잘 불렀다. 아버지는 평안북도 박천이 고향이었는데 평안도 민요 창법에 능했다. 특히 '배따라기'를 잘했다. 아버지가 '배따라기'를 부를 때면, 콧소리로 얕게 떨거나, 콧소리로 길게 쭉 뽑다가, 갑자기 속 소리로 변하여 가만히 떨곤 하였다. 노래가 수면을 가볍게 부침하는, 버들가지가 바람결에 속살거리는 듯한 그런 느낌을 주었다. 어떤 때는 한스러운 느낌이 복받쳐 올라 우는 것 같기도 했다. 그 안에 아버지가 살아온 인생의 희로애락이 녹아 있을 터였다.

아버지는 가끔 동네 술좌석에서 '배따라기'를 불렀다. 일종의 망향가였다. 청자(聽者)들은 눈을 지그시 감고 눈물을 질금거렸다. 나도 부지간(不知間)에 목이 잠기어 들었다. 나는 어쩌다 '배따라기'를 청승맞게 부르는 자신을 발견하고는 깜짝깜짝 놀라곤 했다.

그런 어느 날이었다. 아버지 혼자 술을 마시며 '배따라기'를 부르고 있었다. 나는 '배따라기'에 대해 아버지에게 물어 보았다. 노래도 내용을 확실히 알고 불러야, 그 속에 감정이 적절히 배어들어, 더 잘 할 수 있기 때문이었다.

아버지는 말했다.

"배따라기는 서도 잡가의 하나로 이선가(離船歌), 이선(離船)이라고도 해. 배따라기는 배떠나기의 와전으로 박지원이 지은 한북행정록(韓北行程錄) 악부(樂府)에, 배타라기(排打羅其)라는 곡이 있는데, 방언으로 선리(船離)라 했다고 적혀 있어. 그 노래는 지금의 배따라기와는 전혀 다르며, 오히려 경기민요인 '이별가'에 그 가사가 전해지지."

나는 미간에 주름을 모았다.

"좀 더 자세히 설명해 주세요."

"배타라기는 중국으로 가는 사신의 배가 떠나는 모습을 나타낸 춤에 따라 부르는 노래로, 무석(舞席)에 채방(彩舫)을 놓고, 호복(胡服)의 세 기생이 삼사(三使)의 승선하는 시늉을 하며, 붉은 융복(戎服)의 소교(小校) 차림을 한 동기(童妓) 한 쌍이 군례(軍禮)를 행하며, 호령하면 들어가 취타(吹打)를 하지. 나상(羅裳)과 수군(繡裙)을 입은 기녀들이 배 좌우에 나누어 서서 대령을 하고, 주악에 맞춰 '어부사(漁夫詞)' '월출곡(月出曲)' '이선악곡(離船樂曲)'을 차례로 부른 다음, 축복을 하며 배가 떠나. 이는 불규칙 장단에 수심가형의 가락이 주가 되어 비장한 느낌을 주지."

아버지는 말을 잠시 쉬었다 이었다.

"내 생각에는 이래. 중국에 사신이 갈 일이 없어진 다음부터는 뱃사람들의 노래로 바뀌어 갔다고 봐. 그것이 날개를 달아 민간의 노래에 편입된 게 아닌가 싶어. 민요란 민초들이 팍팍한 삶을 이어가기 위한, 다시 말해 끊임없이 닥쳐오는 삶의 불안과 절망, 그리고 풍전등화 같은 존재에 대한 탈출의 몸짓이었겠지. 특히 서도민요가 그래. 관서 사람들에게는 벼슬을 주지 않았잖아. 따라서 왕조에 대한 불만도 많았지. 가슴 속에 한이 응어리져 있었고."

"유형지이며 수탈지인, 호남지방 민요도 그렇지요. 민요는 기층민의 삶을 그대로 반영하고 있어요. 착취와 억압 속에서 가난을 천형처럼 짊어지고 살았던 그들은 어쩔 수 없이 구슬프고 애상적인 가락일 수밖에 없었겠지요."

"맞아. 하지만, 그들이 마냥 슬픈 가락만 읊조리면 인생은 더욱 서러워질 게 아냐. 그런 희망 없는 삶은 그야말로 형벌이지. 하여 다시, 삶의 질곡과 가난을 떨치고 자신의 삶을 긍정하기로 한 거지."

"배따라기도 그래서, 구슬픈 가락이나 가사가 죽 이어지다가, 설움과 아픔은 어느덧 간 데 없고, 가락이 빨라지며 삶의 기쁨과 풍어를 기원하는 쪽으로 바뀌는군요. 더구나 후렴구는 '에 지화자자 좋다' 로 되고 말씀예요."

"그렇지."

아버지는 잠시, 사이를 두었다가 말했다.

"평양에서의 학창시절은 참 좋았어. 그곳은 동쪽으로 대동강, 서쪽엔 보통강으로 둘러싸인 천혜의 요새지. 평양성, 금수산 을밀봉의 을밀대, 또 금수산 모란봉, 그 동쪽 깎아지른 청류벽 위에 있는 부벽루 등에, 얼마나 많은 추억을 흩뿌리고 다녔던가. 언제나 한 번 가 볼까……."

아버지는 눈을 감았다. 눈물이 주르륵 흘렀다. 아버지는 소리를 갑자기 내던지듯 내질렀다가, 슬며시 입안으로 끌어들였다.

이렁저렁 행성하여 가다가 좌우의 산천을 바라를 보니

운무는 자욱하여 동서 사방을 알 수 없다누나
영좌님아 쇠 놓아 보아라
평양의 대동강이 어데 바로 붙었나

'배따라기' 는 아버지가 늘 입에 달고 살았다 해도 과언이 아니었다. 그래, 이 세상은 폭풍과 해일의 바다요, 당신은 한국동란과 그 이후 과도기의 험난한 여정에서 우리 가족이라는 배의 선장이었지. 아버지는 안전운항을 위해 얼마나 노심초사했을까. 그리고 분노와 체념 사이를 오가며, 또 얼마나 가슴을 불태웠을까. 그것은 끝내 내장에서 시커멓게 타 암으로 자랐지.

갑자기 아버지가 그리웠다. 그러나 아버지는 유명을 달리한 지 오래였다. 일본에서 아버지를 찾아 현해탄을 건넌 어머니(가네무라 히치코) 역시 그렇다. 나도 이제 고희(古稀)를 넘어섰다. 얼마 안 있으면 부모의 곁으로 갈 터이다.

나는 지금, 얼마 전 서로 연락이 닿은 북한에 있는 이복 오빠를 찾아가는 중이었다. 아버지의 정혼녀는 결혼도 하지 않고, 이복 오빠를 키우며 애오라지 아버지만을 기다리다가 세상을 떠났다는 거였다. 모두 참으로 힘들게 산 분들이었다. 나는 오늘 아침 아산 설화산 밑 외암리를 떠났다. 아버지가 왜 인생의 마지막을, 설화산 자락에다 둥지를 틀었던가. 아버지에게 그것을 물은 적이 있었다.

아버지는 북쪽을 바라보았다.

"고향과 닮아서……."

"박천을 말씀하시는군요."

"그곳은 평안북도 남부에 있는 군이지. 북부는 태천군, 동부는 연변군, 서부에 운전군이 있어. 대부분의 지역이 충적평야와 언덕 및 산지로 되어 있지. 청천강과 대령강 하류 연안은 넓은 평야를 이뤄."

"산은요?"

"300m 내외의 청룡산, 봉린산, 수리산 등 비교적 낮은 산이 있는데, 내가 태어나 자란 곳은 수리산 수리봉 근처야."

"외암리처럼 경관이 아주 수려하겠네요."

"맞아. 대부분의 지역이 300m 내외의 낮은 구릉지와 평야를 이루고 있지. 청천강 본류와 대령강이 합류해 남부 경계를 따라 서해로 흘러들어."

"여기의 물들이 삽교천을 지나 서해로 흘러들 듯이 말씀이군요."

"아산처럼 농경지도 많지. 그리고 외암리 민속마을은 500년 이상을 예안이씨 집안이 살고 있는 집성촌이야. 우리도 예안이씨잖아. 영암댁, 참판댁, 외종가댁 등 10여 채의 기와집과 50여 채의 초가가 원형 그대로 긴 세월을 지키고 있지. 자연석만으로 사람의 눈높이보다 낮은 '막돌허튼쌓기' 한 길고 긴 돌담이 이어진 고샅길이 정겨워. 고향처럼……."

나는 고개를 주억거렸다.

"박천 수리봉 마을이 외암리와 닮았다는 말씀이군요."

"아무렴. 외암리 마을 뒤로 설화산(441m)이 우뚝 서 있고, 앞에는 냇물이 흐르지. 큰 강은 아니지만, 하여튼 고향처럼 전형적인 배산임수(背山臨水)의 형태야. 설화산은 문필봉이라고도 불리지."

"문필봉은 설화산이 꼭 붓끝 같다 하여 붙여진 이름이지요."

"고향의 수리봉처럼 그 기세가 매우 영특하여 많은 문필가를 배출하였지. 설화산을 오르다 뒤를 돌아보면 나직한 산들, 넉넉한 들판이 눈에 확 들어와. 인심도 그만이고. 꼭 고향 수리봉을 오르는 느낌이야. 어쩌다 산중에서 누구를 보면 꼭 고향 사람을 만나는 기분이었어. 북쪽의 부모형제가 산 속 어디엔가 숨어 있다가 툭 튀어 나와 나를 맞아 줄 것만 같았어. 남한의 여기저기를 휘젓고 다니던 나는 결심했지."

"여기에 터를 잡자고요?"

"정착을 하자 하던 일을 모두 내던지고 흙을 주무르기 시작했어. 고향에 남은 어머니의 젖가슴을 만지는 것처럼 흙에는 어떤 거짓말도, 그리고 끈질기게 나를 괴롭히던 그놈에 '사상'이라는 것도 없었지. 그저 열심히 일하면 일한 만큼 줘. 나머지는 흙 아닌 사람들의 몫이지."

"흙에서 삶의 안정을 찾은 것이네요."

"아산 설화산 외암리, 참으로 고마운 땅이야. 하지만 고향은 아직도 멀어. 이승을 하직하면 혼백이나마 거기로 찾아 가려나……."

"아버지 생전에 꼭……."

"……."

아버지는 힘없이 고개를 가로 저었다. 그리고 당신은 끝내 고향에 가지 못했다. 아버지의 모습을 황급히 지웠다.

나는 가끔 정신이 오락가락하곤 했다. 다른 사람의 눈에 안 보이는 것도 보였다. 기억력에도 문제가 있었다. 어느 부분은 세세한 부분까지 확연히 떠오르는데, 다른 부분은 필름이 끊어져 아무 생각도 나지 않았다. 사람들은 내가 약간의 치매증세가 있다고 했다. 그들은 몰랐다. 나는 현실 저편의 숨은 것까지 보고 있다는 사실을. 또한 내가 잊고 싶은 것이 얼마나 많은가를.

열차는 지금 막 개성을 지나고 있었다. 서울에서 얼마간 달리면 바로 북녘인데, 양쪽은 무엇 때문에 그 많은 시간을 철책으로 막고, 서로 감시의 눈을 번뜩였단 말인가. 이념인가. 정권유지인가. 아니면, 강대국의 이해관계인가. 아버지는 그 모든 것들의 결집체라 했지. 그런데 양측은 왜 이제야, 아버지가 세상을 바꾸고도 한참 후 자유스러운 왕래를 허용했단 말인가. 그것이 더욱 한스러웠다.

아버지의 노래는 아직까지 내 곁을 떠나지 않고 주위를 소요하고 있었다. 아마도 아버지의 고향, 박천에 당도할 때까지 계속 그럴 터였다. 언젠가 다락에서 몰래 읽은 아버지가 피눈물로 꾹꾹 눌러 쓴 비망록, 그리고 어쩌다 들려주던 당신의 한스러운 삶의 궤적과 함께.

연파만리 수로 창파 불리어 갈 제

뱃전은 너울너울 물결은 출렁, 해도 중에 당도하니
바다에 저라 하는 건 노로구나
쥐라고 하는 건 돌아로구나

부친의 비망록에서 읽은 것들이 뇌리에 모락모락 피어올랐다. 조부는 진남포를 거점으로 무역선을 부리고 있었다. 부친 이한국은 동경 유학을 마치고 이 바다 저 바다로 떠돌면서 망국의 설움을 달래기 위해 한동안 조부를 따라 배를 탄 적이 있었다. '배따라기' 는 그때 조부에게서 배웠다.

조부는 많은 부를 축적해 고향 박천에 큰집을 지어 가족을 옮겨 살게 하고, 자신은 바다로 떠돌았다. 일본 유학을 마친 부친은 평양에서 하숙하며 김일성대학에 적을 두고 있었다. 한국전쟁이 터지자 북한 당국에서는 조부의 배를 징발하여 전함으로 개조했다. 조부는 가족이 있는 박천으로 갔다. 부친도 전쟁으로 휴학하고 귀향했다. 조부가 봉투를 내밀었다. 부친은 그것을 받아들었다.

부친의 눈은 크게 확장되었다.

"이게 뭔가요."

"징집명령서야."

"총알받이나 다름없을 텐데요……."

"그러게 말이야……."

"어쩔 도리가 없군요."

"일단 응해야 하겠지……."

인민군에 입대한 부친은 바로 전선에 투입됐다. 낙동강을 건넜던 인민군은 다시 고향의 코앞까지 다시 밀려오고 있었다. 전투에 함께 참가했던 사람들은 모두 죽었다. 시체 구덩이를 헤치고 나온 부친은 살 길을 찾아야 했다. 다시 전선으로 가면 틀림없이 죽은 목숨이었다. 야음을 틈타 집으로 갔다. 미군이 자신의 가옥을 점거하고 있었다. 미군은 마땅히 주둔

할 곳이 없자 조부의 저택에 임시 사령부를 설치한 것이었다. 그들은 북한 정부에 배를 내준 조부를 행랑채에 감금했다. 공산당원인 조부를 북한의 골수분자로 본 때문이었다. 게다가 큰아들은 공산당 간부였다. 조부의 모든 재산은 일종의 전리품이었다. 부친도 미군에 체포되었다.

부친은 영어로 말했다.

"나는 인민군이 싫어 탈영한 사람이다."

미군 취조관이 받았다.

"인민군이 싫어 탈영했다?"

"그러니 믿고, 아버지 대신 나를, 붙잡아 둬."

"그래……?"

취조관은 부친의 취조과정에서 깜짝 놀랐다. 부친은 영어와 일어에 아주 능통했다. 부친은 일본 와세다대학 영문학부 졸업생이었던 것이다. 미군은 부친 이한국이 여러 가지로 쓸모가 있을 것 같았다. 미군은, 김일성대학생이었고 인민군이었던 부친을 반신반의하며 조부 대신 인질로 삼았다. 명색이 통역병이었으나 사실은 포로의 신분이었다. 부친은 하와이 출신 미군 스미스 대령과 항상 동행하게 되었다. 그가 가는 자리면 어디나 따라갔다.

전세가 역전되고 있었다. 조부의 집은 다시 임시 공산당사가 되었다. 조부의 집은 미군 사령부로 쓰이던 곳이고, 부친은 인민군에서 탈영하여 미군을 도운 사람이었다. 그러나 이제부터는 공산당을 돕는 집안이 될 터였다. 언젠가는 종전이 될 거고, 그러면 부친은 남한이나 북한 어디에서건 총살감이라 생각되었다.

입장이 참 묘하게 되었다. 부친은 양쪽을 모두 떠나기로 결심했다. 우선 여기를 벗어나 남한으로 가 새로운 삶을 시작하기로 작정하였다. 부친은 조부모를 찾았다.

부친은 말했다.

"이제 그만 고향을 등져야 할 것만 같습니다."

조부는 잔뜩 흐린 하늘을 쳐다보았다.

"인민군에 붙잡히면 바로 총살감이지."

조부는 조모를 보았다.

"현금과 값나가는 패물을 모아 가방에 채워."

"……."

조모는 손등으로 눈가를 문지르며 묵묵히 조부의 말에 따랐다. 부친은 잠시 정혼녀의 집에 보내졌다가 수리봉 기슭의 굴에 숨겼다. 정혼녀는 밤이면 부친에게 음식을 날라다 주었다. 그리고 사랑을 불태웠다. 내일을 기약할 수 없는 사람들이었다. 그 사랑의 강도가 어떠하였겠는가.

전투가 잠시 소강상태를 보이자 부친은 남쪽으로 향했다. 조모는 아들 하나 낳고 오랫동안 뒤가 없어, 백일기도 끝에 부친을 낳았다. 40이 넘어서였다. 그러니 얼마나 애지중지했겠는가. 그런 아들을 사지로 보내며, 또 얼마나 안타까웠겠는가. 아무튼 아버지 이한국, 당신의 고난에 찬 백척간두의 삶은 이때부터 본격적으로 시작되던 것이 아니었겠는가.

만났더니 뱃삼은 갈라지고,
용총 끊어져 돛대는 부러져 환고향할 제
검은 머리 어물어물하여 죽은 자이 부지기수라
할 수 없이 돛대 차고 만경창파에 뛰어드니

부친 이한국은 남하를 계속하고 있었다. 인민군, 국군, 미군 모두를 피해서였다. 어느 쪽에 붙잡혀도 자신은 죽은 목숨이라 생각되었다. 여기저기 그들 적이 산재해 있었다. 부친은 야행성 짐승이 되어 낮에는 동굴이나 숲에 숨어 있다가 밤이 되면 별을 보고 남쪽으로 걸었다.

어느 편인지도 모를 총탄이 비질하듯 주위를 쓸고 간 적이 몇 번이었던가. 바로 사신의 근처에서 수류탄이 터져 흙과 쇳덩이의 분수가 허공으로 떠올랐던 적은 또 얼마나 되었던가. 부친은 허기가 지면 목숨을 부지하기 위해서 뱀이고 개구리고, 닥치는 대로 잡아먹었다. 그리고 아무 데나 쓰러져 잠을 청했다.

어느 날 밤이었다. 부친은 몹시 피곤하여 풀 위에 몸을 아무렇게나 눕혔다. 꿈과 현실 사이를 소요하다 설핏 잠이 들었다. 부친은 극심한 갈증에 눈을 떴다. 새벽이었다. 마실 것을 찾아 주위를 두리번거렸다. 일순 눈이 번쩍 뜨였다. 커다란 노송 밑에 산삼나무가 보였다. 부친은 달려가 사력을 다해 허겁지겁 땅을 팠다. 몇 백 년은 좋이 되었음직한 산삼이었다.

그것을 캐어 머리 부분에 고여 있는 물은 마시고, 뿌리까지 으적으적 모두 씹어 먹었다. 잔뜩 늘어져 있던 몸에 힘이 고이고 있었다. 부친은 벌떡 일어나 걸었다. 다리가 탱탱해지고 있었다. 부친은 천신만고 끝에 부상 하나 당하지 않고 한탄강에 닿았다.

어둠 속에서 영어 한 마디가 툭, 튀어나왔다.

"손들어!"

"살려줘!"

부친은 엉겁결에 한국어로 소리 지르며 양손을 번쩍 들었다. 잠시 숨을 골랐다. 어둠 속에 있는 저들은 미군임에 틀림없을 터였다. 불행 중 다행이라 생각되었다. 더구나 저들이 후퇴하던 스미스 대령의 부하들이라면? 상황을 돌려 생각해 보았다. 자신은 그들의 진중에서 도망친 것이 아니었다. 중공군이 개입하여 자신의 존재를 까맣게 잊고 허겁지겁 남행을 결행한 미군이었다. 자신은 다만 중공군과 인민군이 들이닥치자 그들을 피해 도망을 한 거였다. 그렇다면 혹시 살 길이 있을지도 모르는 일이었다. 손전등이 부친의 몸을 샅샅이 훑었다.

부친은 살 운명인 모양이었다. 자신을 체포했던 미군은 다행히 스미스 부대였다. 다시 취조가 시작되었다. 미군은 자신의 집이 공산당사가 된 것을 모르고 있었다. 별로 이상한 징후를 발견하지 못한 미군은 부친을 다시 통역병으로 채용했다. 역시 포로의 신분이었다. 그것만 해도 다행이었다. 부친 이한국은 부모가 챙겨 준 가방을 자신만이 아는 곳에 은밀히 숨겼다.

이한국은 자신을 향해 허부죽 웃었다.

"숨긴 것은 언젠가 내 삶의 행로에 큰 힘이 되겠지……."

미군은 아직까지 아무 것도 눈치를 못 채고 있었다. 미군과 한국군은 중공군에 패퇴를 거듭하고 있었다. 부친은 그때마다 가방을 적절한 장소에 은닉했다. 그것은 종전이 되거나, 아니면 적절한 때에 미군으로부터 벗어나 어렵고 혼란한 이 시대를 지탱해 가기 위해 꼭 필요한 물건일 터였다.

미군도 물자의 보급이 끊어져 굶주렸다. 그러자 소나 돼지의 내장을 먹는 한국인을 비웃었던 저들도 고기 껍질, 내장, 버터 등속을 섞어 끓여 환장한 듯 잘도 먹었다. 사람이란 모두 다를 게 없는 모양이었다.

부친은 항상 통역병으로 스미스 부대장과 참모들을 따라다녔다. 전투에 참여하지 않았으므로 총알 밥이 될 염려는 없었으나 자신의 입장이 그런지라 언행에 각별한 주의를 하였다. 여기저기서 미군이나 국군의 정보원이 자신에 대해 감시의 눈빛을 번뜩이고 있음을 감지할 수 있었다. 국군이든, 인민군 포로이든 쓸데없는 말은 자제했다. 그저 미군이 시키는 일만 했다.

미군은 후퇴를 하면서 조금만 수상한 기미가 보이면 양민도 대량으로 학살했다. 인민군인지 국군인지 판단이 잘 안 설 때에는 포탄을 퍼부었다. 빨갱이를 색출한다는 명목으로 한국인들을 계곡이나 다리 밑에 몰아넣고 난사를 하기도 했다. 부친은 아무 죄도 없이 몰살당하는 동족들을 보며 미군의 잔혹함에 치를 떨었다. 그러나 어쩔 도리가 없는 일이었다. 도대체 이 추악한 전쟁은 누가 일으켰단 말인가. 이 더러운 전쟁이 빨리 종결되기만 바랄 뿐이었다.

미군은 차로를 따라 빙빙 돌며 남쪽으로 밀렸다. 중공군은 산악을 타고 내려오며 퇴로를 차단하곤 했다. 그러다 그들에 포위되었다. 스미스 부대는 거의 전멸 상태였다. 부친도 이때 한쪽 눈을 잃었다. 스미스는 남은 군인을 모아 후퇴를 거듭했다. 경기도 이천, 광주 등서 잠시 주둔하다가 충

주로 갔다. 거기서 휴전을 맞았다.

그러자 부친은 스미스 대령의 배려로 자유의 몸이 되었다. 당신은 숨겼던 가방을 찾아 들고 남한에 혼자 내팽개쳐졌다. 부모님과 정혼녀의 환영이 늘 머리에서 떠나지 않았다. 하지만 그들이 있는 곳으로는 한 발자국도 어찌해 볼 수 없는 입장으로 낙착되어 가고 있었다.

갈매기란 놈은 요 내 등을 파고
상어란 놈은 발을 물고 지긋지긋 찍어 당길 적에
우리도 세상에 인생으로 생겨를 났다가
강호의 어북중 장사를 내가 어이 하자나

부친은 잠시 대전으로 가 고등공민학교에서 영어와 국어를 가르쳤다. 당신은 미군 통역병이었지만 김일성대학을 다녔고 인민군이기도 하였다.

부친은 수시로 경찰서에 불리어 갔으며 언제나 감시를 받고 있었다. 교재나 교안, 그리고 수업내용도 체크되고 있었다. 거기도 오래 있을 곳이 못되었다. 부친은 공주, 진천 등지로 돌아다니다 아산 설화산 밑에 집을 짓고 둥지를 틀었다. 그리고 한동안 하는 일없이 빈둥거렸다. 부친은 사상범으로 요시찰 인물에 올라 있는 지 오래였다.

북한에 있는 형은 요직을 거쳐 승승장구하고 있었다. 어쩌다 남쪽 신문에 난 적도 있었다. 온양경찰서에서는 부친의 호출이 더욱 잦아졌다. 북한의 형과 어떤 연락이 닿아 있지 않은가 싶어서였다. 경찰은 무슨 돈으로 집을 지었고, 일도 안 하면서 무엇으로 먹고 사냐며, 생트집이었다.

부친은 경찰서를 출입하다가 동경 유학시절 하숙집 주인 가네무라 씨를 만났다. 가네무라는 바람둥이였다. 부인을 일본에 둘, 한국에 하나 두었다. 가네무라는 온양에서 자전거포를 하며 한국 여자와 살고 있었다. 가네무라는 경찰서장과 친교가 있는 모양이었다. 그의 주선으로 조사 성격이 많이 부드러워졌다.

얼마간의 시간이 지났다. 가네무라가 일본에 연락을 하였는지 딸 히치코가 찾아왔다. 부친이 일본에 유학할 때의 하숙집 딸이었다. 그녀는 고등학교 졸업반이었다. 히치코는 몸매가 작았는데 당차며, 아름다운 여성이었다. 이지적인 면도 강했다. 부친은 그녀를 처음 볼 때부터 마음에 끌렸다.

밤이었다. 부친은 물불 안 가리고 달려드는 그녀를 품에 안았다. 부친은 하숙집 주인 몰래 그녀와 사랑을 불태웠다. 뜨거운 여자였다. 단내를 풍기며 착착 달라붙는 그녀를 멀리할 수가 없었다. 그러다 해방을 맞아 귀국한 거였다.

기실 히치코의 부모는 이런 내막을 몰랐다. 가네무라가 일본에 있는 히치코의 모친에게 편지를 보내는 가운데 우연히 하숙생이었던 부친 이한국의 거취를 슬쩍 삽입했었던 모양이다. 세상 참 좁다는 말이라도 함께 섞어서.

히치코는 부친의 소재를 알고는 혈혈단신 현해탄을 건넜다. 부친이 북한의 정혼녀를 그리며 외로움에 떨고 있을 때였다. 부친은 바로 히치코와 동거를 시작했다. 북행은 이제 물 건너간 일이었다. 히치코를 곧 정식 아내로 맞아들였다.

가네무라는 부친에게 이런 저런 일들을 빌미로 자전거포상을 확장하게 사업 자금을 빌려 달라고 했다. 부친은 가방에 있는 것을 대충 처분하여 장인에게 맡겼다. 장인은 그것과 자전거포를 처분하여 어디론가 도망쳤다. 이제 집 하나와 얼마간의 패물만 남은 거였다. 장인이 행방불명되자 다시 경찰서의 감시와 조사가 강화되었다. 살벌했다. 부친은 다시 외지로 떠돌기 시작했다.

> 관악일성에 북을 두려두둥실 쳐 올리면서
> 좌우의 산천을 바라를 보니

## 산도 예 보던 산이요 물이라 하여도 예 보던 물이다

부친은 삽교를 근거지로 삼아 소 장사를 시작했다. 같은 동네에 살고 있는 조 씨와 함께. 부친은 소를 끌고 전국 안 가본 데가 없을 지경이었다. 운이 맞아떨어졌던지 소는 계속 불어나고 있었다. 소를 수용하기 위해서 삽교에 땅을 장만하기로 했다. 통장 관리를 조 씨에게 믿고 맡겼다. 부친은 토지를 계약하고 중도금을 치르기 위해 조 씨를 찾았다.

부친은 조 씨에게 말했다.

"계약금 때문에 통장을 줘야 해."

"맡겼는데."

"누구한테?"

"장터 예산댁에."

"예산댁?"

"술집 하는 여자 말이야."

부친은 직감적으로 뭔가 억세게 잘못되었음을 느꼈다. 삽교로 돌아오면 조 씨는 집에도 안 가고 과부인 예산댁네서 죽쳤다. 부친이 '여우 같으니 멀리 하라' 고 충고를 해 오던 그녀였다. 하관이 빠른 얼굴에 분을 덕지덕지 바른 예산댁은 갈 데 없는 창부형이었다. 그녀는 갖은 교태로 조 씨를 녹이고 있었다. 부친은 조바심이 났다. 불길한 예감이 등줄기를 타고 내렸다.

부친이 소리쳤다.

"빨리 가 보자!"

"서두를 것 없어. 맡긴 통장이 어디 가나."

"자, 어서!"

"아, 알았어."

부친과 조 씨는 예산댁으로 걸음을 재촉했다. 술집은 문이 닫혀 있었다. 예산댁이 줄행랑을 놓은 뒤였다. 온양경찰서를 비롯하여 다른 경찰서에도 몇 군데 신고를 했다. 예산댁은 어디에서도 찾을 수가 없었다. 하늘이 노랗게 보였다. 이제 무엇으로 어떻게 가족을 부양한단 말인가. 부친은 땅바닥에 주저앉았다.

부친은 남은 소 30마리로 처음부터 새로 시작했다. 조 씨는 죄책감에 사로잡혀서인지 장사는 안 하고 연일 술만 마셨다. 제 정신이 아니었다. 돈과 정을 모두 사기 당한 거였다.

조 씨는 얼마 안 가 폐인이 되었다. 게다가 폐병까지 찾아 들었다. 중증이었다. 조 씨는 꼬치꼬치 말라 갔다. 그러면서도 술과 담배를 끊지 못했다. 아니, 오히려 더욱 집착했다. 조 씨는 기동도 할 수 없는 상태였다. 부친은 조 씨에게 집에 가서 쉬라고 권했다.

조 씨는 고개를 가로 저었다.

"날 받아 줄 사람은 없어. 가정을 위해, 뭐 한 게 있어야지……."

"그럼, 우리 집에."

"미안해서……."

"자, 가자고."

부친은 조 씨를 자신의 집으로 데려갔다. 김절자로 개명을 한 가네무라 히치코는 안색을 찌푸렸다. 부친 이한국은 아내를 달랬다.

"필요할 때는 가까이 하고, 그렇지 않으면 멀리 하면 못 쓰는 겨."

김절자는 마지못해 응했다.

"알았어요."

모친 김절자는 외간 남자의 대소변을 받아 내며 병수발을 다했다. 그러나 조 씨는 곧 세상을 바꾸고 말았다. 조 씨의 집에 연락을 했다. 예상했던 대로 조 씨의 집에서는 아무도 오지 않았다. 부친은 조 씨를 설화산 자락에 묻었다.

부친은 혼자 소를 끌고 장을 떠돌았다. 그러다 예산에서 도고로 오는 고개의 낭떠러지에서 소들과 함께 굴렀다. 소들이 도망을 쳤다. 15마리만 건져 다친 다리를 끌고 집에 갔다. 자신은 더 이상 방랑을 그만두고 설화산 기슭에서 농사를 지으며 정착하기로 마음먹었다. 경찰서에서 오라면 오고, 가라면 가면 그만일 터였다.

고향 박천 수리봉과 같은 설화산 자락의 흙을 만지고 가정을 지키며 열심히 살기로 하였다. 흙은 사상도 없으며, 사기도 없고, 자신이 일한 만큼 줄 터였다. 그렇게 흙에 묻혀 살다 보면, 고향에 발을 딛을 날이 오지 않을까 싶었다.

부친은 농사를 위해 한 마리만 남기고, 남은 소를 모두 처분하여 논과 밭을 샀다. 온몸에 흙과 물을 바르고 논밭에서 살았다. 그리고 아내 김절자(가네무라 히치코)와의 사이에 외동딸, 나 매화를 낳았다.

> 해 다 지고 저문 날에
> 잡새는 깃을 찾아 무리무리 다 날아들고
> 야색은 창망한데 갈 길조차 희미하고나

나는 한여름 설화산 자락의 진초록 속에 묻혀 있었다. 꽃들도 저마다 독특한 모습으로 자신만의 향기를 내뿜으며 활기차게 피어 있었다. 어디선가 들리는 '매앰! 매앰! 맴!,' 매미의 울음소리가 다소 어지러웠다. 그 속에 각종 산새들의 지저귐도 들렸다. 나는 아직 그 새들의 이름을 몰랐다. 그저 깃털이 노란, 빨갛고 초록인, 꽁지만 붉은, 그런 식으로 분류할 뿐이었다. 새들의 모습이 너무 예뻤다. 새들을 향해 손을 흔들며 걸어갔다. 새들이 있는 나무 근처에서 발길을 멈췄다.

나는 크게 소리를 질렀다.

"너희들 날아가지 말고 나하고 놀자."

새들은 웬일인지 내가 다가가자 날개를 퍼덕이며 어디론가 날아 몸을 숨겼다. 다소 섭섭했다. 저 새는 내가 싫은가. 아니면 내 말을 못 알아듣는가. 뭔가 큰 것을 잃은 것만 같은 허탈감에 사로잡혔다. 그 자리에 털썩 주저앉았다. 눈가에 물기도 조금은 배어 있었다. 뇌리에 문득 어제의 일이

번개처럼 휙, 스쳤다.

저녁 무렵이었다. 해가 산 너머로 조금씩 잠기어 들고 있었다. 늘 그러하듯 구름은 여러 가지 색으로 물들어 갔다. 그런데 엄청나게 커다란 구름 하나가 오색으로 영롱했다. 얼마 후 구름의 문이 열리며 시녀들로부터 호위를 받는 한 예쁜 여자가 나타났다. 틀림없는 여왕의 모습이었다. 여자는 옆으로 비스듬히 누우며 나를 향해 웃었다. 그리고 오라는 손짓을 했다. 너무도 선명했다. 절대 환각이 아니라 생각했다. 해가 산을 완전히 넘자 구름은 여자와 함께 사라졌다.

귀가하여 부모에게 이 이야기를 자랑스럽게 떠벌렸다. 부모는 걱정스런 눈으로 나를 잠시 바라보았다. 아버지가 먼저 침묵을 깼다. 그래, 우리 공주님은 꼭 그런 여왕이 될 거야. 나는 '그런 여왕' 이 되지 못했다. 노름꾼인 남편을 잘못 만나 화가의 꿈을 중도에서 접고 힘들고 외롭게 살았을 뿐이다.

부모, 특히 아버지는 나를 사랑했다. 훌륭한 화가로 대성할 것을 믿어 의심치 않았다. 내가 서울대학교 미술대학에 입학했을 때 얼마나 좋아했던가. 아버지는 소 한 마리를 잡아 동네잔치를 벌였다. 그런 아버지는 내 삶의 푯대이기도 했다. 아버지 같은 사람도 이 세상을 견뎌 왔는데 나는 아무것도 아냐.

남편은 늘 노름방에 있었다. 아니면 경마장, 경륜장, 투계장 등에서 죽쳤다. 나는 이를 악물고 자식들을 키웠다. 지금 그들은 모두 제 자리에서 자신의 몫을 건실히 담당하며 잘 살고 있다. 그 징그럽던 남편도 이제 이승을 하직하고 없었다. 남편은 아버지와 나를 얼마나 힘들게 했던가. 아무 잘못도 없는 아버지가 남편에게 돈을 내어놓으라며 수모를 당하는 모습이 어른거렸다.

오늘 따라 아버지가 못 견디게 그리웠다. 아버지는 혼이니마 그토록 그리던 고향에 갔을까. 기차는 평양을 지나고 있었다. 어머니와 함께 아버지는 차창 너머로 파도에 부침하는 배처럼 가물거렸다.

이렁저렁 나가다가 다행으로 고향 배를 만나
건져주어 살아를 나서 고향으로 돌아갈 적에
원표귀범에다 돛을 달고

아버지와 동네 사람들과의 관계는 좀 묘한 구석이 있었다. 언뜻 보면 가까운 듯하면서도 아주 멀었다. 마을 사람들이 아버지를 대하는 태도에는 경외감과 거부감이 함께 섞여 있었다. 외모나 말투부터 확연히 차이가 났다.

설화산 자락에 사는 사람들은 무지렁이 농투성이였다. 반면 아버지는 일본 유학까지 마친 사람이었다. 시원한 이마에 완강하면서도 단정한 얼굴, 그리고 훤칠한 키가 귀공자 타입이었다.

아버지는 주위 사람들과의 서먹한 사이를 좁히기 위해 많은 노력을 했다. 기교와 재치, 때로는 해학으로, 어쩌다 인정이나 도움으로 접근해 들었다. 그러나 타성이란 어쩔 수 없는 모양이었다. 항상 물과 기름처럼 겉돌았다. 아버지는 농담이나 장난으로 만나는 사람들을 놀리기도 했다. 그들은 한참 시간이 지난 다음에야 자신이 희롱 당했다는 사실을 알고 분개했다.

아버지는 날이 갈수록 그 도가 넘쳐 났다. 좀 지나치다 싶을 때도 있었다. 분명히 위악적이었다. 내가 생각해 왔던 바와는 전혀 다른 모습이었다. 나는 어쩌다 고개를 갸웃거리곤 했다. 아버지가 그런 식으로 자신이 처한 상황을 극복하려 애쓰며 울분을 삭이고 있음을 깨달은 것은 훨씬 뒤의 일이었다. 그때부터 더욱 아버지를 이해하려 애썼다. 아버지의 심중이나 처한 상황을 분명히 알고 나서였다. 그리고 아버지는 이 사회나 다른 남자를 판단하는 한 잣대가 되었다.

남편은 영 아니었다. 항상 무엇에 홀려 있는 듯 몽롱한 눈빛, 그것은 돈이 생기는 즉시 생기를 되찾았다. 그리고 노름방으로 내달렸다. 학창시절, 그의 단 한 번 강간으로 임신을 했다. 그는 아이를 지우려는 나를 살인

범으로 고소하겠다고 협박했다. 대학에 그런 내용을 현수막으로 붙이기도 하였다.

나는 예식장에서 어디론가 도망치고 싶었다. 내 손을 꼭 쥐고 있는 아버지를 보아 참았다. 남편은 시어머니와 협력하여 나를 대학으로부터 떼어내는 데 성공했다. 그림도 못 그리게 하였다. 그리고 나에게 장사를 시켰다. 잘 되었다. 그러면 무엇 하나. 밑 빠진 독에 물 붓기지. 노름이란 그런 거였다. 나는 남편을 피해 친정에 몸을 숨기곤 하였다. 아버지와 더욱 밀착될 수밖에 없었다.

때는 마츰 어느 때뇨
중추 팔월 십오야에 광명 좋은 달은 두려두둥실 밝아를 있고
항룽묘산에 두견이 울고, 창파녹림에 갈마기 울고
원정객사에 잔나비 회파람 소리

아버지는 농한기에 다시 소 장사를 했다. 가정은 제 궤도를 찾고 있었다. 아버지는 농사를 잘 지었다. 동네 사람들이 자문을 구할 정도였다. 소 장사도 잘 되었다. 하지만 아버지의 얼굴에는 항상 구름이 끼어 있었다. 항상 무엇에 쫓기는 인상이었다. 아버지가 왜 그래야만 했는가. 그것을 나중에야 알게 되었다.

나는 아버지를 찾아 장터 한쪽에 있는 쇠전으로 갔다. 설화산 기슭에서 온양 시장까지는 10리가 조금 넘는 거리였다. 어쩌다 트럭이라도 한 대 지나가면 먼지가 뽀얗게 이는 꾸불텅한 길을 따라 혼자 타박타박 걸었다. 내가 쇠전으로 가면 아버지는 기다렸다는 듯이 나를 데리고 먹을거리들을 찾아나섰다.

아버지는 음식을 파는 곳으로 가면서 물었다.

"오늘은 또 뭘 사줄까?"

"아무 거나요."

아버지의 배는 항상 불룩했다. 그게 돈을 넣은 전대 때문이라는 것을 알고 있었다. 나는 과자, 사탕, 팥죽, 전, 떡, 국수, 국밥 등 그때그때 입맛에 따라 아버지가 사주는 대로 먹어 주었다. 덤으로 연필, 공책, 지우개 등도 얻었다. 어떤 때는 선술집에도 따라갔다. 아버지는 그저 나를 바라보는 것만으로도 배가 부른 모양이었다. 아버지는 술이 거나해지면,

"애는, 내 딸입지요."

술청의 사람들에게 묻지도 않는 것을 자랑스럽게 지껄였다.

아버지의 말에 주위 사람들은 나를 자세히 보았다.

"꼭 살아 있는 인형 같아. 어쩜 저렇게도 예쁠까?"

아버지는 나를 품에 안았다. 아버지의 가슴에서 잘 쑨 쇠죽 같은 구수한 냄새를 맡곤 했다. 동네에 가 아버지가 사 준 것들을 들고 다니며 자랑을 했다. 이거 우리 아버지가 사줬다! 아이들은 부러운 눈으로 나를 바라보았다.

그런데 아버지 주위에서 어떤 심상찮은 조짐을 읽기 시작했다. 집안에 불길하고 음산한 음조의 노래가 슬그머니 넘보고 있음을 직감하게 되었다.

가끔 집 주위를 배회하는 검정 양복 둘을 본 적이 있었다. 그들은 시장에도 가끔 나타나곤 했다. 어쩌다 쇠전 아버지 근처를 서성이기도 하였다. '검정양복' 들은 잠시 모습을 감추었던 아버지의 정체를 분명히 파악한 모양이었다.

그때부터 아버지는 그 '검정양복' 들을 따라 다시 온양경찰서 출입이 잦아졌다. 아버지의 형은 북한에서 아주 높은 자리에 있었다. 물론 이런 내용을 확실히 안 것은 좀 더 나이를 먹어서였다. '검정양복' 들이 왜 눈에 핏발을 세우며 아버지를 감시하는지도.

언제부터인가, 내가 장에 나오면 아버지는 단순히 딸을 보고 반가워 한 것만은 아님을 눈치 채게 되었다. 아버지는 나와의 평범한 일상을 남에게 의식적으로 내보이며 자신은 이렇게 한 범부에 불과함을 강조한 것이었

다. 그를 통해 마음 속 깊이 자리한 막연한 불안감으로부터 해방되고자 애쓴 것일 터였다.

'검정양복' 의 출현이 점점 잦아지고 있었다. 오늘 아버지는 어머니와 뭔가 긴밀히 속삭였다. 부모의 얼굴에는 수심이 가득했다. 기분이 개운치 않았다.

어머니가 나를 보고 말했다.

"오늘은 우리 셋이 함께 장에 가자."

"정말요?"

늘 하던 재주도 멍석을 깔아 주면 놀기 싫다고 했던가. 왠지 오늘은 시장에 가고 싶지 않았다. 기분도 안 좋았다. 그건 어디까지나 단지 '기분' 일 뿐이었다. 부모가 자신을 필요로 하고 있음을 알고 있었다. 마치 기다리고나 있었다는 듯, 목소리를 키우며 되물은 거였다. 목 졸린 음성이 되고 말았지만.

어머니는 덧붙였다.

"장에 가서 학용품과 맛있는 것 많이 사줄게."

"좋아요……."

아버지는 내가 특별히 말을 하지 않아도 어머니가 사주겠다고 한 것들을 먹고 쓰다 남을 정도로 구입해 줬다. 배를 두드리며 먹었다. 학용품만은 애오라지 근검절약을 내세우는 아버지의 뜻에 따라 아껴 썼다. 연필은 손에 잡을 수 없을 정도로, 공책은 겉장서부터, 도화지는 뒷면에도, 크레용이나 지우개는 바스러질 때까지. 밤을 낮 삼아 열심히 읽고, 쓰며, 그랬다. 일신우일신(日新又日新)이라던가, 학업성적과 미술 실력은 나날이 발전했다. 당연히 학용품이 많이 들 수밖에 없었다. 그러나 책상 서랍에는 아직도 그것들이 많이 남아 있었다.

오늘 어머니가 참 유별나다고 생각했다. 마음 한 쪽으로 불안감이 슬그머니 고개를 쳐들고 있었다. 왜 저러실까? 혹시 그 '검정양복' 들 때문에? 그렇다면 함께 가야 할 일이었다. 나는 어떤 사명감에 불타오르기 시작했다.

아버지는 시장 초입에 들어서며 자꾸 뒤를 돌아보았다. 어머니도 그랬다. 나는 더욱 불안감에 휩싸였다. 그 정체를 알 수 없는 '검정양복' 들이 증오스럽기 그지없었다. 다음에 내 눈에 띄면, 다시는 아버지 앞에 나타나지 못하도록 한 방 먹여야지. 양손에 오진 힘을 박으며 주먹을 꽉 쥐었다.

어머니가 뒤를 힐끔 보았다.

"우리 뒤를 밟는 사람 없지?"

나는 등을 돌리고 두리번거렸다.

"없어요."

"있으면 말해라."

"예!"

"그만해. 아이가 주눅이 들게 하지 말란 말이야."

아버지가 큰 소리를 내는 바람에 어머니는 무르춤해졌다. 아버지는 앞만 보고 걸었다. 아버지는 지금 어머니에게 화를 낸 게 아니었다. 보이지 않는 그 누군가에 화풀이를 하고 있는 중일 터였다. 우리는 난전 팥죽집의 긴 의자에 걸터앉았다. 팥죽이 세 사발 나왔다. 그것으로 간단한 요기를 했다. 두 '검정양복' 이 다가왔다. 그들은 온양경찰서 방첩과 형사들이었다.

왼쪽 뺨에 칼자국이 있는 '검정양복' 이 말했다.

"이한국 선생, 오늘은 가족끼리 장사를 나온 모양이군. 아직 저쪽에서는 별다른 연락이 없소. 있으면 말해요. 안 그러면 좋지 않은 일이 연달아 발생할 거요."

칼자국은 나의 뺨을 어루만졌다.

나는 얼굴이 하얗게 질렸다.

아버지는 발딱 일어났다.

"어린아이에게 무슨 짓이오!"

"아, 아, 그만, 애 앞에서 화는 그만 내시고……."

칼자국은 다른 '검정양복' 에게 가자는 눈짓을 했다. '검정양복' 들은 자리를 떴다. 아버지는 무슨 벌레라도 씹은 얼굴이었다. 어머니는 손을 부들부들 떨었다. 나는 정수리로 화가 치밀어 올랐다. 주먹을 다시 불끈 쥐었다. 자리를 박차고 일어나 '검정양복' 들을 향해 달렸다. 그리고 그들 앞을 막아섰다.

나는 다리를 딱 벌리고 오지게 쥔 주먹을 양쪽 허리에 척 붙였다.

"우리 아빠가 사람을 죽였어요? 남을 못살게 했어요? 아저씨들을 괴롭혔어요? 왜 매일 우리 아버지 근처를 맴돌며 못살게 굴어요? 아저씨들 말 좀 해봐요!"

'검정양복' 들은 기습을 받고 입만 뻥 벌리고 있었다. 얼마 후, 그들은 서로 얼굴을 마주보며 허허, 웃었다. 칼자국이 먼저 발길을 옮기며 한 마디 씹어 뱉었다.

"참, 피는 못 속인다더니……."

나는 이때부터 말수가 현저히 줄어들기 시작했다. 말을 아끼게 되었던 것이다. 아버지가 무심결에 던지는 어떤 말이라도 남에게 함부로 지껄여서는 안 된다는 것을 자각한 것임에 틀림없었다. 어느 누가,

"아버지는 무엇을 하는 사람이냐?"

"아버지는 어떤 사람이냐?"

라고 물으면, 자극을 받은 조개처럼 입을 다무는 것이 습관이 되었다. 언젠가는 담임선생이 반 학생들에게 각자 자신의 아버지에 대해서 자랑을 해 보라고 시켰다. 애들은 신이 나서 떠벌렸다. 나는 다만,

"우리 아버지는 농사만 져요."

그게 다였다. 누가 무슨 말을 하면 우선 마음의 문부터 닫고 듣는 데 익숙했다. 당연히 혼자 있는 시간이 많아졌다. 그 외로움을 공부와 미술로 극복해 갔다. 달리 말하면 어린 나의 마음에 한이 쌓여 가는 것이며, 언젠가는 폭발하고야 말 시한폭탄들을 하나씩 내적해 두는 것일 터였다.

그러나 어디에서고 그것은 터지지 않았다. 어떻게 한 사람, 또는 소수의 사람이 거대한 톱니바퀴에 대항할 수 있단 말인가. 그저 아버지처럼 꾹꾹 눌러 참으며 많은 세월을 속수무책 버텨 왔을 뿐이었다. 그리고 부모님은 돌아가셨다. 나 또한 그분들을 만날 날이 멀지 않았다.

한 번 생각해 보자. 누구든 한 달만 사법당국에 어떤 혐의점이 있어 감시당하거나 쫓긴다고 추정해 보자. 가끔 불리어 가 취조를 받는다 치자. 그러면 집안의 개나 닭, 또는 쥐까지도 자신을 감시하고 있다고 생각할 거다. 얼마나 소름 끼치는 일일까. 손에 어떤 일이 잡히겠는가. 게다가 고향산천과 부모와 형을 지척에 두고도 볼 수 없다. 동경 유학생 아버지는 그런 것들을 잊기 위해서 농투성이가 되어 죽살이 땅만 팠다.

그러다 북한과의 관계가 나빠지면 아버지는 경찰서 출입이 더욱 잦아졌다. 평생을 누군지도 모르는 사람들이 놓은 덫에 걸려 그렇게 살았다. 전쟁터에서 한쪽 눈을 잃고, 종전 후에는 고문으로 손톱이 빠지고, 나이 사십이 안 되어 이미 백발이 성성한, 아, 가엾은 우리 아버지.

나는 설화산의 암울한 추억을 지웠다. 눈가에 묻은 물기를 손수건으로 찍어내었다. 열차는 제 갈 길을 향해 바삐 달리고 있었다. 얼마 후면 박천에 닿을 거였다. 거기서 버스로 갈아타고 가면, 수리봉이 나올 터였다.

> 가뜩이나 심란한 중에
> 새북 강남 외기러기는 옹성으로 짝을 잃고
> 한수로 떼떼떼 울면서 감돌아드는데
> 다른 생각은 제 아니 나고
> 동동숙 동동식하시던 친구의 생각에 눈물 나누나

아버지는 머리로 농사를 지었다. 그때는 대중 전달 매체가 부족하던 시절이었다. 다른 사람들은 예전부터 해 오던 대로 논밭을 경작했다. 아버지는 발전기로 호스에 일정한 간격으로 구멍을 내어 연결해 채소밭에 물을 공급했다. 수박 농사도 남달랐다. 대부분 수박씨를 띄엄띄엄 심었다. 그리고 곁가지를 계속 쳐주었다. 손이 많이 가는 일이었지만 수확이 많았다. 아버지는 다른 집보다 수박을 세 배는 좋이 챙겼다. 품질도 좋았다. 아버지는 남들 1000평 농사를 3000평으로 지은 셈이었다. 모두 땅과 호흡해 살며 터득한 이치였다.

아버지는 술이 거나해지면 말하곤 했다.

"농사가 어디 장사 속과 견줄 수 있던가. 농사란 성질을 부려서도, 꾀를 부려 대충해서도 안 되는 겨. 성실히 하면 그대로 돌려주는 게, 흙이여."

어머니가 꼭 후렴을 달았다.

"저 사람, 이제, 흙 도사 다 됐어."

아버지는 농사일을 끝내면 동네 초입에 있는 주막에서 술을 마셨다. 그리고 '배따라기' 창을 하며 '아바이', '어마이'를 목 놓아 불렀다. 그 즈음에 나는 아버지의 비밀 서재, 다락에서 시간을 보내는 날이 많았다. 거기엔 영어, 일어, 한문으로 된 서적이 많았다. 그것들이 진보적 성향을 가진 사상서나 철학서였음을 안 것은 나중의 일이었다.

국문으로 된 고전소설집이나 시집도 있었다. 아버지가 쓴 시들, 그리고 비망록과 고향에서 찍은 것들이 주종을 이루는 희미하게 바랜 흑백 사진첩도 있었다. 그것들에게서 나는 곰팡이 냄새가 섞인 구수한 향기가 좋았다. 뜻도 제대로 파악하지 못하면서 그것들을 읽었다. 다락방은 나의 작은 왕국이기도 했다. 거기서 공주가 되고, 왕자를 만나며, 왕비가 되고, 화가도 되었다. 그러면서 어렴풋이 아버지의 비애와 고통을 감지하기 시작한 것이었다.

아버지는 가끔 다락문을 열고,

"우리 공주님, 재미있어?"

하고는 그만이었다. 나의 왕국을 방해하고 싶지 않은 까닭에서인 터였다.

장날이었다. 아버지와 나는 장에서 늦게 돌아왔다. 어머니가 말했다. 형사들이 다락방을 난장판으로 만들어 놓았다고. 틀림없이 아버지 주위를 맴돌던 '검정양복' 들의 짓일 터였다. 아버지와 나는 황급히 다락방으로 올라갔다. 아버지의 얼굴은 하얗게 질렸다. 아버지는 나를 한쪽 구석으로 모지락스럽게 밀어붙이며 책을 모두 마당에 꺼내 불태웠다. 비망록과 시, 그리고 사진첩까지도. 불꽃은 어둠을 잡아먹으며 타올랐다. 처참하게 일그러진 아버지의 얼굴도 훑았다. 아버지는 짐승처럼 신음하며 울부짖었다. 아버지는, 다시는 펜이나 책을 잡지 않았다.

참으로 안타까운 일이었다. 아버지는 간첩도 아니고, 반미주의자도 아니었다. 다만 올곧고 진보적 성향이 다소 강한 편이었을 뿐이다. 또한 탈영한 인민군이었으며, 김일성대학 중퇴자였을 뿐이다. 아버지는 자신의 생각만은 꼭 지키며 산 분이었다. 적당히 타협했으면 그렇게 힘든 삶을 살지 않았어도 될 터였다. 얼마나 많은 사람들이 친일, 우익, 좌익을 갈아타며 득세를 하여 부귀영달을 누렸던가. 아버지는 그것만은 하지 않았다. 왜 그랬을까. 그것은 성격 탓이었다. 달리 표현하여 자존심이 강한 때문이었다.

이렁저렁 죽은 사람 동리 찾어가니
죽은 사람의 동생이며 일가친척이 모두 다 나와
파선 뱃사람 온단 말 듣고
선창머리 내달으며 뱃전을 부여잡고
애곡을 불러라 통곡을 하며
영좌님과 화장 아해는 천행만행으로 살어 왔거니와
우리 당손 아바지 물결 좇아 흘러를 갔다네
애고 애고 설리 울 적에
백일이 무광하야 산천초목에 눈물이 나누나

세월이 많이 흘렀다. 나는 아산 외암리 설화산 자락에 가 있었다. 아버지가 위독하니 급히 오라고 해서였다. 아버지는 2년 전, 암 진단을 받았다. 아버지는 위에 혹이 생겨 암 제거 수술을 받았다. 그런데 재발하여 임파선까지 침범하였다. 2차 수술을 받았지만 지금은 암세포가 온몸에 퍼진 상태였다. 경찰서에서 받은 고문 때문인지, 강박감에 의한 스트레스 때문인지, 가슴에 쌓인 한 때문인지, 아니면 그들 모두의 결합물인지 알 수 없었다.

그러나 아버지의 음성은 더욱 카랑카랑했다. 될 수 있는 대로 몸을 움직이려 노력했다. 자식에게 자신의 약한 모습을 보이고 싶지 않아서였을 것이다. 아버지는 언제나 그런 사람이었다. 그런데 오늘은 힘이 하나도 없어 보였다. 나는 안쓰러운 눈으로 아버지를 바라보았다.

"돌아가시기 전에 고향에 꼭 가 보셔야 할 텐데요."

"다 틀렸어."

"지금 지뢰 제거작업 끝내고, 철도 개설을 하잖아요."

"양쪽의 농간일 따름이야."

"이번만큼은 한 번 믿어 보세요."

"혹, 죽어서라면 모를까……."

"……."

나는 몸을 돌리고 눈물을 훔쳤다. 아버지는 임진강 성묘단에 참석하지 않았다. 이산가족 신청도 하지 않았다. 자신과 더불어 여기에 있는 가족에게 무슨 사달을 부를까 염려해서였다. 아버지는 몸속에 암을 키우며 서서히 죽어가고 있었다. 어쩌다 의식의 끈이 삶의 이쪽과 저쪽을 넘나들기도 하였다.

아버지는 희미한 목소리로 중얼거렸다.

"전혀 타의에 의해, 내가 탄 월남선(越南船)은 '배따라기' 의 음조만큼이나 아프고 서글펐지. 그리고 고통스러웠어. 나를 보내는 사람들도 그랬지. 정혼녀는 배웅을 하며 속으로 '배따라기' 를 수도 없이 불렀을 거야. 부모들도 그랬을 터이지. 그리고 정혼녀는 아직까지 돌아오지 않는 나를 애타게 그리며, 또 얼마나 그 노래를 부르고 있을 것인가……."

아버지는 힘이 드는지, 말을 잠시 쉬었다가 계속했다.

"납빛 얼굴에 검은 망토를 걸친 저승사자들이 나에게 오라고 손짓을 하는군. 이래도 좋고, 저래도 좋아. 죽음은 끝이 아니라, 또 다른 삶의 연속일 테니까. 죽음은 '돌아가는 것' '환원' '부활' 등을 의미하지 않아? 나는 죽음을 통하여 잃은 것들을 다시 찾을 수가 있을 거야. 저 북녘의 산하와 지인들, 그리고 거기에, 아니 가슴에 묻어 두었던 북쪽의 내 가족들을. 그리고 정혼녀와 그녀의 복중에 있었던 내 자식을……. 나 때문에 평생을 가슴 졸이며 힘겹게 산 저 사람에게는 미안한 말이지만……."

아버지는 어머니를 바라보았다. 어머니는 슬그머니 고개를 돌리고 눈가로 손을 가져갔다. 아버지는 숨이 턱턱, 막히는 모양이었다. 몹시 괴로운 표정을 짓고 있었다. 가래가 갸르릉거렸다. 아버지는 아무래도 오늘밤을 넘기지 못할 것 같았다. 어머니와 나는 뭔가 준비를 해야 할 필요성을 느꼈다.

삼년만에 집이라고 더듬더듬 찾아 들어가니
당손 어마니는 당손 아버지 삼년생 마즈막 가는 날이라고
갖은 제물 차려놓고 제 지날 적에
한잔 부어 놓고 두잔 부어서 참배를 하고
석잔 부어 퇴배 연 후에
그 애 아바지 죽었는지 살았는지 생사여부는 알 수 없어도
그 애 아바지 혼신이라도 있거들랑
술 한 잔이며 밥 한술이라도 흠향을 하소서
이리 설리 울 적에 방문 열고 들어서니

열차가 끼이익, 몸서리를 치며 멎었다. 박천 역사를 빠져나가 수리봉으로 가는 버스에 몸을 실었다. 비포장도로를 덜컹거리는 버스에 몸을 싣고

한참을 달렸다. 이복 오빠의 마을이 가까워 왔다. 사위를 둘러보았다. 눈에 들어오는 수리봉은 꼭 설화산 같았다. 고향에라도 온 느낌이었다. 아버지가 왜 설화산 자락에 터를 잡았는지 이제야 확연히 알 수 있었다. 주위의 풍광도 비슷했다.

수리봉 기슭에 도착했을 때에는 땅거미가 지고, 어둠이 만상을 포박해 들고 있었다. 사람들에게 오빠의 집을 물었다. 오빠는 오늘 작고했단다. 가던 날이 장날이라고. 허망했다. 오빠네 집으로 향했다.

또 정신이 가물거렸다. 오빠네 집 문에는 '謹弔(근조)' 라 쓴 등이 달려 있었다. 문을 들어서던 나는 깜짝 놀랐다. 방안에는 아버지가 북을 두드리며 어떤 남자와 창을 하고 있었다. '배따라기' 였다. 그 앞에서 두 여인이 춤을 추었다. 분위기가 참 좋아 보였다. 그들을 자세히 보았다. 하나는 어머니였다. 그러니까 부모의 혼은 벌써 와 있었던 것이다. 아버지가 임종 시에 한 말이 생각났다. 혹, 죽어서라면 모를까……. 아버지는 '죽어서' 어머니와 함께 고향에 온 거였다. 이제 당신들의 유골만 이쪽으로 옮기면 될 터였다. 춤을 추는 다른 여인은 어머니보다 나이가 조금 많아 보였다. 아버지의 정혼녀일 터였다.

아버지가 앉은 채로 말했다.

"내 정혼녀와 네 이복 오빠란다."

어머니는 입을 열었다.

"저분들께 인사드려라."

나는 이복 오빠를 보며 손바닥을 펴 부모를 차례로 가리켰다.

"저분들의 딸이에요."

아버지의 정혼녀와 이복 오빠가 나를 보며 반가운 표정을 지었다.

이복 오빠가 말했다.

"잘 왔다."

아버지가 주위를 둘러보았다.

"이제 한 가족이 모두 만났으니, 한판 푸지게 놀아 보자."

어머니가 받았다.

"그럽시다."

나는 스스럼없이 그들 속에 용해되었다. 나의 입에서는 '배따라기'의 끝 부분이 흘러나오고 있었다. 우리는 어느덧 하나가 되어 흥겨운 잔치를 벌이고 있었다. 아버지의 고통스러운 모습은 어디에서도 찾아볼 수가 없었다. 참으로 평화스러운 얼굴이었다.

나는 목청을 더욱 높여 갔다. 수리봉의 부엉이가 설화산에서처럼, "부엉!" "부엉!" "부엉!", 뻐꾸기가 "뻐꾹!" "뻐꾹!" "뻐뻑꾹!" 장단을 맞추고 있었다. 아버지와 나는, 한쪽 발을 들고 양팔을 올리며 춤을 추기 시작했다. 우리의 몸은 허공으로 떠오르며 신명을 내기 시작했다.

울든 당손 어마니는 화다닥닥 뛰어서 달려를 들며
섬섬옥수를 부여잡고 애곡을 불러라 통곡을 하며
그 애 아바지 나간 날로 분수하며는
오날이 대상 마즈막 날이외다
죽었나 살았나 죽었나, 혼신이 왔나요
역신이 왔나요, 신의 신체가 왔나요
일희일비하야 나삼을 부여잡고 애곡을 불러라 통곡을 할 제
부모님이 나앉으며 하시는 말씀
일후일랑 밥을 빌어다 죽을 쑤어먹을지라도
뱃사람 노릇은 다시 하지 말잔다

*윤회윤색은 다 지나가고 황국 단풍 다시 돌아오누나에 지화자자 좋다.

(『한국소설』 2006년 3월호 발표)

**석도익**

- 『농민문학』에 수필 코뚜레로 등단.
- 수필집《사리암》《잃어가는 우리의 멋》외. 소설《미친놈》등 단편 다수.
- 한맥문학상, 강원수필문학상, 홍천군민대상, 홍천향토문화대상 등 수상.


# 안개

앞장서 풀숲을 헤치며 민첩하게 걸어가는 젊은이의 딱 벌어진 어깨를 보며 등이 약간 구부정한 노인이 숨을 몰아쉬며 힘겹게 따라간다.

이름도 다 모를 풀벌레들이 비 오듯이 울다가 이슬 젖은 풀들이 움직이자 그 부근은 조용해지고 지나온 뒤에야 안심이 되는지 다시 울기 시작한다.

사십여 년 전 그날 밤도 그랬다. 풀벌레가 울음을 그치지 않았으면 하고 조심조심 발걸음을 옮겨도 어찌 그리 잘 알아차리는지 울음을 그치는 것이 숨이 막힐 지경이었다. 조그만 기척에라도 들키는 날에는 사방에 깔려있는 적군의 총알이 심장을 뚫을 것이다. 뒤를 돌아보고 싶다. 그러나 돌아볼 겨를이 없다. 달려야 한다. 우선 그들의 유효 사거리 내에서 도망을 쳐야 산다. 초능력의 힘이 솟는 것인지 총알이 관통하여 채 아물지도 않은 다리는 도저히 걸을 수 없을 것 같았는데 아픔도 못 느끼며 내달렸다.

허 동무! 그녀가 그렇게 불러 달랬다. 이름을 모르니 허 동무라고 할 수밖에 없다.

만길은 그녀의 포로였다. 칡넝쿨 줄기로 손과 발을 결박하여 그들 무리가 은거하고 있는 동굴밖에 구부정하게 남쪽으로 굽은 소나무에 묶어 놓고 장총을 휴대한 한 놈을 보초 세워 놓았다.

대장인 듯한 험상궂게 생긴 놈이 윽박지르며 군대에 관한 정보를 캐물었으나 총도 제대로 쏘지 못했던 이등병이 뭘 알아야 말을 하지 않겠는가? 흠씬 두들겨 맞고 이리 옮겨져 이제 처형당할 시간만 기다리고 있는 신세이니 하늘만 바라보며 눈물만 흘리고 있었다.

오늘이 며칠인지 잘 모르겠다. 숱한 낮과 밤을 산 속에서 헤매고 다녔으니 모든 것이 뒤죽박죽이다.

달은 뜨지 않았으나 유리같이 맑은 까만 하늘에는 무수한 별들이 뿌려져 별빛에도 사람을 알아볼 수 있을 정도인데 서서히 밤안개가 저 아래 계곡에서부터 올라오기 시작했을 때 앞에서 감시하던 녀석이 몇 발작 앞으로 나가 풀숲에다 소변을 보고 몸을 떨더니 그냥 퍽! 하고 쓰러진다. 이윽고 숲 속에서 검은 물체가 재게 움직여 만길이 쪽으로 기어서 다가왔다.

"쉿! 조용."

"……."

"김 동무! 나야요."

가까이 기어온 사람은 뜻밖에도 허 동무였다. 그는 만길이 등 뒤로 돌아가서 귀에 대고 소리 죽여 말하며 칡 줄기 포승을 풀기 시작했다.

"김 동무, 내 말 잘 들으시라요. 이 길로 산을 내려가서리 저 강을 건너 도망치시라요. 여기 있으면 죽습네다. 나는 김 동무를 살리려고 한 것이 이리 되었시오.."

"허 동무는 어쩌려고?"

"나는 걱정 마시라요. 김 동무가 포승을 돌에 부벼서리 끊고 보초를 죽이고 나 꺼정 때려 눕혀 찌르구서리 달아난 것으로 하믄 됩네다."

그녀는 죽은 보초의 장총에서 대검을 빼내 보초를 다시 더 찌르고 피 묻은 칼과 돌망치를 주워 가지고 와서 풀어낸 칡 줄기를 돌에 문지르고 있었다.

"김 동무, 이 칼로 나를 찌르라요. 아주 죽지만 않게시리."

"어떻게……."

"어서! 나머지 일은 내가 알아서 하겠시오."

"나는 못하겠소."

"그래 가지고 어찌 살아 가갔소, 그럼 어서 그냥 가시라요 제발 살아서 고향으로 가기요."

그녀는 만길의 등을 세차게 떠밀었다.

가파른 언덕을 구르다시피 밀려나는 바람에 그녀의 마지막 얼굴도 제대로 보지 못하고 질긴 인연은 이렇게 끝이 난 줄 알았다.

그때의 그런 이별과 지금의 저 젊은이를 보내는 마음은 별빛과 밤안개, 이슬 젖은 풀섶에서 우는 풀벌레소리가 어찌 그리 같을까 생각하며 젊은이의 뒤를 따라가며 만길은 생각하고 있었다.

비호같이 움직이면서도 사방의 경계를 게을리 하지 않고 걸어가던 젊은이는 걸음을 멈추고 멀리까지 두리번거려 살피고는 뒤따라오는 만길을 바라본다.

"아바이, 이제 여기서 좀 쉬었다 헤어져야 합네다."

이곳은 마을에서도 가장 높은 산줄기의 중턱쯤 되는 곳으로 산등성에는 완만한 곡선으로 이루어져 묘지가 세 기가 있는 곳이다.

젊은이는 잔디가 비교적 잘 자란 묘지로 가더니 허리를 구부리고 무엇인가를 치우더니 손짓으로 부른다.

"이리 오시라요."

만길은 움찔 놀랐다. 그 묘지는 다름 아닌 아버지 묘지였기 때문이다. 묘지 봉분 옆으로 구멍이 파여져 있었다. 젊은이는 만길을 그 안으로 들어가라 한다. 간신히 비집고 들어가니 묘지 안은 두 사람이 겨우 앉아 있을 만한 공간으로 비트가 만들어져 있었다.

젊은이는 밖에서 입구를 위장해 놓고 따라 들어와서 다시 안에서 입구를 막고 돌아앉는다. 묘지 속은 두 사람의 숨결로 가득하다. 산 자가 묘지 안에서 숨을 쉬고 있다. 빛 하나 없는 어둠이 죽은 자로 만들어 놓는 듯하다.

"아바이, 이곳에서 이틀이나 지냈시오. 여기도 놈들이 쫙 깔렸댔시오."

"……."

"내레 조금 있다가 떠날 테니끼니 아바이는 여기 계시다가 아침에 내려 가시라요. 송이 따러 왔다고 하시라요."

"이놈아, 이 묘소가 누구의 묘인지 알고나 이리 했니?"

만길은 이제야 겨우 입을 열 수가 있었다.

"누구의 묘인지 알아서 뭐 하갔시오?"

"정말 기구하구나, 이 묘소가 너의 할아버지란다, 허참!"

"뭐라 했시오 할아바이 산소라했소?"

"그래 그렇단다."

"아바이 걱정 마시라요. 시체쪽은 파지 않았시오. 바루 밑에 관이 있을 겁네다."

"너의 할아버지께서 네놈이 보고 싶었던 게로구나. 세상에 이런 일이…."

"그보다 아바이 시간이 없시오 이번에 나온 동무들은 다 죽고 나 혼자 남았시오. 나는 어떡하든 살아서 가야 합네다. 어마이를 위해서 아니 조국통일을 위해서리."

"그래 살아야지……."

"어마이는 조선에 영웅입네다. 나는 아바이가 조국해방 전사의 위대한 영웅이신 2사단의 사단장이었던 김상진 상좌의 아들로 알고 자랐고 그렇게 살아왔시오. 어마이는 나를 위해서리 모든 것을 숨기시고 살아오신 겁네다."

"그래, 내가 아버지란 사실을 어찌 알았니?"

"참 내래 이름이 김정길입네다. 어마이가 허정숙, 아바이가 김만길 그래서리 정길이라 지었다고 그럽데다. 마침 가짜 아바이도 김가니끼니 제대로 성은 찾은 겁네다."

"정길아!"

만길은 뭐가 뭔지 갈피를 잡을 길 없다. 온 나라가 발칵 뒤집혀진 잠수

함 침투사건 때문에 모두 불안에 떨고 있고 군경이 삼엄하게 경계하고 있는 준 전시상황 아래서 밤중에 자고 있는 자신을 찾아온 젊은이가 자신의 이름을 확인하고 6.25 때 허정숙이란 여자를 아느냐고 묻고는 다짜고짜 자기가 아들이라며 여기까지 동행하여 온 것이다. 만길은 아들의 이름을 한 번 입속에 넣어 불러보았으나 만감이 교차하여 도무지 입이 열리지 않는다.

"우리 어마이는 대단한 분이십네다. 그 전투상황에서도 아바이를 살리시고 나꺼정 낳아 키우시고 출세시킨 분이니끼니……. 어마이도 왼쪽 다리를 절름거리십네다. 내래 전장 때 다친 거라 생각했댔시오. 내래 정보국 부국장이 되고 남조선 일을 하고 있을 당시 어마이가 병이 나셨댔시오. 당신의 병이 위중한 줄 알고 그때서리 모든 걸 말씀하십데다."

"그래 네 어머니는 지금……?"

사십여 년 전 그토록 야멸차게 강인하던 그녀가 어렴풋 생각난다.

"지금은 괜찬습네다 건강하십네다. 아주."

"그래……."

"아바이를 그렇게 탈출시키고 어마이는 칼로 자신의 다리를 찌르고 돌에 머리를 부딪쳐 정신을 잃은 것으로 연극을 하구서리 자신이 잡아온 포로를 놓쳤다고 되려 그들을 혼냈답네다."

그녀가 만석에게 칼로 찔러달라던 것을 생각하니 가슴이 아려진다.

"그 뒤 어마이는 자신의 임신 사실을 알고는 당시 사단장인 김상진 상좌와 눈이 맞은 것같이 하여 김 상좌의 아들로 나를 만든 겁네다. 마침 김 상좌는 철원전투에서 전사하고 휴전이 되자 어마이는 정무국의 높은 자리에서 영웅으로 대접받으며 우리 모자는 떵떵거리며 살았댔시오."

"대단한 분이구나."

"어마이는 그래두 여잡네다. 전장에서 아바이를 만나 나눈 정분을 운명같이 간직하고 한평생을 가슴으로 살아오신 겁네다. 오직 조국이 통일되기를 학수고대하며 말입네다. 내래 남조선 공작업무를 담당하게 되자 어마이는 아바이 함자와 고향을 알려주며 알아보라 누누이 이야기합데다. 내래 가슴에 한이 된 어마이를 위해서리 남조선 연락망을 통해서 아바이 동향을 알고 있었더랬시오."

"허참!"

"이번에 내려올 때 내래 일부러 왔시오. 작전지휘를 직접 한다고 하고서리 그러나 내 목적은 아바이를 만나고 가서리 어마이께 전해 드리려는 마지막이 될 효도로 생각했습네다."

"그래 꼭 가야만 하겠나 완전히 포위된 상태일 텐데……?"

"무시기 소리야요? 나에게 다른 말은 하지 마시라요. 나도 다른 말은 안 하갔시오. 살아 돌아가게 되믄 어마이께 아바이 만난 이야기를 하고 이번 침투실패에 대한 책임을 지고 조국통일을 위하여 더 죽도록 일할 겁네다."

"괜찮겠니?"

지금 이 아들이라는 정길이에게 어떻게 무슨 말을 해 주어야 하는지 그는 답답하기만 하다.

"걱정 마시라요 내레 다 생각이 있으니끼니, 그리구서리 아바이 건강하게 오래 사시라요. 내래 어두워서 아바이 얼굴도 제대로 보지 못했지만서두 정말 가슴이 벅찹네다. 어마이도 좋아하실 겁네다. 어마이를 잊지 마시라요."

"왜 왔어? 이렇게 왔다 갈 걸, 이 위험한 길을……."

만길은 손을 더듬어 정길이 손을 찾아 꼭 쥐어본다. 든든하고 믿음직한 손이다. 거친 손바닥이 따사롭다.

"아바이, 지금 어마이 생각 납네까?"

"그럼."

비트의 비좁은 공간 그들의 이야기 소리는 묘지 안에서 삭아지고 붙어앉은 체온이 따뜻하게 전해지며 가슴이 가슴으로 더워지고 두 사람의 숨결이 촉촉하게 눈섶에 이슬로 맺힌다.

만길이네는 강릉에서 남부럽지 않게 살고 있었다. 그때로서는 드물게 만길이는 서울에 가서 유학하는 대학생으로 여름방학을 하고 고향에 내려와 한가하게 경포대 모래사장을 순이와 걷고 있었다. 순이는 이곳에서 고등학교를 다니고 있는 예쁘고 귀여운 소녀로 만길이 내려오면 졸졸 따라다니곤 했다.

"오빠! 언제 왔어."

"응 그제."

"오빠! 대학생은 방학을 일찍 하네. 언제 가?"

"응, 팔월 말에."

"대학생은 좋겠다."

"너는."

"나도 좋지. 오빠가 오래 있게 되니까, 그런데 오빠 요즈음 이상해 전쟁이 날거래 정말이야?"

"누가 그래. 전쟁이 그렇게 쉽게 터져? 아니야."

"만약에 전쟁이 나면 나는 오빠 따라 갈 거야."

"누가 너를 데리고 가. 나는 군대에 가서 싸워야 하는데."

"난 몰라."

내일을 예측 못하는 그들은 이런 대화로 넘실대는 여름의 파도를 바라보며 아름다운 일출의 찬란한 햇살과 일몰의 붉은 노을을 기대하다가 모든 것을 뒤바꾸어놓은 유월 이십오일을 맞이했다.

경포대에서 일출을 보자고 약속하고 헤어진 어제 밤이 순이를 본 마지막이 되고 새벽에 들려오는 포탄의 굉음을 들었다.

벌써 아수라장이 되어버린 역전에서 간신히 몸을 실은 열차는 저녁 늦게 서울에 도착할 수 있었다.

한사코 가지 말라는 어머니의 만류를 금방 다녀온다고 진정시키고 서울에 온 반실이는 정확한 상황을 알기 위해서다.

학교에 들어서니 많은 학우들이 운집해 있었다. 그들은 이구동성으로 군대에 가야 된다. 그리고 싸워야 한다고 하며 어차피 군대에 징집될 것이라면 이대로 우리가 자원해서 가자는 것으로 의견을 모으고 있었다.

시시각각 급박해지는 전황 속에서 그들은 교무처에 마련된 지원서에 서명하고 하숙집으로 돌아오니 하숙집 주인 내외도 피난 갈 준비를 하고 있었다.

고향의 부모와 순이 생각에 잠도 설치고 다음날 아침에 학교로 가니 벌써 군 트럭이 대기하고 있었다.

여러 학우들과 트럭에 나누어 타고 어디론가 향했다. 거리에는 우왕좌왕 바쁜 시민들로 북새통을 이룬 거리를 빠져 나와 몇 시간을 달려 군용 천막 막사가 있는 연병장에 내린 일행은 즉시 간단한 신체검사를 마치고 곧바로 군복으로 갈아입고 훈련에 들어갔다.

며칠간의 기본훈련을 받았다. 훈련이래야 제식훈련과 몇 발의 사격연습을 했을 뿐이다. 매일 수많은 전사자가 생김으로써 그 보충을 하기 위해서 그들은 즉시 전선에 투입되었다.

밤에만 이동하여 만길은 바다가 멀리 보이는 동부전선 전투부대에 배속되었다. 낮에는 참호를 파고 전투를 대비하다가 밤이면 격전을 벌려 고지 하나를 빼앗고 빼앗기는 전진과 후퇴를 반복했다. 전세는 우리가 불리해 연일 사상자를 내고 후퇴하여 사수하다 다시 후퇴를 반복하고 있었고, 연일 보충되는 장병들은 그야말로 총도 제대로 쏠 줄을 몰라 쩔쩔매는 신병이 분대에 반은 넘어섰다.

만길이 소속한 부대의 분대도 며칠 전만해도 일곱 명이나 되었는데 이제는 신병 하나 보충 받고도 다섯 명이 분대를 이루어 작전을 해야만 한다. 전사자에 비하여 보충병이 딸리고 있는 실정이었다.

이미 서울을 함락하고 파죽지세로 쳐내려오는 적군의 사기는 충천했고 멋모르고 일요일을 즐기던 우리 군은 2차 대전 때의 고물 무기와 훈련 부족한 병력으로 막아내자니 밀릴 수밖에 없는 게 당연하다.

일찌감치 수도 서울을 포기하고 도망친 정부는 더 이상 갈 수가 없었는지 부산에 보따리를 풀고 이제는 더 이상 후퇴하지 말라고, 죽어도 그 진지에서 저지하다 죽어야 한다는 절대사수의 명령을 하달했다.

만길은 여기가 어디쯤인지도 제대로 알 수 없는 어느 능선에 진지를 구축하고 최후의 전투를 준비하고 있었다. 간헐적으로 가까이서 들려오는 포성과 이제는 애들 병정놀이 딱총같이 들리는 소총소리를 들으며 그들은 자신이 죽어 묻힐지도 모를 참호를 파고 있었다.

"김 일등병님 우리 살 수 있습니꺼?"

이틀 전에 배속된 어리게 보이는 배 이등병이 참호를 파며 근심스런 얼굴로 만길에게 묻는다.

"글쎄 운이 좋으면……. 나도 내 옆에 전우가 셋이나 죽는 것을 보며 아직 살아 있잖아."

"지는 꼭 살아가야 합니더, 어무이 한 분밖에 안 계십니더."

배 이등병은 참호를 파다 말고 먼 하늘을 바라본다. 석양빛에 비친 그의 눈가에는 물기가 번진다.

"살아야지, 우리 모두. 자! 그러기 위해선 호구덩이를 깊게 파야 한다."

지난번 전투에서 만길이는 마침 파기 좋은 땅이라 깊게 판 덕으로 무수히 날아오는 총알과 포탄을 피할 수 있었고 바로 옆에 지 상등병은 암반이 나오자 대충 파고 말았는데 적의 공격을 받자 얼굴에 총알을 받고 말 한 마디 못하고 그 자리에서 전사한 걸 보았기 때문이다.

땅거미가 스멀스멀 계곡 밑에서부터 기어오르기 시작하더니 금세 어둠으로 덮어버린다.

"김 일등병님! 강 병장님은 지난번 전투에서 팔을 관통한 총상으로 후방병원으로 후송되었다던데 좋겠지요. 부상당한 것도 그치요?"

말없이 참호를 파고 기관총을 장치하고 있던 홍 이등병이 나직한 말로 차라리 그게 부럽다는 듯이 말한다.

"죽는 것보다는 나을는지도 모르지……."

누구를 위한 전쟁인가? 무엇 때문에 서로 죽이고 죽어가야 하는가?

고요한 정적이 무섭도록 산야를 짓누른다. 간간이 들리던 포성도 멎어 있고 풀벌레소리마저 들리지 않는 태풍전야 같이 모든 것이 멈추어 있다. 무서운 예감이 든다. 이런 밤이면 으레 대공세를 퍼붓는 전투를 경험했음으로 긴장된다.

만길이 여러 번 경험한 전투에서도 자신이 총을 쏘아 적군을 사살한 적은 없을 것이다. 쌍방의 불꽃이 튀는 사격에서 그는 매번 적군을 보지도 않고 남이 쏘면 따라서 앞을 향해 방아쇠를 당겼을 뿐이다. 그때마다 옆에 전우들의 죽음을 보고 살아있다는 게 이상하여 자신의 몸을 살펴보는 것으로 몸서리쳤을 뿐이었다.

달도 전쟁이 무서워서 뜨지 않은 칠흑 같은 어둠이 땅에만 내려 깔리고 맑은 하늘에는 무수한 별빛으로 조명되어 옆 사람의 윤곽을 볼 수는 있었다.

깜빡깜빡 잠이 온다. 어머니가 보이고 아버지가 생각난다. 그러고 보니 학교에 잠깐 다녀오겠다고 하고 나온 후 안 돌아오는 아들 걱정을 얼마나 하고 계실까? 난리통에 변이라도 당하시지 않았는지 내가 살려고 정신없다 보니 생각 못했었다. 사람이 이렇게 단순한지 모를 일이다.

순이가 생각난다. 해맑은 그녀의 모습이 그려진다. 잘 있는지……. 만길이 꿈속같이 감미로운 숨결을 누르며 깜빡 잠든 사이 갑자기 하늘이 환해지며 총소리가 옆에서 나는 바람에 자신도 모르게 방아쇠를 당겼다.

"탕 탕 피융~."

"꽝~."

콩 볶는 소리라고 했던가? 사람을 겨냥해 날아가고 날아와 터지는 살상용 총탄이 조명탄이 터져 고공에서 낙하하는 순간부터 비 오듯 교차한다.

적은 이미 코앞까지 와서 고지를 향해 돌격하고 있는 모양이다. 따발총이 불을 뿜는 것이 육안으로 보였다,

"악~ 어무~이……."

옆에서 사격을 하고 있던 홍 이등병이 외마디 소리를 지르며 뒤로 쓰러

졌다. 만길이 돌려다 보니 그는 쓰러져 움직이지 못한다. 정통으로 놈들의 총탄을 맞은 모양이다.

"윽! ~."

또 옆에 있던 배 이등병이 쓰러진다.

"왜? 맞았나!?"

만길은 두 사람이 양옆에서 쓰러지는 것을 보자 맥이 풀려 총을 놓아 버리고 배 이등병을 일으켜 보았다.

"배 이등병! 정신 차려!"

"난 죽으면 안 됩니더 어무이! 나 좀 살려주세…요. 김 일등병님……."

그가 말을 할 때마다 복부에서 피가 뻗쳐 나와 만길의 가슴을 적신다. 피가 따뜻함을 느끼는 순간 배 이등병은 몸을 부르르 떨더니 목을 떨구고 말았다.

한 호구덩이에 세 명이 있다가 두 사람이 죽어서 누우니 만길이 앉을 곳마저 없어 엉거주춤하며 다시 총을 찾아 앞을 겨누고 방아쇠를 당겼으나 한 발만 나가고 소총은 다시 총알을 달라고 입을 벌리고 있다. 다시 탄창을 채워 넣어야 하는데 만길의 탄환은 이미 떨어졌다. 그는 여기저기 뒤지다 홍 이등병의 기관총으로 가서 방아쇠를 당겼으나 그것도 대여섯 발밖에는 나가지 않고 장착한 총알이 떨어졌다. 만길은 홍 이등병이 가로 메고 있는 탄띠를 벗기려다 문득 그가 한 말이 생각났다.

부상을 당하면 후송을 간다던 그의 말, 만길은 살고 싶었다. 살아서 고향에 가고 싶다. 지금 죽지 않았더라도 이 전쟁에서 살아남기란 힘들다고 생각되었다. 이 상황에서 살 수 있는 길이란 부상을 당하여 후송 가는 길뿐이다. 다른 생각할 겨를도 없이 배 이등병의 총을 찾았다. 그리고 자신의 다리에 총구를 대고 한참을 망설이는데 바로 옆에 포탄이 떨어지며 번쩍 섬광이 인다. 순간 그는 자신도 모르게 방아쇠를 당겼다. 순간 둔탁한 것에 머리를 맞았다 싶었는데 정신을 잃고 쓰러지고 말았다.

얼마나 지났을까. 다리가 몹시 아프고 춥다고 느끼며 정신이 들었을 때

날은 이미 허옇게 먼동이 트고 있는데 사람들의 말소리가 들린다.

"간나 새끼들 많이도 죽었지비."

"날래 날래 살피라요. 동무들!"

놈들의 목소리다. 간밤의 전투에서 우리 아군은 패하고 저들이 고지를 점령한 모양이다. 그들은 전리품을 수거하고 있었다. 삼삼오오 조를 이루어 안개가 걷히기 시작하는 전장을 살피고 있었다.

만길의 가슴 속 아픔은 어디 가고 간이 졸아 붙어버려 어찌할 바를 몰라 다시 엎어져 죽은 척했다.

이윽고 두어 놈의 발소리가 가까이 들리더니 멈추어 서며,

"여기도 세 놈이나 뻗었습네."

"이 간나 새끼들이 우리 해방군을 얼마나 죽게 했음."

한 놈이 참호 속에 들어서서 홍 이등병을 밟고 서서 두 사람 사이 위에 엎어져 있는 만길을 발로 뒤집으려는데 움직였던 모양이다.

"동무! 이 보라요, 이 쫑간나 살아있지비."

그와 동시 뒤집어놓은 만석이 눈을 뜨자 그는 총을 들이대며 방아쇠를 당기려하자 뒤쫓아온 사람의 앙칼진 소리가 새벽을 뚫는다.

"동무! 뭐시기요."

"군의관 동무! 국방군 새끼 하나가 살아 있습네다."

"잠깐!"

앞으로 밀치고 나와 내려다보는 사람은 여자 군관이었다.

"일으켜 세우라요."

"군관 동무 죽이지 않습네까?"

"동무들은 시키는 대로 하오. 포로가 우리에게 얼마나 중요한지 아오? 데리고 따라오기요."

여자 군관이 앞장서고 인민군 둘이 만길의 양팔을 끌다시피 하여 그들의 막사로 데려갔다.

만길이 자신의 손으로 쏜 총알이 왼쪽 다리의 장딴지를 뚫었고 피는 흘

러 온통 응고되어 있었으며 움직일 때마다 심한 통증과 피가 다시 흘러 신발에 고여 질퍽거렸다.

천막 안에는 부상자로 즐비하다.

"아니 국방군 아임네."

부상자를 치료하던 의무병들이 일제히 바라본다. 원한서린 눈동자들이다.

"수고했소! 동무들은 가보시기요."

전투병을 보낸 여군관은 만길을 한참 동안 바라보더니,

"여기 누워! 상처 좀 봅세."

명령과 나긋함이 함께 이어진다.

"별거 아닌 상처입네. 총알이 알아서리 살만 뚫고 지나갔습네다. 피를 많이 흘려 정신을 잃은 겁네, 국방군은 다 이리 약하오?"

"……."

"일단은 산 놈이니 치료는 해 줍세."

그녀는 바지를 째고 약을 바른 후 붕대로 감았다. 당장 죽인다 해도 상처를 치료해 주는 적군의 마음씨가 고마워 상처가 금방 나을 것만 같았다.

이때부터 만석은 그 여자군관이 소속한 적군의 포로가 되어 언제 총살시킬지도 모르는 시간 속에서 갖은 고문과 욕설을 받았으나 만길이 군대의 상황을 알 턱이 없으니 저들이 원하는 정보를 얻지 못하고 필요 없는 짐이라 언제 죽일지도 모르는 상황에서 남쪽 지리에 어두운 그들에게 간간이 지명 정도 이야기해 주는 것으로 필요를 인정받으며 그들이 가는 곳마다 결박되어 끌려 다니는 신세가 되었다.

결국 조국을 배신하고 자해하여 살려고 했던 자신을 저주하며 그날그날을 보내는데 자주 보게 되는 그 여자 군의관의 겉으로는 억세지만 감추어둔 듯한 따뜻한 눈빛을 바라보는 나약함 밖에 없었다.

전세는 역전되어 그들이 연일 후퇴하고 있었다. 그들의 말로는 미 제국주의 놈들이 인천에 상륙했다고 한다. 아군도 전열을 가다듬어 다시 북진을 하고 있는 듯했다.

만길이 포로로 끌려 다니는 부대도 태백산 준령을 따라 대관령까지 후퇴하던 어느 날 밤 유엔군의 비행기 폭격과 국군의 공격으로 부대는 전열을 잃고 흩어져 혼비백산 후퇴하기 바쁘다.

여 군관이 이끄는 의무부대가 선발대가 되어 부상병을 민간인을 동원한 소달구지나 부상병끼리 서로 부축해서 도보로 이동했는데 다행히 여군관은 만길에게 부상병을 부축해 가는 일을 시킨 것이다.

그들은 포로인 만길이 다리가 불편해서 도망은 못 갈 것이란 점과 저들의 말을 잘 따라주어서 조금은 안심한 눈치다. 전투병 몇 명이 경계를 하며 낮에는 산으로 행군하고 밤에는 마을길로 행군하여 북으로 북으로 걸었다.

앞에도 이미 퇴로가 막혔다는 소식에 그들은 후속전투부대가 올 때까지 머물 수밖에 없어 천막을 치고 부상자를 치료하며 야영을 하던 날 낮에 머리 위를 정찰기가 돌고 가더니 한밤에 비29전투기 두 대가 날아와 폭격하는 바람에 풍비박산이 되고 말았다.

다행히 만길은 밖으로 나와서 엎드려 있어 폭격을 피할 수 있었다. 그리고 그 틈을 이용하여 탈출을 시도했다. 화염에 휩싸인 막사를 뒤로하고 뛰기 시작했다. 그러나 아직은 불편한 다리가 제대로 내달려주지 않았다. 뒤뚱거리며 뛰다가 무엇에 또 걸려 넘어졌다. 죽은 사람에 걸려 넘어진 것 같아 겁에 질려 일어나 다시 뛰어가려는데 죽은 듯하던 사람이 꿈틀거리며 일어나 권총을 겨누며 소리친다.

"꼼짝 말았!"

만길은 엉겁결에 두 손을 들면서 그가 여군관이라는 것을 알아차렸다.

"나야요, 국군포로."

그는 알았다는 듯이 경계를 흩뜨리며 비틀비틀 일어난다.

"다른 동무들은……."

총을 겨눈 채 빠른 소리로 생존자를 묻는다.

"잘 모르지만 다 죽은 것 같습니다. 괜찮아요?"

"내래 괜찮습네다. 동무는 다치지 아니 했소?"

그는 정말 걱정하는 것 같았다."

"나도 다친 데는 없소."

"다행입네. 걸을 수 있으면 빨리 갑세다. 앞장서기요."

그녀는 권총을 총집에 넣으며 뒤에 서서 앞으로 가라고 한다. 그것이 만길에게는 명령으로 들리지는 않았다.

걸을 때마다 자해한 상처가 쑤시기는 했으나 걸을 만하였다. 캄캄한 밤길 산기슭을 돌아 무작정 걸었다.

만길은 아군이 어느 쪽 방향에 있는지 제발 지금 가는 앞에 아군이 있었으면 하고 그녀는 인민군 본대가 있을 거라는 서로 다른 기대로 만길을 앞에 세우고 대여섯 걸음 뒤에서 따라가고 있다.

얼마쯤 걸었을까, 날이 서서히 밝아온다. 새벽 찬 공기를 타고 화약 냄새가 코를 찌른다. 그 냄새가 오히려 상쾌하고 싱그럽게 느껴진다. 만길은 잔인하게 살상을 한 화약 냄새가 좋은 것이 이상하다고 생각하니 배가 고프다.

"동무, 저 아래 집이 보이지 아니하오?"

어둠이 걷힌 안개 속에 조그만 마을이 언뜻 보인다.

"마을이 있소, 저기 내려가 밥 좀 얻어봅시다."

만길이 돌아보며 말하자 그녀도 만길을 마주 바라보는데 반대하지는 않는 것 같아 아래로 내려가 마을 어귀로 들어갔다.

이 마을에서도 전쟁이 있었는지 양측 군인과 민간인의 시체가 길옆과 풀숲에 나둥그러져 있는 것이 보였다. 마을은 모두 다섯 가옥이 옹기종기 모여 있었는데 첫 번째 집에 소리 죽여 숨어들었다. 그녀는 뒤에서 권총을 겨누어 사방을 경계하며 거리를 좁혀 따라왔다.

열려진 방문 앞에는 신발들이 어지럽게 널려 있는 것으로 보아 사람이 있을 것이라 직감하고 방문 앞으로 다가가자 심한 악취가 풍긴다.

조심스레 방문을 열고 들여다보니 모두 가족 같은 사람들이 세 명이나 죽어 누워 있는데 얼굴은 이미 부패하여 썩어가고 있었다. 역한 냄새와 구더기들이 굼실거리는 것을 보는 순간 둘은 얼굴을 가리고 뛰어나오고 말았다.

혹시나 하며 다음 집을 가 보았으나 그 집도 예외가 아니다. 피난민인지 피난을 가지 못한 노약자나 어린아이들인지 모르나 돌림전염병에 걸려 모두 죽은 것 같았다.

그래도 먹을 만한 것이 없나 하여 여러 집을 뒤져보았으나 부엌에나 곡간에도 낟알이라곤 없었다. 숱하게 지나간 피난민과 퇴각하는 인민군들이 모두 분탕질하고 지나간 뒤인 것 같았다. 마지막 한 집에 기대를 걸고 들어가려는 순간 마루 밑에서 무언가를 물고 뜯던 개가 요란하게 짖어댄다. 널려진 시체에서 어느 부분을 물어다놓고 뜯고 있는 중이었는데 어두운 마루 밑에서 으르렁거리는 개 눈은 이미 가축이 아니라 맹수의 눈으로 음산한 광채를 발하고 있었다.

소름이 끼쳤다. 둘은 동시에 한 발짝 뒤로 물러서는데 방문이 비시시 열리며 세 살쯤 된 사내아이가 내다보는 것이었다.

어린 아이지만 살아있는 사람을 보니 반가웠다.

"안에 누구 있니?"

아이가 놀라지 않게 만길이 다가가며 부드럽고 나직하게 물어보았으나 아이는 여윈 얼굴에 휑하게 들어간 눈으로 초점 없이 바라보며 고개를 끄덕거렸다.

만석과 그녀는 누가 먼저랄 것 없이 방문 앞으로 가서 아이 틈으로 방안을 들여다보다 서로 얼굴을 돌려 마주보고 멍청히 있을 수밖에 없었다.

방안에는 이불이 덮여 있었고 아이가 빠져 나온 옆에는 아이의 어머니가 누워있었으나 그것은 살아있는 것이 아니라 죽은 지 꽤나 오래인 듯 부패되어 있었으며 이불이 걷혀진 사이로 아이가 방금 전까지 빨은 것 같은 젖은 꼭지가 뭉그러져 피고름이 흐르고 있었다.

죽은 어미의 젖을 빨며 지금껏 살고 있는 아이, 이 아이를 어찌할 수 있을까? 발걸음이 도저히 떨어지지 않았으나 아무 말도 못하고 뒤돌아 산을 향했다.

"저 아이 불쌍해서리 어찌 하오?"

"참! 기막힌 노릇이요. 이제 굶어 죽겠지……. 엄마가 죽은 줄도 모르고 썩어가는 젖을 빨면서……."

"그만 하기요, 가슴이 아픔네다."

그녀는 눈시울을 적시며 고개를 마구 흔든다.

그날은 배고픈 것도 잊어버리고 온통 그 아이 생각하며 말없이 무조건 걷기만 했다. 어디로 가는지 어디를 가야 하는지도 모르며 북으로 가는지 남으로 향하고 있는지 방향감각도 잊어버리고 걸었다. 다행히 저녁나절에 산기슭에 심어놓은 임자 없는 무밭에서 주먹만 한 무를 뽑아먹었다. 이제사 살 것 같았다.

단풍을 곱게 물들이느라 서늘한 바람이 산허리를 뒤집고 다닌다. 엷어지는 햇살마저 거두어가고 어둠이 내리자 추워진다.

다행히 바위벼랑 밑에 조그마한 동굴이 있어 낙엽을 모아다 깔고 앉으니 아늑하다. 낮에는 잘 안 들리던 포성이 밤이 되자 멀리서 간간이 들려오는 것을 제외하고는 풀벌레가 울고 별빛이 흐르는 변함없는 밤으로 되돌아왔다.

이제 만길은 총구 앞에 포로가 아니었다. 그녀와의 거리도 가까이 있었고 그녀도 자신의 포로가 도망치거나 자신을 해치지 않을 거라고 생각하는 모양이다. 굳이 자신이 포로라고 의식하는 것은 그녀가 총을 가지고 있다는 것뿐이다.

"동무가 안에서 자시기요. 몸도 불편한데……."

그녀는 안쪽에 낙엽을 몰아준다."

"괜찮소."

"김 동무! 동무는 나의 포롭네다. 시키는 대로 하시라요."

그녀는 만길이의 성을 붙여서 말하며 굳이 포로라는 점을 강조하지만 진정이 아닌 것 같았다,

만길이가 안쪽에 눕고 여군관은 동굴 앞쪽에 비스듬히 눕는다. 별빛이 스며들어 오뚝한 그녀의 콧날이 보인다. 뛰어난 미인은 아니지만 귀여운 얼굴에 큰 눈망울과 균형 잡힌 몸매는 군복까지 어울리는 팔등신에 가까운 여자다. 다만 퉁명하고 억센 이북 사투리와 전쟁으로 무디어진 감정 탓인지 나긋한 여성의 맛은 찾을 수 없을 뿐이다.

며칠 만에 제대로 누운 만길은 휴지가 물에 풀어지듯이 녹초가 되어 깜빡 잠든 사이 무수한 꿈을 꾸었다. 낮에 본 시체가 살아나고 그 아이와 개가 미친 듯 쫓아와 쫓기다가 어머니를 만나 꾸지람을 들었는가 하면 순이가 자기에게 안겨 울고 있는 울음소리에 놀라 깼다.

눈을 떠보니 그녀는 반듯하게 누워 있었다. 가끔 봉긋하게 부풀은 앞가슴이 흔들리는 것을 보니 그녀는 울고 있었다. 만길은 그녀 쪽으로 돌아누웠다. 그녀는 아까보다 떨림이 더해졌다. 만길이 잠에서 깬 것을 의식해 참으려는 것이 오히려 더 북받치는 모양이다.

그는 가만히 손을 뻗어 그녀의 어깨를 어루만진다. 결코 그녀를 가지고 싶어서가 아니라 측은한 마음에서다. 그녀는 전혀 의식하지 않는 듯 부르르 몸을 떨며 울음을 참는다. 만길은 어떻게 하든 위로를 해 주어야 한다는 보호본능으로 그녀의 머리 밑으로 손을 넣어 팔베개를 하고서 팔을 거둬들였다. 반듯하게 누웠던 그녀의 몸은 얼굴과 함께 만길이 쪽으로 돌아누워지며 맞닿았다.

"어디 아픕니까?"

"……."

만길의 떨리는 물음에 그녀는 말이 없다.

그들이 느끼는 긴 침묵 속에 숨소리만 박자를 잃고 고조되고 있었다.

남자의 숨죽인 입술이 여자의 뺨에 기어오른다. 짭짤하다. 여인의 땀 냄

새인가 아니면 눈물인가 바다 냄새가 난다.

부푼 젖무덤의 두근거림과 따뜻함이 남자의 가슴을 뒤흔든다.

남군의 수색대 다섯 명이 지형정찰을 한다. 목단꽃 쌍고지를 정찰하고 서서히 내려와 평원을 지나 계곡으로 접어든다.

"아~."

메아리가 울린다. 수색대의 선제공략이 적을 제압했다는 신호이기도 하다.

상황은 뒤바뀌어 포로가 고지를 점령하고 승자가 포로가 되어 애원한다. 숨 막히는 공방전이 계속되자 메마른 솔밭 숲속에 촉촉하게 이슬이 내리고 굳은 땅을 들치고 탐스러운 송이버섯 하나 힘차게 솟아오른다.

향긋한 솔향기 가득 몰아 바다로 흐르니 잠자던 바다가 일렁이는데 하얀 조가비의 꿈을 들으며 산은 바다 속으로 깊게 침몰하고 바다는 무섭게 파도가 친다. 방파제를 넘나든다. 짭짤한 바다 냄새가 솔향기와 어울려 밤안개 속으로 숨겨지고 있었다.

언제 죽을지도 모르는 그들의 시간, 사랑이 아니다. 남자와 여자일 뿐이다. 그들의 전쟁이었다. 낮에는 총을 가진 여자의 포로가 되고 밤에는 여자가 기꺼이 남자의 포로가 되어주는 날들이 험준한 준령을 누비며 계속되었다.

어디로 가야 하는지도 모르는 채 낮에는 이동하고 밤에는 바람이 찾지 못하는 곳에서 낙엽을 이불로 하늘을 지붕 삼아 서로의 몸을 엉겨 열을 만들며 둘을 섞어 버렸다.

우리나라는 좋은 땅이었다. 칡뿌리 풀뿌리 나무껍질 머루 등을 먹으며 살 수 있었다.

"김만길 동무는 고향이 어딥네까?"

여자가 궁금하던 것을 물은 것은 꽤 오랜 날들을 지낸 후였다.

"강릉이요. 정동진."

"내 이름은 허정숙이야요."
묻지도 않는데 그녀는 그렇게라도 자신을 알려야 된다고 생각한 모양이다.
"나를 허 동무라고 부르시라요."
"그러지요."
그렇게 살을 섞으며 사선을 넘어 동고동락하면서도 포로 취급하는 것 같아 퉁명스럽게 받았다
사실은 누가 포로고 누가 압송하는 사람인지는 분명치 않다. 둘이 이렇게 무작정 가다가 어느 한쪽 군에 발각되면 아군인 자가 압송자가 되고 적군인 자는 자동 포로가 될 것이라 생각하고 있는지도 모른다.
둘은 이미 사람 같지 않고 산짐승에 가까워져 가던 어느 날 허정숙의 부대를 만나게 되어 그녀는 북괴군의 군의관이고 만길은 계속 포로가 되었다.

묘지 안은 두 사람의 온기와 땅의 습기로 탁하지만 따뜻했다. 만길은 젊은이의 손을 꼭 쥐고 있었다.
"그때 산에서 헤맬 때 너를 임신했던 것이구나?"
"아바이는 어마이를 사랑하지 않았구만요."
"아니지, 몸 가는데 마음도 가더구나. 탈출해 오면서 많은 갈등을 했었단다."
"지금은 아주 잊었지 않습네까?"
"너의 어머니께는 죄를 지었구나."
"우리 어마이는 그케 생각 않습네다. 자나 깨나 아바이 생각하는 것 같습다다. 결혼 한 번 하지 않고 사셨으니끼니 대단하신 분입네다."
"그래 꼭 가야만 하겠니?"
"당연히 가야 합네다. 어마이가 기다리십네다. 내 안사람과 아이들도 있지 않습네까? 그리고 내 조국은 저쪽입네다."

"그렇겠지……. 언제나 통일이 되려나……."

"이제 내래 가봐야 되갔시오."

정길이 비트 안에 숨겨놓았던 무기와 장비를 챙겨 비트 밖으로 나오고 만길도 따라나왔다. 별빛이 차게 빛나고 소슬한 바람이 산 아래서 올라온다. 멀리서 개 짖는 소리와 닭울음소리가 들린다.

"안녕히 계시라요. 통일 되믄 만나게 되갔지요."

"그래 잘 가거라. 몸조심하고 참! 여기 절이나 드리고 가라. 할아버지께……."

정길이 두어 걸음 가다 돌아서 자신이 숨기 위하여 비트를 판 무덤 앞에서 잠시 머뭇거리다 엎드려 절을 한다.

"참 기구하구나. 너의 할아버지가 너를 알고 있었나 보다."

"……."

정길이는 말을 하려다 말고 만길을 바라보고 있다. 좀은 여위었으나 훤칠한 키에 구레나룻이 검게 나 있어 더욱 건장해 보였으며 광채가 나는 눈은 젖어 있는 듯하다.

"그래 어서 가라! 무사히 가거라. 어머니에게 전해다오, 나는 잘 살고 있다고……."

만길의 마지막 말이 물기에 뭉개져 버린다.

"아바이! 잘 있으시라요. 다시 만날 때까지 건강하시라요. 통일을 꼭 시키고 말갔시오. 기다리시라요."

정길이는 민첩한 발걸음으로 멀어져 가고 있다.

만길은 그저 멍청하게 아들이 가는 것을 바라보고 있다. 안개 속으로 사라져간 그가 아들이라고 불쑥 나타났다, 떠나는 젊은이 그것도 반백년이 흐른 기억저편의 아픈 상처를 헤집고 자신이 뿌린 씨앗으로 자란 생면부지의 중년남자가 북에서 내려와 온 나라를 들끓게 한 무장공비로 삼엄한 경계망 속을 뚫고 찾아왔다, 다시 북으로 향하는 그를 보내고 있다.

안개가 온 산을 덮어버려 지척을 분간하기 어렵다. 자신이 포로에서 탈출하던 날도 이와 같았다고 기억하며 자신을 보내주던 그녀를 떠올린다.

"그래, 잘 가라, 무사하게. 나도 너를 보낼 수밖에는 없구나. 너를 자수시켜 너를 살리고 자유를 찾아주고 같이 행복하게 살자고 회유했어야 마땅하나 나는 그럴 수가 없었다. 네가 맹목적이더라도 사나이로서 무엇인가를 위하여 믿고 목숨마저도 아깝지 않게 생각하고 있는 너에게 나는 오히려 부끄러웠단다. 나는 내 목숨을 건지기 위하여 내 손으로 내 다리를 쏘아 포로가 된 한심한 아버지였다. 그 전쟁에서 나라를 위하여 아무 것도 한 것이 없는 내게 수여된 무공훈장과 국가유공자라고 연금까지 꼬박꼬박 타먹으며 거들먹거리며 살아온 내가 얼마나 한심스러웠는지……. 그것 때문에 반평생을 자책하며 살아왔단다."

만길은 중얼거리며 주머니를 만지작거린다. 쇠붙이의 감촉이 느껴진다. 오늘 무장공비 침투상황보고 회의에 참석할 때 자랑스럽게 앞가슴에 달고 갔던 화랑무공훈장이다.

그는 그것을 꺼내 힘껏 던져 버렸다. "윙" 소리를 내며 작은 금속조각은 안개 속으로 날아간다. 한평생을 짓누르던 짐의 무게가 조금은 가벼워진 듯하다.

텅 빈 논에 허수아비같이 서 있던 만길은 탈곡하여 허부석한 볏단처럼 힘없이 아버지 묘지 앞에 엎어졌다.

그는 묘지에 잔디를 움켜쥐고 울고 싶어도 울지 못했던 눈물을 하염없이 흘리고 있었다.

안개가 서서히 거두어지며 어두움 속에 묻혀졌던 물체가 제 모습을 드러내고 있었다.

**예시원** _ yeoweseok@hanmail.net

# 고래심줄

내 이름은 박종팔이다. 주변에서는 박 상사로 통한다. 월남에서 돌아온 새카만 김 상사가 아닌 박 상사다. 의리의 사나이 박 상사가 박정희 전 대통령의 서거로 청와대가 발칵 뒤집히지 않았다면 큰집 물을 먹을 뻔했다. 두 번씩이나 청와대 경호실에서 콜을 했건만 모두 사양하고 다른 동료를 추천해 주었다.

"종팔아, 소 어데 갔다 팔아 묵었노?"

아버지는 초저녁부터 집에 돌아오지 않는 소를 찾아 들로 산으로 쫓아다니셨다. 캄캄한 밤에 소는 집으로 돌아왔지만 종팔이는 아버지로부터 죽지 않을 정도로 매를 맞았다. 소는 집안 재산목록 1호로 가족들만큼 소중한 존재였던 것이다. 가만히 돌이켜보면 비록 쓰라린 기억만 이어졌던 고향이지만 그 고향 초가집 뒤로 나지막하게 엎드린 산이며 동네 입구의 작은 개울 그리고 그 개울둑을 따라 파릇파릇 돋아나던 풀들이 내 마음을 오랫동안 잡고 있었기에 지금껏 흔들리지 않는 삶을 살 수 있었던 것 같다.

1950년대 소를 키울 당시 고향집 앞 들판 왼쪽으로 제방둑이 있었고 버드나무 뒤편으로 낙동강이 흐르고 그 뒤로 부곡온천이 있었다. 6.25 전쟁이 터지고 갯가 작은 게들처럼 새카맣게 밀려오는 중공군과 북한군에게 밀린 국군은 후퇴를 거듭하여 결국 내가 살던 낙동강에까지 오고 말았다.

낙동강 이남에 위치한 우리 부락에도 "피난 보따리 꾸리고 준비하라"

는 동네 이장의 지시가 전달되었다. 철모르는 어린 나이의 나는 신이 나서 이리저리 마을을 쏘다니다 동네 어른들로부터 혼쭐이 나기도 했다.

미숫가루가 든 푸대를 안고 잠을 자다 깨 보니 먼동이 훤하게 밝아오고 있었다. 인민군의 후퇴로 피난가지 않아도 된다는 연락을 받고 모두 꾸렸던 피난 보따리를 다시 풀고 안도의 한숨을 쉴 수 있었다. 그 시절엔 누구나 할 것 없이 비슷한 어린 시절 추억이 있다. 지독하게 가난했던 어린 시절의 기억은 상처로 남아 잊혀지지 않지만 씁쓸한 웃음으로 떠오르는 것도 있다.

6.25가 휩쓸고 간 뒤 물자가 궁핍해서 너 나 할 것 없이 변변한 속옷조차 없던 시절이었다. 당시 암시장에 유행하던 것이 대포 조명탄용 낙하산 천으로 만든 속옷이었다. 그것도 화약 냄새가 배여 있고 천이 거칠어 피부를 심하게 손상시켜 피부염이 심할 정도였다. 그나마 그것조차 없어 매일 겉옷차림으로만 다니다가 체육시간마다 곤욕을 치루기도 했다.

"야 인마, 난닝구(런닝) 왜 안 입고 나와?"

"난닝구 입고 와 난닝구"라며 매를 맞았던 기억이 난다. 선생님이 아무리 매를 때려도 없는 런닝을 만들어서 입고 올 수도 없고, 훔쳐올 수도 없는 일이기에 난감한 일이었다.

그로부터 6년 후 고등학교 2학년 때 교무실에서 쓰라린 경험을 하게 된다.

"공납금 밀린 놈들은 내일 부모님 모시고 온나. 안 그라모 매타작할 기다. 돈도 안 내는 놈들이 공부는 무신 놈의 공부고?"

"돈 없시모 촌에서 똥지게나 지든지 노가다나 하러 가삐라."

종팔의 눈에선 닭똥 같은 눈물이 주르륵 흘러 내렸다. 교복소매로 훔치며 이를 갈았다.

"그래, 이런 놈의 학교 때리치아뿌자. 고마 돈이나 벌러 가자."

종팔이 초등학교 5학년 때 어머니는 둘째 동생을 낳다 세상을 떠나셨다. 밤새 하혈을 심하게 했으나 당시 시골에서 병원 갈 엄두도 못 내고 전전긍긍하다가 결국 날이 새면서 이 세상 사람이 아닌 싸늘한 시신이 되고 말았다.

그 뒤 아버지는 장날 소를 몰고 읍내에 나가시더니 낯선 여인을 한 명 데리고 왔다. 이복동생이 한 명 생긴 뒤로 종팔은 아버지와 새어머니에게 관심 밖이 되고 말았다. 주변 친척들의 도움으로 중학교를 어렵게 마치고 고등학교 진학은 아예 포기하고 있던 중에 중학교 담임선생님의 권유로 마산에 있는 공업학교에 시험을 보게 되었다. 합격은 되었으나 등록금이 없어서 발을 동동 구르며 입학수속을 포기하려 했으나 중학교 담임선생님의 도움으로 어렵게 입학할 수 있었다.

그 뒤 낮에 수업을 마치면 식당이나 작은 공장을 전전하며 돈을 벌고 밤에 공부하면서 어렵게 학업을 이어갔으나 그것도 한계가 있었다. 결국 공납금도 두 번이나 밀려 고등학교 2학년 1학기까지 버텨오던 학교와의 인연을 끝내고 말았다. 종팔은 자신과 비슷한 처지에 있던 수복이와 가출을 결심했다. 말이 가출이지 이미 어린 나이에 식당이나 공장에서 생활하던 날들이 많았었다. 가출 후 마산과 부산을 오가며 일자리를 알아보던 중 우연히 마산역전 앞 게시판에 붙은 모집공고문을 발견하였다.

"육군소년기술병 및 하사관 모집."

"수복아, 우리 저거 시험 한 번 쳐보자. 군대 가서 월급도 받고 나중에 하고 싶은 공부도 실컷 해 보자, 어떻노?"

"그래, 그거 좋은 생각이데이, 이왕지사 우리들이 공부할 형편이 안 되모 군대나 일찍 가서 돈이나 벌어서 오자."

의기투합이 된 종팔과 수복이는 육군소년기술하사관 시험을 보기로 마음을 굳혔다. 수복이네 집에서 훔쳐낸 돈으로 서울 갈 차비를 마련해서 시험을 볼 수 있었다. 시험 결과 종팔이는 합격했으나 수복은 낙방하고 말았다.

한 달 뒤 합격통지서와 함께 입영통지서가 집으로 도착했다. 종팔은 아버지와 새어머니 몰래 입영통지서를 가지고 집을 나왔다. 고향집이 있는 마을 어귀를 벗어나며 이를 악물었다.

"성공하기 전엔 이놈의 집구석엔 발을 들여 놓지 않겠다."

*

"차리엇, 열중 쉬엇, 차렷."

"지금부터 호명하는 놈들은 오른쪽으로 튀어나와서 줄을 서라."

1966년 3월 용산역 광장. 아침부터 지루하게 기다리던 종팔의 이름이 불려졌다.

"박종팔, 112969번."

오른쪽 팔목에 종이띠로 만들어진 번호표와 명찰을 달고 열을 지어 호송열차에 몸을 실었다. 용산역을 출발해 달리는 열차는 경부선을 타고 거꾸로 종팔의 고향 쪽을 향해 가는 것이었다. 밤늦게 도착한 곳은 경북 영천의 육군3사관학교였다. 그곳에서 52주간 교육훈련을 받았다. 교육을 수료할 즈음 종팔은 교관으로부터 간부후보생 지원권유를 받고 지원하게 되었다. 육군 소위로 임관된다는 것이었다.

명령대기 상태로 3사관학교 내 시설관리 임무를 부여 받았다. 종팔이 공업학교 출신이라는 이유로 교내 보일러실 담당사관으로 명을 받고 근무를 하면서 교육생을 지도하게 된 것이다. 동기생들 중 하사관들은 임지로 떠났고 간부후보생 지원자들도 인사명령을 받은 상태였다. 종팔과 잔류하게 된 동기생들은 2차 명령이 떨어지면 임지로 떠나게 되어 있었다.

1966년 겨울 어느 날 밤 박종팔 하사의 인생행로를 바꾼 중대사건이 터지고 말았다. 보일러를 담당하던 기술병의 실수로 압력이 높아진 보일러가 폭발한 것이다. 한 달 후 육군 소위로 임관하여 장교의 길을 가려던 종팔에겐 청천벽력과 같은 일이었다. 그날 밤 일직사관은 분명히 김귀동 중사였다.

하지만 시설책임을 맡고 있던 종팔은 연대책임으로 한 달 앞두고 있던 소위 임관이 취소되고 말았다. 뿐만 아니라 사고의 책임을 물어 하사관에서 사병으로 강등 조치한다는 인사장교의 연락을 받게 되었다. 그날 일직사관을 하던 김귀동 중사에게는 아무런 조치가 없었다.

눈이 뒤집힌 종팔은 그날 밤 사복으로 바꿔 입고 사관학교를 도망 나오고 말았다. 마산으로 온 종팔은 제일 먼저 친구인 수복에게 연락을 했다. 수복은 시험에 떨어진 뒤 창원공단에 있는 공장에 취직을 해서 자리를 잡고 야간고등학교에 뒤늦게 편입해서 공부를 계속하고 있었다.

"야 인마, 니 우짤라꼬 탈영했노? 니 미친나?"

"내도 모리겄다, 니미럴 한 달 뒤면 육군 소위 계급장 마빡에 달고 폼 나게 군대생활 한 번 해볼라 캤는데 이기 무신 일인고 모리겠다."

종팔과 수복은 마산 오동동에서 밤새 술을 마셨다. 고향집에는 돌아가지 싫어 당분간 수복이의 자취방에서 지내며 후일을 생각해 보기로 했다. 그렇게 일주일이 지나갔다. 헌병대에서 나온 수사관들이 수복이의 자취방에 들이닥쳤다.

"박종팔 하사, 널 체포한다. 반항하지 마라."

종팔은 헌병대에서 인계된 뒤 사관학교 교장실에 도착하였다. 당시 교장은 유학수 대령이었다. 동기생들보다 장군 진급이 몇 년 뒤쳐져 안달이나 있던 중이었다. 그러던 중 종팔의 탈영사고가 발생해서 눈이 뒤집힌 상태였다.

"니 인마 정신이 있는 놈이야 없는 놈이야? 어쩌자고 탈영을 하나?"

"니 탈영보고는 두 번씩이나 내가 막아 놓았으니까 상부에 올라가지는 않았다. 마음을 돌리라. 두 눈 딱 감고 명령에 따르거라."

종팔은 이제 막가는 심정으로 따졌다.

"내가 와 그 고생하고 사병 계급장을 달아야 합니까? 한 달 뒤면 육군 소위로 임관할 사람을 보고 사병이 뭡니꺼? 사병이."

"아, 그거야 니가 사고치고 도망갔으니까 그런 것 아이가?"

"내가 보일러 뿌샀는교? 병사들이 불낸 거 가지고 와 내보고 책임을 묻는교? 그리고 그날 일직사관은 김귀동 중사 아인교? 책임을 물을라카머 김 중사가 책임을 지야제 와 내가 책임 지는교?"

김귀동 중사는 2군사령관의 처조카였다. 그래서 교장인 유학수 대령도 인사조치하기가 난감한 처지였다.

"내보고 자꾸 입 다물고 다 뒤집어써라 카머 내도 가만히 안 있을기요. 확 다 까발릴 테니까 고마 알아서 해 주이소."

유학수 대령은 이러지도 못하고 저러지도 못한 채 사관후보생 육군 하사에게 막말을 듣자 심기가 단단히 틀어졌다.

"정 그라모, 니가 원하는 기 뭐꼬? 한 번 들어보자."

"인자 육군 소위는 물 건너갔으니 지금 있는 계급 그대로 유지해 주고 다른 데로 보내 주이소. 안 그라모 김귀동 중사를 물고 늘어질기요 고마."

결국 유학수 대령은 종팔의 요구를 들어주기로 하고 김귀동 중사를 살리는 쪽으로 결정했다.

**

종팔이 초등학교 4학년이었다. 어느 날 그가 다니고 있던 학급에서 엄청난 사건이 일어났다. 이른바 '금고털이' 사건이었다. 학급에서 아이들이 용돈을 아껴 남는 동전들을 조그만 소형금고에다 모아서 가득 차면 좋은 곳에 쓰기로 하고 관리하던 금고였다. 그 금고의 비밀번호는 금고를 학급에 기증한 아이 밖에는 모른다. 그 아이는 매일 아침마다 고급승용차를 타고 등교를 했다. 그 아이의 아버지는 양조장을 운영하면서 지역에서 유지행세를 하는 사람이었다.

금고가 제법 묵직하게 느껴질 때 학급의 아이들은 모두가 한 번씩 들고 흔들어 대면서 흡족하게 생각했다. 그 때마다 금고의 원래 주인이었던 아이는 화를 내었다.

"누가 내 금고에다 손대는 거야? 아무도 장난치지 마, 알았어?"

아직도 그 아이는 학급에 기증한 그 금고를 자기 것으로 알고 있었다. 다른 한 아이가 소리쳤다.

"웃기지 마, 예전에 그 금고가 네 것이었을지 몰라도 지금은 학급 전체의 것이야. 네 권리는 이제 없어. 알겠어?"

그러나 금고를 기증한 그 아이는 거만하게 말했다.

"흥, 어디 두고 보자. 그럼 앞으로 무슨 일이 일어나도 이 금고와 나랑은 아무 상관도 없다 이거지. 너희들 한 입으로 두 말 하지 마라."

그 금고가 어느 날 썰렁하게 가벼워졌고 동전 몇 개만 딸랑거리는 사건이 생겼다. 학급 전체가 발칵 뒤집어졌다. 아무리 추적을 해도 범인의 흔적은 찾을 수 없었다. 모두들 의심은 가지만 증거가 없어 금고를 기증한 아이에게 무슨 말도 하지 못했다. 담임선생님은 조회시간에 일주일 기한을 줄 테니 범인 스스로 찾아와서 자수를 하고 잘못을 빌면 용서해 주겠다고 했다.

호기심 많은 한 아이가 있었다. 금고가 학급 전체의 것이라고 말하던 종팔이었다. 그는 다들 겁이 나서 만지지도 않는 금고를 달랑 들고서 이리저리 흔들어 보았다.

"땡그랑 땡그랑."

동전 몇 개의 소리만 들렸다.

"옳지, 이 안에 있는 동전은 분명히 세 개다."

계속 조금씩 흔들며 금고에 귀를 가까이 갖다 대었다. 그러더니

"이 안에 있는 동전은 십 원짜리 두 개와 오십 원짜리 하나다."

하는 것이었다.

아이들이 모여 금고를 열어 보기로 했다. 금고 안의 동전은 정말 십 원짜리 두 개와 오십 원짜리 하나였다. 그 순간 주변 아이들과 원래의 금고 주인이었던 아이가 눈빛이 이상해지며 종팔을 범인으로 몰았다. 종팔은 그만 꼼짝없이 범인이 되고 말았다.

담임선생님이 주신 일주일 기한 중 벌써 이틀이 지나가고 있었나. 초소해진 아이들은 범인을 찾기 위해 수선을 피워댔다. 그러나 범인은 나타나지 않고 결국 누군가는 범인이 되어야만 했다. 일종의 마녀사냥을 시작한

것이었다. 희생양을 만들어 선생님께 제물을 바친 후 자신들은 그 답답함에서 벗어나고 싶었던 것이다. 희생양은 이미 예고된 것이었다.

결국 금고 속의 동전 세 개를 밝혀낸 종팔이 제물이 되고 말았다. 주변 아이들은 그를 범인으로 지목하였다. 밀어내기 게임이었다.

"네가 범인이지. 네가 범인이기 때문에 금고 속의 십 원짜리 두개와 오십 원짜리 하나가 있는 것을 알지."

종팔은 자기가 범인이 아니라고 소리치고 몸부림쳤다. 하지만 아무도 그 사실을 믿지 않았다. 오히려 발버둥칠수록 주변 아이들로부터 놀림감만 되었다.

어느새 누군가 담임선생님께 범인을 찾아내었다고 말해 버렸다. 조회시간에 담임선생님은 재차 범인이 자수해 오길 바란다는 이야기를 했다.

"최근에 범인으로 드러난 사람이 있는데 자신이 한 짓이 얼마나 큰 잘못인 줄도 모르고 아직 버티고 있다는데 마지막으로 경고한다. 자수할 때는 우리 학급에서 일어난 일이기 때문에 내부에서 처리하겠지만, 끝까지 버티고 나올 땐 그놈을 학교에 고발해서 퇴학시켜 버릴 테니까 알아서 해라."

아이들은 점점 더 집요하게 괴롭히기 시작했다.

"너 이제 큰일 났다. 학교도 퇴학당하고 이제 동냥아치 돼야 한다. 벌써 학교 전체에 소문이 다 났다."

너무나 억울하고 절망감이 들어 종팔은 울고 말았다.

"나는 금고에 손도 안 댔는데 내가 와 도둑놈이란 말이고."

그러나 그 누구도 아이의 말을 믿어 주지 않았다. 아이는 결심했다.

"그래 내가 범인이 아니더라도 내가 범인이 되어야 해."

비가 몹시 내렸다. 엄청난 장대비가 쏟아졌다. 수업을 마친 아이들이 집으로 돌아간 오후라 학교는 썰렁하였다. 운동장 구석 그네 위에 한 아이가 비를 맞으며 앉아 있었다. 몰아치는 비바람이 아이의 가슴 속을 휑하게 만들었다.

"선생님 저, 드릴 말씀이 있십니더."

종팔은 기어 들어가는 목소리로 말했다.

"그래, 안 그래도 샘도 니 기다리고 있었다. 할 말이 있겠지."

담임선생님은 마치 아이가 오길 기다리고 있었다는 듯이 담담하게 말했다.

"제가 금고 안의 돈을 훔쳤어예."

그 뒤로 담임선생님과 무슨 말을 주고받았는지 기억이 없다. 한참이나 선생님이 종팔의 몸을 흔들면서 무슨 이야기를 하는 듯했으나 아이는 들을 수 없었다. 겨우 마지막으로 기억에 남는 말은

"내일 어머니께 학교에 오시라고 분명히 꼭 전해라."

담임선생님 앞에 선 어머니는 고개를 제대로 들지 못했다. 그저

"죄송합니다. 자식 교육을 잘못 시켜서…, 절대 이런 일이 다시는 없도록 하겠습니다. 한 번만 용서해 주십시오."

도대체 뭘 용서하란 말인지 종팔은 이해할 수 없었다. 평생 동안 잊혀지지 않을 선생님의 말이 있었다.

"제가 하는 말을 똑바로 들으십시오. 이 아이는 앞으로 교육을 똑바로 시키지 않으면 큰일 낼 아이입니다. 남에게 큰 해악을 끼치든지 그렇지 않으면 좋은 일을 하게 되든지 둘 중에 하나일 겁니다. 앞으로 교육 똑바로 시키지 않으면 큰일 납니다."

집으로 돌아온 뒤 종팔은 어머니에게 심하게 매를 맞았다. 어머니는 몸부림을 치면서 아이를 때렸다.

"난 절대 범인이 아니야."

아이는 같은 소리만 되풀이 하였다.

"니가 범인이 아이라 카머 와 선생님께 니가 돈을 훔쳤다고 말했노? 너 바보가? 앞으로 학교에 부끄럽어서 우째 다닐래?"

어머니는 가슴을 치면서 절규하였다.

"내가 못 산데이."

종팔은 매를 맞아도 아픈 줄도 모르고 이를 악물었다.

"오늘 일은 평생 잊지 않을 기다."

종팔은 그 후 말이 없어졌다. 누가 말을 걸어와도 그저 씩 웃을 뿐이었다. 선생님도 그 후 아무 일도 없었던 것처럼 지냈다. 그 때부터 종팔을 제일 심하게 괴롭혔던 금고를 기증한 아이와 주변 친구들은 눈도 마주치지 못하고 도망을 다녔다. 어쩌다 마주치면 마치 무슨 큰 죄를 지은 것처럼 슬금슬금 피하는 것이었다. 종팔은 그저 씩 웃기만 할 뿐이었다.

"저 자슥들이 와 저카노? 나한테 무슨 죄 지은 거 있나?"

종팔은 그 뒤로부터 학교에서 '짱'이 되었다. 그 누구도 종팔을 함부로 대하지 못했다. 산전수전 공중전까지 치르며 험한 세상을 살아가면서도 결코 좌절하거나 포기하지 않는 근성과 두둑한 배짱도 그 때부터 이미 단단하게 다져진 것이다.

***

1967년 봄, 유학수 대령은 준장 진급을 하고 육군본부 병기감으로 인사명령이 나서 서울로 영전을 해 갔다. 종팔은 유학수 준장의 자기 직속 휘하에 명령을 내린다는 약속을 믿고 2군사령부 본부대로 명령지를 가져갔다. 그러나 정작 인사명령을 받은 곳은 27사단 병기중대였다. 열이 뻗친 종팔은 그날로 육군본부 유학수 준장을 찾아갔다.

"내 육군 소위 계급장을 내놓든지 아니면 약속 지키소."

"니가 참말로 지정신이가? 여기가 어디라고 찾아 오노? 한 번도 아이고 두 번씩이나 탈영을 하다니 니 돌았나?"

"하모, 내 돌았소. 내도 이판사판이요 고마. 유 장군님 누구 때문에 장군됐는교? 내가 입 다물고 하사 생활하는 동안 김귀동이 놈은 벌써 상사 계급장 달고 안 있는교?"

유학수 준장이 육군본부로 인사명령을 받을 때 김귀동 중사도 상사로 진급시켜 함께 육군본부로 오게 된 사실을 종팔이 알고 있었던 것이다.

"그라모 내 따라서 월남으로 가자. 내가 먼저 가 있을 거니까 뒤따라오너라."

"월남 갔다 오면 뭐가 달라지는교?"

"월남 갔다 오면 니가 장교 못된 것을 다 보상해 주마."

그렇게 유학수 준장과 종팔은 월남 파견 결정을 내렸다. 유학수 준장은 월남 에 잠시 머물다 오면 곧 소장으로 진급할 수 있다는 것을 알고 있었던 것이다. 종팔은 부대 복귀 후 일주일이 지나 전격 월남 파견 특명이 내려왔다.

1967년 5월, 부산항 제3부두.

"무사히 돌아오라!"

"사랑해요, 꼭 살아오세요!"

애타는 절규의 목소리들이 적힌 피켓을 들고 울부짖는 사람들로 부두 전체가 흔들거렸다. 1만 5천 톤급의 미군수송선 갑판에서 병사들 속에 섞여 그 광경을 물끄러미 바라보는 종팔의 마음은 착잡했다. 육군 소위를 눈앞에 두고 벌어진 사고와 어린 시절 가난해서 겪었던 학교생활의 어려움들이 주마등처럼 떠올라 눈물이 주르륵 흘러 내렸다. 군복 소매로 닦아내어도 쉴 새 없이 타고 내리는 눈물은 그칠 줄 몰랐다.

옆에서는 펄쩍펄쩍 뛰며 목이 터져라 가족과 애인의 이름을 부르는 병사들을 보면 가슴에 휑한 바람이 일고 목이 메었다. 종팔은 누구 한 사람 전송 나온 가족이 없었기 때문이다. 고향집에도 월남 전선으로 떠난다는 연락을 하지 않고 슬그머니 도망치듯 왔다.

"부웅!" 하는 뱃고동소리와 함께 군 수송선과 부두와의 간격이 조금씩 벌어지는 순간 아예 선착장 바닥에 주저앉아 통곡을 하는 사람들이 보였다. 선상에 있는 장병들도 하나 둘씩 왕주먹 같은 눈물을 주르륵 흘리며 어린이이처럼 서럽게 울기 시작했나. 월남 전선으로 떠나는 장병들은 한결같이 이런저런 사연들이 많은 이들이었다. 종팔은 차츰 멀어져가는 고국 땅을 갑판 위에서 멍하니 바라보았다.

월남 전선으로 가는 수송선에서의 생활은 국내에서 경험해 보지 못한 최상급 호텔 수준이었다. 침대엔 하얀 시트가 깔려 있고 식사시간이면 쟁반 가득 각종 고기와 야채, 과일들이 산더미처럼 쌓여 있었다. 고급 잔에 가득 따라주는 원두커피는 현기증이 날 정도로 호사스러웠다. 가끔씩 거친 파도에 '롤링'과 '피칭' 때문에 배멀미를 하거나 식사시간에 커피나 음식이 쏟아지는 소동이 있었지만 끼니때마다 배식되는 각종 육류들은 목숨 걸고 사지로 떠나는 장병들에겐 마지막으로 제공되는 최후의 만찬 같았다.

드디어 사이공 임지에 헬기를 타고 도착했다. 상사 3명, 중사 3명, 나이가 지긋한 늙다리 하사 2명이 사단사령부 대기막사에 도착했다. 도착한 첫날부터 정신이 쏙 빠질 것 같은 적들의 포사격이 시작되었다. 전 부대원들은 이미 지하 벙크로 대피해 버린 뒤였다.

"야, 이거 우리레 도착 첫날부터 신고식이레 걸게 치루누만 썅! 적들이 우리레 온걸 아는 모냥이구만."

이북사투리가 진한 황 상사가 푸념을 늘어놓았다.

임지로 도착한 일행만 남겨두고 부대원들 모두 지하 벙크로 대피하는 바람에 벌써 두 끼나 식사를 건너뛰어 배가 몹시 고팠다. 종팔과 하사 2명이 나서서 부식창고를 뒤져보니 한국에서는 구경도 못하던 진귀한 부식들이 산더미처럼 쌓여있었다. 그중에서 간단한 씨레이션 박스 몇 개를 가져왔다. 박스를 개봉하니 온갖 진귀한 것들이 들어있었다. 햄, 과일통조림 그리고 커피봉지와 껌, 초콜릿, 비스켓 등 국내에서는 구경하기 힘든 음식들이 가득 들어 있었다. 밖에서는 포성이 진동하는데 모두 한 자리에 모여 배가 빵빵하도록 실컷 먹고 즐겼다.

"야, 이거 아무도 반겨주지 않는데 우리레 회식 한 번 실컷 하누만 썅! 이거이 앞으로 복귀할 때까지 매일 먹을 것들 아니가."

포사격이 그치고 다음날 부대원들이 지상으로 올라왔다. 부대정비가 끝난 후 대기막사에 웬 험상궂은 사복차림의 사내가 들이닥쳤다.

"어떤 새끼야? 부식창고 턴 놈이?"

"너, 이 새끼들 쥐새끼들이야 뭐야?"

다짜고짜 종팔을 비롯한 하사관(부사관)들을 걷어차고 따귀를 올려붙였다. 엉겁결에 따귀를 두 대나 얻어맞은 종팔은 속에서 불이 올라왔다.

"뭐 이런 새끼가 다 있노 이거, 목숨 내놓고 죽으러 온 우리보고 뭐 쥐새끼? 너, 이 새끼 오늘 한 번 죽어봐라."

종팔이 그 사내의 배를 전투화발로 걷어차고 주먹을 턱에 올려붙였다.

"억, 너 이 새끼 내가 누군 줄 알고…."

"니가 누군 줄은 알 필요 없고, 배가 고파서 밥 묵은 우리가 와 욕을 얻어 묵어야 돼노?"

일행은 우르르 달려들어 그 사내를 걷어차고 짓밟았다.

나중에 안 사실이지만 그 사내는 해병 장교로서 감사실 감찰참모인 권 소령이라고 했다. 그러나 권 소령은 그 일이 벌어지고 나서 부하들에게 일체 함구령을 내렸다. 종팔은 한동안 아무 일도 없었던 것처럼 막사 안을 돌아다녔다. 일주일 뒤 종팔은 병기중대 인사계로 명령을 받았다.

그러나 종팔은 또 다시 유학수를 찾아다니기 시작했다. 부대 내 장병들은 유학수의 소식을 알지 못했다. 월남으로 온 것은 알 것 같은데 도무지 행적을 찾지 못하고 3개월이 흘러갔다.

****

월남의 기후는 '스콜' 이라고 부르는 소나기가 잠깐씩 스쳐갈 뿐 일 년 내내 강렬한 햇볕만 지독하게 내리쬐어 숨이 턱턱 막혔다. 한낮의 태양에 바짝 달구어진 대포나 장비에 무심코 손이라도 짚었다간 그 몸체에 손바닥이 쩍! 하고 달라붙는 바람에 기겁을 하고 물러선다. 땡볕에 달궈진 철모에 계란을 깨트려 넣고 5분만 기다리면 계란프라이가 만들어질 정도였다.

그런 건기철의 어느 날, 계속된 무더위로 숨이 막히던 중 반가운 스콜이 한바탕 소나기를 뿌리고 지나가자 그 시원함에 크리스마스 선물이라도 받아든 아이들처럼 한바탕 신이 났다. 그것도 잠시, 다들 슬금슬금 막사로 들어가 으스스한 추위로 온몸에 소름이 돋으며 벌벌 떨었다. 고국에 있을 때도 여름에 지긋지긋하게 끈적거리는 더위를 느꼈었다. 지금의 기온도 그때처럼 섭씨 30도였다. 월남의 평균 섭씨 40도를 오르내리는 엄청난 고열의 더위에 서서히 길들어가기 시작하다 보니 섭씨 30도에도 추위를 느끼는 것이었다.

종팔은 그렇게 찾아 헤매던 유학수 준장을 우연히 사이공 시내에서 만났다. 중사로 진급한 종팔이 모처럼 외출을 나왔다. 사복차림으로 사이공 시내를 어슬렁거리다가 골목길에서 어린아이들이 담배를 피우는 걸 목격했다.

"이놈의 새끼들이 대가리 피도 안 마른 것들이 어른 앞에서 담배를 피워?"

두 녀석을 불러 세워 뺨을 한 대씩 올려붙였다. 잠시 후 골목 저쪽에서 주민들이 몰려와 박 중사에게 항의를 하는 것이었다. 궁지에 몰린 박 중사는 도망치다가 골목 앞을 막 지나가던 지프차에 받힐 뻔했다.

'끼익' 하고 지프차가 급정거하고 뭐라고 욕을 해대는데 한국말이었다.

"이 새끼, 죽으려고 환장했나? 너, 이 새끼 어디 소속이야?"

정신을 차리고 지프차 안을 보니 뒷좌석에 유학수 준장이 떡 앉아있는 것이었다.

"충성! 하이고 장군님, 여기서 만나네요."

유학수 준장이 눈을 똥그랗게 뜨고 자세히 보니 그 찰거머리 같은 박종팔 중사가 느물거리고 있는 것이었다.

"너, 이놈의 자식 여기 어쩐 일이냐? 그리고 그 옷차림은?"

"아하, 이 옷은 오늘 그냥 외출 나온 깁니더. 그라고 월남 온 지 6개월 됐심더. 유 장군님 만나러 왔다, 아인교."

"너, 일단 여기 타라. 빨리 이곳을 벗어나야 된다."

차에 올라타고 가는 도중 유학수 준장은 박 중사에게 월남에 관한 현지 사정을 자세히 설명해 주었다. 월남에서는 어린아이 때부터 담배를 피우는 게 자연스러운 것이었다. 어릴 때부터 담배골초가 되면서 어른이 되면 이가 대부분 시커멓게 된다는 것이다. 민간인들 중에서도 베트콩들이 많기 때문에 언제 어느 때 총을 맞을지 모른다는 것이었다. 박 중사는 다시 유학수 장군에게 억지를 부려 사단 직할대 차량중대 선임하사로 명령을 받아내었다. 유학수는 종팔이 하고는 참으로 질긴 인연이라고 생각하며 껄껄 웃었다.

고국에서의 병영생활도 그랬지만 월남에서의 군생활 중에도 매일 해질녘이면 국기하강식이 거행되었다. 월남 닭의 "꿔꼴! 꿔꼴!" 하는 울음소리를 제외하면 일체 잡음이 정지된 채 엄숙하게 애국가가 울려 퍼졌다. 조국을 떠나면 모두가 다 애국자가 된다고 했던가. 머나먼 월남 땅에서 애국가를 들으며 태극기를 바라보니 가슴이 찡해 왔다. 객지에서는 고향 까마귀만 봐도 반갑다더니 조국의 소중함과 애틋한 마음에 몸이 '부르르' 떨리는 전율을 느꼈다.

1969년 6월 박 중사는 월남 파병 2년의 계약을 마치고 고향으로 귀국하는 미군 수송선에 몸을 실었다. 원래 기간이 1년이었지만 추가로 연장해서 2년을 채우고 복귀하는 셈이다. 유학수 준장은 6개월 전에 소장으로 진급해서 먼저 귀국한 뒤였다.

고국으로 돌아가는 수송선에는 장병들이 포탄 궤짝으로 만든 각자의 사물함을 한두 개씩 챙겨 실었다. 초가집 안방 문짝만한 크기의 박스 안에는 배고픈 나라의 군인답게 미군용 씨레이션(야전식량)을 차곡차곡 모아둔 것도 있었다. 미제 런닝셔츠, 비누, 일제 라디오, 카메라 등 고가품을 챙겨 넣은 것도 있었다. 가난한 고학생들은 그때 챙겨온 시계나 라디오, 카메라를 하나씩 팔아서 대학 등록금을 마련한 병사도 있었디. 그만큼 한국에 물자가 귀한 시절이었다.

주월 미군이나 한국군 주둔지의 철조망 바깥에 산더미처럼 쌓인 빈 통조림 깡통더미를 보며 돈을 눈앞에 보고도 가져가지 못하는 안타까움을 느낀 병사들도 많았다. 박 중사는 차량중대의 노련한 선임하사답게 포탄 박스 나무로 만든 상자 두 개 가득 차량용 엔진부품을 꽉꽉 채워서 실었다. 수송선은 '퀴논' 항을 출발한 지 5일 만에 일본 오키나와 부근 해역을 지나가고 있었다. 병사들이 소지한 라디오에서 '치이익' 하는 잡음 속에 고국 아나운서의 목소리가 간혹 들려오기 시작했다. 기쁨에 들뜬 병사들은 환호성을 지르며 얼싸안기도 했다.

월남에서 돌아온 새카만 얼굴의 박 중사는 또 한 번 유학수의 배려로 부산 해운대에 위치한 2군사령부 병참부대로 발령이 났다. 당시 박정희 장군이 2군사령부에 근무를 했었고 훗날 경호실장이 된 차지철이 병참부대에서 박 중사의 직속상관으로 있었다. 이때 박 중사와 많이 마찰을 일으키기도 했다. 성질이 더러운 차지철을 월남에서 돌아온 노련한 박 중사가 군기를 잡은 것이었다. 동료 중사 한 명과 함께 차지철을 산 위로 끌고 간 박 중사는 한 시간이나 넘게 두들겨 패 주었다.

하지만 워낙 맷집이 좋던 무식한 차지철은 꿈쩍도 하지 않았다. 두들겨 패다 지친 박 중사가 오히려 화해를 청하고 그때부터 차지철과 형님, 동생 하는 사이가 되었다. 영내에서는 박 중사가 부하가 되지만 사석에서는 형님이 되었다. 이곳에서의 군 생활을 마지막으로 박 중사는 결국 옷을 벗게 된다.

차량정비 담당관이었던 박 중사는 전임자였던 김 상사가 차량수리장비를 여러 곳에다 외상거래를 해 놓고 그 대금을 착복한 후 장부를 없애 버린 것을 알게 되었다. 하지만 김 상사는 벌써 월남 파병을 자원해서 가버린 뒤였고 그 뒷수습은 고스란히 박 중사가 뒤집어써 버렸다. 박 중사는 해운대에서 전역 신청을 했으나 상급부대에서는 1년 동안 애를 먹이다가 전역명령을 내려주었다. 그동안 월남에서 가져온 차량엔진 부품을 야금야금 팔아서 김 상사가 저질러놓은 부도를 말끔히 처리해 놓은 다음에야 전역을 할 수 있었다. 결국 박 중사는 빈 손 탈탈 털고 다시 사회로 나왔다. 고래심줄처럼 모질게 견뎌온 보람이 한순간에 날아가 버린 것이다.

*****

빈손으로 고향에 돌아온 종팔은 고향집에서 다시 농사를 짓기 시작했다. 그러나 전통적인 벼농사에서 벗어나 단감농사를 한 번 시도해 보기로 했다. 주변에서는 모두들 미쳤다고 손가락질했으나 종팔은 눈 딱 감고 밀어붙였다. 두 해에 걸쳐 황무지를 개간해 감나무를 심고 겨울엔 비닐하우스로 수박농사를 지었다. 결국 단감나무에서 과실이 열리기 시작했고 종팔은 농사에 재미를 붙이게 되었다.

군에서 전역한 지 3년이 지난 어느 날 진해에 있던 군대 동료 양 상사가 찾아왔다. 그 친구 역시 월남에 갔다 온 후 2군사령부에서 종팔과 함께 근무했었다. 전역하고 사업을 하다 사기를 당해 쫄딱 말아먹고 거지꼴로 나타난 것이다. 종팔은 양 상사를 시장으로 데리고 가서 구두 한 켤레와 양복을 사 입히고 청와대로 올려 보냈다. 청와대엔 차지철이 있었다. 그는 5.16혁명의 주체가 되어 군복을 벗고 박정희의 최측근 경호실장이 되어 있었다.

차지철의 주선으로 양 상사는 청와대 경비반장이라는 직책을 맡게 되었다. 그러나 그것도 채 1년도 못 채우고 박정희의 사망으로 옷을 벗게 되고 말았다. 당시 전두환 신군부에 끌려가서 대통령이 그 지경이 되도록 경비반장은 뭐하고 있었느냐는 죄목으로 고문을 받고 두들겨 맞아 염라대왕 앞에까지 갔다가 살아 돌아왔다.

종팔은 시골 농장에서 라디오 방송으로 대통령의 총격 사망 사건을 접하고 양 상사가 걱정이 되었다. 백방으로 수소문하고 손을 써서 겨우 양 상사를 데려올 수 있었다. 월남에서 돌아온 양 상사는 그렇게 모진 목숨을 건지고 골병이 들어 고향으로 내려왔다.

당시에 종팔은 차지철로부터 청와대로 올라오라는 권유를 여러 차례 받았으나 계속 사양했었다. 그때 청와대로 올라갔으면 목숨을 부지하기 힘들었을 것이다. 종팔은 월남에서도 살아 돌아왔고 염라대왕 앞에까지 갈 위기도 피해갔다. 그리고 결혼 후 손자, 손녀들까지 보게 되었으니 이만하면 고래심줄처럼 질기게 살아왔다는 생각이 들었다. 벌써 나이 칠십이니 인생의 화살이 참 빠름을 느꼈다.

"그래도 그때가 참 좋았지."

종팔은 월남에서 돌아오던 당시를 회상해 보았다.

미군이 수년 간에 걸쳐 천문학적 전쟁비용을 쏟아 붓고 연일 비행기와 대포로 포탄을 퍼부어가며 베트콩을 밀어붙여도 중화기래야 박격포 몇 문에다 소총과 죽창이 고작인 그들에게 고전을 면치 못하는 이상한 전쟁이었다. 100년 가까운 열강의 지배로 인해 오랜 전쟁에 시달려온 터에 동족끼리의 이념싸움에 휘말려 전쟁이 그칠 날 없는 그들의 삶도 참 기구한 운명이었다. 그러나 전쟁의 포화 속에서도 사랑의 씨앗은 마르지 않았으니 오늘날 월남이 있게 된 것이다.

종팔에게도 야자수 밑에서 사랑을 나누던 처녀가 있었다. 지금은 그녀가 무엇을 하고 있을까. 휠체어에 몸을 의지한 채 종팔은 서산에 기우는 저녁노을을 바라본다. 아오자이가 참 아름다운 여인이었다.

"그때가 참 좋았지……."

종팔은 얼마 전에 우연히 TV에서 베트남의 어느 마을에 있는 공중화장실을 보고 옛날 생각이 떠올랐다. 길가 양쪽으로 길게 파놓은 구덩이에 온 동네 주민들이 어른 아이 할 것 없이 엉덩이를 내놓고 백주대낮에 노상에서 볼일을 보는 것이다. 잠시 후에 돼지 떼들을 몰고 오면 돼지들이 그 인분을 먹는 것이다.

그것을 보고 예전에 한국에도 있었던 제주도 똥돼지 생각이 났다. 그러나 벌건 대낮에 떼 지어 엉덩이를 드러내놓고 일을 치르는 행위는 어쩐지 우리의 정서와는 너무 동떨어져 해괴하게만 느껴진다. 종팔이 당시에도 그 장면을 보고 혀를 찬 적이 있었다.

월남 화장실을 보면서 종팔은 군대시절 초기에 겪었던 일이 생각났다.

전방부대 화장실엔 '똥탑' 이라는 것이 있었다. 전방부대의 혹한기에는 보통 영하 25도를 오르내린다. 그래서 겨울 내내 화장실 오물을 퍼내지 못하고 꽁꽁 얼린 채 내버려 두게 된다. 서너 달 인분이 쌓이면 그 위에 배설을 하고 밤새 얼어붙으면 그 위에 또 볼일을 봐서 층을 이루게 된다. 탑처럼 차곡차곡 쌓인 것을 이른바 '똥탑' 이라고 불렀다.

더 이상 볼일을 보지 못할 정도로 탑이 쌓이면 작대기를 하나 장만해 놓고 똥탑을 툭툭 쳐서 한 층을 제거한 후 거사(?)를 치른다. 그런 수고도 하지 않은 채 볼일을 보려면 엉덩이에 차갑고 불쾌한 것이 와 닿는다. 어쩐지 종팔은 자신의 처지가 그 똥친 작대기처럼 느껴질 때가 있었다. 그러나 오늘도 녹슨 태극무공훈장을 바라보며 그 시절을 회상해 본다.

******

종팔은 6.25 한국전쟁과 월남전을 직접 체험한 세대로서 세월의 무상함을 느꼈다. 남북 화해의 물결이 흐르면서 북한이 고향인 한 기업가가 소떼를 몰고 고향방문을 하면서 개성지역에 크고 작은 기업들이 공단을 조성하게 되었다. 일반인들에게도 금강산과 개성관광의 기회가 열려 종팔과 지인들도 함께 관광길을 나서게 되었지만 최근에 다시 6자회담이 결렬되어 금강산 관광도 어떻게 될지 모르는 일이다.

금강산을 향해 출발할 때는 여러 가지 상상과 함께 설렘으로 잠을 설치기도 했다. 종팔은 금강산에 다녀 온 후의 마음이 새롭게 달라진 것 같다. 지금까지 정말 별로 아는 것도 없으면서 제 잘난 멋에 살아온 삶이 부끄럽게 느껴지고, 새삼 마음 안에 겸손이 자리 잡으며 빈 마음으로 살아야겠다는 계기를 갖게 된 것이다.

첫째 날, 아직도 차창 밖은 캄캄한 밤, 코리안 타임 없이 정시인 5시에 1호차, 2호차로 나뉘어서 출발하였다. 아침 일찍 출발이라 피곤도 할 텐데, 여겨 저기 소곤거리는 소리들이 들리는 것을 보면 여행의 즐거움과 기대가 잔뜩 느껴지는 듯하다. 참전전우회에서 직접 준비한 김밥과 우거지국으로 아침을 든든히 먹고 동해안의 바다가 시원하게 펼쳐진 해안을 따라 버스는 북으로 향했다.

남측 출입국사무소에 도착하여 간단한 수속을 마친 후 민통선을 통과하였다. 앙상한 나무 말뚝 하나가 남측과 북측을 가르는 경계라고 하니 참 묘한 기분이 들었다. 사진이나 자료를 통해서는 접해 보았지만, 까무잡잡한 얼굴의 실제 북측 군인의 모습을 보니 조금은 긴장이 되었다. 종팔이 예전에 근무하던 60년대 시절 병사들의 모습을 보는 것 같아서 마음이 좋질 않았다.

드디어 목적지인 '온정각'에 도착하여 문화회관에서 펼쳐진 멋진 교예 공연을 보고, 밤이 되자 외금강호텔 바로 앞에 북한식 포장마차인 '온정리 봉사소'에 마실(밤나들이)을 갔다. 종팔과 연배가 비슷한 봉사소를 관리하는 책임자와 이런저런 기분 좋은 대화를 나누었지만 상대는 주변의 눈치를 많이 살피는 것이었다.

종팔은 접대원들과의 대화에서도 우리네와 전혀 다를 바 없는 형제, 자매들임을 새삼 느낄 수 있었다. 늦은 시간 숙소로 돌아오는 길에 저만치서 자전거를 끌며 지나가는 한 여성이 노래를 부르는데 그렇게 고울 수가 없었다. 북측 여성들의 아름다운 목소리 비결이 따로 있을까? 아마도 오염되지 않은 물과 공기가 아닐까 싶은 생각이 들었다.

둘째 날은 전날 밤 술이 좀 과했는지 새벽부터 목이 탔다. 금강산 샘물 한 병을 다 비우고 찬바람을 쐬러 바깥에 나가니, 어디선가 우렁찬 군가 소리가 들린다. 목소리는 힘이 넘치지만 한결같이 앳돼 보이는 북측 군인들이다.

종팔은 예전 소년병 시절이 생각나 가슴이 짠해 왔다.

산책 나온 한 회원을 만나 6자회담이 결렬되고 북핵 관련하여 분위기가 냉각되었다고 안타까워했다. 지렁이도 밟으면 꿈틀한다고 지금까지 지나온 일련의 사건들을 종합해 보면 북측도 마지막 남은 깡다구 하나로 살려고 몸부림친 것 밖에는 없다는 생각이 들었다. 북측에서 마지막 남은 그것마저 없다면 아마도 죽음보다 더 고통스러울 것이리라.

이미 오래 전에 내린 눈들이 얼어붙어 겨울 산의 운치를 더해 주는 구룡연 코스는 얼음 사이에도 물줄기가 끊어지지 않고 힘차게 쏟아지는 폭포를 보니 그야말로 장관이었다. 구룡연 바위에 새겨진 글들을 자세히 보니 궁서와 해서체를 섞어놓은 듯한 아주 특별한 글씨체였다. 마치 살아 움직이는 것처럼 힘차게 붓을 놀린 것을 보니 종팔도 힘이 솟구치는 기분이 들었다. 내려오는 길에 현재 한창 불사를 진행중인 신계사에 들러서 삼배를 올렸다. '문필봉' 을 향하여 기와불사의 정성도 올리고 주지스님의 배웅을 받으며 다음 코스로 향했다.

신라시대 신선들이 뱃놀이를 하다가 절경에 매료되어 3일 동안 돌아갈 것을 잊었다는 곳 '삼일포' 를 거쳐 야외온천이 있는 '금강산온천' 에서 하루 동안의 피곤함을 말끔히 씻어낸 후 종팔은 다시 '온정리 봉사소' 를 찾았다. 마지막 금강산에서의 밤을 밀양아리랑에서부터 진도아리랑을 거쳐 정선아리랑까지…, 그렇게 온정각의 밤은 아리랑 합창으로 저물어 갔다.

셋째 날, 일요일인지 월요일인지 시간의 흐름조차 망각한 채 마지막 날 눈을 떴다. 금강산여행의 절정이라고 하는 만물상의 기암절벽은 가 본 사람만이 그 아름다움을 느낄 수 있으리라 생각된다. 처음인데도 북측 주민들과 군인들이 전혀 낯설지 않았고, 또 기회가 되면 계절별로 다시 오고 싶어졌다.

종팔은 남북이 하루 빨리 통일이 되어 자유롭게 왕래할 수 있기를 바라며 아직은 개통하지 않았지만 철로가 개통되어 좀 더 편안한 여행이 되기를 기원해 본다. 많은 이들이 북측을 제대로 아는 그날까지 끊임없이 왕래를 해야 할 것이다. 처음엔 금강산에 간다는 기대감보다 오고 가는데 걸리는 버스 안에서의 장시간 괴로움에 도저히 엄두가 나질 않았다. 그러나 걱정과는 달리 금강산 답사가 끝난 지금, '갔다 오길 정말 잘 했구나' 하는 생각이 들었다.

3일간의 짧은 일정에서 종팔은 "우리가 누구를 위하여 종을 울릴 것인가" 하는 것을 생각해 보았다. 단순히 아무 의미도 없는 금강산 관광으로만 끝내고 말 것인가? 이번 여행을 계기로 느낀 것은 남한 사회에도 북한의 실상에 대하여 제대로 알 수 있는 장을 열어갔으면 싶다는 생각이 들었다. 그러나 이후 정권이 바뀌고 남북관계는 예전으로 다시 돌아가 급속히 냉각되었다. 금강산과 개성관광길도 차단되었다. 종팔은 그 짧았던 금강산 관광이 꿈속에서 갔다 온 것만 같았다.

'내가 행복한 꿈을 꾸었나?'

**이은집**

- 1971년 창작집 〈머리가 없는 사람〉으로 문단 데뷔.
- 저서 《후예》《학창보고서》《스타탄생》《통일가족 통일남북》 등 32권 출간.
- 청하문학상, 카뮈문학상, 헤세문학상, 여수해양문학상, 무궁화문학상 등 수상.

# 통일절

삼각산을 타고 내려온 밤바람이 미끄러지듯 파란 지붕의 큰집을 감돌아 광화문 앞 세종대왕상의 등에 부딪혀 좌우로 흩어지는 밤이었다. 안가에 모여 앉은 몇 명의 주인공들은 서로 바라만 볼 뿐 질식할 듯한 분위기였다. 이를 못 견디겠다는 듯 좌장이 무겁게 입을 열었으나 목소리는 하이톤이었다.

“말씀들 해 보세요! 도대체 어떻게 하겠다는 건가요?”

하지만 아무도 먼저 입을 열려 하지 않았다. 이런 자리에서 섣불리 앞장섰다가는 자칫 미움이나 사는 경험을 했기 때문일까? 이때 좌장의 곁에 앉은 신임 총리가 입을 열었다.

“제가 이런 말씀을 드리는 것은 송구합니다만, 우리도 진즉 오바마와 힐러리처럼 했어야…!”

“그게 무슨 뜬금없는 소리요? 하도 소통! 소통해서 아무리 젊은 총리를 앉혔기로…!”

그러자 나이로 말하면 실제보다 훨씬 젊어 보이는 대표가 안색을 바꾸며 언성을 높였다. 하지만 당과 무관하게 여론에 떠밀려 입각한 신임 총리는 작심한 듯 대꾸했다.

“그렇잖습니까? 오바마와 힐러리는 경선에선 서로 피터지게 싸웠지만 대통령 선거에서 공화당을 이기자, 화기애애한 국정 파트너가 되어 함께 뛰니까 얼마나 보기에 좋습니까?”

"이보세요! 비교할 것을 비교해야지요. 미국과 우리가 같습니까?"

"맞아요! 몇 번이나 회동을 가져봤지만 오히려 찬바람만 불어 아니 함만 못했어요. 그래서 결국 오늘과 같은 사태에 직면한 겁니다."

"하지만 한나당이 두나당으로 쪼개지면 정권재창출은 물 건너가고 말아요! 어쨌든 그런 상황은 막아야 합니다!"

"그래서 오늘의 대책회의가 마련된 것 아닌가요?"

"결론은 이제야말로 우리가 함께 살기 위해서는 여지껏 국민들의 안줏감으로 씹히고 있는 소위 '친주류' 니 '반주류' 니 하는 것부터 타파해야 한다구요!"

드디어 좌중은 이런 중구난방의 토론장으로 바뀌었고, 좌장은 각자가 입을 열 때마다 지그시 바라다 볼 뿐이었다. 그러다가 이윽고 다시 하이톤의 입을 열었다.

"암튼 우리가 명심할 일은 2년 전 지자체 선거와 금년 4월 19대 국회의원 총선에서 야권의 단일화로 또 한 번 치명적인 폭탄을 맞은 만큼, 12월 대선에선 여권분열이란 불행을 자초해서는 안 된다는 겁니다!"

좌장의 이와 같은 선언에 장내 분위기는 다시 처음처럼 무겁게 가라앉았다. 그러자 신임 총리가 다시 말을 꺼냈다.

"옳으신 말씀입니다. 그러기 위해서는 2007년 후보경선에서 승리했으니까, 요번에는 양보하는 것이…!"

그러자 맞은편에 앉은 대표가 아까처럼 펄쩍 뛰면서 소리쳤다. 마치 물컵이라도 내던질 기세여서 좌장마저 두 눈을 크게 뜨고 바라봤다.

"그런 모르는 말씀은 삼가세요! 정치가 무슨 장난입니까? 양보라뇨?"

"네! 제가 대학에서 한국정치사를 연구할 때 느낀 건데, 3김 시절에 군부에 도로 정권을 내준 이유가 뭐였습니까? 서로 양보하지 않고 야권 분열이 되어서 패하지 않았던가요?"

"하지만 우리는 지난 2007년 대선 때 당당히 경선을 통해서 후보를 결정했던 겁니다! 따라서 이번에도 당내 지지도와 국민 여론을…!"

"대표님! 이젠 그런 구태의연한 방법으로는 유권자들을 감동시킬 수 없다는 사실입니다."

이때 신임 총리가 이렇게 대꾸하자 좌장이 손을 내저으며 다시 말문을 열었던 것이다.

"아니! 그게 무슨 얘깁니까? 유권자를 감동시킬 수 없다뇨?"

좌장이 신임 총리를 추천했을 때 매스컴에서 파격을 지나쳐 모험을 했다고까지 떠들었는데, 과연 40대의 소장파답게 그는 소위 정치 9단들 앞에서 겁 없이 소신을 밝혔던 것이다.

"한국 정당에서 당내 지지도란 파벌이나 지연과 학연 같은 것에 의해서 얼마든지 왜곡되는 게 현실이지요. 또한 국민여론이란 건 어떻습니까? 그건 양은냄비처럼 금방 뜨거웠다 식었다 해서 신뢰성이 없다고 생각합니다. 그러니까 지금까지 '친주류' 에서 정권을 주도해 온 만큼, 이번 대선에서는 '반주류' 에게 대권후보를 양보해야 한다는 논리죠. 물론 형식상으로는 민주주의의 원칙에 따라 정정당당하게 후보경선을 치르되 말입니다."

"이것 보세요? 이 나라 정치를 총리 혼자 하려는 겁니까? 그런 앞뒤 안 맞는 논리 비약이 어디 있어요? 내 참…!"

이때 대표가 더는 참을 수 없다는 듯이 딴죽을 걸고 나서자, 좌장이 두 팔을 벌려 진정시키고 나서 결말을 짓듯이 휘갑을 쳤다.

"에, 아무래도 오늘 이 자리에서는 이쯤 해두는 것이 좋겠습니다. 총무는 조만간 다시 한 번 모임을 주선해 주세요. 그럼 늦었지만 만찬으로…!"

결국 여권 핵심부의 대선에 관한 대책회의는 여기에서 끝나고 말았다.

이 나라의 제1야당으로서 국민을 주인으로 섬긴다는 뜻의 국주당 당사에서도 오는 12월 19일의 대선을 위한 최고당직자회의가 열리고 있었는데…! 넌서 낭종재가 좌중을 둘러보며 입을 열었다.

"그럼 오늘의 회의를 시작하겠습니다. 근데 지금 여당에서는 아주 골치

아픈 사태가 벌어지고 있죠? 친주류파와 반주류파 사이에 서로 양보하라고 으르렁거리는가 하면, 요즘 여론조사에서 대선후보로 인기가 치솟고 있는 지사와 시장까지 여차하면 당내 경선에서 한판 붙어보자고 나서는 판이니까요!"

"그래서 곧 한나당이 두나당으로 박살날 거라고 매스컴에서 떠들어대고 있으니, 우리는 구경만 하다가 굿판이 끝나면 떡이나 줏어먹는 거죠! 하하하!"

그러자 원내대표가 이렇게 맞장구를 치며 웃음을 터뜨렸다. 하지만 다른 참석자들은 매우 심각한 표정을 지은 채 이에 거들고 나서지 않았다. 그제야 당총재도 진지한 어조로 바꾸어 다시 말을 이었다.

"에, 얘기가 잠깐 샛길로 빠졌습니다만, 우선 현재의 전체적인 야당 상황을 점검하고 나서, 우리 당의 대책을 논의해 보심이 어떻겠습니까?"

"좋습니다. 먼저 지난 4월 11일의 19대 국회의원 총선에서 기막힌 선거결과가 나왔지요! 그간은 항상 여대야소거나 야대여소였는데, 최근에 여당 국회의원 한 분이 세상을 뜨는 바람에 현재는 여당이 149석! 제1야당인 우리 당을 포함해서 야당도 149석인 여야 동수! 그러니까 여대야대라고나 할까요? 하하하!"

"하하! 하지만 우리가 110석이나 차지했으니까 앞으로 여당이 개헌 같은 술수는 어림없게 됐지요!"

"한데 문제는 제2 제3 제4 제5 군소야당들이 4월의 국회의원 총선에서 야권 단일화를 이룰 적에 대폭적으로 양보한 만큼, 이번 대선에서의 야권 후보는 우리더러 포기하라고 벌써부터 난리법석을 떨어대니 말입니다!"

"허참! 미친놈들! 아니 제1야당 더러 그런 어불성설이 어디 있어요?"

"누가 아니랍니까? 지난 4월 총선에서 군소야당들이 합쳐서 39석이나 얻은 건 제1야당인 우리 국주당의 희생적인 양보로 일궈낸 기적인데, 지금에 와서 대권후보를 내놓으라고 찍자 붙는 건 순 도둑놈들 심뽀예요! 안 그렇습니까?"

국회에서 툭하면 멱살잡이 같은 몸싸움꾼인 총무가 당장 그들에게 붙을 듯이 양복 소매를 걷어붙이며 언성을 높였다.

"아아! 그런 말같잖은 말엔 대응할 필요조차 없어요! 그러니까 흥분은 좀 가라앉히시구…!"

당대표가 총무를 말리고 나서자 그제야 고문이 좌중을 둘러보고 나서 무겁게 말을 꺼냈다.

"에, 하지만 문제는 이번 대선에서도 반드시 야권후보 단일화를 성사시켜야 한다는 겝니다. 지난 역사를 돌아볼 것도 없이 야권분열은 오직 자멸을 초래할 뿐이니까요! 그런데 군소에서 저리 나오니까 우리로서는 특단의 묘안이 있어야 한다는 겝니다."

"고문님께서 옳으신 말씀을 하셨습니다. 그래서 오늘의 대책회의가 매우 중요합니다. 좋으신 의견이 있으시면 기탄없이…!"

당대표가 고문이 개진한 의견을 옹호하고 나서자 곧 회의판은 중구난방으로 시끄러워졌다.

"어림없는 소리지요! 정권을 바꿀 수 있는 절호의 찬스인데, 제1야당인 우리한테 대권후보를 포기하라니요?"

"암만! 엿장수 맘대로요? 우리 당은 4월 총선에서처럼 여론조사에 의한 단일화 방안을 무조건 밀고 나가야 합니다!"

"제1야당 후보가 물러난다는 건 소가 웃을 일이예요! 거참! 진보쪽 애들은 사사건건 막무가내니, 이번 기회에 아예 저들과 단절함이 어때요?"

"허허! 빈대 잡자구 초가삼간을 태울 수는 없는 법이지요! 정치란 타협으로 문제를 풀어야 하는 법! 그렇게 막가파로 나아가다가는 우리도 이로울 게 없다구요!"

"맞습니다. 정치의 묘미는 막판뒤집기에 있지요! 그러니까 아직 마지막 패를 꺼내기엔 이른 감이 있으니, 좀더 추이를 시켜본 후에 군소정당들과 협상을 해도 늦지 않을 겁니다. 그럼 오늘의 회의는 이쯤에서 마치는 게 어떻겠습니까?"

이윽고 벽시계를 쳐다보며 당대표가 제의하자 좌중은 모두 고개를 주억거리며 동의를 표했고, 땅땅땅 의사봉 두드리는 소리가 실내에 울려 퍼졌다.

여기는 여의도 모 빌딩의 지하식당가에 위치한 설렁탕집의 으슥한 내실! 그 주인은 지난 4월 국회의원 총선에서 낙선한 진보성향의 정치꾼으로 4년 후의 권토중래를 위해 여의도를 떠나지 못하고 설렁탕집을 개업했는데 나름 성황을 이루고 있었던 것이다.

지금 시각은 밤 11시로 일반 손님은 끊어지고 드디어 군소야당의 비밀회동이 시작되었다. 오늘의 사회자 격인 제3야당의 대표가 먼저 서두를 떼었다.

"역시 국주당과 선자당은 끝내 불참인 모양이니, 그럼 우리끼리 회의를 시작합시다!"

"선자당이야 태생이 보수쪽이니까 나 홀로 간다고 치더라도 국주당이 이렇게 나와서는 안 되는 일이죠!"

이때 제4야당의 대표가 운을 떼자, 기다렸다는 듯이 제5야당 대표가 이렇게 맞장구를 쳤다.

"맞아요! 지난 총선에서 의석 좀 늘렸다고 교만을 떠는 모양인데, 실은 열참당 사람들이 헤쳐 모여서 간판만 바꾼 주제들이 아닙니까?"

"아하! 평양감사도 제가 싫으면 그만이라는데, 그까짓 일로 더 이상 왈가왈부할 것 없이 우리들만이라도 한 번 뭉쳐 봅시다!"

이윽고 제3야당 대표가 주의를 환기시키자, 제4 제5 야당 대표도 고개를 끄덕이며 서로 시선을 맞추었다.

"그렇다면 이런 상황에서 우리들의 갈 길을 모색하자는 게 오늘 회동의 목적이지요! 좋은 의견이 있으시면 말씀들 해 주세요!"

다시 사회자 격인 제3야당 대표가 입을 열자, 제4 제5 야당대표가 다투듯 답변을 쏟아냈다.

"에, 지금 여당에선 친주류파와 반주류파가 쪽박을 깨고라도 각각 대권 도전에 나설 모양이고, 제1야당인 국주당은 당권을 틀어쥔 대표가 대권 후보까지 거머쥘 예상인가 하면, 선자당은 3수생까지 갈 모양이니까, 이리 되면 이번 12월 대선은 춘추전국시대가 될 게 뻔하지 않습니까? 그렇다면 우리들도 각당 후보를 내는 게 어떻습니까?"

최근 야권의 대선후보 여론조사에서 뜻밖에도 1위를 달리고 있는 제5야당 대표가 장광설을 늘어놓자, 제4야당 대표가 낯색을 붉히며 언성을 높였다.

"뭐라구요? 야권분열이야말로 야당의 무덤이 되는 걸 몰라서 하는 말씀입니까? 2010년의 지자체선거에서 지방정권을 창출한 것도, 지난 4월의 국회의원 총선에서 한국 정치사상 최초로 '여대야대'라는 희한한 결과를 가져온 것도 다 야권 단일후보를 만든 덕택이 아닌가요?"

"그야 물론 그런 방식으로 야권이 재미를 좀 봤지요! 하지만 이번 대선은 상황이 달라졌다 이겁니다. 여당도 분열되는 판이고, 제1 제2야당이 저리 나오는데 우리들만 언제까지나 단일화의 희생양이 될 수 있느냔 말입니다!"

두 당의 대표가 왈가왈부 서로의 뜻을 굽히지 않자, 드디어 사회를 맡은 제3야당 대표가 우울하게 말꼬리를 접었다.

"좋습니다! 어차피 국주당과 선자당이 빠진 이상 우리들만의 야권후보 단일화란 의미가 없는 셈이지요! 그러니 우리 모두 함께 각개전투로 뛰어 봅시다! 국민들의 선거인심이 여당 편들었다가 야당 편들었다가 종잡을 수 없으니, 한 번 모험을… 아니 기적을 기대해 보는 거지요! 한국 선거사상 최초로 군소정당에서 대통령이 나올지 누가 압니까? 하하!"

"예에! 여당이 교만해지면 야당에게 표를 몰아주고, 야당이 까불면 여당을 살려주니, 도대체 한국 유권자들은 우리 정치인들을 갖고 노는 것 같은 무서운 생각도 든다니까요!"

결국 야권 군소정당의 대선후보 단일화를 위한 모임은 이렇게 끝장이

나버리고 말았던 것이다. 이리하여 여권과 야권의 대선후보 단일화 노력은 올여름의 장마와 무더위만큼이나 지루하게 공방을 거듭했지만 끝내 성사되지 못하고 말았다. 그래서 결국 각당 후보들은 출마 시한을 앞둔 무렵에야 결판이 났는데, 수없이 엎치락뒤치락 끝에 확정된 후보들은 쪼개진 여당의 후보 둘에 탈당 무소속까지 3명이 출사표를 던졌고, 급조된 간판을 단 야당까지 무려 8명과 선거 때마다 나타나는 요상스런 무소속 후보까지 꼽아 이번 대선의 출마자는 18대 대선이라선지 18명에 이르는 진풍경을 연출했던 것이다.

바로 이런 어처구니없는 대한민국의 18대 대통령 대선가도에 정말 엉뚱한 사태가 벌어졌으니, 그것은 2030세대가 주축이 된 40세의 최연소 대선후보의 출현이었다.

이런 기이한 사건의 시발점은 아주 사소한 일에서 시작되었다. 한국 소설가들의 친목단체에서 총무이사를 역임한 바 있는 최원일 소설가는 30년간 서울시내의 공립고교에서 국어교사로 재직하다가 몇 년 전에 명퇴했는데, 바로 그가 20여 년 전에 근무한 비룡고등학교의 제자가 졸업 20주년 행사를 앞두고 찾아왔던 것이다.

"선생님! 비룡고 문예반장이었던 한국일입니다. 선생님께서 명퇴하셨단 소식은 들었습니다만, 그간도 안녕하셨습니까?"

"오오! 내가 그때 문예반을 담당했었지. 그래 오랜만에 웬일인가?"

"그간 찾아뵙지 못해 죄송합니다. 실은 저희가 비룡고를 졸업한 지 20주년이 됩니다. 제가 우리 기별동창회의 총무라서 선생님께 조언을 듣고 싶어서요. 최근에 선생님께서 '대한민국 최원일 대총무'란 책을 내셨더군요?"

"으음! 작가가 소설은 못 쓰고 그런 엉뚱한 책을 썼네만, 제자가 마침 잘 왔군!"

"네! 실은 진작에 선생님을 뵙고 싶었지만 선생님과의 약속을 못 지켜서…!"

"하하! 자네도 나처럼 소설가가 되라고 한 나의 부탁 말인가?"

"네! 전문대 문예창작과를 졸업했지만 지금은 저의 모교인 비룡고등학교의 총동창회 사무실에서 10여 년째 총무직을 맡고 있을 뿐이라서요!"

"오호! 그래? 그렇다면 더욱 잘 됐네!"

"네에? 잘 되다니요? 선생님!"

한국일 제자가 의아한 눈길을 보내자, 최원일 소설가는 요즘 베스트셀러인 그의 새로운 저서 '대한민국 최원일 대총무'를 한 권 꺼내어 사인을 해서 내밀며 엄숙하게 말했다.

"에, 자네의 졸업 20주년 행사는 이 책을 읽어보면 될 터이니 그리 알고, 그래 비룡고 총동창회의 회원이 모두 몇 명인가?"

"졸업생 수가 8만 명이 넘지만 현재 5만 명 정도와 연락이 닿고 있습니다."

"으음! 그럼 자네 대통령 한 번 해볼 생각 없나?"

"뭐라구요? 선생님! 무슨 농담을 그리 하세요? 하하!"

제자인 한국일이 웃음을 터뜨리며 어이없어 하자, 은사인 최원일 소설가는 아주 진지한 어조로 말을 이어갔던 것이다.

"에, 모교의 5만 명 총동창회의 총무를 한다면 5천만의 총무도 해낼 수 있지 않은가?"

"5천만의 총무라구요?"

"그래요! 이번 대선 선거판 돌아가는 꼴을 보니까, 그간 역대 선거의 나쁜 점만 모아놓은 것 같네! 여당은 분당에 무소속으로 뛰쳐나가 3파전을 이루고, 야당은 또 어떤가? 저마다 잘났다고 갈가리 찢겨 어중이떠중이 몽땅 덤벼드는가 하면, 각설이처럼 또다시 나타난 무소속에…!"

"네! 그래서 이번 대선의 후보가 역대 선거 중에 가장 많이 입후보할 거라고 벌써부터 시끄럽지요!"

"그러니까 내 말은 자네가 졸업 20주년을 맞는다면 현재 우리 나이로 마흔 하나! 만으로 마흔이니까 대선 출마를 할 수 있지?"

"네! 그렇습니다. 선생님과 헤어진 지 엊그제 같은데 말입니다."

"미국 오바마 대통령도 40대에 대통령이 됐고, 영국의 어느 수상은 서른 몇엔가 된 적이 있지…? 그러니까 이번에 대한민국에서 세계 최초 선거로 뽑은 최연소 대통령을 해보란 말일세!"

"에이! 선생님! 아무리 소설가이시지만 너무 오바하십니다. 저 같은 고등학교 총동창회 총무가 어떻게 그런 꿈을…! 술이나 한 잔 하게 나가시지요!"

하도 어처구니가 없어 한국일이 자리에서 일어나며 말하자, 최원일 소설가도 따라 일어서며 말했다.

"좋네! 우리 집 앞에 좋은 호프집이 있으니 그리로 가지! 다음 구체적인 얘기는 거기서 하세!"

이리하여 호프집으로 자리를 옮긴 스승과 제자는 피처로 주문한 호프를 잔에 따라 쭈욱 들이키고 나서 하던 대화를 계속했다.

"물론 자넨 컴퓨터 정도는 잘 하겠지? 나도 웬만큼 하니까 말일세!"

"네! 저의 세대야 못한다면 당장 낙오자가 되죠!"

"그래서 얘긴데 지난번 미국 대선에서 뭐라 구호를 내세워 당선했는지 알지? '예스! 위 캔! (Yes! We Can!) 우리는 할 수 있다!' 였네!"

"압니다. 그럼 저희는 '우리는 바꿀 수 있다!' 가 어떻습니까? 기존의 모든 나쁜 것을 확 뜯어고치는 겁니다."

"바로 그거야! 지금까지의 후진적 정치 경제 사회의 관행들을 다 바꿀 수만 있다면, 모든 유권자들은 쌍수를 들어 환영할 게 아닌가?"

이제 조금씩 더 술기가 오르자 스승과 제자는 더욱 기고만장해서 아이디어를 쏟아냈다.

"이번 내 책에 다 쓰여 있네만 그간 나는 살아오면서 대학의 국문과 기별동창회를 시작으로 초중고대학의 학연모임, 종친회를 비롯한 가족회, 처가회 등 혈연모임, 고향의 군민향우회 같은 지연모임, 30년 교직생활에서 만난 직장모임뿐 아니라, 그밖에 최고 많이 할 땐 48개의 총무를 동시에 맡은 적이 있네. 그래서 얻은 노하우인데 대통령도 총무처럼 한다면 반드시 성공한 대통령이 될 걸세!"

"총무 같은 대통령이라구요?"

"으응! 말하자면 '대한민국 대총무'가 되는 거지. 근데 그러자면 총무의 3대 조건이 뭔지 아나? 첫째가 '신속'하게 일처리를 하는 걸세! 한국인들은 매사에 빨리빨리 해야 직성이 풀리지! 외국여행을 가보면 현지 가이드가 하는 한국말에 '빨리빨리 식사하세요! 빨리빨리 모이세요! 빨리빨리 따라오세요!' 하고 외치더라구! 그런데 총선이나 지자체 선거에 참패하고서 개각을 하는데 두어 달씩 질질 끄는 우리 대통령을 보면 온 국민이 속 터진단 말이야! 한국인의 속성을 몰라도 너무나 몰라요!"

"하하! 선생님! 다음 조건은 무엇입니까?"

"둘째는 각종 일처리나 예산을 집행할 때 정확하고 투명하게 해서 회원들에게 '신뢰'를 받아야 하네! 대통령이 취임 초엔 인기가 하늘을 찌르다가도 곧 바닥으로 추락하는 건 신뢰도가 떨어졌기 때문이야!"

"그럼 마지막 세 번째는 뭔가요? 선생님!"

"그건 미래에 대한 '비전'을 제시해야 하네! 가령 우리 동창회의 연회비를 지금은 5만원을 받지만, 5년 후부터는 매년 1만원씩 낮춰서 10년이 지나면 나처럼 연금생활하듯이 연회비 없이도 동창회를 꾸려갈 수 있게 알뜰히 기금을 조성한다고 공약을 내걸고 그대로 실천한다면 어떻겠는가?"

"아! 대통령이 된다면 국가예산을 흑자로 운영해서 세금을 줄여나가다가 종국엔 무세금의 유토피아를 건설한다는 말씀이죠?"

"하하! 거기까지는 안 돼도 소위 세금폭탄이란 아우성이 터져 나오게 해선 안 되지!"

"네에! '신속! 신뢰! 비전!'이 총무의 3대 조건! 아니 대통령의 조건이 되기도 한다는 말씀이군요?"

"으음! 하지만 모든 모임 회칙엔 부칙이 있듯이 그것만으론 2% 부족이야!"

"선생님! 그건 또 뭡니까?"

"총무는 모든 회원을 끌어안는 '포용력' 이 있어야 하네! 미운 놈 고운 놈 따지지 않고 요즘말로 '소통' 을 하는 거지! 따라서 전직 어느 대통령처럼 편가르기를 하면 절대 실패해요! 아울러 총무는 회원들의 '경조사' 를 잘 챙겨주어야 한다구! 그러니까 대통령은 국민들의 애환을 잘 헤아릴 줄 알아야 한단 말일세!"

"하아! 선생님! 그렇다면 선생님께서 이번 대선에 나가보시죠? 이런 아이디어와 공약을 내건다면 새바람을 불러일으킬 것 같은데요?"

"에끼! 이 사람아! 새 술은 새 부대란 말 못 들었나? 모든 걸 바꾸려면 자네들처럼 때 묻지 않은 새로운 세대가 나서야 하네!"

그리하여 48개 총무의 달인 스승 최원일 소설가와 5만 명의 모교 고등학교 총동창회의 총무인 한국일 제자가 의기투합한 결과는 어찌 되었던가?

第18대 대선의 후보자 등록마감이 겨우 두어달 남짓 남은 어느 날 트위터에 태풍이 불어닥쳤다. 그런데 그 내용은 다음과 같았다.

'대한민국 총무들은 다 모여라! 드디어 우리가 나설 때가 됐습니다! 18대 대선후보인 대한민국 대총무를 뽑기 위해 우리 모두 함께 합시다! 운운….'

그러자 순식간에 전국 각지의 온갖 모임의 총무들이 마치 다단계 조직처럼 50여 만 명이나 결집하여 카페 '인터넷 총무세상' 을 개설했고, 기존의 차떼기 같은 검은 정치자금의 유입 없이도 대선 공탁금의 몇 배나 모금이 이루어진 것이었다.

더욱 놀라운 일은 2030세대뿐 아니라 기존 정당이나 정치꾼들에 염증을 느낀 405060을 넘어 언젠가 '어르신들은 투표장에 나오시지 말고 집에서 푹 쉬시라!' 는 막말까지 들었던 노인층 유권자들까지 호응하고 나서자 매스컴에서는 난리법석을 떨어댔다.

그래서 '대한민국 대총무' 로 선출되어 대선 후보가 된 한국일 총무의 기자회견이 열렸는데…!

"KMS TV의 ○○○ 기자입니다. 우선 출마의 변을 듣고 싶습니다."

"네! 우리나라 근세사 100년을 돌아볼 때 일제 36년의 식민지 시대와 6.25전쟁을 겪고도 우리는 세계경제와 올림픽에서 10위권이란 자랑스런 기적을 이루었지만, 정치만큼은 아직도 후진을 벗어나지 못하고 있습니다. 바로 이것을 우리 '대총연대(대한민국 총무연대)' 가 바꾸려는 것입니다. 이를 위해서 저희들은 '총무정신' 을 발휘하여 '우리는 바꿀 수 있다!' 는 캐치프레이즈를 내걸고, 이번 대선에서 반드시 승리를 쟁취할 것입니다!"

"조중동 신문의 ○○○ 기자입니다. 하지만 선거란 막강한 여당과 야당이 있는데, 어떻게 이런 선거에서 이긴다고 장담하는지 얼핏 수긍이 가지 않습니다. 무슨 비책이라도 있나요?"

"그건 지난 60여 년간 대한민국의 선거사를 분석해 볼 때 '정권심판론' '여당견제론' '야당생존론" 에서 근래엔 '전쟁론' '평화론' 까지 내세웠는데, 우리는 조국과 민족의 최대 숙원인 남북통일을 위해 '통일론' 을 제시하는 바입니다. 더구나 북쪽에서도 20대의 지도자가 나타났으므로 우리 역시 최연소인 40세 대통령이 탄생한다면 아마도 통일의 길은 의외로 쉽게 열릴 것이라고 확신하는 바입니다. 바로 후보인 저의 이름이 한국일 아닙니까? 그러니까 한국을 하나로 만들어야죠!"

"YBN 케이블의 000기자입니다. 하지만 설사 대통령에 당선된다고 해도 단 한 명의 국회의원이나 지자체장을 갖지 못한 '대총연대' 로서 어떻게 국정을 이끌어 갈 겁니까?"

"아! 그건 걱정 없습니다. 우리에게 현재의 여당과 야당은 적이 아닙니다. 우리 함께 국정을 맡아 서로 힘을 모아갈 우당(友黨)이니까요."

'대총연대' 한국일 대선후보의 이런 기자회견에 좌중에서는 폭소와 박수가 함께 터져 나왔는데, 정말로 이번 대선의 기류는 종래와 영 딴판으로 흘러가는 게 감지되었다.

즉 여당 견제 대신 야당 견제라든지, 현 정권의 심판보다 야당 지방권력의 심판이라든지 하는 지난 선거와는 아주 양상이 달랐던 것이다. 말하자면 유권자들의 표심이 여야 모두를 향해 정치 불신이 극도에 달했다는 것을 암시하면서, 앞으로 밀어닥칠 정치 쓰나미의 징조가 엿보였다고나 할까?

다시 말해서 현재까지 대한민국에 뿌리박아 온 20세기적 정치방식인 내부 권력투쟁의 정치, 정책과 능력보다 '고소영, 강부자' 로 회자되는 조직과 학연과 인맥에 집착하는 정치, 당내 경선에서만 이기면 되는 정치, 지역바람을 이용하는 정치, 젊은 세대를 포퓰리즘이나 색깔론으로 이용하는 정치는 머잖아 혹독한 심판을 받을 것이라는 경고의 메시지임을 깨달아야 할 것이다.

따라서 이런 과거의 정치 기준으로는 정치의 방식이라 할 수 없는 '비정치의 방식' 을 개발해야 한다고 어느 신문사의 논설위원이 이미 설파했지만, 18대 대선에서 '대총연대' 의 선거운동 방식은 기존과는 너무나 달라 21세기 글로벌 대한민국을 이끌어갈 방안으로 유권자들에게 선풍적인 새바람을 일으켰던 것이다.

"대총연대를 믿어주십시오! '우리는 바꿀 수 있습니다!' 첫째 부정부패 안 합니다. 최저생계비로도 버티는 88만원 세대인데, 억소리 나는 돈을 어찌 무서워서 먹겠습니까? 우리는 성희롱 발언 같은 건 절대 없습니다. 애인이나 아내들한테 당장 쫓겨나려구요? 우리는 단지 일자리를 원합니다. 대기업들의 고액연봉을 자율조정해서 2030 백수들에게 더 많은 일자리 기회를 주고 싶을 뿐입니다. 우리는 부모님에게 효도하듯이 국민님께 '아바타 정치' 로 효도하겠습니다. '아름답고 바르고 타인을 배려하는 정치' 를 말입니다."

이런 구호와 정견을 터뜨리며 마치 인기가수가 전국순회 공연을 하듯이 축제와 같은 전국 지방유세와 인터넷 그리고 트위터를 활용한 입체적 선거운동을 하자, 다른 정치권 후보들은 어안이 벙벙해졌던 것이다.

"이게 무슨 날벼락인가? 10년 전 '노풍' 보다도 훨씬 센 허리케인이 아닌가?"

"이러다가는 제2의 천안함사건으로, 서울 근교까지 장사정포를 때려도 '역풍' 을 기대할 수 없겠는걸!"

여당과 야당은 모두 사색이 되었고, 이런 상상초월의 선거바람은 대선 투표일 오후 6시 정각에 방송 3사의 출구조사 결과에서부터 여지없이 확인되었던 것이다.

"이건 선거혁명입니다! 아니 일종의 선거 쿠데타이지요! 이제야 대한민국의 경제와 스포츠 수준에 걸맞는 정치개혁이 이루어진 것이죠!"

온갖 매스컴에서 불어내는 나팔소리가 아니라도 18대 대선으로 한국의 정치 역사는 다시 쓰여지게 되었는데, 그로부터 반년쯤 후에 남북의 2040 지도자들의 정상회담이 성사되었던 것이다.

6자회담의 주체인 미일중러의 눈치를 따돌리기 위해 개성공단의 임원으로 가장한 한국일 대통령의 고교시절 은사 최원일 소설가는 특사로서 평양을 방문했는데…!

그간 북한의 국빈들이 묵었던 백화원 초대소는 새봄을 맞아 온갖 기화요초가 만발한 무릉도원과 같았다. 바로 이곳에서 최원일 특사는 권력을 승계한 위원장의 인척으로 북측의 최고 실세인 부위원장과 저녁 식탁에 마주 앉았다.

"최 선생께서는 남측 한국일 대통령 고교 때 은사님이시라구요? 오시느라 수고가 많으셨습네다."

먼저 부위원장이 미소를 띠우며 입을 열었다.

"아닙니다. 차로 몇 시간이면 오는 길인데… 이젠 정말 남북이 자유 왕래하는 세상이 되었으면 하는 생각이 들었습니다."

"그래야디요. 참 요번 남측의 18대 대선에서 최연소 40세 대통령이 당선되어 취임을 했으니께니, 우리 북남은 고저 20대와 40대의 젊은 지도자가 탄생한 셈이디요. 아마 세계에서 이런 예는 전무후무한 일이 될겁네다."

"그래서 요즘 남쪽에선 2040 세대의 두 지도자가 우리 민족의 숙원인 통일의 위업을 이루어낼 거라고 벌써 기대들이 아주 크답니다."

"아암! 그래야디요. 우리 민족화합의 단초가 된 6.15선언이 발표된 지 벌써 13주년이나 되지 않았습네까?"

"네! 그간 남북간에 우여곡절도 많았으나, 서로 손만 잡는다면 당장 새로운 세상이 열릴 것입니다."

"그 점에 대해선 우리도 많은 연구를 했디요. 지속적인 개성공단과 금강산 관광 재개로 숨통이 트인 북남 사이에 호상적 협력을 한다면…!"

북측 부위원장이 반주로 들쭉술 병을 들어 최원일 특사의 잔에 따르며 말을 이었다.

"…우선 농업 분야에서 남쪽은 농촌 인구의 고령화로 고민이 크다고 들었습네다. 여기에 우리 측의 협동농장 일꾼들은 내려보낸다면…!"

"그뿐입니까? 남측의 기술력과 북측의 노동력을 결합한다면 남북이 하나의 경제권으로 통합되어, 연간 1조 달러로 조만간 세계 무역 7위권 안에 들 수 있을 거구요!"

"암튼 북남과 재외 동족 등 8천만이 하나가 되어 세계로 뻗는다면 우리 민족이 주체가 되어 세계에 일어서게 될 것입네다."

"그런 걸 우리는 글로벌이라고 합니다. 우리 두 사람이 이에 대한 좋은 방안을 논의했으면 합니다."

바로 이때 밖에서 인기척이 들리며 문이 열리더니, 앳된 청년 같은 주인공이 나타났던 것이다. 그러자 부위원장이 반가이 일어서며 말했다.

"위원장 동지! 오셨습네까? 남측 특사 최원일 소설가 선생이십네다."

"반갑습네다. 식사는 잘 드셨는디요?"

"안녕하십니까? 입맛에 딱 맞아 평소보다 과식한 듯합니다."

"하하! 두 분이 마치 구면의 친구처럼 보이십네다. 좋은 말씀을 나누신 모양이디요?"

"우리 북남이 어떻게 하면 잘 살게 될 것인가에 대하여 담화를 나누었디요."

"우리 대통령께서 기탄없이 흉금을 털어놓고 다 이야기하라고 하셨습니다."

그러자 위원장은 최원일 특사의 바로 곁에 앉으며 두 사람에게 들쭉술을 따르고 나서 입을 열었다.

"고모부! 저도 한 잔 괜찮겠지요?"

"고럼요! 취할 때까지 마셔도 좋습네다. 취중진담이란 말도 있지 않습네까?"

"그럼 제 술부터 한잔 받으시죠. 제가 소설가라선지 술을 무척 좋아합니다."

이윽고 세 사람은 술잔을 들어 건배를 한 다음에 거푸 석 잔이나 원샷으로 마셨다. 그제야 다시 위원장이 말을 꺼냈다.

"저의 아바이께선 저에게 통큰 정치를 하라고 말씀하셨습네다. 고래서 남측 선생님께 묻습네다. 대통령께서 제게 원하는 게 무엇입네까?"

그 순간 특사 최원일 소설가는 자리를 고쳐 앉아, 위원장에게 시선을 보내며 진지한 어조로 말했다.

"네에! 조국과 민족의 번영을 위해 남북이 하나가 되는 통일을…!"

"그건 저의 할아버지와 아바이께서도 염원하신 과업입네다. 아직도 제 귀에 생생한 할아버지의 말씀! 모든 인민이 이밥에 고깃국 먹고 북남통일을 이루는 게 염원이시라고…! 또한 아바이께서는 상성대국이 되어 외제의 침략 없는 세상을 기필코 만드시겠노라고…!"

"이제 그러한 소망을 3대인 위원장께서 이룰 때가 되신 것이디요."

"네! 해방 60여 년이나 흘렀지만 기성세대로선 도저히 풀 수 없었던 난제였으나, 지금의 남북 두 지도자들께선 가능한 일이라고 생각합니다. 지구상에 단 하나 남은 남북분단의 비극은 이젠 끝내야 합니다."

"좋습네다! 우리 한 번 일내 봅세다! 금년 6월 15일에 제가 남측을 방문하여 정상회담을 갖도록 두 분께서 주선해 주시기 부탁드립네다."

"아니! 고렇게 빨리 깜짝 방문을…?"

"정말 그리 하시겠습니까?"

순간 북측 부위원장과 남측 최원일 특사가 거의 동시에 외쳤다.

한국일 대통령의 특사 최원일 소설가가 평양방문을 마치고 돌아온 다음날 매스컴은 남북정상회담의 뉴스로 벌집을 쑤신 듯 발칵 뒤집혔고, 동시에 세계의 톱뉴스가 되어 지구촌을 술렁이게 했던 것이다. 그리고 드디어 2013년 6월 13일에 북측 위원장이 남측 대통령과 서울에서 남북정상회담을 위해 만났다. 1차 회담을 마친 그날 저녁 청와대의 환영 만찬회장에서 나란히 선 두 정상은 대국민 환영사와 답방사를 했는데…!

"…본인은 오늘 반만년 우리 역사에서 가장 감격과 자랑스런 자리에 섰습니다. 일제 36년의 암흑기를 거쳐 다시 분단 60여 년 만에 남북의 정상이 통일을 위하여 만남을 가졌기 때문입니다! 이렇게 역사적인 방문을 해주신 데 대하여 먼저 감사드리며, 뜨거운 박수를 부탁드립니다…!"

먼저 남측의 40세 젊은 대통령의 환영사가 끝나자, 이어서 북측의 청년 위원장이 답방사를 시작했다.

"…이처럼 열렬한 환영에 고동치는 가슴을 억누르며, 일찍이 부친께서 2000년 6.15 선언 때 김대중 전 대통령께 약속하신 답방을 이제야 지키게 되었음을 기쁘게 생각하는 바입네다. 이제 시대와 세대를 뛰어넘어 우리는 하나 된 조국통일을 위해 북과 남이 함께 손잡고 나아갈 것입네다…!"

그리하여 3박 4일간의 남북정상회담에서 합의된 통일선언의 골자는 다음과 같았다.

## 2013년 6.15 통일선언

60여 년 분단된 조국과 민족을 위하여 남북(북남) 두 지도자는 2013년 6월 13일부터 15일까지 서울에서 개최된 정상회담에서 아래와 같이 합의하고 이에 '6.15 통일선언' 을 공표한다.

첫째, 해방 70년이 되는 2015년 6월 15일에 남북(북남)통일을 한다.
둘째, 이를 위하여 앞으로 2년의 시한 동안에 통일작업을 완료한다.
셋째, 남북(북남)은 민족해방일 광복절인 오는 8월 15일부터 경제협력과 자유왕래를 실현한다.
넷째, 남북(북남)은 이번 정상회담에서 평화협정을 체결하고, 쌍방의 국방력을 절반으로 축소한다.
다섯째, 남측은 북측에 필요한 식량 등 물자를 지원하고, 북측은 남측에 필요한 농업일꾼 등 인력을 지원한다.
이상의 합의사항은 남북(북남)공동으로 서명과 동시에 효력을 발생한다.

3박 4일의 남북정상회담이 끝나는 날 위와 같은 공동선언문이 발표되었는데, 그 동안에 두 지도자의 인기는 마치 연예인처럼 치솟아서, 남측 대통령과 북측 위원장은 청소년들로부터 심지어 '오빠! 오빠!' 하는 아우성까지 들었던 것이다.

그로부터 2년 후 2015년 6월 15일은 우리나라의 새로운 국경일로 〈통일절〉이 제정되었으니, 남북과 세계의 재외 한국인들이 외치는 만세소리는 지구촌을 뒤흔들었다고나 할까?

(2010년『한국소설』10월호 발표)

**홍인표**

- 1989년 등단.
- 장편소설《하얀 집의 왕》(창작과 비평사 출간).

# 꽃반지

1.

병실 안의 소독 냄새는 독가스였다. 추깃물에서 뱉어내는 악취가 분명했다. 역겨워 창자가 뒤집혔다. 토악질을 했다. 똥물이 넘어오려고 하는 걸 간신히 참았다.

'이렇게 죽게 되는가?'

영구는 병실침상에 누워서 링거 병을 응시했다. 맑은 액체가 한 방울 한 방울 떨어져 작은 관을 통해 팔목에 꽂혀 있는 바늘을 지나 혈관으로 들어갔다.

'생로병사라고 하더니 내 나이도 고희를 넘겼으니. 얼마나 더 살겠다고.'

영구는 병에 담긴 링거를 응시하며 한숨을 몰아쉬었다. 몇 시간 더 살아보겠다고 몸부림하고 있었다.

'화살처럼 지나버린 이승의 여행길.'

영구의 눈앞에서는 지금까지 살아온 지난날들이 영화의 화면처럼 빠르게 스쳐지나갔다.

'내 생애에서 가장 예뻤던 그 소녀!'

한 소녀의 모습이 빛바랜 사진으로 나타났다.

'북선 댁의 딸 진희영이 또 찾아와 나를 괴롭히네.'

영구는 소녀의 모습을 지우려고 눈을 감았다.

더욱 선명해졌다. 괴롭거나 외롭거나 마음이 울적할 때에는 항상 그녀가 아른거렸다. 머릿속에 똬리를 틀고 앉아 떠나지 않았다. 가끔 가슴을 후비며 파고 들어왔다.

'인간은 모두 죽는다.'

영구는 나이가 들어가면서 가끔 죽음을 상상했다. 그러나 지금 죽는 것은 억울하고 무섭고 두려웠다. 서러움이 울컥 치밀었다.

"아이고 배야!"

영구는 다시 찾아온 통증을 참지 못하고 배를 움켜쥐며 몸부림쳤다.

"또 그놈의 통증이…."

아내는 침대 옆 의자에 앉아 창밖을 내다보다가 고개를 돌렸다.

"아이고 나 죽어!"

"간호사 선생님을 모시고 올게요."

아내는 남편이 고통 받는 것을 보고 한숨 쉬며 병실을 나갔다.

2.

영구는 진통제를 맞고 한참동안 잠들어 있다. 회진을 돌던 주치의사가 병실로 들어왔다.

"검사결과가 나왔습니까?"

아내는 의사를 보자 자리에서 일어났다.

"예."

"무슨…?"

"직장암인데…."

"암이요?"

"말기여서…."

"수술도 못한다는 겁니까?"

"정밀검사를 하고 나서 결정해야 되겠지만…."

"내 남편이 죽는다는 거요?"
아내는 믿고 싶지 않았다.
그런데 암이라는 단어가 귓속에서 메아리쳤다.
"어쩔 수 없는 거지."
영구는 잠든 체하며 듣고 있다가 벌떡 일어났다.
"꼭 그런 건 아니지요."
의사는 힘주어 말했다.

3.

영구는 잠을 이루지 못하고 몸을 뒤척였다. 죽음을 상상하며 괴로워 몸부림쳤다.

'내가 죽게 된다. 육이오전쟁 때에 동네 앞에서 총살당한 동네 사람들처럼.'

영구는 죽음이 생각날 때마다 육이오전쟁을 떠올렸다.

인간의 가장 잔인한 행위가 전쟁이었다. 죽이고 살리는 것은 총을 가진 자들의 마음이었다. 양민들은 버러지처럼 잔인스럽게 당했다.

'밤에 잡혀간 아버지는…?'

영구는 항상 전쟁을 생각하면 캄캄한 밤중에 어둠 속으로 끌려간 아버지가 그리워졌다. 눈물이 났다. 분노가 치밀어 가슴이 뭉클해졌다. 몸을 바르르 떨었다.

'전쟁은 인간의 모든 것을 빼앗아간 괴물이며 악마. 누굴 위한 살인인가? 애국심? 인간의 삶이 몇 시간이나 된다고.'

영구는 흥분했다. 자신의 죽음에 대한 화풀이를 육이오전쟁에게 하고 있었다.

'희영의 가족도 전쟁의 피해자였지.'

영구는 다시 소녀의 모습을 떠올렸다. 생의 끝자락에 다다라 있으니 더욱 그리워졌다. 밤이 깊어가니 더욱 괴로웠다. 조리치다가 제풀에 지쳐 고주박잠을 잤다. 꿈을 꾸었다. 고향의 뒷동산에서 희영을 만났다.

"네가 만들어 끼워준 꽃반지야."

희영은 손을 내밀어 손가락에 끼어있는 꽃반지를 자랑했다.

"꽃반지를 아직도 끼고 있네."

영구는 다가가 희영의 손을 잡으려고 했다.

"쌍가락지로 하나 더 만들어 끼워줘."

희영은 생글거렸다.

"물론이지."

영구는 두리번거리며 자운영 꽃을 찾았다. 없었다. 북선댁이 나타나 비석처럼 서 있었다.

"당신은?"

영구는 다복솔 옆에 서 있는 북선댁을 물끄러미 바라보았다. 북선댁은 희영의 엄마였다. 동네 사람들은 북한에서 피난 왔다고 하여 북선댁이라고 불렀다.

북선댁은 희영에게 다가가 손을 잡고 산등성이를 향해 올라갔다.

"희영아, 진희영. 꽃반지를 만들어 줄 테니 기다려!"

영구는 따라가며 목이 터져라 불렀다. 깜짝 놀라 눈을 떴다.

4.

'이상하단 말이야. 북선댁과 희영이 무엇 때문에 꿈에 보였지?'

영구는 생생하게 떠오르는 꿈을 되새김질하며 음미했다. 곱씹을수록 감칠맛이 났다. 반추하고 있으니 희영이 더욱 그리워져 보고 싶었다.

그러니까, 육이오전쟁이 끝나갈 무렵이었을 것이다. 휴전협정이 맺어진 그 해였는지도 몰랐다. 영구는 어머니를 따라 밤중에 붙잡혀 끌려간 아비지를 찾아 나섰다. 어머니는 아버지의 시체라도 찾아야 한다며 눈에 불을 켰다. 사람들을 총살했다는 곳을 알아내어 뒤졌다. 무작정 후미진 곳이나 도린곁의 깊은 산골을 헤맸다. 해변을 돌아다녔다.

그러던 어느 날이었다. 정신병자처럼 산골짜기를 헤매다가 해거름이 되어 재를 넘어왔다. 태양이 산 능선의 해넘이로 모습을 감추자 땅거미가 짙어지며 어둑어둑해졌다.

누군가 산등성 바위 뒤에서 총부리를 겨누고 있는 것 같아 무서웠다. 잰걸음으로 비탈을 내려왔다. 동구 밖에 다다랐다. 마을 입구에서 인기척이 들렸다.

"당신이요."

어머니는 남자의 음성을 듣고 아버지인 줄 알고 뛰어갔다. 사람들의 모습이 나타났다.

"당신들은 누구요?"

어머니는 남편이 아니라는 사실을 알고 신경질을 냈다. 한 편으로는 두려웠다. 총을 몸에 지니고 있는 공산당, 인민군, 경찰, 국군, 모두가 싫었다. 누구도 믿을 수 없었다. 불쌍한 서민들은 그들의 학살 대상이었다. 자기들의 요구에 응하지 않으면 적이라고 하여 무조건 총살했다.

"우리는 피난민 가족입니다."

북선댁은 자식들 앞에 서며 어눌하게 말했다. 전쟁 중이라 잘못하면 가족이 몰살당했다. 어둠 속을 돌아다니는 사람들은 무서운 괴물로 보였다.

"어디서 왔어요?"

어머니는 피난민을 경계했다. 그들도 살기 위해 남을 해코지했다. 며칠씩 굶고 도망 다니기에 배가 고팠다. 먹지 않으면 죽었다. 허기를 달래려고 밤이면 강도가 되어 도적질했다. 먹을거리가 있으면 닥치는 대로 빼앗아갔다.

"북쪽에서…."

북선댁은 어머니를 응시했다. 아주머니이기에 조금은 안심이 되었다.

"우리는 나쁜 사람이 아닙니다."

북선댁의 남편은 뒤에 서서 애들을 감싸며 끼어들었다. 가족을 살리기 위해 평안도에서 전라도까지 찾아왔다. 어떻게 왔는지 몰랐다. 죽지 않으려고 정신없이 숨어 다녔다.

"잠자리 때문에 동네로 가는 거요?"

어머니는 어린애들을 보자 도와주고 싶다는 생각이 들어 발등걸이했다.

"남의 집 헛간에라도…."

"네 식구요?"

"예. 남편과 어린 남매 둘."

북선댁은 애들을 돌아보았다. 불쌍했다. 어린 것들에게 무슨 죄가 있는가.

"어린애들을 한데에서 재우면 안 되지요. 날씨도 차가운데 병이라도 나면…."

어머니는 애들을 바라보며 혀를 찼다.

"이 놈의 전쟁이…."

북선댁은 하늘을 쳐다보았다. 서러워 눈물을 가득 담은 별들이 총총 박혀 있었다.

"내 집에서 하룻밤을 묵어 가시요."

어머니는 앞장섰다.

"우릴 재워주시려고…."

북선댁은 기다렸다는 듯이 반겼다. 불안감은 여전했다. 전쟁 중이라 누구도 믿을 수 없었다. 잘못하면 밤중에 가족이 몰살당할지도 몰랐다.

"작은방이 비어 있으니 거기서 자시요."

어머니는 같은 전쟁의 피해자라는 생각이 들어 흔쾌히 빈방을 내어주었다. 여러 날을 굶었을 것이라는 생각이 들어 꽁보리밥을 나누어 먹었다. 애들이 춥다며 군불도 지펴주었다.

'살겠다고 여기까지 왔는데….'

어머니는 피난민을 동정했다. 인정을 베풀며 감쌌다. 그들도 함께 살아야 되었다.

5.

"엄마, 머리 아파 죽겠네."

영구는 동네 고샅에서 애들과 놀았다. 해 설핏해져서 마당으로 들어서며 악을 썼다.

"어디가 아프다고?"

어머니는 부엌에서 저녁밥 짓다가 헐레벌떡 뛰어나왔다.

"머리가…."

영구는 울음을 터뜨리며 투정부렸다.

"펄펄 끓네."

어머니의 손이 영구의 이마를 어루만졌다.

"죽겠다니까."

영구는 손등으로 눈물을 닦았다.

"방으로 들어가자."

어머니는 아들을 품에 감싸며 방으로 들어갔다. 따뜻한 아랫목에 눕혔다. 시렁에서 누더기이불을 내려 덮어주었다.

"북선댁이 병을 치료하는 간호사라고 했지."

어머니는 미친 사람처럼 중얼거렸다. 자식이 아프다고 하니 눈앞이 캄캄해졌다.

"북선댁, 북선댁!"

어머니는 방문을 나서서 옆방으로 갔다.

"어머니 안 계세요."

희영은 방문을 열고 나왔다.

"어디 가셨냐?"

"아까 아랫마을에서 누가 와 함께 갔어요."

"무슨 일로?"

"애를 낳는데 나오지 않는다고 하여 급하게…."

"아버지는?"

"일하러 가서 며칠째 오지 않았어요."
"어디로 갔는데?"
"몰라요."
"오빠는?"
"학교에서 노는지 아직 안 왔어요."
"엄마가 오면 우리 영구가 아프다고 하니 와서 봐달라고 해라."
어머니는 돌아섰다. 아무것도 몰라 쩔쩔 매었다.
"많이 아파요?"
희영은 오전에 뒤란에서 영구와 함께 소꿉장난하며 즐겁게 놀았었다.
"모르겠다."
어머니는 먼산바라기하며 숨을 몰아쉬었다. 황토색의 저녁놀이 짙어져 갔다. 서산마루에는 핏덩이 같은 태양이 얹혀 있었다.
"우리 영구가 많이 아파요?"
북선댁은 밤중에 왔다. 영구의 머리를 만져보고 청진기를 가슴 여기저기에 대며 진찰했다. 온도계를 겨드랑이에 끼어놓고 체온을 쟀다.
"어디가 아파?"
희영은 엄마를 따라와 옆에서 괴로워하는 영구를 바라보며 걱정했다.
"모르겠어."
영구는 고개를 돌려 희영의 시선을 피했다.
"열병 같은데 심하지 않으니 걱정 마십시오."
북선댁은 영절스럽게 말했다. 심하지 않다는 말은 거짓말이었다.
북선댁은 부엌으로 나갔다. 부삽에 불을 지폈다. 부뚜막에 얹혀 있는 솥에서 물이 펄펄 끓었다. 주사기를 넣어 삶아 소독했다. 소독한 주사기를 가지고 방으로 들어갔다. 작은 약병에 증류수를 넣고 흔들어 뽑았다.
"좋은 약이니까 금방 낫을 기야."
북선댁은 영구의 엉덩이에 주사를 놓았다.
영구는 주사를 맞으며 악을 쓰며 울었다.

"열이 내려갈 겁니다. 내일 아침에 올게요."

북선댁은 영구의 이마를 어루만지며 자리에서 일어났다.

"고맙습니다. 꼭 살려주세요. 열병이 돌아 많이 죽는다고 하던데."

어머니는 애걸했다. 이 마을 저 마을에서 여러 사람이 죽었다는 소문을 들었다.

"걱정 마세요. 별탈이 생기겠습니까. 곧 낫게 될 겁니다."

북선댁은 위로했다. 자신의 가족을 살려준 은혜를 갚기 위해서라도 꼭 살려내야 했다.

"하나 밖에 없는 내 새끼!"

어머니는 방문을 나서는 북선댁을 바라보았다. 눈물방울이 주르르 흘러내렸다.

"아프면 안 돼. 빨리 나아서 숨바꼭질하자."

희영은 어머니의 뒤를 따라가며 돌아보았다.

"알았어."

영구는 눈물 닦고 방문을 나가는 희영을 바라보았다. 예쁘고 사랑스러웠다.

영구는 열병으로 생사를 넘나들었다. 북선댁의 지극정성인 간호로 시나브로 건강을 되찾았다. 북선댁의 돌봄이 없었다면 어떻게 되었을지 모를 일이었다. 전쟁 직후였기에 굶주림으로 몸이 허약해졌다. 치료할 약도 없었다. 병으로 많은 사람들이 죽어갔다. 어디서 어떻게 약을 구해 치료해 주었는지 알 수 없었다.

6.

"점심 먹고 뒷동산에 갈까?"

영구는 학교가 파하자 교문을 나서면서 뒤에 따라오는 희영을 돌아보았다.

"산딸기 따먹게?"

희영은 영구 옆으로 바투했다.

"찔레순도 맛있어."

영구는 찔레나무의 가시에 찔리면서 부드럽고 탐스러운 애채를 꺾어 껍질을 벗겨 먹었다.

"산자락 밭둑에 있는 뽕나무의 오디도 달콤해."

"가을에는 정금 머루 다래도 익는다."

영구는 희영과 함께 초등학교에 입학했다. 한 집에서 살고 있기에 쌍둥이처럼 붙어 다녔다. 숙제나 놀이를 할 때에도 항상 함께했다. 다른 애들이 희영을 북에서 왔다고 놀리면 영구가 나서서 싸웠다. 남자였기에 항상 오빠처럼 보호해 주었다. 어떤 때에는 둘이 합세하여 덤벼들었다.

"오늘도 뒷동산에서 놀자고."

희영은 생글거리며 좋아했다. 뒷동산이 그들의 놀이터였다. 봄이면 어머니를 따라다니며 취, 칡순, 쑥 같은 나물을 뜯었다. 약초, 도라지, 더덕도 캤다. 가을이면 머루 다래 정금 도토리를 땄다. 식량이 없었기에 먹을 거리를 산에서 구했다. 요사이는 면사무소에서 배급이 나와 식량사정이 조금 나아졌다. 전쟁이 끝난 직후에는 굶기는 밥 먹듯이 했다.

"뒷동산이 우리의 놀이터니까."

영구는 신작로로 나와 집으로 향했다. 들판에는 토실토실 살이 오른 햇빛이 흐벅지게 내려왔다. 따뜻해진 봄볕이 휑뎅그렁한 들판에 가득 담겨 있었다. 길 옆 논에는 자운영이 탐스럽게 자라 꽃이 흐드러지게 피었다. 봄을 아름답게 수놓았다.

"자운영 꽃 봐라!"

희영은 자신도 모르게 자운영 꽃에 이끌려 논으로 내려갔다.

"정말 예쁘다. 꽃반지를 만들어 줄까?"

영구는 뒤를 따라갔다.

"만들 줄 알아?"

"만들어 손가락에 끼워줄게."

영구는 자운영 꽃을 두 개 뜯었다. 하나을 꽃봉오리가 있는 바로 밑의 꽃대를 약간 쪼갰다. 다른 꽃대를 끼워 잡아당겼다. 두 꽃봉오리가 만나 하나가 되었다. 아름다운 꽃반지가 만들어졌다.

"꽃반지를 끼워준다고?"

희영은 손을 펴 내밀었다.

영구는 희영의 손가락에 꽃반지를 매어주었다.

"정말 예쁜 꽃반지네."

희영의 얼굴에는 웃음꽃이 활짝 피었다.

"웃는 네 얼굴이 더 곱다."

"내가 예쁘다고?"

희영은 영구가 꽃반지를 손가락에 매어주니 이상한 감정이 들었다. 신랑이 신부에게 끼워준 반지가 생각났다. 수줍어 얼굴이 붉어졌다.

"그래, 백설 공주처럼."

영구는 기분이 좋았다. 파란 하늘을 훨훨 날아다니는 것 같았다. 뒷동산 산마루에는 흰 뭉게구름이 피어올랐다. 앞산 산등성이에서는 송홧가루가 날렸다. 개천에서는 종달새가 펄쩍펄쩍 뛰어 오르며 노래했다. 들에서는 아지랑이가 너울너울 춤을 추었다. 집에 가지 않고 자운영이 있는 논가에서 놀았다.

다음 날, 그 다음날에도 하굣길에는 자운영이 있는 들판을 쏘다녔다. 꽃반지, 꽃팔찌, 꽃목걸이를 만들었다. 즐겁게 놀다가 해동갑하여 집으로 갔다.

이듬해, 그 다음해 봄에도 논에는 자운영 꽃이 흐드러지게 피어있었다.

7.

"신세를 많이 졌습니다. 정말 고마웠어요. 이 은혜를 어떻게 갚아야 할지…."

북선댁은 자신의 집을 마련하여 이사하면서 눈물을 흘렸다.

"무슨 신세입니까. 오히려 제가 고맙습니다. 영구가 병났을 때에 치료해서 살려주셨으니…."

어머니는 북선댁의 손을 잡고 놓지 않았다.

"멀리 간 것도 아니고 면소재지에서 살 테니 자주 뵙겠지요. 장에 가거나 지나칠 때에는 들러주세요."

"그래야지요."

어머니는 울컥 치솟는 이별의 서러움을 삼켰다. 가족처럼 정들어 보내고 싶지 않았다.

"가끔 찾아올게요."

북선댁은 돌아서며 볼에 얹혀 있는 눈물방울을 닦았다.

"비좁은 방에서 고생 많았어요."

"영구야, 건강하게 자라서 어머님께 효도해야 돼."

북선댁은 부드러운 시선으로 영구를 쓰다듬었다.

"그럴게요."

영구는 고개를 끄덕였다. 마음이 곱고 고마운 북선댁이었다.

희영은 이사를 갔다. 그러나 학교에서 매일 만났다. 더욱 사이좋게 지냈다. 초등학교를 졸업하자 읍내에 있는 같은 중학교에 진학했다. 희영은 중학교를 다닐 때에 도시로 이사 갔다. 그렇게 헤어졌다.

먼 훗날 동창들에게 희영의 가족에 대한 소식을 들었다. 희영의 오빠 준섭은 돈을 벌려고 독일로 가 광부가 되었다고 했다. 희영은 간호사가 되어 독일에 있는 오빠를 찾아갔다는 소문이었다.

8.

'희영은 간호사가 되어 돈을 벌겠다고 독일로 갔다고 했지.'

영구는 친구들에게 들었던 말을 곱씹으며 음미했다.

'나도 부자가 되고 싶어 독일 광부로 가려고 했는데….'

영구는 지난날을 반추했다. 한 때에는 독일로 가 광부가 되어 돈을 많이 벌어보겠다는 꿈을 가졌었다.

'어머니가 정신이상으로 집을 나가버려서….'

영구는 어머니 때문에 꿈을 접어야 했다.

'어머니가 보고 싶구나.'

영구는 어머니의 모습을 그려보았다. 따뜻한 품속에 안겨 소리치며 울고 싶었다.

'불쌍한 우리 엄마. 저승으로 가서 아버지와 함께 계시겠지?'

영구는 늘킴으로 서러워했다. 어머니는 아버지의 죽음을 인정하지 않았다. 주검을 보지 못했기에 살아있다고 여겼다. 해거름이 되며 동구 밖에서 서성거리며 아버지를 애타게 기다렸다. 한밤중에도 아버지가 왔다고 하며 마당으로 나갔다. 명절이 되면 동네 앞 고샅에 서서 신작로를 물끄러미 바라보았다. 남몰래 넋을 놓고 서럽게 울기도 했다.

'내가 고등학교 2학년 때에 어머니가 집을 나갔었지.'

영구는 수업을 마치고 집에 돌아와 보니 어머니가 보이지 않았다. 마실 나갔을 것이라고 여겼다. 밤이 되고, 다음날, 그 다음날에도 오지 않았다. 동네 사람들에게 물어보았다. 보았다는 사람이 없었다. 외갓집을 찾아갔다. 오지 않았다고 했다. 가출한 것이 분명했다.

'어머니를 찾기 위해서 학교에 다닐 수가 없었어.'

영구는 학교에 다니지 않고 어머니를 찾아 헤맸다. 어머니가 아버지를 찾듯이 무작정 돌아다녔다. 헛수고였다. 한 해가 지나갔다. 몇 해가 넘어갔다. 어머니는 돌아오지 않았다.

'어머니를 찾겠다고 무작정 상경했지.'

영구는 어머니가 서울에 있을지도 모른다는 상상에 도취되어 있었다. 그래서 서울생활을 시작했다. 처음에는 구걸했다. 공장에 들어가 심부름했다. 지게를 지고 짐을 날랐다. 손수레의 행상도 했다. 닥치는 대로 돈을 벌었다. 자본이 생겨 음식점을 차렸다. 종업원으로 일하던 아가씨와 결혼했다. 장사가 잘 되었다. 수입을 부동산에 투자했다. 부자가 되어 빌딩을 샀다.

'나는 육이오전쟁 때문에 아버지와 어머니를 잃은 전쟁고아야.'

영구는 궤적을 돌아보며 되새김질했다. 입술을 깨물며 서러움을 곱씹어 삼켰다. 어느새 나이가 들어 병들었다. 얼마나 더 살지는 알 수 없었다. 휴전의 덕택으로 제 명을 살고 죽게 되는 것 같아 참으로 다행이었다.

9.

'간호사였던 희영이 독일에서 찾아와 북선댁처럼 간호해 준다면….'

영구는 소녀를 그리워하며 엉뚱한 환상에 젖어들었다. 희영을 보기만 하여도 병이 나을 것 같았다.

"여보 고집부리지 말고 원이라도 없게 수술을 합시다."

아내는 며칠 전부터 설득했다.

"무슨 수술!"

영구는 외면했다. 수술문제로 가족들과 투쟁 중이었다. 육이오전쟁 때에 억울하게 목숨을 빼앗겼던 사람들을 생각했다. 칠순을 넘겼으니 제명대로 산 것이 분명했다. 인간은 죽는다는 진리를 인정하고 받아들여야 되었다.

"이대로 죽겠다는 거요?"

"칠십을 넘긴 내가 얼마나 더 살겠다고. 5년. 10년?"

"하루를 더 살더라도 최선을 다해야 하나님이 도와주죠."

"그건 당신 생각이고."

"아내의 심정도 이해해 주어야 되는 것 아니요."

"그렇다면 나의 마지막 소원을 들어줄 수 있겠소?"

"무슨 소원?"

"간호사가 되어 돈 벌러고 독일로 갔던 동창생 희영을 보았으면 해서?"

"육이오전쟁 때에 피난 와 한 지붕 밑에서 살았다는 북선댁 딸?"

아내는 남편에게 귀가 아프도록 들었었다. 틈만 나면 자랑했다. 독일에서 살고 있는 것이 분명해서 귀담아두지 않았다.
"쌍둥이처럼 함께 자라서…."
"소꿉장난하면서 꽃반지를 만들어주었다는 소녀라면서?"
아내는 시샘이 나 투정을 부렸다.
"왜, 안 되겠소. 독일에서 간호사를 했으니 좋은 약을 구할 수도…."
"안 될 것은 없지요. 다 늙었는데 무슨 질투…."
아내는 혼연스럽게 말했다. 자신의 속내를 들여다보며 빙긋이 웃었다. 자기도 어린 시절에 좋아했던 소년이 있었다.
"어떻게 될지 모르니까 수술하기 전에…."
영구는 목이 막혀 말끝을 맺지 못했다. 죽음을 생각하니 두렵고 무서웠다.
"머리가 하얗게 센 늙은이가 무슨 사랑 놀음. 만나게 해주면 수술을 하는 거죠?"
아내는 다짐을 받았다. 어떻게 될지 모르니 들어주어야 될 것 같았다.
"알았어요. 동창회 회장인 순섭에게 부탁하면…."
"아내도 그렇게 사랑하고 있겠지?"
아내는 날카로운 질투의 한 마디로 되갚음했다.

10.
영구는 창가에 서서 밖을 바라보았다. 가슴 조이며 희영을 기다렸다.
'오늘은 꼭 찾아올 거야.'
영구는 다리가 아파 침대로 가 앉았다.
금방이라도 희영이 나타날 것만 같았다. 마음이 설레며 초조하고 불안했다.
그 때였다. 문이 열렸다. 한 할머니가 들어왔다.
'곱던 소녀가 버커리가 다 되었네!'
영구는 첫눈에 희영을 알아보았다.

반가운 내색을 못하고 빙긋이 웃으며 슬픔을 삼켰다.
예감이 맞아떨어졌다.
희영은 영구와 마주하자 어떻게 해야 할지 몰라 망설였다. 소녀처럼 가슴을 조이며 물끄러미 바라보았다. 얼굴이 화끈거렸다.
"진희영, 할머니가 되었네."
영구는 눈물이 나오려고 하는 걸 어렵게 참았다.
아내는 희영이 들어오는 걸 보고 슬그머니 병실에서 나갔다. 비켜주는 것이 예의라고 생각했다.
"암이라고?"
희영은 입술을 바르르 떨었다.
"말기라고 하네."
영구는 남의 말을 하듯 태연하게 행동했다.
"요사이는 약이 좋으니까."
희영은 다가갔다. 이미 알고 왔기에 침착했다.
"모든 인간은 죽게 되지만 나는 영생할 거야."
영구는 영절스럽게 말하며 씩 웃었다. 서러움, 공포, 고통, 두려움, 괴로움을 감추었다.
"의사선생님이 시키는 대로만 해."
"너는 독일에서 간호사를 했으니까."
"우리 나이에 죽기는 억울해. 말기라도 제 명까지 사는 사람들을 많이 보았어."
희영은 힘주어 말했다.
영구는 태어나서 죽는 그날까지가 개개인의 명이라고 주장하려다가 참았다.
희영은 눈물이 나오려고 하여 고개를 돌렸다. 서러움 삼켰다.
두 사람은 입술을 깨물며 상대방을 물끄러미 바라보았다. 할 말을 잊어버렸다.

11.

"부모님은?"

영구는 침묵이 싫어 입을 열었다. 무슨 말이든 해야 긴장이 풀릴 것 같았다.

"저세상으로 간 지 여러 해 되었네."

"북선댁이 보고 싶은데."

"우리 엄마가?"

희영은 고개를 돌리고 손수건으로 축축하게 젖어 있는 눈가를 닦았다.

"오빠는 잘 있지?"

영구는 슬픔으로 가득한 희영의 모습이 싫었다. 꽃반지를 끼고 행복해하던 소녀를 그려보았다.

"응, 건강해."

"함께 왔어?"

"오빠는 한국에 못 와."

"무슨 소리야?"

"우린 북한에서 태어났지 않아."

희영은 어눌하게 말했다.

"고향이 평안도라고 했지."

"오빠는 평안도 고향엘 다녀왔어."

"그래서…?"

영구는 갑자기 목이 막혔다. 가슴이 답답해졌다.

"남한은 성장했던 고향이기에 와서 친구들을 만나고 싶어 하는데…."

"오면 되지."

영구는 올 수 없다는 사실을 알면서 어깃장을 놓았다.

"독일간첩단사건 몰라. 한국에 오면 간첩이 되어 징역살이하라고. 통일이 되면 몰라도."

"넌 괜찮아?"

"나는 북한 고향엘 가지 않았으니까."
희영은 몸을 바르르 떨었다. 남한을 다녀가는 것이 항상 불안하고 무서웠다. 뒤에서 낚아채갈 것만 같았다.
"그것이 분단의 서러움이야. 독일은 오래 전에 통일을 했는데."
"대한민국국민들만 당하는 억울하고 원통한 슬픔과 고통이지."
희영은 입술을 지그시 깨물었다.
"생각지도 않았는데 독일에서 빨리 왔네?"
영구는 흥분하지 않으려고 대화 내용을 바꾸었다. 분단의 현실을 생각하면 분노가 치밀어 감정을 억제하지 못했다.
"며칠 전에 들어왔어. 아흔이 넘은 시아버지가 위독해서 시댁인 경상도에 있었어. 여기에 오면 항상 친구들과 연락해서 만나."
"그런데 나는 몰랐네?"
"나는 네 소식 다 듣고 있었어."
"나에게 연락하지."
"만나서 무엇 하게."
"무엇 하긴?"
"……."
희영은 눈물을 보이기 싫었다. 고개를 돌렸다.
"언제 독일로 갈 거야?"
영구는 더 이상 따지지 않았다. 만나지 않으려고 했던 이유를 알 것 같았다. 자신이 암으로 곧 죽게 될 것이라는 소식을 듣고 부리나케 온 것이 분명했다.
"시아버지가 우선하니까 내일이나 모래."
"그렇게 빨리?"
"형편이 그래."
"내가 만들어 주었던 꽃반지 생각나?"
영구는 추억을 들추어내지 않기로 마음먹었다. 희영을 보니 흥분되어 자신도 모르게 뱉어버렸다.

"나, 서울에서 볼 일이 있어. 바쁘니까 가봐야겠어."

희영은 병실에서 빨리 나가고 싶었다. 서러움이 복받쳐 감당하기가 힘들었다. 봉투를 침대 위에 놓고 돌아섰다.

"벌써?"

영구는 침대에서 내려가 붙잡고 싶었다.

"간다. 그대로 누워있어."

희영은 도망치듯이 나가버렸다.

"통일이 노리개인가. 누구의 입맛에 맞추려고? 음식을 만들 때마다 간하듯 하게. 전쟁이 터지면 한반도가 어떻게 될까?"

영구는 도망가는 희영의 뒷모습을 응시했다. 한반도의 분단과 전쟁을 되새김질하며 정신병자처럼 중얼거렸다. 결기를 참지 못했다. 주먹을 불끈 쥐며 이를 갈았다. 엉엉 울고 싶었다. 눈앞에는 전쟁으로 폐허가 된 도시가 나타났다. 파괴된 건물들, 나뒹구는 시체들, 부서진 건물 잔해에 묻힌 사람들, 부상자의 아우성소리, 송장들의 썩는 냄새, 남의 물건을 강탈하는 떼강도들, 척이 졌던 앙갚음하려고 서로를 죽이려고 날뛰는 정신병자들, 떼거리로 몰려다니며 장타령 품바타령 각설이타령을 해대는 비렁뱅이나 동양아치들, 잠잘 곳이 없어 다리 밑에 움막을 치는 거지 떼들, 전염병에 죽어가는 사람들….

"남과 북이 전쟁을 하게 되면 대한민국은 하루아침에 멸망하고 국민은 떼거지가 되어 구걸하는 거야!"

영구는 마음 속으로 외쳤다. 육이오전쟁을 생각했다. 볼에는 눈물방울이 흘러내리고 있었다.

『펜문학』 2014년 7, 8월호에 발표

# 오늘 또 오늘

## Same Story, Different Day

김대현

**✲ 나오는 사람 ✲**

리성민
양금순
채순옥
성민부
이옥희
이통일
이행진
완장
선임
국군1, 2, 3
무전
구경꾼1, 2, 3, 4, 5, 6

**김대현**

- 「한국일보」 신춘문예 〈외등 아래〉 당선.
- 극단 창작마을 대표. 강남문인협회 회장. 서초연극협회 부회장.
- 한국희곡문학상 외.

## 1장

정신병원.

성민은 치매증세가 악화된 상태다.

손전등을 들고 있는 의사가 성민의 눈꺼풀을 뒤집어 동공 바라본다.

뒤집혀진 눈. 성민의 의식세계는 과거의 상흔으로 얼룩져있다.

알사탕을 물고 있는 성민의 눈앞에 군인들이 나타난다. 참전 당시 전우들이다. 장난치는 군인들을 보고 장난기 발동한 성민은 의사 가운을 더럽힌다. 의사는 옷을 벗게 되고, 의사 팔뚝에 보이는 빨간 완장을 보며 화들짝 놀란다. 뒷걸음치는 성민.

그 상태에서 과거로 들어간다.

홍청색의 신혼 첫날 밤.

붉은 천과 파란 천으로 공간을 만들기 시작한다.

천 투사한 빛. 청사초롱 분위기.

1950년 초 평양 인근.

## 2장

알쏭달쏭 춤(꼬마각시탈)

혼례식을 마친 성민과 금순의 첫날 밤 신방 모습이 재현된다.

다소 수줍고 어색한 두 사람.

성민　당신 이름 뭐야요?

금순　(부끄럽다)

성민　이름 없시요?

금순　(가로젓는다)

성민　없시요?

금순 (끄덕끄덕)

성민 없구만 (끄떡 흉내) 이름도 없고 얼굴도 없고.

구경꾼1 (구경하며 술 들이키며) 거저 술이래 주거니 받거니 오고가는 정이 있어야 하는 법.

성민 결혼 첫날부터 벙어리 삼 년 작정했습네까?

구경꾼2 신혼 첫날밤 무슨 말이 필요하간?

구경꾼3 주둥이 박치기하면 그 뿐이디

구경꾼4 거럼. 거저 행동으로 보여주라우, 행동으로!

성민 (어색한, 소반에 놓인 약주 들이키며) 거 참, 이상도 하디. 흥이 나지 않는구만. 글 쓰는 친구들과 한 순배 두 순배 잔이 오고가면 시를 빚듯 혼 빚듯 혀끝이 짜르르 전율이 오가고, 거저 오가는 술이 구름에 달 가리듯 감칠 맛나고, 오만가지 생각이 절로절로 오가더니, 거 어찌 신혼초야 마시는 술이, 제사 지낸 뒤 음복하듯 맛이 와 이러간.

금순 ….

성민 님자, 거 혹시 어르신 강요해서 맘에 없는 혼사 치뤄 그런 거 아니야요? 가만 보니까니 도살장에 소 끌려가듯 눈빛도 서글퍼 보입네다.

금순 ….

성민 (잔 더 바짝 내밀며) 손이래 몹시 부끄럼 타는구만기래.

금순 (살포시 쳐다보곤 손 내밀어 잔 따른다)

성민 (바짝 코 내밀며) 기러니끼니 우리 분명, 백년가약한 거이 맞긴 맞습네까?

금순 (끄떡)

성민 기럼 바짝 오시라요.

금순 (방문 보며 눈짓)

성민 (그제서야 눈치채며) 어흠! 문구멍에 찬바람 들어오면 고뿔 걸릴까 걱정되서 병풍치고 섰나. 아니면 첫날밤에 아들일까 딸일까 점칠라고 섰나. 어찌 헛침만 밖에서 질질 흘리오?

구경꾼1　신랑이 첫날부터 자신감 잃은 거 아니간? 멍석 깔아놓고 첫날밤부터 뭔 술타령이간?

성민　허! 가만히 보니까니 창호지에 뚫린 눈들이, 분명 외눈 도깨비가 틀림없구만기래.

금순　(발로 툭 차며 쫓으라고 눈짓한다)

성민　(술 한 잔 따르라고 능청) 내레 술기운이 모자라 힘 못쓰갔어.

금순　(술잔 채워준다)

성민　부지깽이로 콱 쫓을까, 아니면 요 뜨거운 촛농으로 맛보일까? 님자가 택하라우.

금순　(어서 쫓으라고 눈짓한다)

성민　기럼 한 잔 더….

금순　(마지못해 따른다)

성민　(받아 마시며) 크으 좋타!

구경꾼1　뭐가 타? 발음 똑바로 하라우.

구경꾼2　아 그 게 탄다잖어! (웃는 소리)

성민　(벌떡 일어나며) 훠이! 이 놈의 도깨비들!

구경꾼들　(놀라 자빠지며) 어이구! 허리야 다리야 삭신이야… 이거이 방아질은 우리가 대신하고 자빠졌네. 아이구….

성민　이보라우. 이제 눈에 양기가 오를 데로 올랐으니, 허리춤 기만 잡고, 임자 있는 사람들은 어서 도깨비불이나 보러 가라우. 삼대 독자 이 몸은, 밤새 술이나 마실테니까니….

구경꾼2　저 거 보라요. 벌써 술귀신 붙었지 않아요.

구경꾼1　우리가 뭐 할 일 없어 이러간? 첫날밤에 신랑신부 바뀌면 어떡하나 기래서 밤새 눈뜨고 지켜주는 거라요.

구경꾼2　거럼 첫날밤에 신부한테 귀신 덮어쓰면 낭패 아니갔어. 연지곤

지 뻰지꼰지 짙게 바른 이유 있디.

성민 신랑이 두 눈 부릅뜨고 있는데 귀신은 무슨 귀신? 기딴 소리 변소 가서 하라우. 술 마시니까니 신부가 선녀같이 보이는 걸?

구경꾼 첫날밤에 신선 노릇하려구? 보라우 밤에도 양반 노릇하면 못쓰는 법이야요.

성민 뭐이? 기럼 날래 들어와 자네 처하구 시범 보이라우. 내레 따라 할테니….

함께 쿵더쿵 멥쌀방아, 빙글빙글 연자방아 은근슬쩍 디딜방아 돌고돈다 물레방아.

오른팔에 완장 휘두른 사람이 빵떡 모자 쓰고

러시아 군인처럼 척척 걸어 나온다.

모두 슬금슬금 퇴장.

완장 달밤에 체조하고 있어야… 아새끼래 눈꼴 시워서 못보겠구만. 인민의 해방을 위해선 저 사치풍조, 저거 안되는 일이디. 인민의 피를 빨아먹은 부르죠아! 당장! (뭐라 말하려고 홱 돌지만 아무도 없다) 다들 오디 갔어? 거 되게 쑥스럽구만. (긁적이며 퇴장)

성민 이보라우 님자. 다들 간 거 같으니 오붓하게 한 잔 걸치자요.

금순 (권한다)

성민 백년가약이라… 백년 술친구 얻으니 기분 가히 좋네. 자, 자네도 한 잔.

금순 (얌전히 받아 마신다)

성민 이제 술맛 나는구만. 영변에 약산 진달래꽃 이름따다….

금순 (성민 몰래 연거푸 마신다. 성민 앞에 있는 잔도 마저 비운다)

성민 (빈 잔 들고 마시다가) 언제 마셨디?

금순 (다소곳이 앉아있다)
성민 (한 잔 채워달라고 잔 내민다)
금순 (시침 떼고 채워준다)
성민 (마시려다 술잔 놓고) 영변에 약산 진달래꽃….
금순 (재빨리 성민의 술 마신다)
성민 (빈잔 들고) 내레 벌써 취했나? 한 잔 더 따시라요.
금순 (모르는 척 붓다가, 빈 병이라며 흔든다)
성민 야래 벌써 바닥났네?
금순 (딸꾹!)
성민 이 거이 큰일났구만. 이 밤에 어디 가서 술을 구한다?
금순 (술 취해, 명령조) 이제 그만 자빠져 자시라요.
성민 (어리둥절) ?
금순 (성민 흉내내며) 당신 이름 뭐야요?
성민 (웃으며) 나 말이요?
금순 없시요?
성민 리자 성자 민자, 자짜 다 빼면 리성민이디, 기건 와.
금순 거럼 당신 누구야요?
성민 나? 내레 님자 남편이디.
금순 기럼 남편은 뭐하는 사람이야요?
성민 남편된 지 하루만에 그걸 어찌 알간? 기럼 님잔 아내가 뭔지 아오?
금순 아내는 안해. 안에서 빛나는 태양이디요.
성민 기럼 남편이 뭐하는 사람인지도 알겠구만?
금순 남편의 남자가 밭전자에 힘력자니까니 밭에 나가 힘쓰라는 거 아니갔시요?
성민 맞디! 긴데 밭은 멀리 있는 게 아니라 님자가 바로 밭이디. 삼대독자 일찌감치 씨뿌려 대 이으라고 그러는 거 아니갔시요?

금순　준비됐시요!

성민　(당황) 뭔 준비?

금순　참 답답한 소리 말라요. 더운데 좀 벗겨주지 않갔시요?

성민　임잔 손이 없간?

금순　첫날밤엔 손 있어도 없시요.

성민　(장난끼) 혹시 매일매일 벗겨줘야 하간?

금순　보라요, 기럼 시어머니께 벗겨달라케요?

성민　님자 술 취하니까니 재밌구만기래. 우리 기럼.

사랑가 음률에 맞춰 어우러지는 첫날밤,

비녀 빼고 댕기 풀고.

신방 불 꺼지면 덩그러니 뜨는 달.

귀뚜라미 소리만 크게 울린다.

## 3장

성민 부친, 뒷짐 진 채 조바심에 왔다갔다 헛기침한다.

초조한지 한숨 내쉬며.

성민부　아무래도 세상 돌아가는 기운이 심상치 않어. 얘, 아범아! (대답 없자) 얘 아범아!

성민　(옷고름 챙기며 나와) 예! 부르셨습네까?

성민부　어찌 됐간?

성민　예?

성민부　얼마나 기다려야 하느냐 그 말이다.

성민　무슨 말씀이신디?

성민부　열 달만에 나오는 거이, 확실하느냐 그 말이디.

성민　예?

성민부　손자.

성민　아바님두… 합방한지 겨우 열흘밖에 되지 않았습네다.

성민부　열흘에 열 달이라? 거 재주 좋은 놈은 일곱 달에도 낳던데.

성민　소자 열심히 노력하고 있습네다.

성민부　당연히 열심히 해야디. 삼대독자니끼니….

성민　….

성민부　기건 기렇구 아범아.

성민　?

성민부　한 달포 정도 경성 김첨지 집에 가있우라우.

성민　기건 무슨 하명이신디….

성민부　요근래 움직이는 기운이 살얼음판이니까니 잠시 몸을 피하라 그 말이디.

성민　가시라면 가갔습니다만….

성민부　와, 벌써 치마폭이 그립간?

성민　아, 아닙네다. 아버님 생신 앞두고 떠나자니….

성민부　걱정말라우. 기렇잖아두 기동안 생일 많이래 차려 먹었다 생각드니끼니 걱정말구 날래 떠날 준비나 하라우.

성민　기래도….

성민부　뭐이가 기래도간? 지체 말구 당장 채비 차리라.

성민　알갓습네다 기럼….

성민부　어딜 가든….

성민　예?

성민부　삼대독자라는 걸 명심하고.

성민　예….

성민부, 퇴장.

금순, 보따리 들고 나온다.

금순　아니, 이 밤에 무슨 난장에 법석야요?

성민　엄중한 아바님 분부니 거역할 수 없습네다.

금순　(보따리 내밀며) 아무튼 몸조심이나 꼭 하시라요.

성민　달포 정도면 다시 보게 될기요.

금순　매일매일 저 달보고 빌갔으니 몸 성히성히 날레 다녀오시라요.

성민　내레 저 달 보고 당신 얼굴 그리리다. 기러고 아버님 생신 잘 차려 주시라요.

금순　안심 푹 노시라요.

성민　기럼 다녀오리다.

금순 손 흔들고,

성민 숨어서 그 모습 사라질 때까지 보고

밖으로 걸음 옮기는데 완장이 성민 가로막는다.

완장　동무, 이 밤에 어딜 그리 급히 가오?

성민　볼 일이 있어서래….

완장　볼 일? 뒤간은 안에 있을 텐데? 대궐 같은 뒷간두 허물어지오?

성민　….

완장　긴데 그 보따린?

성민　아 내레 친척집에 급한 용무가 생겨설라무니….

완장　친척집에?

성민　기렇습네다.

완장　동무래, 용문 내레 먼저 봐야갔소. (서류 꺼낸다)

성민　?

완장 축하하오!

성민 무슨?

완장 소집영장이요!

성민 소집영장?

완장 동무가 인민해방군 전사가 됐다 기 말이요. 아시갔소?

성민 예?

완장 잊지 말고 내일 아침 공회당 앞으로 집결하라요!

성민 배 서방!

완장 배, 서방?

성민 아니 지도원 동무. 이건….

완장 내레 동무에게 한 가지 충고하갔는데, 만에 하나, 동무래 야반도주하면 동무 부친이 어찌 된다는 거 아오?

성민 ….

완장 인민재판! 아시갔소 브르죠아 동무? 내레 볼 일 다 봤으니 기럼 이만….

완장, 팔 휘두르며 퇴장한다.

소집영장 보며 주저앉는 성민.

휘영청 달도 밝다.

다듬이 소리.

성민 어찌하면 좋간. 집에 돌아가자니 아바님 낙담하실 테고, 서울 가자니 아바님 봉변 당하실테고. 어찌하면 좋간? 내일 모레 생신인데 걱정 끼쳐드릴 수도 없고 (소집영장 보며) 언제 돌아올지 기약도 없고 어찌하면 좋간?

성민, 다시 집으로 돌아간다.

방문으로 다듬이질 하는 금순의 실루엣.

성민 조심스레 방문으로 다가가

성민 님자… 님자….

금순 (깜짝 놀란) 아니 어쩐 일이야요.

성민 쉿!

금순 (작은 소리로) 벌써 서울 다녀 왔시요?

성민 아니, 가다보니 잊은 게 있어서….

금순 뭔데 기래요?

성민 님자 얼굴….

금순 징그럽게 와기래요. 아버님께 혼나시기 전에 날래 가시라요….

성민 님자, 기러지 말고 우리 저기 앉아서 얘기 좀 하시자요.

금순 글쎄 아버님 방에 아직 불이 꺼지지 않았다니까요.

성민 날래 따라 오라요.

두 사람, 조용조용 빠져나와

대동강이 보이는 강변에 나란히 앉는다.

성민 춥진 않소?

금순 춥기는요….

성민 (어깨 감싸주며) 막상 님자 곁 떠나가려 하니 발길이 통 떨어지지 않는구만 기래.

금순 달포만 참으시면 될 걸 와기래요. 날래 돌아가야해요 아버님 아시면….

성민 꼭 보게 될기요!

금순 아니 아주 안 올 사람처럼 갑자기 와 그러는 기야요?

성민 어디 얼굴 좀… 혹시 길가다 넘어지면 당신 얼굴 잊어버릴까 봐서리.

금순 아이 참…. 천생연분 금줄 같은 인연. 안 봐도 본 듯해요.

성민 그렇구만. 얼굴이래 기억하면 더욱 보고 싶어질 게 뻔하구만.

금순 (가슴에 브럿지 주며) 정히 보고 싶으면 이 걸 대신하라요.

성민 (덥썩 손잡으며) 님자…. 내레 줄 게 없으니 어찌하오.

금순 당신 손 참 따뜻하구만요.

성민 기럼 이 손이라도 일단 기억하시라요.

금순 기억하지요 당신의 따뜻한 손길을.

성민 아버님 잘 모시라요. 내 꼭 돌아오갔으니까니.

금순 혹시 서울 가는 게 아니야요?

성민 아니요. 님자 두고 혼자 떠나려니 섭섭해서 그러는 거 뿐이야요.

금순 달포 정도 갖다 오신다더니 기건 거짓말인가요?

성민 돌아온다니까 그래요. 내레 저, 흐르는 대동강을 두고 맹세하리다.

금순 잠깐 다녀오는데 무슨 맹세야요.

성민 꼭 기다려주시라요.

금순 걱정 마시라요. 그깟 백년 못기다리갔시오.

성민 백년처럼 기렇게 보냅시다 오늘 밤, 태양이래 뜰 때까지….

금순 (기대며) 태양이래 뜨지 않았으면 좋갔시요.

성민 님자와 함께 있는 한 태양이래 뜨지 않을 기야요.

성민, 금순을 끌어안는다.

행복감에 젖은 금순, 어둠이 깊어진다.

이때, 서서히 떠오르는 태양.

혼자다. 두리번 거리는 성민.

## 4장

성민　또 떴어! 또 떴어! 가슴에 염장 지르고 애간장 녹이고 또 떴어! 빌어먹을 놈! 재밌니 재밌어? 빛나리! 너 뜨거운 맛 좀 볼래? 연기처럼 사라져야 하는 내 몰골만 아니어도 저 걸 그냥 가만 두지 않는 건대. 두고 봐. 언젠가 니 놈을… 다 너 때문이야! 오늘도 니 놈이 나타나는 바람에 나만 미친놈이 됐다구. 도대체 넌 왜 오늘 오늘, 오늘이면 오늘이지 아침이 지나고 하루가 분명히 지났는데 또 오늘이지? 왜 오늘이 다시 시작돼야 하는 거냐구? 머리 나쁜 놈! 그 쓸데없는 희망이니 뭐니 하면서 제발 새벽 좀 몰고 오지마. 가려워! 난, 세수하기도 귀찮은 사람이니까… (닭 나오며 울음) 저 놈이 또? 닭 모가지 비틀어도 새벽은 와?

성민은 닭 잡아 목 비틀려다
붉닭이 내민 붉은 줄에 걸려 러시아 군대식 걸음.
틈만 나면 도망가려고 이리저리 눈치 슬금슬금 보는 성민.
하지만 붉은 줄에 걸려 제자리로 다시 온다.
비행기 지나가는 소리, 연이어 기관총 소리.
폭탄투하로 붉닭들 쓰러지자

성민　(붉은 줄을 놓고) 악! 이 피! 이보라우! 인민해방군 이성민! 전사!

성민은 죽은 척하고 도망친다.
모두 퇴장하고, 성민, 잔뜩 지친 모습으로 나온다.
다시 한 번 터지는 폭탄.

성민　아버님, 조상님, 곤경에 처한 이 삼대독자 살려주시라요. 님자!

이때, 패잔병인 듯한 국군3이 무대 중앙으로 나온다.
반사적으로 움츠리는 성민. 도망치려한다.
나무토막처럼 성민 향해 쓰러지는 국군3.
성민, 차마 그냥 두고 갈 수 없다. 흔들어본다.
거친 숨만 쉬는 국군3.
성민, 하는 수 없이 온 힘을 다해 국군3 부축하며 일어선다.
성민과 국군3 퇴장한다.
아카펠라 부르며 나오는 군인들.

## 5장

오데로 갔나(아카펠라)
오데로 갔나 오데로 갔나 오데 가?
땅굴타고 토꼈나? 미그기 타고 날랐나?
내레 버린 아새끼레 오데로 갔나요.
쓴물단물 다 빨아먹고 눈물콧물 다 짜게 하고
잡히기만 해봐라 아오지야요.
내 마음은 너덜너덜 걸레가 됐시오
오데로 갔나 오데로 갔나 오데 가?

군인들이 파란 줄을 치며 공간을 만들기 시작한다.
피난민 속의 금순.
보따리 든 채 아기 업고 나온다.
성민의 사진을 꺼내들고 지나가는 사람들에게 묻는다.

금순　보시라요, 이 양반 어디서 본 적이 없습네까?

저 혹시 김첨지라고 어디 사는지 아십네까?
이 사람 본 적이 있습네까?

이때, 지나가던 걸인 하나가 금순의 사진을 보면서 활짝 웃는다.

걸인 (사진 보며) 이 사람?

금순 (반갑게) 아십네까?

걸인 이 사람이 바로 나야. 이게 바로 나야.

금순 뭐이 어드구어드래?

걸인 내가 누군지 나 좀 카르켜 줘라 응?

금순 이리 내! 미친 것이! (아기 울음소리) 못난 에미 때문에 엉뚱하게 아새끼래 고생하는구만. 떠나오지 말을 걸 그랬디? 뚜욱 그치라우… 니가 울면 내레 자꾸 울고 싶어져. (젖 물리며) 불쌍한 우리 국일이… 입술까지 말라 비틀어졌구만. 먹은 거이 있어야 젖이 나오디. 조금만 참으라우. 김첨지댁만 찾으면, 아바디만 찾으면 고생 끝이니까니. 기땐 이밥에 씨래기국 실컷 먹구 뽀얀 젖 펑펑 나오게 할 테니 기때까지만 참으라우. 자 뚝!

금순, 포대기에 싼 아이를 어르며 퇴장한다.

## 6장

전우야 잘 자거라

전우의 시체를 넘고 넘어 앞으로 앞으로

낙동강아 잘 있거라 우리는 전진한다

원한이야 피에 맺힌 적군을 무찌르고서
꽃잎처럼 떨어져간 전우야 잘자라

우거진 수풀을 헤치면서 앞으로 앞으로
추풍령아 잘 있거라. 우리는 돌진한다
달빛어린 고개에서 마지막 나누어 먹던
화랑담배 연기 속에 사라진 전우야

군인들이 사주경계하며 나온다.
통신병은 무전기를 어깨에 메고 있다.
성민. 계급은 일병이다.
M1 소총을 거머쥐고 있다.
선두에 섰던 선임. 정지 신호 보낸다.

선임 10분간 휴식!

성민만 서있고 군인들, 전부 앉는다.

성민 저기야, 저 산만 넘으면…, 아버님 돌아왔습니다. 제발 무사하시길 빕니다.
국군1 어이 이일병! 지금 뭐하냐, 싸게싸게 앉지 않구?
성민 괜찮습네다.
국군1 아따 고향땅 밟으니까 힘이 절로 나는가 보다잉.
성민 힘이 나지요. 저기 어릴 때 뛰어놀던 바위. 심장이 뛥네다. 저 고개만 넘으면 제 집 아닙네까. 냄자! 아! 이 흙냄새….
국군1 지랄허네. 땅이 요래 꽁꽁 얼었는디.
성민 아궁이에서 때는 연기가 제 코 밑을 스쳐 지나갑네다.

국군2 뭐라카노 문둥이? 차라 임마, 내사마 억수로 배고프니까.
성민 배부릅니다. 고향땅 밟으니.
국군2 고라몬 이일병 집에 가면 배 터지게 먹는기가.
성민 그렇습네다.
국군1 징그럽게 좋겠다. 부모님도 뵙고.
국군2 이쁜 삭시도 볼 거고.
국군1 샥시가 이뻐?
성민 이쁩네다.
국군2 문둥자슥 좋겠다!
성민 준비됐습니다!
국군1 준비? 오메오메 싸나이 가슴에 불을 지르네 저것이!
국군2 (장난끼) 이일병! 일발장전!

이때, 무전 들어온다.

무전 아! 여기는 낙동강, 아! 여기는 낙동강!

통신병인 무전이 암호를 주고 받는다.

성민 소대장님 부탁이 있습네다.
선임 무슨 부탁?
성민 이 마을 지릴 제가 잘 아니끼니, 먼저 가서 적의 동태를 살피고 오면 안 되겠습네까?
선임 뭐라구? 적의 동태?
국군1 동태 같은 소리하구 있네잉. 동탠 바로 나가 동태 됐부렀다. 오매 추운 거….
선임 군대에선 개인행동이 일체 금지되었다는 거 모르나?

국군2 쫄다구 군기 쪼옥 빠져가지고.

무전 (급히 수화기 내밀며) 낙동강 낙동강! 소대장님, 본붑니다.

선임 아 여긴 낙동강 낙동강! 뭐라구요? 오리알이 깨졌다구요? 정말이십니까? 아니, 모래밭에 떨어졌는데 오리알이 깨졌다구요? 으….
(주먹 불끈 쥔다)

국군2 염병하다 뒈질! 으 아까운 오리알!

성민 ?

선임 휴식 그만!

군인들 정렬한다.

성민, 앞으로 걸어가면

선임 뒤로 돌아! 오던 길로 다시 돌아간다!

성민 예? 아니 소대장님! 그거이 무슨 말씀이십네까?

선임 후퇴, 작전상 후퇴란 말이다!

성민 안됩네다 소대장님! 저 고개만 넘으면 바로….

선임 뒤로 돌아!

성민 싫습네다. 아니 못합네다. 전….

선임 지금 항명하는 건가?

성민 이건 항명하고 다릅네다 소대장님… 전 죽어도 못갑네다. 여길 오느라 죽음도 무릅쓰고 몇 천리 길이래 돌아 왔는데, 바로 코앞에 고향 두고 그냥 돌아가란 말입네까? 억울해서 죽어도 못갑네다.

국군1 오리알이 깨졌다잖아 작것아….

성민 보내주시라요, 혼자만이라도….

선임 자넨 군인이다! 전시에 명령 불복종, 뭘 뜻하는지 아나?!

국군2 (딴청하듯) 총살 아닌교!

성민　소대장님만 잠깐이래 눈 감아 주시면 되는 거이 아닙네까. 내레 곧장 뒤따라 갈 테니까니.

선임　(총 겨누며) 군인은 명령에 죽고 명령에 산다는 거 모르나?

성민　소대장님…. (뒤로 돈다)

선임　앞으로 갓!

성민　(꿈적 않는다)

국군1　(끌다시피) 자네만 고향 있는감? 염장 지르는 소리 그만혀?

성민　안 돼! (뒤돌아 뛰어가려다 엎어지며) 아버님! 어머님! 님자….

성민에게 총 겨누는 선임.

차마 못 쏘겠다는 듯 하늘 향해 방아쇠 당긴다.

암전.

성민　어둠의 신이시여!
매일 뜨는 저 태양,
오만에 빠진 저 얼굴에다 침을 뱉어 주시옵소서.
욕망에 가득 찬,
뻔뻔스런 저 눈동자에 어둠의 바늘을 꽂아 주시어,
과거의 기억 속에 영원히 묶이도록
지옥의 사슬을 채워 주시옵소서.
죽음보다 깊은 어둠 속에 숨겨진 당신의 그 슬픔으로,
단절이 뭔지, 이별이 뭔지,
상처 뒤에 찾아오는 절망이 얼마나 아픈 것인지
당신의 이름으로 깨닫게 하여 주시옵소서.
자만에 빠진 저 심장에 늙어가는 슬픔까지 덧씌워
세월의 무상함을 몸소 깨닫게 하여 주시옵소서.
오늘 그리고 또 오늘,

그 일기장에 고통의 먹칠을 뿌려 주시옵소서.

## 7장

무대는 38선 동부전선의 참호로 바뀐다.

일촉즉발 긴장 속에서 참호 위에 나비가 날아 다닌다.

총 끝에 앉았다가 다시 날아가는 나비를 보는 군인들.

소리 긴급 뉴스를 발표하겠습니다. 유엔군은 1953년 7월 27일 22시를 기해 38선을 기준으로 휴전이….

성민 안 돼! 안 돼! (무섭게 뛰어 나온다)

국군3 엎드려! 죽고 싶냐! 이일병!

성민 망할 놈의 새끼들, 지금에 와서 휴전이라니! 싸우기 싫으면 자기 나라로 돌아갈 일이디 무슨 개뻑다구 같은 소릴 하고 있는기야! 나보고 고향을 버리라구? 아직도 전우의 비명소리가 내 귀에 생생히 들리는데 휴전이라니?! 누구래 책임지겠단 말이가 누구래!

국군1 맞당께! 놈들이 고런 속셈이 있어 우릴 싸우지도 못하게 하고, 두더지마냥 참호 속에 며칠째 처박혀 있으라 했구만이라. 후방에서 먹물 굴리는 놈들, 그냥 콱!

성민 김상병님 전 가겠습네다.

국군1 갈티여 같이? 휴전시킨 놈 배때지에 구멍내러 갈티여? 아따 그럼 당장 가재.

성민 (뒤돌며) 전 북쪽으로 가겠습네다.

국군1 시방 북쪽이라 그랬냐? (총 겨누며) 너 이 새끼 전향하겠다는겨?

성민 아닙네다. 고향으로 가겠다 이 말입네다.

국군1 놈들한테 총알 먹을텐디. 그래도 가겠단 말여?

성민　생각해 보시라요. 김상병님. 어차피 고향땅에 묻히지 못할 거라면, 차라리 좀 더 고향땅 가까이 가서 죽겠다 그 말입네다.

국군1　(난처한 듯) 어쩐댜? 나 고향은 해남인디.

국군2　내는? 해운대다.

성민　혼자 가겠습네다. 소대장님께 그렇게 전해 주시라요.

국군1　이 자슥이! 휴전된다니까 위아래가 없네잉. 작것아. 같이 가잖께.

성민　김상병님 고향은 남쪽 아닙네까?

국군1　아따 이 바쁜 와중에 남쪽북쪽 따로 있겄냐? 나가 말이다. 고향땅에 가서 휴전 당시 뭐했냐고 물으면, 나가 그냥 졸고 있는데 휴전됐뿌렀다, 꼭 그렇게 말해야 쓰겄냐. 암만 생각해도 그 건 창피한 일이재. 가자!

선임　동작 그만!

성민, 국군1. 멈칫 선다.

선임　누가 상관의 승낙 없이 마음대로 움직이라 그랬나? 김상병, 자네가 그랬나?

성민　(나서며) 아닙네다 접네다.

선임　(노려본다)

성민　이번엔 소대장님 총에 맞드라도 어쩔 수 없습네다.

선임　뭐라구?

성민　보시라요. 아직 제 탄창엔 총알이 많이 남아 있지 않습네까. 죽드라도 고향 하늘 가까이 가서 죽겠다 이 말입네다!

선임　군인은 명령에 따르고 명령에 죽는다!

성민　이 순간에 누구레 명령하고 누구레 멍령을 받는단 말입네까?

선임　이 일병! 지금 항명하는 건가?

성민　더 이상 물러설 수 없습네다. 소대장님.

선임　(권총 꺼내려 한다)

국군3　소대장님 보내 주십시오.

선임　뭐라구?

국군2　내사마 저두 가야겠습니다.

선임　(노려본다)

성민　아직도 전우 시체에서 피가 뿜어 나오고 있는데 휴전이라뇨. 군인은 싸워야 군인이라고 하지 않았습니까!

선임　군인은 명령에 따른다.

성민　무슨 명령요? 저보고 고향을 포기하라구요? 이별을 준비하려고 제가 이 총을 든 줄 아십니까? (총 겨누며) 안보내주시면 쏘겠습니다!

국군3　이일병 이 새끼! 총 내려!

국군1　이일병!

국군2　문둥자슥!

선임　난 죽음을 준비한 적은 없지만 죽음을 피한 적도 없다.

성민　제발 눈 한 번 감아 주시라요 소대장님.

선임　그러다 아까운 목숨만 잃는다.

선임, 쏠 테면 쏘라는 식으로 천천히 다가간다.

성민 머뭇거리는 사이 선임, 성민의 총을 뺐고 성민을 후려친다.

성민　아무리 명령에 죽고 명령에 사는 게 군인이라지만, 자기 목숨 하나 마음대로 못합네까? (운다)

선임　닥쳐! 군인은 절대 울지 않는다.

성민　군인! 군인! 뭐가 군인입니까? 이 몸은 죽어도 전사통지서 받을 사람도 없습니다. 봄이 되면 우리 전우들이 흘린 피로 삼천리강산 피멍든 진달래꽃으로 피겠지요. 살아서 허수아비 군인이 되느니 어느 산골짜기 어느 바위 틈에 진달래로 피어나더라도 전 고향 가까이 가서 죽겠다 이 말입니다.

국군1 아따 새끼 해당화도 붉은디.

국군2 선홍빛은 동백꽃 아닌교.

국군3 맞습니다 군인은 싸워야 군인이지요.

선임 (시계 보며) 앞으로 휴전까지 다섯 시간 남았다. 시계가 있는 사람은 모두 버려라! 명령한다. 지금부터 우리는 시간에 얽매이지 않는 군인이다. 죽음의 선택만큼은 여러분 각자에게 있다! 북쪽에 고향을 둔 사람이 있다면 모두 돌격한다!

성민 (감복해서) 소대장니임….

국군1 아따 난 해남인디.

국군2 김상병요, 전쟁 끝나면 해운대 한 번 놀러 오소. 내 거하게 쏠게!

국군3 그랴 살아서 꼭 만나자!

선임 내일 아침 동이 틀 때 금강산에서 모두 만나자! 돌격 앞으로!

국군3 (성민에게) 뭐혀? 고향 안가?

국군1 좋겠다 이쁜 삭씨 볼 텐께.

함께 돌격!

느린 동작. 총소리가 요란하게 울려 퍼진다.

맨 앞에 서던 선임은 총에 맞고 쓰러진다.

성민 소대장님!

선임 가라! 시간 없다 어서! 돌격 앞으로….

성민 소대장님!

국군3 돌격!

성민, 일어나다 헛디디며 넘어진다.

옆에 있던 국군2, 3, 총 맞는다.

성민 최상병님! 박상병님!

국군1 정신차려 박상병!

국군2 (숨 헐떡이며) 해운대, 어디냐?

국군1 살아서 가야재! 눈 떠! 고향하늘 저기 저긴께. 박상병! 박상병!

국군2 (고개 떨군다)

국군1 똑바로 떠 임마! 염병하다 뒈질…. (일어서서 나가다 총 맞는다)

성민 김상병님!

국군1 (웃으며 빨리 가라고 손짓) 가 새꺄, 난 해남인께. 샥시도 보고 잉…. (숨 거둔다)

성민 야이 종간나 새끼들아!

성민, 적지를 향해 뛰어 들어간다.

마지막 단발 총소리.

그 소리만 무대에 여운으로 남는다. 암전.

## 8장

금순, 새끼줄로 매단 연탄 들고 낑낑거리며 나온다.

금순 여보! 당신 지금 어느 하늘 밑에 있어요. 당신이 바라던 사대독자 국일인 말라빠진 젖이래 먹고도 콩나물 자라듯 무럭무럭 자라고 있디요. 어드메 있어요 여보…, 엄동설한 추운 겨울에 방한복이나 따뜻하게 입고 계신가요. 대동강가 약속했던 당신의 약속, 잊어버리신 건 아니시갓지요.

여보 제발 어느 하늘 밑에 있더라도 몸 성히성히 잘 있으시라요. 가르켜 주세요. 어드메 계신지. 보고 싶어해요. 우리 국일이가 어딨어요. 여보. 어느 하늘 밑에 있어요. 예? 여보! 여보!

철책을 싸는 군인들.

## 9장

성민 (절뚝거리며 나오는) 쌍놈의 철책! 이래 갖고 고향땅 찾갔어? 종간나 새끼들… 자꾸 하늘 높이 쌓으면 대체 뭐하자는 거가? 이 거이 말이나 돼는 애기간? 겁 많은 위정자들! 그만 싸우겠다는 뜻이야 뭐야? 지들끼리 잘 먹고 잘 살겠다는 거가? 쌍 놈의 철책!

휴전선 철책 앞에 앉아서 소주 마시는 성민

성민 개구멍이라도 뚫어놓으라우. 그래야 북쪽으로 빨리 갈 수 있을 거 아니가. 이 쌍 놈의 철책! 이래 갖고 통일 되갔어?!

무력감에 빠진 성민

철책 바라보며 소주를 병째로 마시고 있다.

이때, 흐느적거리며 걸어오는 순옥.

실의에 찬 표정이다.

순옥 이찌하면 좋을까. 내 사랑 그이가 죽나니…, 그이 없는 세상 혼자 살아 있으면 뭐해. 지푸라기 같은 인생. 살아 있으나마나지.

성민 (자기 감정에 빠져) 죽어! 죽어!

순옥 (성민 소리에) 그래 죽어!

성민 (순옥 소리에) 죽어! 죽어! 으흐흐 이 놈의 삼팔 따라지! 으흐흐…

순옥, 끈 꺼내 목에 맨다.

자살하려고 목 매려는 순간 멈칫하는 순옥. 애잔한 눈빛이다.

순옥 어쩌면 이렇게 색깔이 고울까. 죽으려고 하니까 세상이 달리 보이네. 전에 느끼지 못했던 빛깔들이야. 이상하지? 마지막 느끼는 감각일까 다시 살라는 걸까. 세상이 아름답게 보여. 아냐, 혼자 산다는 게 더 끔찍하고 비참해. 죽는 게 나아.

성민 이 총구에서 나오는 화약냄새가 날 위로하갔지. 방아쇠만 당기면 고민이래 끝날 것이고…, 죽자! 죽자! 통일 안되도 마음 편한 놈들. 잘 먹고 잘들 살라우. 쏘라 자! 쏴! 쏴! 리성민! 남 탓하지 말고 대갈통이나 날리라우. 쏘라 자! 쏴! 쏴!

순옥, 끈을 목에 감고 대롱댄다.

이때, 순옥의 캑캑대는 소리에 본능적으로 총을 겨누는 성민

순옥에게 달려가 끈을 푼다.

성민 아니, 지금 무슨 짓이요? 여기가 어디라고 감히 들어오간?

순옥 절 도와주세요.

성민 도와달라니?

순옥 (총 잡으며) 절 죽여달라는 얘기예요.

성민 (총 감춘다) 뭐이 어드구어드레? 뒈지려면 지 혼자 뒈질 일이디 민통선 안에서 뭐? 죽여 달라구?

순옥 총 좀 빌려주세요.

성민 이 에미나이래 환장했나, 지금 뭐라 헛소리하는 기야?

순옥　혹시 그 총은 매나 꿩을 사냥할 때 쓰라고 있는 건가요?

성민　뭐이?

순옥　사람 죽이라고 만든 거 맞죠?

성민　신성한 이 총을 아녀자의 가벼운 입으로 모독하지 말라우.

순옥　누군가 죽이고 싶었던 거 맞죠?

성민　내레 죽일 놈 따로 있으니끼니.

순옥　어차피 전 죽어야할 몸이니 쏘세요.

성민　진정 죽어야 할 사람은 나란 말이요.

순옥　왜 죽어야 한다는 사람은 정작 그만 두고, 살려고 하는 사람은 죽이려 하죠?

성민　통일을 하려면 놈들의 심장을 뚫어야 해.

순옥　(가슴 풀며) 여기다 먼저 시험해 보세요. 제대로 작동되는지….

성민　이 총은 개인의 욕구나 채워주는 그런 총이 아니란 말이요. 날래 꺼지라요!

순옥　어디로 가란 말이죠. 전 죽어야만 하는대. 어디 가서 죽어야 하나. 가련한 이내 인생. 인생이 너무 불쌍해서 죽지도 못하네.

(퇴장)

성민　모든 게 다 내 적이디. 저 삼팔선. 저 에미나이까지. 세상은 날 시험하고 있는 게 틀림없어. 원망스러워 저 하늘, 저 녹색뿐인 산! 산! 철책을 썩게 기냥 내버려 둬, 제발! (총과 철모 두고 앞으로 나오며) 통일 안 되도 두 다리 쭉 뻗고 자는 놈들! 들으라우! 니들 이별이 뭔지 알간? 그러는 거 아니야요. 부모자식 떼어놓고, 사람 목숨 갖고 장난치는 거 아니야요.

세월이 흘러 작업자림인 몸빼바지 입고 들어오는 순옥.

순옥　이제 그만해요, 여보.

성민　　총을 줘….

순옥　　나 일 나가야 해요. 어서 일어나 식사해요.

성민　　총 줘 총….

순옥　　제발…! (애써 감정 추스르며) 통일은 당신 혼자 해요? 왜 그래요?

성민　　꺼지라우!

순옥　　왜 전처 생각나요?

성민　　애미나이!

순옥　　우리 애 낳고 산 지 벌써 이십년이 흘렀네요. 그래요. 통일 되면 내가 형님 모시고 잘 살 거에요. 제 자리 형님께 내놓아도 되요. 하지만 지금 아니잖아요.

성민　　총 주라우!

순옥　　쏘지도 못하는 그 총 뭐하려구요. 평생 못난 애비로 살고 싶으세요?

성민　　다 보기 싫으니 꺼지라우!

순옥　　다녀올께요.

순옥, 어지러운 듯 비틀거리며 힘없이 퇴장한다.

## 10장

성민　　(벌떡 일어나) 집합!

통일. 행진은 쏜살같이 앞에 선다.

성민　　지금부터 점호를 취한다.

통일, 행진　　….

성민　군기래 빠져도 단단히 빠졌구만. 차렸! 열중 쉬엇! 차렸! 열, 차, 열차열차! 원위치!

통일, 행진　원위치!

성민　일렬횡대 집합!

통일, 행진　(절도있게 달려와 선다)

성민　(지휘봉 툭툭 치며) 보고하라우.

통일　충성!

성민　(경례 받는다)

통일　총인원 3명 현재인원 3명….

성민　(배 쿡 찌르며) 정신차리라! 총인원이 어떻게 3명이가? 3명이 아니라 2명이다 2명! 니 어머닌 죽었단 말이다 죽었어! 알간?

통일　….

성민　다시 보고하라우!

통일　충성!

성민　좋아!

통일　총인원 2명, 현재인원 2명 번호! 하나!

행진　둘! 하나 결!

성민　종간나 새끼! 다시 번호!

통일　하나!

행진　둘! … 번호 끝!

성민　(행진 배 찌르며) 국기에 대한 맹세.

행진　(어눌하게) 국기에 대한 맹세…. 나는 자랑스런 태극기 앞에….

성민　똑바로 못하간?

행진　국기에 대한 맹세! 나는 자랑스런 태극기 앞에 조국과 민족의 무궁한 영광을 위하여 몸과 마음을 받쳐 충성을 다 할 것을 굳게 다짐합니다.

성민　좋았어! 지금부터 위생 검사를 실시한다. 실시!

입을 동시에 턱 벌리는 통일과 행진.

이빨 검사. 콧구멍 검사. 각종 신체기능검사.

성민 다음은 성적표를 영점오 초 안에 꺼낸다. 실시!

통일 실시!

행진 실시!

성민 (통일 성적표 보며) 좋았어! 전투엔 2등이란 없다. 오직 1등뿐이다. 알갔나?

통일 알겠습니다!

성민 (행진 성적표 노려보며) 박아!

행진 실시!

성민 대체 성적이 이게 뭐간?

행진 ….

성민 에미 젖을 덜 먹어서 기래? 덜 떨어진 놈 같으니라구! (발로 찬다)

행진 원위치!

성민 반성하라우 반성! (다시 한 번 찬 후, 통일 어깨 덥석 부여잡고) 넌 내레 희망이다 희망! 통일! 기래 네 이름이 통일이지 않느냐. 널 믿는다 (행진 가리키며) 종간나 새끼 밥 주지 말라우!

행진 지겨운 아버지. 아십니까! 어머니도 거룩한 통일중독증 때문에 죽고만 겁니다. 통일이 화합 아니던가요? 가족조차 서로 화합하지 못하는 주제에 통일이요? 통일이란 이름 아래 또 하나의 분단을 초래한 겁니다. 아십니까, 아버지가 먼저 해야 할 일이 뭔지? 가족의 평화와 이웃간의 사랑. 그 터전 없인 통일도 민족의 화합도 없습니다 아시겠습니까?

성민 종간나새끼 지금 항명하는 거가?!

행진 전 단지 하고 싶은 말을 하고 있는 것뿐입니다!

성민 뭐이 어드구어드레? 이 애빈 하고 싶은 거 지금껏 해본 적이 없어! 그리고 내레 와 너에게 행진이란 이름을 지어진 줄 알아?

행진　압니다 알아요! 아버지 주체사상 변함없는 거. 아버지 통일은 종교와 같아서 그 틈을 비집고 들어갈 수가 없습니다. 아버진 통일 중독자이기 때문이죠. 통일 중독자!

성민　간나새끼! (따귀 올려붙인다)

행진, 뛰어나간다.

성민　(자조적으로) 요새 아새끼래 역사의식이 없어. 지 배 부르고 지 편한 대로 생각하면 그 뿐이라니까니. 한심한 녀석들. 조상의 피라는 거이 뭔지나 알간? 지가 어떻게 태어나고 어떤 바탕을 딛고 살고 있다는 것인지 알기나 알간? 죽어! 다 뒈져버려! 기래 내가 죽어 버리는 게 낫겠어!

통일　(성민을 고통스럽게 보다가 달려들며) 아버지. 제가 있잖습니까!

성민　….

통일　전 결심했습니다. 아버지 뒤를 따라 군인이 되기로 말입니다.

성민　(그 소리에 힘이 나는지) 그래 너야말로 내 희망이다.

통일　그리고 전, 통일이 되기 전까진 결혼도 하지 않겠습니다.

성민　안된다. 그 건.

통일　통일이란 이름은 저 하나면 족합니다. (울먹이며) 통일. 우리의 소원은 통…일….

성민　씩씩하게 부르라!

성민 퇴장.

통일　(어눌하게 흥얼대며) 우리의 소원은 통일, 꿈에도 소원은 통일, 통일이여 오라 통일이여….

행진 (기타 치며 들어와) 지겹다. 그 노래! 휴전선은 155마일. 아버지와 나 20센티, 태평양보다 먼 거리에서 서로 다른 말 나누지. 총인원 3명 현재인원 2명, 한 명은 사망. 어머닌 그렇게 죽었어. 아버진 늘 그런 식이지. 통일되면 고향가야 한다고 집안에 가구도 안들여 놓고 빌어먹을! 갈 곳 있어서 좋겠다. 아버진 갈 곳이 있지만 난 갈 곳이 없어! 나보고 어디로 가라는 거야? 행진? 행진? 행진!

성민 (나오며) 종간나 새끼! 기타가 통일시켜주간?!

행진 (바싹 내들며) 그럼 기타가 통일을 방해한답니까. 아니면 통일통일 하면 통일이 이뤄진답니까?

성민 뭐이 어드구어드레?

행진 삼팔따라지!

성민 뭐이? 삼팔따라지? 종간나새끼!

행진 통일중독자! 그 독을 왜 우리가 마셔야 합니까! 그건 아버지 몫이라구요! 우린 자유롭게 살고 싶습니다. 자유롭게! 좀 더 높이! 좀 더 멀리!

성민 (어이없는지) 저 새끼가 내 새끼 맞간? 꺼지라우! 내 앞에 나타나지 말라우! 넌 내 새끼래 아니니까니! (퇴장)

## 11장

행진. 고함지른다.

락의 샤우트.

클럽분위기로 바뀌며 춤추는 젊은이들.

랩 통일중독자 삼팔따라지 통일중독자 삼팔따라지.
너 혹시 통일 뭔지 알아?

알아서 뭐해! 통일? 귀찮아! 왜 해야 하는데?
이제 겨우 살 만한데
핵폭탄보다 더 무서운 거 뭔지 알아?
세금폭탄! 통일되면 우리 모두 거지되는 거야.
우리 쓸 돈도 없어
너 혹시 고향이 뭔지 알아?
고향이 따로 있나. 정들면 고향. 돈 없으면 타향.
이민 가서도 잘 살아.
너 혹시 분단이 뭔지 알아?
성격 안 맞으면 따로따로 살지. 구질구질 만나서 뭐해?
통일비용 분단비용 뭐가 돈 많이 드는데?
당연히 통일비용 어마어마하게 더 들어가지. 지금도 쌀 퍼줘 돈 찔러줘. 근데 통일은 왜 해?
너 혹시 전쟁이 뭔지 알아?
지티에이 같은 거? 재밌겠다. 지루할 땐 우리 모두 광란의 축제!
쏴! 쏴! 쏴! 쏴! 쏴! 쏴! 쏴! 쏴!

## 12장

성민 　쏴! 쏴! 쏴! 쏴! 쏴! 종간나 새끼들!

소주 나발 불며 나오는 성민.

몸을 가누지 못하고 흔들거리는 모양이 술에 흠뻑 취한 모습이다.

1983년 KBS 남북이산가족으로 무대 옮겨지면서

〈누가 이 사람을 모르시나요〉 노래.

이때, 무대 한 켠에서 옥희가 등장한다.

팻말에는 리성민에 관한 내력이 쓰여져 있다.

무심코 뒤돌아보는 성민. 흠칫 놀란다.

눈 비비며 홀린 듯 다가간다.

옥희가 인기척에 뒤돌자 성민, 반사적으로 홱 고개 돌린다.

이때, 무대 한 켠에서 지팡이 짚으며 천천히 나오는 행인.

중풍기로 몸을 떠는 모습이 힘들어 보인다.

옥희, 성민에게 다가가며

옥희　저 혹시 이 분 모르시나요?

성민　…리, 성민?

옥희　아세요?

성민　평안남도 구성시, 양금순.

옥희　(반가워) 아세요?　제 할머니시거든요.

성민　할머니?

옥희　네. 제가 손녀거든요.

성민　손녀라니? 난, 손녀가 없는데 (고개 돌려) 님자도 결혼했구만.

옥희　리성민 맞으시죠?

성민　리성민? 아니오 난 이성민이오.

옥희　리성민이나 이성민이나.

성민　다르지 리성민하고 이성민하고.

옥희　그럼 아내가 양금순 아니세요?

성민　미안하지만 내 아내는 채순옥이오.

옥희　아니세요 그럼?

성민　잘 모르오.

옥희　거짓말하지 마세요. 얼굴에 써있어요 할아버지. 리성민 맞죠?

성민　아니구만. 이름은 같애 같은 동네 살았으니까니. 살아계시구만 할머닌. 거동은 괜찮소?

옥희 많이 아프세요. 같은 동네면 어디세요?

성민 어디긴 어디오 거기가 거기지.

옥희 저 그러면 우리 할머니 만나주실래요? 고향 분 만나시면 너무너무 좋아하실 거에요. 적적하시거든요. 같이 막걸리 한 잔이라도 하세요.

성민 술을 드시오?

옥희 네. 고향 생각나실 때마다 필요하시대요. 같이 가세요.

성민 아니오. (등 돌린다)

옥희 아무래도 (내밀며) 할아버지 맞으시죠?

성민 (버럭) 아니라고 했잖소! 난 리성민이 아니라 이성민이오!

옥희 앙!

성민, 뒤로 물러서다가 지나가던 행인과 부닥친다.

행인, 고꾸라지며

행인 어, 어이쿠….

성민 죄, 죄송합네다.

행인 (성민 손에 소주병 보고, 눈 부라리며) 아아니, 이 양반 이 거, 음주운전이 가정파괴범이라는 거 몰러? 자기 집 망치고 남의 집 망치고, 아이고오오!

성민 (옥희와 마주치지 않으려고 힐끔 바라볼 뿐이다)

옥희 (행인이 너무 윽박대자) 음주운전이 아니라 음주보행이에요, 할아버지!

행인 아따, 나가 조심해서 운전하면 뭐 혀. 뒤에서 자꾸 박는 걸!

옥희 괜찮으세요?

행인 뒷밤바가 찌그러졌으까?

옥희 많이 불편하세요? 어디 움직여 보세요.

행인　우레탄 재질이라 다행이제. 아따 하마트면 부품 갈 뻔했지라. 오메, 본네튼 이상없으까? 깜박이, 왼쪽 오른쪽(헉헉 숨쉬며) 캬뷰레탄 그저 그렇구. 어딘가 분명 고장 난 거 같은디.(지팡이 없어 허적댄다)

옥희　서비스 공장 전화해서 렉카차 오라 그래요?

행인　떼끼! 작것이 사람 지금 뭘로 취급하는겨?

옥희　크락숀은 멀쩡한데요.

행인　고약한 아가씨 같으니라구.(엉덩이 잡고) 아이구 마후라야!

옥희　(지팡이 주며) 여깄어요 핸들.

행인　(그제서야) 워쩐지 불편시럽다 했지.

행인, 옥희가 들고있는 팻말을 보며

행인　(옥희 팻말 보며) 근데 이 건 뭐여?

옥희　참! 혹시 이 분 보신 적이 없으신가요?

행인　리성민!

옥희　(반가워) 아세요?

행인　여기 써있잖여.

옥희　(실망) 앙, 불쌍한 할머니.

행인　할머니?(사진 가리키며) 아니 이 사람, 남자가 아니라 여자여?

옥희　남자예요. 남자. 우리 할아버지! 기다리고 기다리다 빛바랜 젊은 우리 할아버지! 할머니 여린 가슴에 새겨진 검버섯 핀 할아버지. 누가 이 분을 모르시나요. 내일 모레 이산가족 프로가 끝난다고 하니까, 평생 쌓아놓았던 희망이 절망감으로 바뀌어, 당장 돌아가시기 직전이랍니다. 만약에 할머니가 돌아가시면 방송국이 책임져야 돼요. 아시겠어요? 그러니 제발 제 할아버지 보신 분이 있으시면 연락 좀 해 주세요, 네?(퇴장)

옥희를 먼발치에서 바라보는 성민

행인　어디서 보긴 봤는디 가물가물해. 가물치를 너무 많이 먹어서 그런가… 가물가물(지나치려다 성민 쳐다보고) 이 양반도 어디서 많이 낯이 익긴 익은디?(툭 치며) 나 모르겠소?

성민　초면입네다!

행인　(깜짝) 입네다! 입네다?(생각났다는 듯) 으쩌코롬 사람을 이렇게 속인당가. 나랑 초면이 아니라 구면이제?

성민　아냐 난!

행인　(깜짝 귀 만지며) 오메! 사이드 밀러 떨어지겠네잉, 이건 완전히 냉각수 터지는 소리여!

성민　내레 (대들듯) 난, 내가 아냐!

행인　(어이없어) 그럼 넌 누구여? 니가 그럼 나여?

성민　난 내가 아니야….

행인　(반사적으로) 아따, 그럼 나가 너여?

성민　(숨 터뜨리며) 난…, 난 내가 아냐!!

행인　(성질부리려다 그만두며) 정면충돌, 즉사잉께. 관둬….

성민　(한 걸음 바짝 다가서며) 난 없어. 난 내가 아냐.

행인　(생각났다는 듯) 아따! 방금 전에… (옥희 방향 가리키다가 깜박) 내 뒷밤바 친 영감태기 맞제?(얼굴 바짝 들이밀며 보더니) 그랴! 생각나뿌렀다! 리성민! 저, 저… 이 봐, 처녀! 여기 여어기….

성민　난…, 내가 아냐!

행인　(비아냥) 아니면 말어…, 가만히 듣고 보니 귀신이 통곡하다 틀니 빠지는 소리하고 자빠졌네잉.

성민　난…, 내가 아냐! 내가 아니라구! 리성민은 죽었어! 면복이 없구만. 백년 기다린들 아무 소용없지. 님자 용서하라우. 내래 결혼해서 애 둘이나 낳았으니. 어쩌면 좋간. 이제 남북이 가로 막혀 못

가는 게 아니라 마음의 벽이 있어서 못가고 있으니. 이봐 빛나리! 이 몰골로 그냥 찾아가는 게 좋간? 아니면 이대로 사는 게 좋간? 말 좀 해보라우!

## 13장

무대를 가득 메운 상여 구음 소리.

시간이 흘러 행진과 옥희는 20대 초반으로 성장한 상태다.

행진 (나오며) 알 수 없는 곳에서 서서히 밀려드는 이 슬픈 느낌. 도대체 어디서 시작된 걸까? 아버지? 그래 아버지! 우리는 왜 구멍 난 과거의 주머니를 지니고 있는 걸까. 과거 때문에 현재가 죽고, 죽은 현재 때문에 미래마저 죽였어!

옥희 (울면서 나오며) 할머니이 할머니….

행진 저 혹시 무슨 일 있으세요?

옥희 (쳐다보고 더 크게) 앙!

행진 그만 두세요. 운다는 건 어찌 보면 허위에 둘러싼 마지막 거짓치레랍니다.

옥희 함께 울어줄 사람이 없는데 그럼 눈물이 안나와요? 앙!

행진 고아가 되었어도 난, 울지 않았어요.

옥희 고아가 되면 다 우는 줄 아세요. 오늘이 할머니가 돌아가신 날이란 말예요.

행진 좋아요. 실컷 울어요. 참는다고 그 눈물이 어디로 사라지진 않을 테니까요. 다 쏟아 버리세요.

옥희 앙….

행진 돌아가신 분은 돌아가신 분일 뿐, 산사람은 살아야죠. 혹시 우는 게 전공?

옥희　(한 번 쳐다보고) 앙….

행진　그만 울어요.

옥희　난, 더 울어야 돼요, 앙….

행진　자꾸 울면 돌아가신 할머니가 자꾸 뒤돌아보느라 마음 편히 저승에 계시지 못한다는 말 못들어 봤나요?

옥희　난 지금 내가 우는 게 아니예요 앙!

행진　그럼 누가 우는 거죠?

옥희　할머니요. 죽은 사람은 울 수가 없잖아요. 그래서 할머니 대신 제가 우는 거예요. 아앙.

행진　할머니라면 그렇게 울지 않죠. 아이고 오오오.(울음 그치게 하려고) 참, 할머니 존함이 어떻게 돼죠?

옥희　금순이요. 앙, 되게 촌스럽죠? 앙!

행진　제 이름보단 덜 촌스럽군요.

옥희　(뚝 그치며) 뭔데요?

행진　행진.

옥희　행진? 씩씩한데요. 뭘 앙.

행진　그보다 씩씩한 통일도 있죠.

옥희　통일? 앙…, 할머니가 살아 계셨더라면 그 이름을 너무 좋아했을 거예요. 아이고오오.

행진　할머니도 통일 중독증에 걸리셨나 보죠?

옥희　앙…

행진　그만 울어요. 그렇게 우는 걸 보니 할머닐 잊으려고 애쓰는 모습 같아요. 뚝!

옥희　뚝!

행진　그렇다고 슬픔을 버리진 마세요. 슬픔을 잊어버린다는 자체가 더욱 슬프니까요.

옥희 (훌쩍)
행진 자 일어나요. (옥희 어깨 감싸며) 갑시다. 울더라도 밥 먹고 웁시다.

옥희, 행진에게 이끌려 간다. 퇴장.

통일, 군복 입고 나와 집을 찾는지 기웃거린다.

통일 실례합니다.
옥희 누구시죠?
통일 혹시 여기 이행진이라고 살고 있지 않습니까?
옥희 맞는대요.
통일 안에 있습니까?
옥희 누구신지?
통일 행진이 형 되는 사람입니다.
옥희 형이요? 그 사람은 고아라 친척이 없는데요?
통일 없다뇨. 여기 서있는 제가 형입니다.
옥희 잘못 찾아오신 거 아녜요?
통일 있습니까 안에?
옥희 여보. (안으로 들어간다)
행진 (나온다)
통일 (악수 청한다)
행진 (외면한다)
통일 가자, 이제.
행진 싫어.
통일 전과 같지 않아. 아버님도 많이 변했어.
행진 세상이 다 변해도 아버진 변하지 않아!
통일 아버진 지금, 과자봉지 하나 제대로 뜯을 수 없는 노인이 다 됐다. 돌아가신 다음 후회하지 말고.

행진 싫어. 아버진!

통일 누구보다도 아버지 아픔을 니가 더 잘 알고 있잖니.

행진 알고 있어. 그래서 더 아버질 보고 싶지 않다구!

통일 이제 아버진, 아버지 식으로 통일을 원하지 않아.

행진 무슨 말이지. 그건?

통일 그건 이제 너와 내 문제니까.

행진 우리 문제라구?

통일 네 말대로 아버진 통일중독자고, 우린 그 독을 마시고 자랐으니까 이젠 당연히 우리 문제지.

행진 그렇다면 아버지 전쟁은 끝이 난 셈인가? 이제 와서?

통일 가만히 보니 너두 아버지와 많이 닮았구나. 그렇다면 이해할 수 있을 게다.

행진 아버진 싸우기도 전에 지셨단 말야?

통일 진 게 아니라 아버진 지치셨어. 가자. 아버님은 지금 아버님 세월을 삭히고 있을 뿐이야.

행진 싫어 난! 힘 빠진 그런 아버지가 난 더 싫다구, 알어?

통일 아버지에 대해서 니가 얼마만큼 안다고 그러냐?

행진 알구 싶지도 않아. 근데 여긴 어떻게 알고 왔지?

통일 아버지께서 가르쳐주더구나.

행진 아버지가? 여길?

통일 그래! 아들도 봤다며?

행진 그럼 아버지가 내가 사는 곳을 알고 있었단 말이야?

통일 이름이 소망이라 그랬니? 이소망? 어딘지 모르게 가족 같은 분위기야.

행진 아버지, 아직도 임진각에 가셔?

통일 그래. 변하지 않는 건 아버지하고 38선 철책이야. 부탁이 하나 있는데 좀 들어줄래?

행진 뭔데?

통일 소망이 얼굴 한 번 봐도 되니?

두 사람 안으로 들어간다.

## 14장

안으로 들어오는 성민.

성민 총인원 3명 현재 인원 3명. 내가 너무 오래 살았어. 다시 돌아갈 수 없을까 옛날로. 생각보다 세상사는 게 너무 징그럽고 끔찍해.

성민은 손바닥으로 가슴 계속 친다.

점점 실어증에다 치매현상까지 보이기 시작한다.

지나가다 옆에 앉아 무심코 바라보는 금순.

성민 발견한다.

갑작스런 반가움에 말 시키려다 자신의 몸꼴을 돌아본다.

금순 찾았어! 드디어 찾았어! (성민에게 다가앉아 손가락으로 콕 찌르며) 이보시라요? 이보시라요!

성민 눈떠도 고향산천 눈감아도 고향산천. 기곳엔 누구래 기다리고 있을까…. 기다리고 있다는 건 착각인지도 모르디. 육십 년 동안 정지된 화면. 기다리고 있는 건 아마 황토색으로 물든 아버님 뼈와 비정상적으로 자란 내 과거인지도 모르디. 기래도 돌아가고 싶구만. 땅 속에 묻힌 오마닌 아직도 눈감지 못하고 있으니까니.

성민, 금순의 브럿지 꺼내 만지작거린다.

금순　이보시라요! 빌어먹을 영감탱이. 서울 갈 땐 꼿꼿하니 척추 세우고 대동강가에서 약속이래 하더니 비들비들 지금 뭐하는 기야요. 삼베에 고이적삼 챙겨준 옷은 어데 가고 누데기 옷차림으로 지금 뭐하는 겁네까. 버리고 떠난 처자식 생각은 하셨소. 우리 어찌 살았을 지 가끔, 궁금이나 하셨소. 내 당신 찾아 얼마나 헤맸는데 이보시라요! 빌어먹을 영감탱이!

성민　누기요….

이때, 안으로 들어오는 의사. 빨간 색 수건을 들고 있다.

성민은 자신의 운명을 갈라놓은 과거의 편린을 떠올린다.

완장으로 착각한 성민은 의사의 목을 조른다.

그 순간, 자신과의 얽매인 과거의 영혼들이 모여든다.

의사가 쓰러지자 뒷걸음치며 앉는 성민. 영혼들이 그를 바라본다.

잠시 후, 기침하며 일어서는 의사는 빨간 수건으로 땀을 닦는다.

성민은 또 한 번 의사의 옷을 더럽힌다. 어이없다는 듯 퇴장하는 의사.

금순　일어나시라요.

성민　아무도 날 일으켜 세우진 못할 게요….

금순　여기서 뭐하는 기야요?

성민　내레 지금 죽음을 기다리는 중이디 (눈 크게 뜨고 반색하며) 혹시 날 데리러 온 저승사자 아닙네까? 반갑습네다 기다렸시오….

금순　(어이없어) 죽는다고 뱃장 튀기면 만사형통인 줄 아십네까? 똑똑히 보시라요. 내레 누군시….

성민, 힘겹게 고개 돌려 금순 본다.

이내 알아보더니 고개 떨구는 성민.

성민　님자….

금순　(모양새 내며) 기억하갔시요?

성민　(끄덕이며) 기억하다. 세월이 아무리 흘렀어도 기억하다.

성민, 매만지고 있던 브럿지 내민다.

금순　(받으며) 당신 손 차구만요.

성민　미안하구료.

금순　기동안 뭐하고 있었시요?

성민　….

금순　할 말 없시요?

성민　없소.

금순　(어이없어) 없시요? … 난 할 말이 많아요. (막상 말하려니 억하심정) 할 말 없시오. 당신 기다리다 보니 내레 할 말도 다 잊었시요. (울려고 한다)

성민　…날 기다려 주었다니 고맙소. (손잡으며) 아직도 그대로구려.

금순　기렇디요. 당신이 남긴 따뜻한 손, 그 기억이 내레 이렇게 큰 아픔인줄 누가 알았시오….

성민　님자, 실컷 날 욕 하시라요.

금순　한 가지만 묻갔시요. 와 날 찾지 않았시요?

성민　거짓이 님자를 감싸줄 수 있다면 내레 그 거짓의 힘을 빌어 님자에게 말하리다. 내레 티브이에 나온 옥희 보고, 님자 재가해서 손녀까지 낳고 잘 사는 줄 알았지.

금순　기래서 안 찾았시요?

성민　안 찾았더니 찾아왔지 그 운명이….

금순 운명 운명하지 말라요. 기분 나쁘니까니. 걔들도 이 사실을 알아요?

성민 (고개 저으며) 상처는 또 하나의 상처만 낳을 뿐. (실어중 더듬대며) 아무렴 헤어져 사는 것보다 낫지…. 돌이킬 수 없어. 이젠 돌이켜선 안 되지.

금순 돌이킬 수 없는 과거는 이유가 없다는 거 이제 알았시요?

성민 (눈물을 머금으며 눈감는다) 그래도 돌아가고 싶구만. 옛날로…. 꼭 한 번만이라도…. 눈감아도 고향산천, 눈떠도 고향산천….

닭 홰치는 소리. 노려보는 성민.

태양이 뜬다.

성민 또 시작이군! 미친 놈! 또 떴어! 보라우 빛나리! 넌 지겹지도 않니? 어떻게 또 오늘이야? 또 오늘!

임진강의 붉은 천과 파란 천의 경계선을 무너뜨리는 맨발 벗은 군인들.

빛을 향해 빨려들어간다.

'우리의 소원은 통일' 노래가 흘러나오면서

〈막〉

# 노시인의 아코디언

때 : 2000년대 현재

곳 : 어느 유원지 근처

✲ 나오는 사람 ✲

노시인(70대)—은퇴한 언론인
백랑(50대)—거리의 악사
노기자(30대)—노시인의 젊은 시절
어머니(40대)—노시인의
남자A(50대)—등산객
남자B(50대)—등산객
중년 남자
젊은 여자
할머니(70대)—걸인
대통령 후보
그 외 경찰 · 선거운동원 · 등산객 등

**류보상**

- 한국연극협회. 한국방송작가협회 회원. 동대문문인협회장역임 고문
- 작품《이혼파티》《사기꾼천국》《그놈이 그놈》《천국을 빌려드립니다》외 다수.
- 한국문학상, 한국희곡문학상, 유승규문학상, 탐미문학상 외 수상.

무대　주요 무대는 어느 유원지 입구.

기암괴석이 평풍처럼 둘러싸인 산세를 배경으로 한 유원지 입구.

등산로 길로 접어드는 계곡위에 긴 돌다리가 그림처럼 펼쳐져 있다.

무대 암전 상태에서 들려오는 아코디언의 구슬픈 연주곡 – '클레멘타인' 을 연주하는 가운데 무대 밝아진다. 노시인, 유원지 입구 정자나무 밑에 앉아서 낡은 아코디언으로 연주하고 있다. 그때 50대 초반의 비쩍 마른 거리의 악사 백랑 등장, 어깨에 기타를 걸머멘 채 노시인을 불만스럽게 바라보며 그 앞을 오락가락한다. 그러면서도 뭔가 경계하는 듯한 시선으로 무대 밖을 가끔 살펴본다. 한패거리의 남녀 등산객들이 그 앞을 지나 유원지의 돌다리를 건너 등산로 쪽으로 사라진다. 백랑, 노시인 앞으로 다가서서 무슨 말인가 걸려고 하는데 중년 남자와 젊은 여자 등산객이 나타나 노시인의 연주를 잠시 감상한다. 노시인, 계속 '클레멘타인' 만 연주한다. 중년남자, 천원 권 한 장을 노시인 앞에 놓고 젊은 여자 등산객과 함께 그 자리를 떠난다.

노시인　(연주를 멈추고 남녀등산객을 부른다) 여보쇼, 젊은이들!

남녀　(동시에 발걸음을 멈추고 돌아서서 노시인을 바라본다.)

노시인　이리와 봐요.

남녀　(의아스런 표정으로 서로 바라보고 노시인 앞으로 다가선다)

노시인　가져가요.

남자　뭘요?

노시인　이 돈. (남자가 내놓은 천원을 돌려준다)

여자　왜, 적어서요?

노시인　아네요. 절대 그게 아네요.

여자　아니면 뭐예요?

노시인　동정은 감사하지만 나 그토록 비참하지 않아요.

어자　별꼴 야, 성발! (돈을 가로채듯 챙긴다)

노시인　별꼴? 흐흐. (중얼거리듯) 별꼴이래, 별꼴. 흐흐. (그만의 특유한 짤막한 웃음 '흐흐' '히히' 는 습관처럼 되어 있다. 자조적인 냉소라고 할까, 앞으로도 계속되는 그 웃음 속엔 많은 뉘앙스가 담겨 있다.)

여자 웃겨, 정말. 뭐 이런 영감쟁이가 다 있지? 가요! (남자의 팔을 잡아끌며 유원지 쪽으로 사라진다.)

노시인 (혼자소리로) 날 보고 웃긴대, 흐흐.

백랑 (노시인을 어이없게 바라본다)

노시인 뭘 봐?

백랑 그만 웃겨. 나 알아? (하며 습관처럼 무대 밖을 살핀다.)

노시인 내가 알게 뭐야?

백랑 알게 뭐야?

노시인 그래!

백랑 정말 나 몰라?

노시인 몰라!

백랑 난 영감을 아는데?

노시인 날 알아? 어떻게 알아?

백랑 새치기 꾼 아냐?

노시인 새치기? 흐흐. (혼자소리로) 날 보고 새치기 꾼이래, 흐흐.

백랑 웃어?

노시인 임마, 니가 날 웃겼잖아?

백랑 이봐, 영감! 여긴 내 자리야, 내 자리! 내가 닦아놓은 일터란 말야. 헌데 영감이 새치기를 한 거야. 어서 비키지 못해?

노시인 비키라고? 히히. (혼자소리로) 날 보고 자리를 내달래, 미친놈! (단호하게) 못 비켜주겠다!

백랑 정말 안 비켜줄 거야? (다시 무대 밖을 살핀다.)

노시인 니가 언제부터 이 자리를 차지했다고 큰소리냐?

백랑 몇 년 됐다.

노시인 몇 년 됐어? 히히. 몇 년 됐는데?

백랑 오년 됐다.

노시인　난 오십년!

백랑　뭐, 오십년?

노시인　정확히 오십칠 년. 그때 이곳은 인적이 뜸한 깊은 산골짝이었어. 저기 저 돌다리는 나를 알고 있단 말야.

백랑　저 돌다리가 영감을 알고 있다니, 그게 무슨 소리야?

노시인　얘기를 해 줘도 넌 잘 모를 거다. 몇 살이냐, 너?

백랑　쉰일곱.

노시인　쉰일곱? 겉늙어도 한참 겉늙었구나. 어쩌다 그렇게 됐니?

백랑　그걸 내가 어떻게 알아?

노시인　너 6.25는 알고 있냐?

백랑　6.25도 모르는 사람이 어디 있어?

노시인　너 그때 어디 있었니? 니 엄니 뱃속에 있었겠지?

백랑　아냐. 난리 터지는 날 정신없이 세상에 태어났대.

노시인　차식! 6.25도 모르는 자식이 함부로 까불고 있어, 히히.

백랑　헌데 왜 갑자기 그딴 얘길 하는 거지? 영감 정말 내 밥 줄 끊어 놓을 거야?

노시인　내가 알게 뭐야?

백랑　정말 업무방해 할 거야?

노시인　업무방해 좋아하네, 히히.

백랑　아냐? 왜 돈 안 받아?

노시인　무슨 돈?

백랑　조금 전 애들이 준 돈, 왜 안 받았냐구?

노시인　저 돌다리한테 물어봐. (다시 아코디언으로 '클레멘타인' 을 연주한다)

백랑　그만, 그만!

노시인　(연주를 멈추고 백랑을 뻔히 바라본다) 왜?

백랑　정말 그렇게 계속 청승 떨 거야? 여기가 바닷가야? 늙은 애비 혼자 두고 영영 어디 갔느냐. 왜 그딴 곡만 계속 치는 거야?

노시인 저 돌다리한테 물어봐.

백랑 물어보긴 뭘 물어봐? (어깨에 걸머멘 기타를 벗어들고 신나는 곡을 한 소절 연주하며) 이딴 거, 이딴 노래로 손님을 끌어야 할 거 아냐? (연주 멈추고) 영감! 우리 합칩시다!

노시인 뭘 합쳐?

백랑 둘이 자리싸움을 할 게 아니라, 합칩시다! 둘이 합쳐 새로운 일터를 만듭시다. (습관처럼 무대 밖을 슬쩍 살핀다.)

노시인 누구 닮았나? 임마, 그딴 소리는 정치판에 가서나 해!

백랑 아니, 동업하자는데 왜 정치판은 들썩여?

노시인 (돌다리를 향해 방백) 엄니! 난 지금 엄니를 기다리고 있는데 왠 잡놈이 나타나 내 속을 썩이고 있습니다. 엄니! 오늘 아침 진지는 잡수셨어요. 끼니는 꼭 찾아 드셔야 해요. 내 걱정은 하지 마세요. 다들 잘 있어요. 항상 엄니가 걱정 돼요. 저 다리를 건너면서 금방오시겠다고 해놓고서 왜 안 오시는 거예요?

무대 서서히 붉어지면서 들려오는 포성.

인민군의 인솔 아래 쫓기 듯 돌다리를 건너 사라지는 한 무리의민간인들.

맨 마지막으로 돌다리를 건너려는 노시인의 어머니(40대) 환영이 나타난다. 간편한 옷차림에 배낭을 멘 어머니의 모습은 사뭇 불안 하고 초조하다.

점점 가까이 들려오는 포성.

다리 중간 지점에서 한동안 갈팡질팡하던 어머니, 결국은 돌다리를 건너간 뒤 되돌아서서 애처롭게 바라본다.

노시인 (이하 방백) 엄니! 꼭 그렇게 가셔야만 했습니까?

어머니 (이하 에코) 운명을 탓하고 싶지는 않지만 이 길을 택할 수밖에 없구나. 나를 원망하지 말고 우리 다시 만날 때까지 서로 아픈 가슴을 달래며 기다리는 수밖에 없다.

노시인 언제까지 기다려야 됩니까?

노시인 머지 않은 날 우리 세상이 다시 올 거다.

노시인 그때가 언제입니까? 엄니가 귀엽게 쓰다듬어 주던 내 까만 머리도 기다림에 지쳐 백발이 성성합니다. (절규) 엄니—! 꼭 돌아오실 거죠?

포성과 함께 어머니의 환영 사라지면서 무대 다시 밝아진다.

노시인, 멍한 표정으로 돌다리를 바라보고 있다.

백랑 이봐요, 영감!

노시인 시끄러!

백랑 뭐가 시끄러? 세상이?

노시인 세상 좋아하네.

백랑 좋다는 거야, 나쁘다는 거야?

노시인 안됐다 정말. 그 꼴이 뭐냐?

백랑 내 꼴이 어때서?

노시인 한심해서 그렇다.

백랑 한심해? 왜?

노시인 임마, 그 나이에 할일 없어 기타 줄이나 튕겨 대며 밥 빌어먹냐? 일을 해, 일을!

백랑 무슨 일? 되는 일 하나도 없어. 엎어져도 코가 깨져. 나 환자야.

노시인 환자? 무슨 병에 걸렸는데?

백랑 가슴이 답답하고, 어떤 땐 아프고 쓰리기도 하고, 속에서 불덩이가 치솟는 것 같기도 하고, 온 몸에 열이 나는 것 같고….

노시인 알았다. 분노증후군이다.

백랑 분노증후군?

노시인 그래 화병! 대한민국 병! 유독 한국 사람한테만 나타나는 병! 네가 이 나라에 태어난 것이 잘못야. 알아?

백랑 이 영감이 무슨 헛소릴 하고 있는 거야? (무대 밖을 살핀다.)

노시인 임마, 헛소리가 아냐. 미국 의학계에도 공식으로 등재돼 있는 정신병의 일종야. 영어로도 우리 발음 그대로 화병이라고 해. 알아?

백랑 헌데 영감은 왜 안 걸렸어?

노시인 난 만성야, 만성! 넌 급성이고!

백랑 그러고 보니 갑자기 또 가슴이 답답해지고, 속에서 불덩어리가 치 솟네. 이봐, 만성 환자. 이럴 때 무슨 약 먹었어?

노시인 약 같은 소리하네.

백랑 약도 없단 말야?

노시인 히히. 약보다 더 좋은 방법이 있지. 아주 간단해.

백랑 간단히 고쳐? 어떻게?

노시인 화나는 일이 있으면 화를 풀어. 얼마나 간단 하냐? 히히.

백랑 화나는 일이 한두 가지라야 풀지. 눈에 보이는 게 전부 다 화나는 일인데, 화 풀다 돌아버리겠다.

노시인 그러니까 화를 내지 마!

백랑 어떻게 화를 안내고 살아? 내가 얼마나 힘들게 살아왔는지 알아? 초등학교 때부터 입시지옥에 허덕였지, 취업전장에 빠져 피눈물 나는 사투 끝에 취업을 해놓고 평생직장으로 다짐을 했는데, 그것이 큰 착각이었어. 십 오년 만에 쫓겨났어. 구조조정인지 뭔지 마흔다섯에 백수가 된 거야. 남들 보기엔 그럴듯한 화이트 컬러 생활 십 오년, 그동안 내 속이 시커멓게 탄 걸 내 마누라도 몰라. 내가 얼마나 사람들 틈바구니에서 시달림을 당했는지 알아? 나날이 열악해지는 근무 여건 속에서 높은 것들한테 치이고 아랫놈들에게 받치는 고통을 남에게 털어놓지 못하고 혼자서 끙끙 삭히자니 속 이 시커멓게 탈 수밖에. 열 받기는 백수가 되서도 마찬가지야. 퇴직금, 한 순간에 날려버렸어. 친구란 놈이 꿀꺽 삼켜 버렸어. 완전히 사기 당한거야. 세상에 믿을 놈 없더군. 내가 세상을 몰랐던 거야. 이젠 알고 싶지도 않아. 세상을 들여다보면 볼수록 부글부글 속이 끓고 열만 받게 돼. 세상이 온통 거짓말로 뭉쳐진 것 같아. 정치를 한다는 사람, 공직자들까지 이런 곰수 저런 거짓말로 열 받게 만드는 세상, 내가 화병 안 나게 됐어?

노시인 비열한 인간이 되라고, 비열한 인간! 포악하고, 비양심적이고, 무책임하고, 감정이 무딘 사람은 절대 화병에 안 걸려. 화병은 임마, 온순하고 양심적이고 내성적인 사람에게 잘 걸리는 병야, 임마. 옛날엔 거의가 다 여자들이 화병환자였는데 요즘엔 반대로 남자 환자 들이 더 많이 늘어나고 있어. 그 중에 너도 하나야, 임마.

백랑 화병에 대해 연구 많이 했구만?

노시인 연구는 무슨 개떡 같은 연구냐? 너도 내 나이가 되면 다 알게 돼 있어.

백랑 영감 나이가 몇인데?

노시인 임마, 어른한테 나이가 뭐야? 연세가 어떻게 되냐고 여쭤야지.

백랑 연세가 어떻게 되는데?

노시인 칠십 다섯이다, 왜?

백랑 칠십 다섯? 정말 구질구질한 인생이로군.

노시인 뭐가 어째, 임마? 구질구질한 인생? 히히, (중얼거리듯) 날보고 구질구질한 인생이래. (돌다리를 향해) 엄니, 내가 이런 소릴 들으려고 여기 나와 있는 겁니까?

백랑 영감 가족은 있어?

노시인 임마! 내가 니 친구냐? 그리고 넌 반톨 쌀알만 처먹고 살았냐? 날 언제 봤다고 함부로 반말이냐, 응?

백랑 같은 처지에 반말 좀 하면 어때?

노시인 같은 처지? 흐흐, 같은 처지래…. (화가 나서) 임마, 내가 어떻게 너

하고 같은 처지냐?

백랑 아냐? 유원지 입구에서 아코디언이나 기타로 한 곡조 짱 울려주고 수입을 잡는 데, 다를 게 뭐냐?

노시인 난 아냐, 임마!

백랑 임마, 임마, 하지 마. 날 언제 봤다고 임마야?

노시인 어쭈? 얘가 진짜 화병 나게 만드네. 임마! 난 시인야, 시인!

백랑 시인? (킬킬대며 웃고) 영감이 시인이라고?

노시인 그래, 임마!

백랑 대표작이 뭔데?

노시인 엄니.

백랑 엄니? 읊어봐!

노시인 (돌다리를 바라보며) 엄니!/ 오늘도 또 서럽게 불러봅니다/ 백발 이 성성한 지금도/ 엄니 얼굴이 그리워/ 북녘 하늘을 향해 목메 여 불러봅니다/ 엄니. (감회에 젖은 표정으로 한동안 먼 하늘을 바라본다.)

백랑 그게 다야?

노시인 그래, 임마!

백랑 날라리 시인 보다는 좀 낫구나. 헌데 있어? 없어?

노시인 뭐가?

백랑 좀 전에 물었잖아? 가족 말야. 부인은?

노시인 없어. 십년 전에 먼저 갔어.

백랑 암으로? 아니면 교통사고로?

노시인 미친놈! 의료사고로 갔다, 의료사고로. 수면내시경 검진 받다가 아주 가버렸다.

백랑 보상 많이 받았겠다.

노시인 한 푼도 못 받았다, 임마!

백랑 허기야 무식하면 못 받을 수도 있지. 자식은?

노시인 있으나 마나야.

백랑 왜?

노시인 알게 뭐야. 히히. 넌? 마누라 있냐?

백랑 이혼했다.

노시인 당했구나. 그렇지? 흐흐. 짜식, 인상부터 찌그러지는구나. 애들은?

백랑 아들 하나 있는데 군대 갔다.

노시인 어디 사니? 집은 있냐?

백랑 찜질방이다.

노시인 히히, 찜질방이래. 난 임마 어엿한 임대업자야.

백랑 임대업자 좋아하네.

노시인 임마, 세가 잘 안 거쳐서 그렇지 엄연히 임대업자라고. 십 억짜리 이층 양옥이다, 알아? 가볼래? 히히, (중얼거리듯) 짜식, 내 말 한 마디에 기가 팍 죽었어. 흐흐.

백랑 (주머니를 뒤적거려 알약 하나를 꺼내 입안에 털어 넣고는 침을 모아 꿀꺽 삼킨다)

노시인 뭐냐? 꿀꺽 삼킨 게?

백랑 신경안정제.(기타 통을 내려놓고는 생각을 가다듬듯 노시인 앞을 서성거린다. 무대 밖을 다시 살피고 뭔가 결심을 한 듯) 영감, 우리 까놓고 얘기합시다.

노시인 뭘까?

백랑 십 억 재산의 임대업자라고 했지? 헌데 여긴 왜 나타나서 남의 자리를 새치기 한 거지?

노시인 우리 엄니를 기다린다.

백랑 엄니를 기다리고 있다고?

노시인 저 돌다리는 나의 오작교다. 칠월칠석날 저녁 견우와 직녀 두 별을 만나게 하기 위해 까막까치가 은하수에 놓아준 오작교 보다 더 짙은 사연이 깃든 내 마음 속의 오작교란다.

백랑 그러니까 영감 엄니를 저 오작교에서 만나기로 했단 말이지?

노시인 기약도 없이 떠나보내고 떠나야만 했던 두 모자의 비극적인 이별, 그리고 그 슬픔을 네깐 놈이 알게 뭐냐?

백랑　그게 언젠데?

노시인　내가 열다섯 살 때.

백랑　그때가 몇 년도야?

노시인　1950년 팔월 추석 다음 날, 둥근 달만이 우리를 지켜보고 있었다.

백랑　가만있어. 내가 태어나던 해, 6.25 때 아냐? 그때 저 오작교에서 엄니와 헤어졌단 말이지? 저 오작교를 건너 산을 넘고 강을 건너면 바로 이북인데? 그럼 엄니가 월북했다는 거야? 납치를 당했다는 거야?

백랑　내가 알게 뭐야? (그 표정 점점 어두워진다)

무대 일부분 어두워졌다 다시 흐릿하게 밝아지면 취조실 분위기.

책상을 사이에 두고 마주 앉아 있는 40대의 노기자와 기관원.

노기자는 노시인의 분신이다.

기관원　아버님이 저명하신 언론인이셨다구요?

노기자　예. 해방 이듬해 돌아가셨습니다.

기관원　알고 있습니다. 아버님의 영향을 받아 아드님께서도 언론사에 몸을 담고 계신 것도 잘 알고 있고요.

노기자　헌데 무슨 일로 저를 보자고 하신 겁니까? 저에게 무슨 문제가 생겼습니까?

기관원　단도직입적으로 묻겠습니다. 6.25 때 자진 월북하신 어머님이 계시죠?

노기자　자진 월북이라기보다는 겁에 질려 쫓겨 가신 걸로 알고 있습니다.

기관원　겁에 질려 쫓겨 가다뇨?

노기자　당시 열다섯 어린 나이의 제 기억으로는 그렇게 밖에 볼 수 없었습니다. 6.25 당시 수도서울이 적의 치하에 잠시 놓여있을 때 피난을 못간 어머니는 본의 아니게 부역자가 된 것입니다. 공산주의 가 뭔지도 모르는 우리 무식한 어머니는 그들의 지시에 따라 여성동맹위원의 붉은 완장을 차고 어린 두 자식과 함께 생명을 유지했던 것입니다. 그러다가 국군의 반격으로 서울이 수복 될 무렵 부역을 했다는 자책감과 후환이 두려운 나머지 많은 사람들이 정신없이 북으로 쫓겨 갔습니다. 우리 어머니도 그 중의 한 분이셨습니다. 어머니와의 마지막 작별, 지금도 기억이 생생합니다. 어머니의 가는 모습을 지켜보려고 전 어머니를 따라 동두천 근처의 깊은 산골짝 돌다리가 놓여있는 곳까지 갔습니다. 팔월 한가위 보름달만이 우리 모자를 지켜보는 가운데 어머니는 돌다리를 건너 사라지셨습니다. 그것이 마지막입니다. 그리고 이 십 여년의 세월이 흘렀습니다. 살아 계신지, 돌아가셨는지 소식을 모릅니다.

기관원　생존해 계십니다.

노기자　(놀라서) 예?

기관원　이북에 생존해 계시다구요.

노기자　그래요? 어떻게 아셨습니까?

기관원　어머니의 소식을 전해온 사람이 있습니다.

노기자　그게 누구입니까?

기관원　간첩입니다.

노기자　예? 간첩요…?

기관원　어머니 대신 북에서 내려온 간첩이 얼마 전 체포됐습니다.

노기자　우리 어머니 대신이라뇨?

기관원　이십여 년 만에 어머니를 만나실 뻔 했습니다. 헌데 어머님의 연세가 육십 오세나 되는 노령이라 남파되지 못하고 대신 남파된 간첩이 체포되는 바람에 어머님의 신상이 밝혀진 것입니다. 포섭대상에 노기자님도 포함되어 있더군요.

노기자 (놀라움과 비통함이 교차) 그래요?

취조실 암전.

무대 다시 밝아지면, 아직도 회상에서 깨어나지 못한 듯 어두운 표정으로 돌다리를 바라보고 서있는 노시인.

백랑 (혼자 중얼대며 노시인 앞을 서성댄다) 내가 알게 뭐냐? 내가 알게 뭐냐? 허기야 내가 알게 뭐야? 월북을 했던 납치를 당했던 내가 지금 남의 일에 신경 쓸 땐가? 이봐, 영감!

노시인 왜?

백랑 영감 소시적 때 뭐했어?

노시인 기자 했다.

백랑 신문기자?

노시인 신문기자, 잡지사 기자, 두루두루 다 했다, 왜?

백랑 피곤했겠다.

노시인 왜 피곤해?

백랑 연좌제에 시달리지 않았어?

노시인 연좌제에 시달리다니?

백랑 월북한 엄니 땜에 사상적으로 의심을 받았다던가, 불이익을 당하지 않았냐구?

노시인 지랄! 그런 일 없었다, 임마.

백랑 없었다, 임마?

노시인 그래 임마! 히히.

백랑 (뭔가 한동안 생각을 하다가) 어머님은 그렇고 아버지는 살아계셔?

노시인 벌써 돌아가셨다, 임마!

백랑 생전에 뭘 하셨는데?

노시인 대기자이셨다.

백랑 대기자? 부전자전이었군. 형제는?

노시인 남동생 하나 있다.

백랑 뭘 하는데?

노시인 의학박사다, 임마! 헌데 너 왜 그렇게 꼬치꼬치 캐묻냐?

백랑 심심하잖아. (정말 따분한 듯) 영감, 우리 한잔 할까? (또 무대 밖을 살핀다.)

노시인 그거 좋지. 한잔 살래?

백랑 그거야 십억 재벌이 사야 되는 거 아냐? (그때 핸드폰 요란하게 울린다.) 뭐야? (핸드 폰 받는다) 여보세요. 누구야? 네? 어디요? 그래서요…. 아, 그래요? 그런 상담이라면 잠깐 기다리세요. 관심이 많은 분을 바꿔드릴 테니까요. (핸드폰을 노시인에게 주며) 전화 받아봐.

노시인 누군데? 그쪽에 걸려온 전화를 왜 내가 받아?

백랑 받아보라니까. 여자야.

노시인 (마지못해 받는다) 여보쇼. 누구쇼? 뭐요? 부동산 회사요? 가평에 투자가치가 좋은 땅이 있다고요? 여보쇼, 아가씨! 거 가평보다는 평양에는 없소? 평양 같은 북한 땅이라면 내 얼마든지 투자하겠소. 여보쇼, 왜 대답이 없소? 끊었네. 흐흐. (핸드폰을 백랑에게 되돌려준다)

백랑 (킬킬대며) 북한에 투자를 하겠다고?

노시인 그래, 임마. 히히.

백랑 북한에 있는 어머니를 위해서?

노시인 히히, 그래, 임마!

백랑 그것도 햇볕정책이냐?

노시인 히히히, 햇볕정책이래….

그때 두 사람의 핸드폰 동시에 울린다.

두 사람 동시에 큰 소리로 통화를 하며 무대를 누비듯 서로 엇갈려 왔다 갔다 한다.

그 모습이 한참 어수선하다.

노시인 (전화) 어, 누구야? 김 기자가 왠 일야? 아직도 날 잊지 않고 있었구나. 뭐? 조언을 받고 싶다고? 무슨 조언? 진보가 특정 정당의 독점물이 될 수 있냐고? 그런 걸 왜 나 같은 늙은이한테 물어? 그러니까 민주정부 10년, 민주화 20년이 경과된 현 단계에서 오직 민주화 세력만이 진보에 대한 지적 소유권을 주장할 수 있는 거냐구? 아니지. 어떤 정파라도 진보적 가치를 지향할 수 있지. 진보의 궁극적 목적이 국민의 행복과 복지 증진에 있다면 그것을 달성하는 정파야말로 진보적이라고 말한 사람이 있어. 그 사람 말이 맞는 것 같아. 김 기자 생각도 그래? 뭐라고? 진보진영의 어른들께서 왜 요즘 '진보진영 총 단결하라' 로 아우성이냐고? 생각해봐라. 안 그렇게 생겼냐? 지난 5년간 진보가 얼마나 기세등등했었냐? 앞으로 수십 년간 이 나라에선 보수는 집권 못한다고 거침없이 떠들어댔잖냐. 헌데 세상인심이 확 뒤바뀐 거야. 무서운 게 세상인심이야. 진보 좌파의 교만, 무능, 부도덕성에 환멸을 느꼈다는 게 세상 인심야. 정치지형도 확 뒤바뀌었어. 다 죽은 줄만 알았던 보수가 다시 살아나고 있어. 진보는 반성해야 해. 입으로만이 아니라 진심으로 반성해야 부활할 수 있어. 어차피 민주주의는 한쪽만으로는 안 되게 돼있어. 진보가 건강성을 되찾아야 보수도 긴장하고 그래야 나라가 발전한다고 했어. 알았어? (악사와 마주 보고 서서 동시에 합창하듯) 더 이상 무슨 말을 해? 할 말 없다, 할 말 없어. 끊어!

백랑 (노시인과 동시에 전화) 누구야? 저라니? 저가 누구야? 처남야? 햐, 이것 봐라? 웬 일야, 나한테 전화를 다하고? 자네 누나가 내가 아직 죽지 않고 살아 있나 알아보라고 시키던가? 나 아직 건재하다고 전해. 뭐라고? 다 알고 있다고? 뭘 다 알아? 방황하지 말고 집으로 돌아가라고? 이혼당하고 쫓겨난 놈이 집이 어딨어? 내가 임마 무슨 고집을 부렸다고 그래? 내가 네놈 누나한테 괄시를 당한 걸 생각하면 지금도 몸서리가 처진다, 임마. 뭐라고? 누나가 아직도 날 생각하고 있다고? 웃긴다, 웃겨! 생사람 잡지 말라고 그래. 나 네놈 누나한테 줄 것 다주고 알몸으로 쫓겨난 놈야. 내게 남은 건 빈껍데기 양심뿐야. 빈껍데기 양심 알아? 나 앞으로 무슨 일을 저지를지 몰라. 텅 비어있는 양심 주머니에 어떤 일이 채워지냐에 따라 선해질 수도 있고 악해질 수도 있어. 뭐? 처남하고 같이 일해 볼 생각없냐고? 나 같은 '젊은 노인' 도 일자리가 있어? 그게 뭔데? 봉사? 무슨 봉사? 이번 대선 후보 캠프에서 애국심을 한 번 발휘해 보자고? 어떤 대통령 후보인데? 따뜻한 나라 대통령? 착한 대통령? 참 좋은 대통령? 장남 같은 대통령? 국민을 섬기는 대통령? 세상을 바꾸는 대통령? 부지런한 대통령? 듬직한 대통령? 뭐야? 무조건 처남만 따르면 된다고? 내가 한 마디만 할까? 난 말야, 나이에 상관없이 일할 수 있는 나라를 만들겠다는 대통령이라면 무조건 오케이다. 그게 바로 제대로 된 노인대책 아니냐? (노시인과 마주 서서 동시에 합창하듯) 더 이상 무슨 말을 해? 할 말 없어, 할 말 없어! 끊어!

두 사람, 할 말 다했다는 듯 동시에 핸드폰을 꺼놓고 서로 바라보며 씩 웃는다.
그때 여걸풍의 40대 중년 여인 등장. 잔뜩 흥분된 상태로 두 사람 앞을 지나가다 다시 돌아와 두 사람의 행색을 잠시 훑어보더니 그대로 돌다리 쪽으로 급히 간다.

백랑 (중년여인을 바라보며) 뭐야, 저건?

노시인 내가 알게 뭐야?

중년 여인, 다시 두 사람 앞으로 온다.

두 사람, 멀끔히 여인을 바라본다.

여인　여기 계신 지 오래 됐어요?

노시인　그건 왜 물어요?

여인　사람을 찾고 있어요. 등산객 중에 혹시 젊은 계집애를 끼고 지나간 중년 남자를 보셨나요?

백랑　(노시인을 힐끗 바라보고) 어떻게 생긴 남잔데?

여인　약간 뚱뚱하고 얼굴은 허여멀겋게 생긴 남자요.

백랑　으음―, 보약을 잘못 먹은 사람처럼 멍청하게 생겼다 이거지? (노시인을 향해) 거 혹시 천 원짜리 아냐?

노시인　내가 알게 뭐야, 히히.

여인　천 원짜리라뇨? 그런 사람 봤어요?

백랑　본 것 같아. 젊은 아가씨하고 같이 있었어. 그렇지 영감?

노시인　내가 알게 뭐야, 히히.

백랑　두 시간 전에 천원 줬잖아?

노시인　난 안 받았어. 히히, (중얼거리듯) 내가 천 원짜리 밖에 안 되냐? 난 분명 돌려줬어. 히히.

여인　보긴 보셨군. 놈이 여기 나타났다는 제보를 받고 허겁지겁 달려왔는데 안보이네. 어디 가서 찾지?

백랑　찾긴 어디 가서 찾아? 산속을 헤맬 거야? 산에서 내려 올 때까지 여기서 기다리는 거야. 길은 이길 밖에 없어.

노시인　헌데 그 남자를 왜 찾아요?

여인　살인자에요. 내 남편을 죽인 살인자란 말에요.

노시인　(악사를 바라보며) 어휴, 남편을 죽인 살인자래.

백랑　112 신고 했어?

여인　하나마나에요. 소용없어요. 내가 직접 복수를 할 거예요.

백랑　건 또 무슨 소리야?

여인　놈의 양심고백 때문에 내 남편이 죽은 거예요.

노시인　양심고백? 흐흐. (중얼거리듯) 양심고백 때문에 사람이 죽었대. 흐흐.

백랑　아니, 그놈이 양심고백을 할 정도로 대단한 놈야?

여인　우리 집 운전기사였어요.

노시인　운전기사? 히히, (중얼거리듯) 웃겨. 양심고백…. 흐흐.

백랑　이유가 뭐야? 양심고백을 하게 된 동기 말야?

여인　행복한 가정의 파괴범을 고발하기 위해 양심고백을 했대요.

백랑　파괴범이 누군데?

여인　내 남편요. 남편은 백여 명의 직원을 거느린 잘나가는 중소기업 사장이었어요. 헌데 그놈의 양심선언 때문에 남편은 고민 끝에 투신자살을 하고 회사는 하루아침에 박살 난 거죠. 놈은 배신자에요. 남편은 운전기사를 자신의 분신처럼 생각하고 10여 년 동안을 같이 지내왔는데 어떻게 그럴 수가 있죠?

백랑　한 마디로 사장의 비행을 폭로한 거군. 행복한 가정 파괴범 소리가 나올 정도면 도박을 했나?

여인　여자였어요.

노시인　여자? 히히, 여자래, 여자!

백랑　여자문제가 복잡했던 모양이지?

여인　몰랐어요. 오직 사업과 가정만 아는 남편으로만 알고 있었는데 그게 아니었어요. 한 두 여자가 아니었어요. 운전기사가 내놓은 폭로자료에 의하면 압구정 여자한데는 아파트, 신사동 여자한데는 오피스텔 그리고 논현동 여자한테는 전원주택을 마련해주는 등 엄청나게 돈을 퍼부었더군요. 나도 놀랬어요.

백랑　압구정 여인, 신사동 여인, 논현동 여인이라…, 그러고 보니까 그 근처에서만 빙빙 돌며 놀았군. 그렇지 영감?

노시인　내가 알게 뭐야? 히히.

여인　운전사 말로는 사장님의 여성행각에 혼자서 고민을 많이 했대요. 사장님의 온갖 심부름을 다하면서도 사장님의 비도덕적인 행위에 대해서, 한 가정의 행복한 삶을 위해서 이래선 안 되는데 하며 어 떤 땐 간접적으로 충고도 했대요. 그때마다 사장은 자신의 입을 돈으로 틀어막았대요.

백랑　가만, 가만! 지금 그게 문제가 아냐. 문제는 누가 진짜 가정 파괴범이냐? 그걸 파악해야 돼. 내 생각엔 진짜 가정파괴범은 당신 남편 이 아니라 바로 양심고백을 한 운전기사야! 안 그래, 영감?

노시인　내가 알게 뭐야, 흐흐. (중얼거리듯) 그래, 양심고백이 가정파괴다. 히히.

백랑　(여인에게 확인하듯) 안 그래?

여인　사람까지 죽였어요.

백랑　나쁜 놈야, 그놈! 당신 말마따나 배신자야. 십년동안 자신의 분신처럼 여겨온 사람을 고발해? 지가 무슨 도덕군자라고 양심고백을 해? 사장 덕분에 십년동안 잘 먹고 잘 살았잖아?

노시인　(내뱉듯) 뭔가 이유가 있을 거다.

백랑　(여인에게) 그 이유가 뭐라고 생각해?

여인　녀석이 날 좋아했어요.

노시인　자알 논다.

백랑　이거, 어떻게 돌아가는 거야? 녀석이 사장님의 사모님을 좋아했다고? 사모님은?

여인　(우물쭈물) 저야 뭐….

백랑　이거 우물쭈물 넘어갈 사건이 아니라구. 솔직히 몇 번 만났어? 은밀하게 말야?

여인　(불쾌하다는 듯 큰소리로) 야! 그딴 건 왜 물어? 꼭 알아야겠어? 서너 번 만났지만 자지는 않았다.

백랑　(노시인에게) 안 잤대.

노시인 내가 알게 뭐야? 히히.

백랑 두 사람 관계를 사장님은 아셨어?

여인 모르겠어요.

노시인 모르긴 왜 몰라? 여성편력이 화려한 사장께서 그 정도 눈치를 못 챌 것 같아? 척하면 삼천리라고, 알아? 히히.

여인 아무튼 어느 날 갑자기 운전기사를 갈았어요.

백랑 알았다. 짤린 분풀이로 사장의 비행을 폭로했군. 그렇다면 사모님도 양심고백을 하지 그랬어? 나는 남편의 운전사와 은밀히 정을 나누었다, 하고 말야.

노시인 임마! 그건 간통야, 간통!

백랑 허긴 그래. 나는 간통을 했다하고 스스로 폭로할 미친년이 세상에 어딨어?

여인 미친년이라니? 지금 무슨 소리들을 하고 있는 거야?

노시인 양심고백요.

백랑 사모님, 솔직히 말해. 지금 운전기사를 추적하고 있는 건 남편의 복수심 때문이 아니라, 젊은 계집과 놀아나고 있는 운전기사에 대한 질투심 때문이지?

여인 소설을 써라, 추리소설을! (내밷듯 던지고 퇴장)

노시인 히히, 추리소설을 쓰래. 하나 써 봐.

백랑 나도 회사 그만 둘 때 양심고백이나 한 번 할 걸 잘못했어.

노시인 임마, 양심고백은 아무나 하냐? 그거 아무나 하는 거 아냐. 이 세상에서 딱 한사람 양심고백 할 사람이 있어.

백랑 그게 누군데?

노시인 김정일 국방위원장! 아니다 김정은이가 북쪽의 어거지 주장에 대한 양심고백만 해 봐라. 핵문제고 뭐고 금방 통일된다. 그렇게 되면 우리 엄니도 만날 수 있게 되고, 우리 엄니의 아코디언 소리도 다시 들을 수 있을 텐데, 그게 그렇게 쉽지 않은 모양야. (제자리로 돌아가 앉아 아코디언을 껴안고 어루만진다.)

백랑　엄니가 아코디언을 잘 치셨어?

노시인　응, 잘 치셨지. 아코디언 소리를 들으면 엄니의 숨결이 느껴져. 이 아코디언, 이거 우리 엄니가 소시적부터 애지중지 아끼던 악기였는데, 내게는 엄니의 마지막 선물이 되고 말았어.

백랑　응, 그랬구나. 영감 엄니가 살아계실까?

노시인　삼십 여 년 전까지만 해도 생존해 계시다는 소식을 들었다.

백랑　어떻게? 북쪽 사람과 연락이 닿았나?

노시인　그렇다, 이놈아!

백랑　그렇다, 이놈아? 이상한 냄새가 풍기네, 영감한테서….

노시인　미친놈. 냄새는 무슨 얼어 죽을 냄새냐?

백랑　월북한 엄니에, 북쪽 사람과 접선…, 혹시 이 자리가 간첩 접선장소 아냐? 그래서 이 자리를 고수하고 있는 거 아냐?

노시인　신고해라, 신고해!

백랑　(잠시 침묵 끝에) 삼십여 년 전 엄니 나이가 어떻게 됐는데?

노시인　육십 다섯.

백랑　살아계신다면 아흔 다섯이네?

노시인　그렇게 되셨지. 살아계실까?

백랑　다시 접선 안 해 봤어?

노시인　무슨 접선?

백랑　그때 그 북쪽 사람하고 말야.

노시인　지랄하고 자빠졌네!

백랑　(혼자소리처럼) 오십여 년 전 어머니와 작별한 곳에서 어머니가 남겨주고 간 아코디언을 치며 어머니의 숨결을 느낀다는 백발노인 의사모곡…, 이거 무척 감동적인데? 홍 할머니보다 더 감동적이야. 영감, 홍 할머니 알아?

노시인　홍 할머니?

백랑 레나테 홍. 동독 출신의 독일 할머니. 반세기 전에 헤어진 북한의 남편과 만나게 해 달라고 청와대에 탄원서 보낸 할머니 몰라?

노시인 흐흐, (중얼거리듯) 탄원서 좋아하네.

백랑 북한 출신 동독 유학생을 만나 결혼한 지 일 년 만에 북한으로 소환된 남편과 이별한 뒤 홀로 두 아들을 키우며 긴긴 세월을 보냈지만 여태껏 남편을 잊지 못하고 상봉의 기회를 애타게 찾고 있다며 우리나라에까지 와서 탄원을 한 독일 할머니의 순애보, 망부가 있잖아?

노시인 그래서 어쩌란 말야, 날 보고?

백랑 왜 떫어?

노시인 임마, 그보다 더한 사연도 있어. 삼십여 년 전에 납북된 고교생아들을 기다리며 아직까지도 아들의 밥그릇을 매끼니마다 가득채운 채 애타게 기다리는 어머니도 있어.

백랑 뭐하는 거야, 정부에선?

노시인 내가 알게 뭐야, 히히. (중얼거리듯) 이산가족 상봉하고 있잖아, 히히.

백랑 영감 어머닌 자진 월북야, 납북야?

노시인 반반이다, 왜?

백랑 반반은 무슨 뜻야?

노시인 넌 몰라, 임마. 흐흐.

백랑 사실은 나도 엄연히 따지면 이산가족이야.

노시인 네가? 히히. 지가 이산가족이래, 히히.

백랑 사촌 형님이 국군포로면 이산가족 아냐? 헌데 생사를 몰라.

노시인 알 수 있어.

백랑 어떻게? 북한이 아직까지 국군포로와 납북자의 존재를 제대로 인정조차 않고 있는 실정인데 어떻게 알 수 있어?

노시인 북쪽에서 양심고백만 해봐라. 다 알 수 있다, 임마. 흐흐.

그때 둥둥 북을 치며 등장하는 대통령 후보와 대여섯 명의 선거운동원들. 노란 띠를 어깨에 둘러 맨 대통령후보는 핸드 마이크를 들고 직접 거리 유세.

후보　(마이크를 통해) 대통령 선거에 출마한 기호 18번 추풍입이다. 기호 18번을 찍으면 세상이 확 달라집니다. 국민 여러분의 팔자가 활짝 핍니다. (지나가며 노시인과 백랑에게 악수를 청한다. 두 사람 엉겁결에 악수를 한다. 계속 유세. 무대를 한 바퀴 돌며) 기호 18번 추풍을 찍으면 복을 받는 나라 국민이 됩니다. 자라나는 학생들에겐 시험공부에 시달리지 않는 나라를 만들겠습니다. 늙은 청년이 없는 행복한 나라를 만들겠습니다. 유엔본부를 서울에 두고 이산가족이 없는 나라를 만들겠습니다. 팔자가 늘어지도록 살기 좋은 나라를 만들겠습니다. 기호 18번 추풍을 기억해 주십시오. 기호 18번 추풍은 절대 헛소리를 안 합니다. (하며 운동원과 함께 퇴장)

백랑　절대 헛소리 안 한대. 정말 십팔이네.

노시인　히히. 말조심해. 십팔이 뭐냐, 십팔이?

백랑　어깨띠에 18번이라고 달고 다니잖아. 그리고 제 입으로도 십팔, 좆팔 하잖아? 저거 안 될 꺼 뻔히 알면서 왜 나왔어?

노시인　내가 알게 뭐야, 히히.

백랑　잰 이름 그대로 추풍낙엽이다. 추풍이 뭐야, 추풍이? 안 그래, 영감?

노시인　내가 알게 뭐야, 히히.

두 사람, 잠시 침묵.

백랑　영감! 이번 대선 누가 될 것 같아?

노시인　내가 알게 뭐야.

백랑　정말 그럴 거야?

노시인 뭘 임마?

백랑 내가 알게 뭐야, 계속 그럴 거야?

노시인 히히.

백랑 왜 웃어?

노시인 웃지도 못하니?

백랑 웃음소리가 그게 뭐야?

노시인 내 웃음이 어때서?

백랑 (노시인의 히히대는 헛웃음을 흉내 내며) 히히. 히히가 뭐야? 세상을 비웃는 거야, 자기 자신을 비웃는 거야? 아니면 그냥 공허한 웃음야?

노시인 몰라, 임마!

그때 50대의 남자 등산객 두 사람, 돌다리를 건너오며 언쟁을 벌이고 있다. 두 사람 모두 약간 술에 취한 상태다.

남자A 너 같은 놈은 지구상에서 떠나야 돼. 살 가치가 없는 놈야.

남자B 지구상에서 떠날 놈은 너야, 너! 너 같은 놈 땜에 세상이 어지러워, 알아? 오만의 극치! 이간질의 명수! 대리만족의 도사! 고집불통에 억지의 원단! 추상적으로 사는 놈! 그게 바로 너야, 알아?

남자A 야, 야! 너 말 다 했어? 너 같이 흉물스런 놈이 세상에 어디 있냐? 너야말로 내숭의 원단야, 원단! 좀 솔직하게 살 수 없냐? 너 같은 음흉덩어리 땜에 많은 사람들이 울화병에 시달리고 있어, 임마.

남자B 좋아하네. 울화병은 너 같은 꼴통 땜에 생기는 거야. 남하고 좀 타협하며 살 수 없냐? 넌 쌩 고집부리다가 뒈질 놈야. 네 무덤 네가 파고 있어. 그걸 알아야 해, 임마.

백랑 재들 왜 싸워?

노시인 알 게 뭐야. 히히, 싸워야 큰다, 싸워야 커

백랑 싸움질 하면서 크기엔 너무 늙었는데?

등산객 두 남자, 노시인과 백랑이 있는 자리 앞에까지 와서 계속 언쟁.

남자A 임마, 너나 잘해.
남자B 나 못한 일 없어. 너나 잘해.
노시인 왜 싸워?
두 남자 (동시에 노시인을 바라본다)
노시인 왜 싸우냐구? 한 잔들 했어?
남자B 한 잔 하실래요? (등산가방에서 소주병을 꺼낸다)
백랑 거 좋지. (하며 습관처럼 무대 밖을 살피다가 황급히 자리를 뜨려고 한다.)
노시인 어딜 가, 한 잔 한다더니?
백랑 오줌 좀 싸고 올게. (급히 무대 뒤로 사라진다)
노시인 미친놈. 갑자기 웬 오줌야? 히히.
남자B 자, 한 잔 받으세요, 영감님. (물 컵에 소주를 따르려고 하면)
노시인 이왕이면 앉아서 따를 수 없어요?
남자B 예, 예. (마주 앉아 소수를 따른다)
남자A (한심하다는 듯 바라본다)
남자B (남자A에게) 앉아. 좀 쉬었다 가자구.
남자A (배낭을 벗어놓고 앉으며) 아무튼 앤 못 말려.
노시인 뭘 못 말려요?
남자A 언제나 생색은 지가 먼저 낸다구요.
남자B 임마, 생색을 내자는 게 아냐. 내 마음야. 내 마음에서 울어나 영감님께 술 한 잔 올리는 것뿐야.

그때 순찰중인 두 명의 경찰이 그들 앞을 지나가며 살펴본다.

노시인 (경찰에게) 뭘 봐?

경찰, 아무것도 아니라는 듯 손짓을 하며 그들 앞을 지나 순찰을 돌듯 돌다리를 건너 유원지 쪽으로 사라진다.

노시인 (술을 한 모금 마시고) 안주는 없어?
남자B 아, 예, 있습니다. (배낭을 뒤져 먹다 남은 새우깡 봉지를 내놓는다.)
노시인 (새우깡 하나를 씹으며) 고마워.

백랑, 경찰들이 사라진 쪽을 살피며 다시 등장.

백랑 (노시인 앞에 마주 앉으며) 자, 한 잔 줘.
노시인 웬 오줌은 그렇게 길게 싸냐?
백랑 어서 잔이나 달라니까.
노시인 (단숨에 마시고 물 잔을 내준다.)
백랑 (남은 술을 물 잔에 몽땅 따라 붓는다.)
노시인 임마, 다 따르면 어떻게? 너 혼자 다 마실 거야?
남자B 싸우지 마세요. 여기 한 병 더 남았어요.
노시인 흐흐, 한 병 더 있대. 마시라구.
남자B (배낭에서 술병을 꺼내주며) 맘껏 드세요.
남자A 너 좀 전에도 말했지만 혼자 휴맨인 척하지 마. 그 응큼한 속을 모를 것 같으냐?
남자B 임마, 그건 휴맨이 아니라 인간의 도리야, 도리! 나이든 대선배를 모시자는 데, 뭐 그게 그렇게 껄끄럽다고 악악대는 거냐?
남자A (이하 열 받은 듯 높은 목소리) 선배도 선배 나름야. 그 선배 나이 헛먹었어. 한 물간 인생이라고.
남자B 외롭잖아?
남자A 외로워? 그거 자기 탓야. 그렇게 산 인생야. 이제 와서 누굴 탓해?
남자B 더 외로워지기 전에 우리가 자주 찾아뵙고 친구가 돼 주자는 게 뭐가 나빠?

남자A 그래서 그렇게 겉늙었구나.

남자B 겉늙어?

남자A 젊은 놈이 늙은이들하고만 어울려 다니다보니 겉늙을 수밖에. 나 겉늙고 싶지 않아. 나 그럴 시간 없어. 내 나이도 육십 다 됐어. 이 나이에 누굴 돌봐? 그 늙은이 돌봐줄 시간 없어. 그 시간에 젊은 후배들과 어울려 세상을 논하고, 젊은이들을 일깨워야지 그깐 늙은이들한테 아까운 시간 빼앗기고 싶지 않아. 나도 이제부턴 삶의 보람을 느끼고 싶단 말야.

남자B 많이 느껴라, 많이 느껴. 미친놈!

남자A 미친놈? 정작 미친놈은 네 놈야!

남자B 그래, 너 같은 새끼하고 말하는 내가 미쳤다. 뭐 이런 새끼가 다 있어?

남자A 새끼, 새끼 하지 마, 이 새끼야!

노시인 언제 끝낼 거야?

두 남자 (멋쩍게 서로 바라본다.)

노시인 둘이 만나면 맨날 이렇게 싸워?

남자B 언제나 이 친구가 먼저 시비를 걸어요. 얜만 만나면 스트레스를 받는다구요.

백랑 스트레스. 그거 독약이야, 독약.

남자B 맞아요. 이놈을 만날 때마다 난 독약을 마신다니까요.

남자A 임마, 독도 약이 될 때가 있어.

노시인 그만들 해요. 이래서 통일이 안 되는 거야. 나중에 후회들 많이 할 거요. 나도 한때 만나기만 하면 싸우던 친구가 있었는데, 먼저 갔어. 그 친구가 그리울 때가 많아.

그때 유원지에서 다시 나타나 돌다리를 건너오는 두 경찰.

백랑, 그 경찰을 보고 슬며시 자리를 뜨려고 일어난다.

노시인　어딜 가려고?

백랑　오줌.

노시인　웬 오줌은 그렇게 자주 싸냐?

백랑　나도 몰라. (급히 무대 뒤로 사라진다)

두 경찰, 그들 앞을 지나 퇴장.

남자B　(배낭을 울러 메며) 안 갈 거야?

남자A　가고 싶으면 먼저 가. 언젠 뭐 온다 간다 말하고 다녔냐? (하면서 벌떡 일어나 배낭을 챙겨가지고 먼저 퇴장한다)

남자B　(노시인에게 남자A의 행위를 보라는 듯이) 봐요. 아무튼 제 고집대로 사는 놈이에요. (급히 퇴장)

노시인　두 놈 다 똑같다, 똑같아. 이놈들아 앞으론 정말 싸울 일만 가지고 싸워라. 이건 안 싸워도 될 일을 가지고 왜 핏대들을 세우니? 허기야 내가 알게 뭐야? 싸우고 싶은 놈들 있으면 싫건 싸워라! 옘병, 꼭 정치판에서 노는 애들 같아. 그래, 막 씹고 막 짓밟아라! 그래야 큰다, 커!

백랑　(다시 등장하며) 다들 갔어?

노시인　보면 모르니? (일어나면)

백랑　어딜 가려고?

노시인　나도 쉬 하러 가신다. 왜? (무대 뒤로 퇴장)

백랑　(무대 밖을 다시 살펴보고는 안도의 한숨)

그때 꾸부정한 할머니 등장. 손에는 동냥 그릇이 들려있다. 첫눈에 동냥아치다. 백랑 앞을 그대로 지나치나가 다시 돌아와 백랑에게 밝은 미소를 지어 보인다.

할머니 (낭랑한 목소리로) 안녕하세요? (굽은 허리를 더 굽혀 절을 한다)

백랑 (멀뚱히 바라본다)

할머니 안녕하세요? 안녕하세요? (계속 되풀이 하며 절을 한다)

백랑 이봐, 할멈.

할머니 안녕하세요?

백랑 미치겠군.

할머니 안녕하세요?

백랑 이봐요, 할멈! 나, 안녕 못해.

할머니 안녕하세요?

노시인 (등장하며) 예, 안녕하세요?

할머니 (노시인을 향해) 안녕하세요?

노시인 예, 예. (만 원 권 한 장을 할머니에게 준다)

할머니 (의외다. 그러나 곧 황송해서) 아이고, 고맙수, 고마워.

백랑 웬 만원씩이나 줘?

노시인 히히, (할머니에게) 가 봐요.

할머니 복 많이 받으세요. (인사하고 돌아서가다가 다시 돌아서서) 안녕히 계세요. (퇴장)

노시인 히히, 안녕히 계시래.

백랑 영감 진짜 돈 많구나? 어떻게 만원씩이나 주냐?

노시인 내 맘이다, 왜? 히히.

백랑 엄니 생각해서 줬냐?

노시인 지랄! 오줌 누러 안 가?

백랑 오줌은? 내가 오줌소태에 걸렸냐?

노시인 저기 경찰이 오잖아?

백랑 경찰? 어디에? (무대 밖을 살핀다)

노시인 히히. 그냥 해본 소리다, 임마. 너 경찰만 나타나면 오줌 누러 갔었지? 내 다 알고 있다, 임마. 너 경찰에 쫓기는 놈이지?

백랑 쫓기긴….

노시인 무슨 죄를 졌냐? 솔직히 말해 봐.

백랑 (말을 못하고 망설인다)

노시인 현상금 붙었냐? 얼마짜리냐? 신고할까? (하고 핸드폰 꺼내들면)

백랑 이거 왜 이래….

노시인 양심고백!

백랑 영감 빚져 봤어?

노시인 너 사기 쳤구나?

백랑 누가 치고 싶어 쳤냐?

노시인 얼마나 사기 쳤는데?

백랑 천만 원.

노시인 천만 원? 히히. 겨우 천만 원야? 임마, 이왕 사기를 칠려면 억대로 처, 억대로! 쩨쩨하게 천만 원 갖고 쫓겨 다녀?

백랑 나한테는 수백억이나 다름없어.

노시인 허긴 그렇구나. 없는 놈한테는 숫자의 차이뿐야. 니 말이 맞다. 앞으론 누가 물으면 억대라고 해, 억대! 헤헤. 헌데 어쩌다 그렇게 됐냐? 헌데 누구한테 사기 친 거야?

백랑 누님한데.

노시인 누님?

백랑 친구한테 퇴직금 몽땅 날리고, 포장마차라도 하려고 누나한데 천만원을 빌렸어. 포장마차 자리 권리금으로 말야. 노점상 연합회에 잘 아는 사람이 있다는 고등학교 동창의 말만 믿고 권리금을 선뜻 내줬는데, 그 놈이 그냥 날아가 버렸어.

노시인 사기 당했군, 고등학교 동창 놈에게.

백랑 누님은 내가 사기 쳤나는 거야. 매부도 모르게 친구한테 빌린 돈인데 당장 갚지 않으면 경찰에 고발하겠다는 거야. 미치고 환장하겠더군. 당장 무슨 돈이 있어? 자연 누님을 피해 다닐 수밖에 더 있어?

노시인 누님이 고발을 했대?

백랑 했겠지 뭐.

노시인 했겠지 뭐라니? 확인해 봤어?

백랑 내가 어떻게 확인해? 날 보고 경찰서에 가서 아무 아무개 사기죄로 고발당했습니까, 하고 물어보란 말야? 말도 안 되는 소리 하고 자빠졌네.

노시인 그러니까 경찰만 보면 도둑이 제 발 저리는 꼴이 됐구나. 걱정 마. 그 돈 내가 갚아줄게.

백랑 뭐라구? 돈을 갚아줘? 영감이? 정말?

노시인 임마, 나 10억 재벌이라고 했잖아? 10억 짜리 건물 팔리면 갚아줄 테니까, 걱정 마.

백랑 그게 언제 팔리는데?

노시인 내가 알게 뭐야, 팔릴 때까지 기다려.

백랑 (울적해지며) 빈 말이래도 고마워요, 영감님.

노시인 어랍쇼? 영감님이라니? 얘가 왜 이렇게 갑자기 공손해졌지?

백랑 (갑자기 목이 메어) 내가 너무 세상을 헛살아 온 것 같아요. 앞을 내다보지 못하고 눈앞에 것만 챙기다 보니 얻은 것보다 잃은 것이 더 많았어요. 많은 사람들을 잃었어요. 내가 거리를 방황하며 미친놈처럼 떠들어대며 세상을 원망해 봤자 내 심정을 알아주는 사람을 한 사람도 만나지 못했어요. 그저 나는 세상 사람들의 구경거리에 지나지 않았어요. 빈 말이래도 따뜻한 말 한 마디 해 주는 사람이 없었어요. (드디어 흐느끼며) 헌데 오늘 영감님의 무뚝뚝한 말씀 속에서도 따뜻한 정을 느낄 수 있었어요. 정말 오랜만에 느껴보는 어머니의 마음이었어요. (훌쩍거리며 운다)

노시인 임마, 남자가 눈물을 보이면 어떻게? 그 나이엔 가슴 속으로 울던지, 숨어서 울어야지 이놈아.

백랑 (손등으로 눈물을 닦으며) 영감님, 저 갈래요. (기타를 울러 메며) 오래 오래 사세요. 영감님 엄니를 만날 때까지요. (뒤도 안돌아보고 퇴장)

노시인 (큰소리로) 야, 임마! 생판 이산가족 되지 말고, 누님한테 찾아가서 양심고백하면 두 다리 뻗고 잘 수 있어, 임마. (백랑이 사라진 쪽을 아쉽게 바라본다.)

어느새 무대는 저녁노을이 붉게 물들어 온다.

돌다리 위에 노시인의 어머니 환영이 떠오른다.

노시인 엄니, 저도 그만 들어갈래요. 안녕히 계세요. 오늘밤에도 꿈속에서 다시 만나요. 엄니, 오늘도 한 곡조 들으셔야죠? 엄니가 가장 좋아하시던 노래 들려드리고 갈게요. 엄니! 같이 불러요.

노시인, 아코디언을 연주한다.

〈고향의 봄〉을 애잔하게 연주하는 가운데 서서히 막이 내린다.

# 도라산 아리랑

최송림

**✽ 나오는 사람들 ✽**

지남철 _ (80세 안팎, 월남한 북청 사자놀음 · 소리꾼으로서 징을 만드는 匠人)
허명수 _ (70대, 월남한 외눈박이로서 함흥집 단골이자 지남철의 벗)
수풍댁 _ (40세 안팎, 조선족 연변 여인으로서 함흥집 종업원)
지망원 _ (50대, 지남철의 아들로서 함흥집 주인)
박정선 _ (40대, 지망원의 아내)
지빛나 _ (20대, 지망원의 딸로서 북청 사자놀음 동아리 회원)
김동민 _ (30대, 지빛나의 애인으로서 신문기자)
이순희 _ (80세 안팎, 북에 두고 온 지남철의 본처)
지복원 _ (50대, 이순희의 딸로서 춤추고 노래하는 독신녀)
지광일 _ (20대, 지복원의 조카, 즉 지남철의 북쪽 장손)
뱃사공 _ (중국 쪽 압록강변의 조선족)

※ 북청 사자놀음은 배우들의 겸역을 효과적으로 활용하면 되겠다.

**최송림**

- 「경향신문」, 「서울신문」 『신춘문예』로 데뷔
- 통일연극 시리즈 〈도라산 아리랑〉 외 다수.
- 주요작품 〈간사지〉 〈열대야〉 〈늦둥이〉 〈마구간〉 〈이비야〉 〈꽃비〉 외 다수.

*때 남북 철도를 연결하는 도라산역 개통 바로 그날 가슴 벅찬 순간을 기점으로 현실과 회상들이다.

*장소(무대)

냉면 전문 〈함흥집〉이 주무대이다.
함흥집에 딸린 작은방 작업실에 지남철이 소중하게 다루는 징이 있고, 가게 정면 어디쯤에는 허명수의 상징물인 '컵 속의 양파'가 유난히 눈에 띈다. 지남철의 이 방은 홀과 구분되어 독립성이 돋보였으면 한다.
물론 도라산역과 지복원의 식당식 공연장 및 지남철과 아내 이순희와의 상봉 장면 등도 중요하다.

## 1

막이 오르면, 한민족 고유의 흰옷을 입은 전 출연진이 역전 광장인 듯 도라산역을 배경으로 대합창 〈도라산 아리랑〉을 부르며 등장한다.
작곡은 기본적으로 민족정서가 배인 '아리랑'의 멜로디가 밑바탕에 깔렸으면 좋겠다.

♬〈아리랑 아리랑 아라리오 아리랑 고개로 넘어간다
오랜 세월 짓밟혀온 당신과 나의 가슴 속에
어둠 뚫고 새벽 열리듯 눈부신 태양 솟는구나
우리 모두 손잡고 통일을 노래하자
가슴 열고 노래하자 하나가 되었구나
아리랑 아리랑 도라산 아리랑 힘차게 울리는 기적소리
아리랑 아리랑 도라산 아리랑 희망을 싣고 달려간다
아리랑 아라리오 아리랑 고개로 넘어간다〉

합창의 끝남과 함께 전출연진이 퇴장하면 때마침 기차가 기적소리를 힘차게 울리며 지나가고, 다시 등장하는 전출연진들이 모두가 하나로 어우러져 춤춘다. 〈우리는 하나 민족도 하나〉〈조국이여 영원하라〉〈아시아의 허브〉〈동방의 등불〉〈꿈은 이루어졌다〉〈백두에서 한라까지〉〈우리의 소원은 통일〉 등의 걸개나 슬라이드! 우리 민족 고유의 흥겨운 춤사위에 얼쑤, 신명이 절로 난다. 남북을 상징하는 두 사람의 소고잡이가 멋들어지게 추는 버꾸 춤 솜씨도 볼만하다.

연달아 〈남북이산가족합동공연 북청사자놀음〉 걸개를 앞세운 북청 사자놀음이 펼쳐진다.

북청 사자놀음을 중심으로 전출연진들은 원형을 그리며 춤춘다.

김동민이 이들의 생생한 현장 뉴스를 전하면 시나브로 조명이 그에게 집중되고, 나머지 사람들은 맞물리듯 어둠속에 잠기며 자연스럽게 퇴장한다.

**김동민** (흥분을 감추지 못하며) 동방의 혈맥, 아시아의 허브, 그 물류중심이 될 경의선이 새롭게 개통되는 역사적인 날입니다. 정말 가슴 벅찬 감격의 순간이 아닐 수 없습니다.

우리 민족의 숙원인 통일의 길목에서 도라산역 개통을 축하하는 여러 행사 중 하나로 여러분은 지금 특별히 초청된 남북이산가족이 합동으로 공연하는 북청 사자놀음을 보고 계십니다.

오늘 이렇게 남북을 연결하는 도라산역이 개통됨으로써 남북이 하나로 어우러지는 모습, 기쁠 때나 슬플 때나 손에 손을 맞잡고 춤추고 노래하던 옛 조상들의 모습, 그 원형을 찾아가는 첫걸음이라는 생각이 듭니다.

그동안 막혔던 저 만주벌판으로, 저 시베리아로, 유럽으로, 가슴을 활짝 펴고 힘차게 뻗어나갈 날만을 기다려온 우리 한민족의 기상을 이제 그 어느 누가 막겠습니까?

맥박이 힘차게 뜁니다.

여기까지 반신불수의 몸을 이끌고 걸어온 우리네 질곡의 역사를 생각하면, 그 감회는 이루 다 말로 표현할 수 없습니다.
여기 제가 잘 아는 한 가족과 그 이웃들을 통해, 온전한 몸을 그리 워 하며 정신적 육체적으로 우리 모두 얼마나 철저하게 왜곡된 삶을 살아 왔는지를 돌이켜보면서, 다시는 이런 불행한 역사가 이 땅에,아니 지구상 어느 곳에서도 되풀이되지 않기를 우리 민족의 이름으로 기원하는 바입니다.
저는 현장 취재차 도라산역에 나온 겨레방송 김동민 기잡니다.
(인사하고) 자, 그럼 제가 그 가정을 처음 방문했을 때로 돌아가 보겠습니다.

암전

## 2

무대 다시 밝아지면, 지남철의 방이다.
지남철이 방짜징을 만지고 있다. 방짜징에 대한 그의 애정은 거의 신앙에 가까울 정도다. 이따금 허리에 통증이 오는지 손으로 만지고 주먹으로 어깨를 가볍게 때리는가 하면, 허리를 쭉 펴보기도 한다. 이 동작은 이후에도 잊을 만하면 버릇처럼 되풀이되는데, 다분히 상징적이다.
지빛나가 김동민이를 데리고 온다. 지빛나의 손에는 음료수 박스가 들려 있다. 김동민이가 산 모양이다.

지빛나　할아버지! 할아버지, 저예요, 빛나!
지남철　응, 빛나 왔구나.
지빛나　제 남자친구에요, 말씀드렸었죠?
김동민　안녕하세요? 김동민입니다.

지남철 올라와 앉아.

지빛나 올라와. (방에 들어가서 음료수 박스를) 할아버지 이거.

지남철 (김동민을 보고) 뭐 이런 것까지. 고맙다. (젊은이들이 앉자) 그래, 엄마 아빠는 봤니?

지빛나 예. 친구가 할아버지 징에 관심이 많아요. 할아버지, 오늘은 저한테 안 해주신 얘기까지 다 해주셔야 돼요.

김동민 할아버지, 사진도 몇 장 찍겠습니다.

지남철 부시기, 사진까지.

김동민 할아버지께서 소중하게 간직하신다고 해서…

지남철 뭐 귀한 물건은 아니고… 나한테는 아주 소중한 물건이다, 이 말이지. (지빛나에게) 네가 너무 허풍을 떨었군 그래?

지빛나 전국 팔도 고물을 다 주워 모아 징을 만들기 시작하신 지가 벌써… 내가 초등학교 들어가기 전부터시라니까…

김동민 그동안 만드신 징만 해도 굉장하시겠네요?

지빛나 징을 만들면 뭐해? 다시 쇠골탕(도가니)에 집어넣고 새로 만들기 시작하시는데… 시쳇말로 쉽게 말하면 말짱 도로묵, 도로아미타불이죠, 뭐.

지남철 그래, 빛나 네 말이 맞다, 허허허.

지빛나 (음료수 한 병을 꺼내) 할아버지, 이거 하나 드세요.

지남철 응 그래, 친구도 하나 줘라. (받아만 놓고) 이따 먹어야지.

지빛나 (김동민에게도 건네며) 오빠.

김동민 응.

김동민도 지남철이 마실 때 함께 마시겠다고 한쪽에 둔다. 그러고 본격적인 취재라도 할 태세다.

김동민 징은 구리에 주석을 섞은 놋그릇 같은, 적동·황동으로 만든다고 들었습니다.

지빛나 어, 공부 좀 해왔는데요?

지남철 (마음에 드는 듯 웃으며) 허허허, 징이라고 다 같은 게 앙이야. 그냥 기계틀로 찍어낸 거, 쇠골탕에서 녹인 쇠를 일일이 이 망치로 두드려 만든 방짜하고는 비교가 안 되지. 이 방짜라야 제대로 소리가 난다 이 말이야.

김동민 그동안 만드신 징이 마음에 안 드셔서 다시 쇠골탕에 넣으신 건가요?

지남철 아니야, 그게 아니고…. 빛나가 이야기 안 해주었구만그래.

지빛나 징이 마음에 안 드실 때도 있겠지만, 뭔가 다른 이유가 있으신 거죠? 제 말이 맞죠, 할아버지? 벙어리 징!

지남철 이 징이란 게 시도 때도 없이 울릴 물건이 앙이지. 울려야 할 때가 있는 법이거늘, 방짠지 팔짠지….

김동민 (얼른 이해가 안 가) 무슨 말씀이신지…?

지남철 내 생전에 이 징 한 번 울릴 날이 올란지….

허명수가 흰 고무신에 색안경을 쓰고, 목에 항상 걸고 다니는 망원경을 앞세워 흥얼대며 들어온다. 술기운이 있다.

허명수 (흥얼대듯) 누가 왔나 누가 왔나 지남철이 찾아~ 이봐, 지남철! 오뉴월 쇠부랄 늘어지듯 축 늘어진 처량한 인생말년에, 그놈의 징이 돈이 되나 밥이 되나. 허구헌날 붙들고 앉아서리…. (그러면서 가슴을 쓸어내리듯 터뜨리는 기침소리가 심상찮다.)

지남철 이보라우, 병원에 가봤어? 벌써 어디서 한 잔 걸쳤구먼 그래?

허명수 어디서 걸쳤겠어, 함흥십 아니면 내가 갈 데가 어딨겠나. 수풍댁이 챙겨주는 냉면국물에 소주 한 컵…. (기침을 가까스로 참고) 왜, 내가 뭐 잘못 됐어?

지빛나 안녕하세요, 고무신 할아버지?

허명수 오냐, 점점 더 예뻐지는구나.

지빛나 (김동민에게) 인사드려, 오빠. 할아버지 친구분이셔.

김동민 안녕하세요? 처음 뵙겠습니다. 빛나 친구 김 동민입니다.

허명수 (괴팍스레 유심히 훑어보고) 흠, 사지육신은 멀쩡한 젊은이로구나! 우리 빛나가 예뻐지는 이유가 있었네. 그런데 오장육부도 건장한겨? 중요한 건 보이는 것이냐, 안 보이는 것이냐? 즉 다시 말하면….

지남철 저, 저, 주책바가지, 또 시작이다. 영감탱이가 새카만 안경 하나 척 걸치고서리.

허명수 부럽다는 게야, 보기 싫다는 게야? 말꼬리를 맺어, 이 사람아. 그래, 색안경 땜에 매사가 삐뚤어지게만 보인다! 됐냐?

김동민 멋만 있으신데요.

지남철 멋은 무슨 얼어 죽을, 사실은 저놈이….

허명수 (말을 막듯) 사실은 이 몸이, 니네 할아버지 별명을 붙였다. 쇠붙이만 보면 그냥 달라붙어요. 안 그런가, 지남철?

지남철 그래, 난 지남철이다, 이 애꾸야!

허명수 처음 보는 젊은이 앞에서 꼭 그렇게 까발려야 직성이 풀려, 이 못된 친구야.

지빛나 전 할아버지가 색안경 벗으신 모습을 한 번도 본 적이 없어요. 고무신도 그렇고….

지남철 내 이 징 울릴 때 저 고무신 벗는대나 어쩐대나….

허명수 자네가 징소리 한 번 들려주면, 나도 이 고무신 양손에 들고 허리춤이라도 한 번 추어보겠네. 훠이, 허워이~.

상의 윗주머니의 손수건까지 꺼내들고 소리를 한다.

'바보 멍텅구리', 타령조다.

♬〈깜깜한 세상에 누가 불빛이 되어
세상을 밝히고 장벽을 깨뜨릴까
춤추고 노래할 그날을 기다리는
우리는 천하에 바보 멍텅구리〉

지남철 너나 바보 멍텅구리 해.

허명수 혼자서는 외로워. (노래하듯) 외로워서 싫어요~.

지빛나 고무신 할아버지의 소리는 언제 들어도 재밌더라.

허명수 소리야 네 할아버지가 잘 하셨다 하지 않던? 젊었을 때 한 소리 했다는데, 허풍인지 네가 직접 물어보렴. 하긴 영감쟁이가 누구한테나 변죽만 울리고, 제대로 이야기를 해줘야지. 비밀이 많아요. 징 만들기 전에는 칼도 만들었다더라. 나하고 만나기 전의 일이라, 자세히는 몰라요.

김동민 징과 관계되는 일이라면, 듣고 싶습니다.

지빛나 해주세요, 할아버지.

지남철 뭐 들을 게 있다고. 옛날에는 다 그렇게 살았는데 뭐.

지빛나 (졸라대듯) 할아버지~이.

지남철 (마지못해 웃으며) 오냐, 지금이니까 말이지만 아, 그때는… (엿장수인 젊은 지남철로 돌아간 양 일어나 재담을 하듯 함경도 사투리로) 자, 왔슴메, 왔습니다요. (가상의 가위를 장단삼아 걸쭉하게 타령조로) 못 쓰는 쇠붙이나 코 떨어진 고무신, 부러진 쇠스랑, 쟁기 보습, 무쇠 솥단지, 금간 화로, 놋그릇…. 쇠붙이면 뭐든 다 엿 바꿔드립니다. 오래된 마누라도 고물이면….

허명수 그렇게 남한전국을 떠돌아다니다가 간첩으로 몰려 초죽음 치도곤을 당했다며? 죽일 놈들!

지남철 (고개를 끄덕이며) 사람들이 두렵고 무섭고…. 나는 그날로 야반도주하듯 서울로 올라가버렸지. 월남할 때 갖고 나온 이 징과 북만 챙겨서…. (지금 생각해도 어이가 없다고) 내가 서울 땅에서 처음 한 일이 뭔지 알겠나?

허명수 보나마나, 서울역이나 남대문 시장 날품팔이 지게꾼이겠지.

지남철 (틀렸다고 고개를 저으며) 허허, 타고난 역마살이 어디 가겠나. 징을 치며 이 골목 저 골목 돌아다니며 (그 당시의 목소리로) '뚫어! 뚫어! 굴뚝 뚫어!'

허명수 니네 할아버지 밑천 다 나온다.

지빛나 굴뚝을 뚫어요? 크리스마스 때 수염 달고… 할아버지가?

허명수 어허, 큰일 났네. 이 처녀가 지 할애비 산타 만드네.

김동민 (안답시고) 그게 아니고….

허명수 이 사람아, 징을 그런데 써먹으려고 가져왔던가? 왜, 그 북치며 동동 구리분 장사는 안하고?

지남철 좌우지간, 사람이 무섭고! 그 신명나던 소리가 안 나오는 게야.

지빛나 (불쌍하다고) 할아버지.

김동민 얼마나 충격이 크셨으면….

지남철 나는 그때 징이고 북이고 다 깨버리고, 소리도 접어버렸어. 그저 벙어리처럼 시장 주변 음식점을 돌며 칼을 갈아주면서 목구멍에 풀칠을 시작한 게야. 가슴에는 한이라는 칼날을 갈면서….

허명수 지남철이 칼잡이라!

지남철 그래, 내가 칼잡이 해서 훔친 건, 딱 하나! 그게 바로 빛나 할미니까. 단골 식당에서 일하던 아가씨였는데, 마음이 비단결 같았지.

허명수 북의 처자를 두고 마음이 흔들렸을 만큼?

지남철 그래.

허명수 빛나야, 여기서부터 잘 들어라. 너의 운명과도 직결되니까니. (신파조로) 자, 그리하여 살림살이를 시작했던 것이었다~?

지남철 그래, 그 수더분한 아가씨의 마음을 훔친 후 난 가슴에 품었던 칼을 버렸네.

허명수 새로 맞아들인 아내 덕분이군.

지남철 그렇지, 나는 그때부터 이북 사투리조차 버리고 서울말을 배우려 노력했어. 한 마디로 모든 걸 확 바꾸려고 애썼다고나 할까?

허명수 그래, 우리 모두 고향의 말을 잊으려고 무던히도 노력했었지.

지남철 그런 세월도 잠시 내 아내는 빛나 애비를 낳다가 그만 숨을 거둬버렸네.

허명수 히잉, 지지리 복도 없는 사람들 같으니라구. 에이그, 박복한 친구야!

지남철 박복하기는 빛나 애비도 마찬가지야. 걔도 마음고생 많이 하면서 자랐지.

허명수 자네 속도 많이 썩혔다면서?

지남철 한창 사춘기가 될 때까지 애비로서 따뜻한 말 한 마디 못해 주었어. 그저 세상살이가 힘들어도 구박, 제 에미가 생각나도 구박….

허명수 구박, 구박…. 애가 무슨 죄가 있다고서리.

지남철 그러게 말이다. 장가들고 빛나 낳을 때까지 내 지청구가 끝날 날이없었어. 오죽했으면 해병대 자원입대해서, 월남까지 가버렸을까.

지빛나 그래도 월남참전용사라고 얼마나 뽐내시는데요.

허명수 (괜히 신이 나서 짐짓 어깨에 힘을 주고) 그래서 빛나 아빠는 내 자랑스러운 후배가 되었던 것이었다.

김동민 할아버지는 한참 선배님이시겠네요?

허명수 고럼.

지남철 좌우지간, 해병대 창군 멤버라고 얼마나 으스대는데?

허명수 이 사람아, 내가 내세울 게 그것밖에 더 있는가? 그래, 대한민국 해병대로 제대한 아들이 어떻던?

지남철 완전히 딴사람이 돼서 돌아왔더만. 군대가 사람을 만들어. 제대하자마자 이 가게를 도맡아 하게 되고 말이야.

허명수 괜히 해병이냐? 귀신 잡는 해병대는 어디가 달라도 달라요.

지남철 모두가 다 제 어미 덕분이지. 그 빛나 할미가 일했던 음식점 사장이 여러 가지로 많이 도와줬으니까.

허명수 그나저나 자네 아들이 선배 대접한답시고 끌고 오는 바람에, 여차저차 이러쿵저러쿵 삼팔따라지…. 그 인연이라는 게 참 묘하지. 이렇게 돌고 저렇게 돌고, 여기서 만나고 저어기서 헤어지고…. 어쨌든, 그래서 자네하고 나하고 친구된 거 아닌가?

지남철 나보다 나이가 어린 줄 알았으면 친구 안 해주는 거인데….

허명수 나이를 더 많이 속인 건 엄연히 자넬세. 수인사 때 자네가 물경 세 살이나 낮춰 불렀잖았는가?

지남철 무시기, 얼굴이 팍삭 곯은 자네는 맘 놓고 두 살 올려 부르고? 다섯 살이나 차이가 나는데도 친구해 주는 거, 이거 고맙게 생각해라, 이 애꾸야.

허명수 그럼, 지금 와서 형님이라고 부르랴?

지남철 싫다 이놈아, 징그럽게시리.

김동민 (웃으며) 두 분 나이 차이가 있으신 데도 이렇게 스스럼없이 지내는 모습이 참 보기 좋습니다.

지빛나 저는 그렇게 나이 차이가 나는 줄 몰랐어요.

허명수 그렇지?

지빛나 우리 할아버지가 훨씬 더 젊어 보이시는데요.

허명수 예끼 놈, 지네 할아버지라고…. 그래서 첫 만남이 소중한 거예요. 까딱 잘못했으면 평생 형님으로 모실 뻔 했잖아. 안 그런가, 남철 동무?

지남철 저어저저, 젊은 빛나 친구 앞에서리…. (김동민에게) 이 늙은이들이 말을 너무 많이 한 건 아인지 모르겠다이.

허명수 말이 많긴 많았지. 하지만 한 가족이 되려면 알 건 알아야지. 희극이건 비극이건 가족사 아닌가? 더군다나 기자라는데, 이런 게 자연스럽고 진솔해서 얼마나 좋아. 안 그런가, 젊은이?

김동민 네, 기회 있을 때마다 빛나…씨가 할아버지 자랑을 얼마나 하는데요. 특히 징을 만드신다고.

허명수 징이 좋아?

김동민 예, 지금까지는 그저 사라져가는 방짜징에 대해서….

허명수 젊은 사람이 고리타분하긴.

지빛나 고리타분하지만 사라져가는 것이 그립고 옛것이 새롭다, 뭐 그런 거죠.

허명수 가재는 게 편이구나.

지빛나 (웃으며 김동민에게) 우리 할아버지의 진짜 모습을 보려면 아직도 멀었어.

지남철 그 정월 대보름에 마을사람들과 어울려. (생각만 해도 홍이 올라 잠시어깨춤 동작까지) 사자놀음 하던 그때가 눈에 선하이. 지금도 고향에 내려가 그 많은 사람들과 어울려 이 징 울리면서 막걸리 한 사발 마셨으면 원이 없겠다. (그때 그 시절을 꿈결처럼 떠올려본다)

허명수 이 사람 순 풍각쟁이였구만.

지빛나 할아버지…. 내 이럴 줄 알았어. 오빠, 우리 동아리에 꼭 한 번 모셔 야겠다.

김동민 (일어서며) 막걸리 제가 나가서 사올까요, 할아버지?

전화벨소리가 울린다.

지남철 무시기, 벌써 시간이 이렇게 됐나? 니 엄말 게다, 전화 받아라. 이보우, 자네도 들어가서 저녁 함께 먹세.

허명수 싫다. 오랜만에 네 식구들이 다함께 식사하는데, 내가 왜 끼여? 난 일 없다네.

지빛나 함께 가세요.

김동민 그러시죠, 어르신.

지빛나가 전화를 받는다.

지빛나 엄마 지금 곧…. 누구세요? 네, 저희 할아버지신데요? 실례지만, 어디세요? 예? 정보과요?

지남철 (꺼림칙해서) …어디래냐?

지빛나 정보과라는데, 몇 가지 확인할 일이 있대나 봐요.

지남철 (혼잣말로) 무시기 정보과…?

모두들 조금은 긴장한 표정으로 지켜보는 가운데, 지남철은 지빛나한테서 수화기를 건네받는다.

지남철 예, 전화 바꿨습니다. 내가 지남, 아니 지석철입니다요. 무시기, 만수대예술단요? 누구요? 지복원…, 지복원이라…, 잘 모르겠는데요. (갑자기 심장이 멈추듯) 예, 이순희요? 이순희의 유복녀가 지복원, 복원이 오빠가 종원…, (더 이상 복받치는 감정을 다스리지 못하고) 예, 그럼 맞아요, 맞소! 맞소! 지금까지 딸이 있는 줄 몰랐는데, 내 딸 복원….

수화기를 잡은 채 충격을 못 이겨 기어이 쓰러진다.

지빛나 (어리둥절 부축하며) 할아버지!

허명수 자네, 와 이러나? 딸이 있다니…, 정신 차리게! 지남철!

김동민 (수화기를 빼앗듯 붙들고) 여보세요, 여보세요!

암전

## 3

전화벨 소리와 함께 무대 밝아지면, 함흥 냉면집이다.

지빛나 받아봐, 엄마.

박정선 얼른 받어.

지빛나 (수화기를) 네, 함흥집입니다. 아 예, 정기휴일인데요. 죄송합니다, 다음에 시켜주세요. 네.

전화를 끊자, 지남철이 나오며

지남철 애비 전화니?

지빛나 아닌데요. 아빠는 정말 너무 하셔. 식구들이 이렇게 걱정하는데… 도대체 지금 몇 시야?

지남철 아니 이 해거름이 다 되도록 소식이 없다니, 나갈 때 무슨 이야기가 없었니?

박정선 새벽에 나갔나 봐요. 으레 약수터에 간 줄 알았죠.

지남철 그 또 해병대 전우횐가 거기서 등산이라도 함께 간 게 앙이가? 그래, 연락들은 해봤어?

박정선 되레 그 쪽에서 찾는 전화가 왔었어요. 집에 두고 간 애비 핸드폰으로요.

지남철 뭐야, 핸드폰도 안 갖고. 그럼 어디로 갔단 말이야?

지빛나 가방도 챙겨나가셨다며?

박정선 (할아버지 걱정 끼친다고) 빛나야!

지남철 무시기, 가방까지 챙겨서?

박정선 별거 아녀요. 특별히 넣고 간 물건도 없는 것 같구요.

지남철 이놈이 또 그 어릴 적 몹쓸 병이 도졌나 보다. 군대 갔다 와서 다고쳤는가 했더니!

지빛나 할아버지, 아빠한테 무슨 병 있어요?

지남철 있지, 통일 알레르기 고질병! 이북 네 고모 만나겠다니까 이러는 게 틀림없다. 이 못난 놈을 그냥… 에잇!

휘잉 나간다.

지빛나 할아버지 어디 가셔요?

박정선 아버님.

지남철 일 없다.

지빛나 (지남철이 문 닫고 나가자, 곰곰 생각하며) 통일 알레르기 고질병이 뭐야, 엄마?

박정선 (속상하다고 안으로 들어가며) 난들 어떻게 아니!

지망원이 해병 전우회 복장으로 등장한다. 왼손에는 배낭 형 가방, 오른손에는 작은 한반도기가 들려 있다.

지빛나 아빠! (한반도기를 가리켜) 그건 뭐야?

지망원 응, 이거….

박정선 (다시 뛰어 나오며) 여보, 여태까지 어디 갔다 오는 거예요? 아버님 못 뵀어요? 방금 나가셨는데…. 여보, 아버님을 이해하셔야 돼요.

지빛나 그래요, 아빠. 이건 할아버지의 잘못이 아니잖아요. 물론 할아버지 개인의 역사지만 우리 가족사이자 한반도 공동체의….

지망원 지금 무슨 말들을 하는 거야?

박정선 뱃속에 있는 것만 알고 헤어졌던 딸이 예술가로 성공해서 아버지를 만나겠다는데…, 당신 누나에요. 망원, 복원!

지망원 복원, 종원…, 여보, 나 이 지망원이, 어머니 이름을 당신과 결혼

하고 혼인신고하면서 처음 알았어. 그래, 나한테도 어머님이 계셨지. 이름 석 자가 뚜렷한! 그때부터 새로운 힘이 생기던데? 뭐랄까? 사는 보람, 희망, 의무, 책임, 그래 책임감! 당신도 새롭게 다가오고. (감정 없이 건조하게) 엄마도 형제도 없이, 오직 혼자뿐인 아버지 밑에서 자랐다. 그런데 갑자기 가족이라니, 난들 왜 그런 생각이 안 들었겠어?

박정선 당신 마음은 이해하지만, 이북에 계신 큰어머님과 형님, 누님을 인정하셔야 돼요.

지빛나 다 같은 할아버지의 핏줄이잖아요.

지망원 할아버지가 무슨 말씀을 하셨어? 다 너같이 철없던 시절의 이야기야. 그래, 어릴 땐 정말 통일이 싫었다. 아버지를 이북의 가족들에게 뺏기고 싶진 않았으니까.

박정선 왜 뺏긴다고 생각하세요, 찾는 거죠.

지빛나 그래요, 엄마 말이 맞아요. 헤어진 가족은 다시 만나야 해요.

지망원 그럼, 당연히 만나야지. 초등학교 다닐 땐가, 곧 남북통일이 될 것 같은 사회 분위기에 잠을 못 잔 적이 있었어. 할아버지를 밤새 지키다 못해 신발을 감춰놓고서야 겨우 잠들었던 기억이 지금도 생생해.

지남철이 헛기침을 하며 돌아온다.

지남철 애비야, 만나지 말까? 그게 좋갔니?

지망원 무슨 말씀을요. 만나셔야죠. 아버지께서 북에 계신 가족을 만나는 게 싫어서가 아니라 제 마음이 뭔가 답답해서 바람도 쏘이고, 한 번 큰 숨도 쉬고… 그러고 싶었습니다. 아버진 이북에 큰어머님과 형님이 계시다고 늘 말씀하셨죠. 생일 때나 명절 때는 물론이고, 자반 한 마리만 구워먹어도 북쪽 식구걱정을 하셨어요. 에고, 목숨이나 부지하는지, 이런 괴기 한 점 먹였으면…, 아버진 제게 가족이 있으니까 외로워 말라고 그러셨는지 몰라도, 저는 왜 그 말이 언제든 그들에게 돌아갈 수도 있다는 말로 들렸는지…, 아버지가 그때처럼 약속할 수가 없었죠. 전 너무 외로웠어요.

지빛나 (마음의 소리로 혼잣말처럼) 불쌍한 우리 아빠! 어린 마음에 얼마나 불안했으면….

지망원 일단 장막이 하나 걷히니까 내 마음이 아주 시원하다.

지빛나 (안심이라고) 할아버지.

지남철 어 그래, 빛나야.

박정선 (짐짓 놀릴 여유가 생겨) 도대체 어디 갔다 온 거예요? 가방까지 챙겨 가가지고, 완전히 가출한 줄 알았잖아요.

지망원 도라산역!

지남철 도라산역? 꽤 먼 거리일 텐데?

지망원 네, 아버지. 통일로를 달려 파주, 문산, 통일대교를 건너 도라산역까지 왕복 100킬로 거리죠. (지빛나에게) 오늘 통일기원 시민 자전거 대행진에 참가했다!

지빛나 아빠가? 와!

박정선 자기가 무슨 대단한 밀사(密使)라고 통신조차 두절시키고…, 갑자기 무슨 바람이 불었는지, 원.

지망원 북풍!

지남철 무시기, 북풍?

지빛나 (대단한 아빠라고) 호호….

지망원 북의 누님 소식을 듣고 밤새 생각해보니까, 왠지 그런 행사에 한번 참석하고 싶더라고. 어려선 아버지 손에 이끌려가던 그 길을 이제는 나 혼자서…, 그냥 혼자서. 빛나야, 꼭 핏줄기 같더라. 흰 옷 붉은 옷을 입고 핸들엔 한반도기를 달고 자전거 페달을 힘차게 밟는 사람들의 행렬이 꼭 핏줄기 같더라. 흰피톨, 붉은피톨이 어디론가 끊임없이 달려가고….

지빛나 동맥과 정맥 같은 거 말에요?

지망원 응, 그 거대한 흐름을 누구도 막을 수 없을 것 같더라. 머잖아 막힌 혈맥이 뚫리고야 말 것이라는 확신도 서고. 북의 누님이 아버지를 만나겠다는 것도 같은 흐름이라고 봐요.

지남철 애비야.

지빛나 아빠.

지망원 (한반도기를 건네며) 자식이 부모를 찾고, 부모가 자식을 만나시겠다는데 말리는 자식도 있겠습니까, 아버지? 천륜인데! (박정선에게) 여보, 아버지 텔레비에도 나오실지 모르니까 여러 가지로 신경 좀 써드려. 이북의 큰어머님이 보시고 속상하지 않게….

박정선 알았어요.

지망원 그리고 빛나도 잘 입히고, 우리 옷도 미리미리 좀 챙겨놓고….

박정선 (얼굴이 활짝 펴져) 이이가…, 걱정 말아요. 아버님 검정 두루마기 새로 한 벌 맞춰 드릴게요.

지망원 그래그래.

박정선 (지남철에게) 아버님이 가보처럼 물려주신 옥가락지 꼭 낄 거예요!

지남철 (흐뭇하여) 응, 그래.

지빛나 역시 우리 엄마 아빠는 속이 깊어요. (웃기느라) 나도 엄마 아빠를 꼭 닮았나 봐?

지망원 빛나야, 우리 다 함께 고모 만나러 가자.

지빛나 네.

지남철 애비야, 정말 고맙다!

수풍댁 (휴일 나들이에서 돌아오는 듯 호들갑스레 등장하며) 호호호…, 제가 뭐랬디요? 우리 사장님은 할아버지의 뜻을 거스를 양반이 아니라고 말씀드렸디요? 이제야 웃음꽃을 되찾았시유. 그날은 할아버지 나오시나 하루 종일 텔레비 틀어놔야지. 고무신 할아바지 하고.

모두들 웃는데, 암전

## 4

무대 다시 밝아지면, 식당식 극장인 지복원의 공연장이다.

지복원은 북한가요 〈휘파람〉 전주곡이 흐르는 가운데 스폿 라이트를 받으며 공연무대에 섰다.

지복원 반갑습네다 여러분, 박수 좀 치시라요.

박수를 받으며 율동을 곁들여 〈휘파람〉을 부른다.

♬〈어제 밤에도 불었네 휘파람 휘파람
벌써 몇 달째 불었네 휘파람 휘파람
아름다운 꽃다발 안고서 휘파람 불면은
복순이도 내 마음 알리라 알아주리라
휘 휘휘 호 호호 휘휘 호호 호
휘 휘휘 호 호호 휘휘 호호 호
아 아아 휘파람 아 아아 휘파람
아 아아 휘파람 휘휘 호호 휘파람
휘휘 호호 휘휘 호호 휘휘호호 휘파람〉

노래 부르는 중간에 검정두루마기 차림의 지남철과 가족들인 지망원, 박정선, 지빛나가 들어와 조심스럽게 자리를 찾아 앉는다.

지정 가족석에는 고급 테이블보에 꽃바구니 정도가 놓여 있다.

노래를 끝낸 지복원이 관객에게 인사말을 한다.

지복원 남녘 동포 여러분, 안녕하십네까? 저는 피양(平壤)에서 온 춤추고 노래하는 지복원입네다. 제 이름 복원이는 복의 근원, 원상회복이라는 뜻도 있지만, 무엇보다도 유복녀(遺腹女)라는 뜻이 더 강합네다. 저를 오마니의 뱃속에 두고 떠나신 아바지가 난리통에 돌아가셨다고 생각한 거디요. 제가 자라면서 우리 가족의 가슴엔 아바지의 죽음을 인정할 수 없다는 공감대가 싹트고 있었습네다. 그것은 제가 유복녀가 아닐 수도 있다는 희망이 아니고 그 무엇이겠습네까! 저는 아바지를 찾기 위해서 어떡해서든 유명해져야 된다고 생각했습네다. 소장 민속학자요 대학교수였던 제 오빠 지종원 박사 역시 국내외를 드나들며 아바지 소식을 수소문하다가 그만 비행기 사고로 숨지는 슬픔도 맛보았습네다. 저희 남매를 키우며 평생 수절하신 오마니가 꿈에서라도 그저 한 번 만나보고 싶어 하시는 아바지, 아바지에 대한 그리움이 바로 이 무대에까지 서게 한 것입네다. 이제 아바지를 만나 헛제사 안지내도 좋고 고아신세도 면했으니, 시집 좀 갈랍니다. 내레 이래봬도 숫처녀니끼니 좋은 사람 있으면 소개 좀 해주시라요. 남남북녀 아닙네까? 그럼, 여기 나와 계신 우리 아바지에게 큰절 한 번 올리겠습네다.

지남철에 이끌리듯 다가가서 큰절을 올리고 허물어지듯 안긴다.

지복원 아바지!
지남철 복원아! 내 딸 복원아!
지복원 아바지! 어케 살으셨습네까?
지남철 내가 죄가 많다.

부녀가 상봉하여 통곡하듯 끌어안고 흐느끼는데, 서서히 암전.

## 5

허명수 어, 남철!

허명수의 외침과 동시에 무대 밝아지면, 함흥집에서 그와 수풍댁이 지남철 부녀의 상봉 장면을 TV로 보고 있다.
허명수가 흥분하여 수풍댁의 손을 덥석 잡고 의자에서 벌떡 일어났다가 앉으며 어찌 할 바를 모른다. 수풍댁도 TV에 눈이 팔려 함께 난리다.

수풍댁 할아바지!
허명수 지남철!
수풍댁 빛나 할아바지!
허명수 텔레비 나왔다. 남철이 텔레비 나왔다. 남철아, 네 임마.

졸지에 손목을 잡힌 수풍댁이 처음에는 짐짓 좋아하다가 점점 손목이 조여 아파오자 손을 빼려고 용을 쓰는 표정이 코믹하여 웃음을 자아내게 한다.

수풍댁 아파요. 영감님, 아파요. (TV도 봐야하고 바쁘다) 할아바지!
허명수 지나갔다.

상봉 장면이 지나가자, 허명수는 그때야 수풍댁의 손목을 풀어주고 손수건을 꺼내 눈물을 닦는다. 수풍댁이 리모콘으로 TV를 끈다.

허명수 누구는 딸을 잘 둬서 텔레비도 나가는데… 이 집 영감탱이는 좋것다.
수풍댁 (아프다고 손목을 만지며) 그게 부러우시면 함께 나가시지 그러셨어요. 빛나 할아버지가 몇 번이고 권하실 때는 한사코 손사래를 치시더니, 이제는 후회되시는 모양이디요? 옆에 시미치 떼고 딱 앉아 계시면 카메라에 잡힐 거 아니겠습네까? 그러면 덩달아 묻혀서 텔레비 한 번 나가보는 거지, 그게 뭐가 어렵다구요.

허명수 그게 어디 나가는 게야? 애들 말마따나 무늬만 나가는 게지. 워낙 심장도 안 좋고.

수풍댁 충격을 조심하시라요.

허명수 그나저나 늙은이 복도 많지, 남북으로 효자 효녀를 뒀어. 나도 일찌감치 장가나 갈 걸. 애꾸눈 병신하고 누가 살아줄 여자가 있어야지.

수풍댁 거짓말 마시라요. 있잖아요.

허명수 누구?

수풍댁 저요. 저는 여자가 아닙네까?

허명수 수풍댁이야 연변에 중학교 다니는 아들하고 남편이 있잖는가? 임자가 있는 사람이 그러면 쓰나. 더군다나 남편이 거동조차 불편한 환자라면서.

수풍댁 그래서 남편이 이혼해 줬다고 했지 않았습네까? 저라도 벌어서 먹여 살려야 하니까요. 잘 보셨디요? 제가 만들어드린 서류…, 구청에 가셔서 신고만 하시면 우리는 서류상 부부가 됩네다.

허명수 그건 엄연히 위장결혼이지. 이 늙은이가 좋아서 그런 건 아니잖은가. 이번 특별조치 기간이 끝나면, 강제 추방당할 판이라 궁여지책으로.

수풍댁 궁여지책이라니요? 제가 서류를 떼어드린 것은 특별조치 전이지 않습네까? 위장결혼은 분명하지만, 궁여지책으로 갑자기 결심한 건 아니디요.

허명수 그게 그거디. 하긴 그까짓 종이쪼가리가 무슨 소용 무슨 의미가 있겠어. 중요한 건 마음일 테지.

수풍댁 그러니까 제가 싫으시면 그저 서류상으로만…, 하늘처럼 떠받들겠습네다. 영감님한테는 요만큼도 신세 안 질 테니까, 저 좀 살려 주시라요. 네, 영감님?

배낭 속 물통 물을 작은 주전자에 따라 컵 속의 양파에게 주는 등 허명수의 동작이 하릴없다.

허명수 몸이 멀리 떨어져있으면 마음도 멀어지는 법이야. 웬만하면 이 참에 고향으로 돌아가 가족과 함께 살아요.

수풍댁 가족과 함께 살려고 이러는 거디요.

허명수 라면을 끓여 먹어도 몸 붙이고 함께 살아야 가족이지. 그러다가 우리네처럼 영영 헤어져 살지도 몰라요. 이토록 가족의 생사조차 모르고 살지, 뉘 알았겠어? 이산가족은 우리세대로 족해요.

수풍댁 저도 아까 텔레비를 보면서 이런 생각을 했지요. 50년도 더 전에 헤어진 가족들이 만난다고 이 난리 저 눈물바다인데, 나는 왜 예까지 흘러와서 지금 뭘 하고 있나…, 한심한 생각이 절로 나고…, 우리 연변 조선족은 지금도 불법까지 저지르며 끊임없이 이산가족을 만들고 있는 셈이디요. 가난이 전쟁보다 더 무섭습네다.

허명수 허허, 이 사람 세상 달관하네. 하긴 수풍댁을 보면 세상살이가 전쟁이라는 걸 실감해. 목숨 부지하려고, 미상불 하루하루 전투를 치르듯 치열하게 세상을 살아가니….

수풍댁 그놈의 웬수 같은 돈이 뭔지…. 오죽했으면 남편하고 이혼까지 했겠어요. 그렇다고 뭐 달라진 건 아무것도 없네요. 가족을 책임져야죠, 어떡해서든 돈을 벌어서 빚도 갚고 고향에 작은 구멍가게라도 하나 장만할 때까지는 여기서 버텨내야 해요. 영감님, 저 좀 도와주시라요. 네, 영감님?

허명수 수풍댁이야 버티든 말든 나는 양파 물이나 뜨러 가야겠다.

물통을 배낭에 도로 넣고 떠날 채비를 한다.

수풍댁　빛나 할아버지 안 기다리시구요?

허명수　팔자 좋은 양반을 어느 하 세월에….

수풍댁　밤이 늦었는데요?

허명수　가다가 못가면 쉬었다 가지.

수풍댁　어디로 가시는데요?

허명수　안 가르쳐줘.

수풍댁　설마 수풍댐은 아니시겠지요?

허명수　왜, 수풍댐으로 간다. 압록강 물새도 만나고.

수풍댁　일주일마다 임진강에 기차타고 가신다는 걸 제가 모를까 봐서요? 꼭 그 물을 양파에게 먹여야 해요? 수돗물 때문이라면 가까운 약수터도 얼마든지 있는데! 볼품도 없는 양파를 왜 굳이 물재배로 키우십네까? 남의 식당에서….

허명수　임자는 왜 남의 식당에서 일을 하나? 남의 나라에서?

수풍댁　남의 나라라니요?

허명수　자기 나라에서 쫓겨나는 국민 봤는가?

수풍댁　잘못하면 쫓겨나지요, 뭐.

허명수　이곳에서 위장결혼을 해도, 자녀포기 각서는 진짜로 쓴다며?

수풍댁　아니, 그걸 어떻게 또 아셨습네까?

허명수　(짐짓 망원경을 들여다보며) 내가 앉아서 천리, 일어서서 구만리를 본다네, 이 사람아.

수풍댁　에이, 거짓말쟁이. 마누라도 없으면서.

허명수　(수풍댁의 말투를 흉내) 에이, 깍쟁이. 아들 하나 있다고.

수풍댁　(웃으며) 에이, 몰라요.

허명수　(배낭을 들쳐 메고 떠날 듯) 오늘 따라 경의선 기차를 타고 끝까지 달려갔으면 좋겠다. (혼잣말처럼) 에이, 이 밤에 미친 척하고 훌쩍 넘어

갈까 보다. (아리랑 가락을 흥얼대듯) 나를 버리고 가시는 임은~.

수풍댁 임은 여기 있지 않습네까? 연변댁이 싫으면 그래요, 차라리 달관댁, 세상을 달관한 달관댁이라고 불려지고 싶은데, 수풍댁이라고 부르는 이유가 뭡네까?

허명수 그렇게라도 고향을 한 번 더 불러보고 싶어서다, 와?

수풍댁 에이, 엉터리 영감님! 제가 영감님 마음을 잘 모를 줄 알고요? 저도 다 압니다요. 괜히 그렇게 의뭉 떨며 그러지 마시고…, (저돌적으로 볼에 키스세례를 퍼부으며 매달리듯) 저와 결혼해 주시라요. 네, 영감님!

허명수 (숨이 막혀 기절이라도 하듯 쓰러지는가 하면 갑자기 몸이 경직되어 눈을 꼭 감는다) ….

수풍댁 (눈꺼풀을 열어 입김이라도 불어넣을 듯) 영감님, 영감님! 아니 갑자기 왜 이러십네까? 이렇게 쓰러질 몸이라면 저한테 장가나 드시지 않고요. 아까워서 안 돼요, 영감님. 정신 차리시라요, 영감님!

허명수 (눈을 부릅뜨며 장난기 있게) 정신 차렸다, 와?

수풍댁 (눈을 흘기며) 아이고, 영감님은. 절 놀리시느라고 우정 그러셨구나. 깜짝 놀랬잖아요. 영감님.

허명수의 장난기에 맞장구치듯 겨드랑이에 간지럼까지 태우자, 허명수는 배낭을 챙겨 도망치듯 피한다. 수풍댁은 술래잡기하는 아이처럼 뒤쫓는다.

허명수 (싫지만은 않은 듯) 이거 왜 이래, 간지러워요, 간지러워. 심장 멎어요, 하지 말아요. 수풍댁, 심장 멎어….

무대 양쪽에 떨어지는 동그란 조명 속에 갇혀 두 사람은 각각 서로 다른 자기 처지의 망향가를 부른다.
망향가의 곡은 같은데 가사 내용은 다르다.

허명수가 자신만의 조명 속에서 먼저 부른다.

♬〈압록강 맑은 물 그리운 고향

눈앞에 보일 듯 생생하구나

돌아보면 가슴시린 눈물 젖은 내 고향

가슴 깊이 묻어두고 차라리 잊으리라

나 죽어 물새 되어 훨훨 날아가리

가슴 속 살아있는 내 고향으로〉

이어서 수풍댁이 받아 부른다.

〈힘들게 찾아 온 나의 조국 땅

이제는 타향처럼 차갑기만 하네

생살 같은 가족 두고 어찌 나 여기서 눈물짓나

보고 싶어 보고 싶어 언제나 만나려나

견디리라 참으리라 그래도 내 조국인데

다시 볼 그날까지 견뎌 내리라〉

양쪽 동시 조명 속에서 두 사람 함께 부른다. 남녀 화음을 맞추되, 수풍댁은 자기 처지에 맞게 바뀐 가사로 부른다. 아래 따옴표하고도 괄호 안 부분이다.

〈돌아보면 가슴시린 '눈물 젖은 내 고향 (눈물겨운 내 피붙이)'

가슴 깊이 묻어두고 '차라리 잊으리라(만날 날 기다리리)'

'나 죽어 물새 되어 훨훨 날아가리(힘든 세상 참으며 견뎌 내리라)'

'가슴 속 살아있는 내 고향으로 (그래도 여기는 내 조국인데)'〉

암전

## 6

허명수의 기침소리에 무대 다시 밝아지면, 함흥집이다.

하루 장사도 다 끝났는지, 〈오늘 하루 냉면 공짜!〉라는 방을 떼어내는 지망원이다.

박정선과 수풍댁의 마무리 손길이 바지런하다.

한쪽 탁자를 차지한 허명수가 술잔을 비운다.

수풍댁 (은연 중 허명수를 의식하며, 뭐가 신날 일이 많다고 홍얼거리듯) …잡힐 듯 말 듯 하고요, 우리 님 심중은 알 듯 말 듯~.

지남철 (수풍댁에게) 오늘 수고했네. (술을 마시는 허명수와 마주 앉으며) 이제 그만 마시게, 이 친구야. 몸도 골골하면서….

허명수 오늘 같은 날은….

수풍댁 복덕방 구씨는 얄미워 죽갔시유. 아무리 공짜라고 세끼를 그냥 와서 먹네요.

박정선 (허명수가 듣는다고) 괜찮아요.

허명수 그래, 딸을 만난 소감이 어떠냐? 손자도 하나 있다며? 외손이야, 친손이야?

지남철 아, 친손이지. 빛 광자 한 일자, 광일(光一)이!

허명수 아들은 자네 만나러 다니다가 운명했대지? 자네 딸이 하던 말을 들었네.

지남철 그리움도 유전인지, 대물림인지…. 제 새끼한테 고스란히 물려주고 갈 게 뭐람. 광일이 에미가 딴 데로 개가하는 바람에, 그 어린 것을 지 고모가 키웠다는구먼.

허명수 (말을 돌려, 짐짓 부럽다고) 자넨 역시 검정 두루마기야. 텔레비에 나온 모습이 제법 근사하던데?

지남철 아직도 꿈을 꾸고 있는 것 같다이.

허명수 그렇게 따지면 인생도 다 꿈이지.

지남철 이보, 자네도 가족 찾기 신청해 봐. 육로도 이미 뚫린 셈이고, 머잖아 철마도 달리고 싶은 대로 달리고, 이산가족도 자유롭게 왕래할 수 있다니, 이참에 신청해 두라고.

허명수 철마는 달리고 싶다!

지남철 그래, 기적소리 울리면서 남에서 북으로, 압록강너머 저 만주 벌판까지….

허명수 (꿈에 겨워) 그래, 피양에 가서 경평(京平) 축구 관전도 하고?

지남철 그래.

허명수 나는 찾을 가족이 없다네. 압록강변에서 홀딱 벗고 멱 감으며 함께 뛰놀던 장조카가 혹 살아 있다면 몰라도….

지망원 그건 저한테 맡겨주십시오. 제가 이북 5도청이나 통일부에 알아보고, 제가 다 알아서 하겠습니다. 선배님, (불끈 쥔 주먹을 들어 보이며) 하면 된다! 안 되면 되게 하라!

지남철 그래, 이 늙은 해병 꼭 좀 신청하거라. 괜히 수풍댁이니 양파니 하고 청승떨지 말고….

수풍댁 그래요, 신청하시라요. 그게 뭐가 어렵다고 그러는 거디요. 빛나 할아버지는 그새를 못 참아 할마니를 직접 만나러 가시겠다는데….

박정선 (입이 가볍다고) 수풍댁!

수풍댁 (스스로 입을 때리며) 아니에요, 아니에요. 에이그, 참!

허명수 무슨 소리야? 자네, 마나님 만나러가?

지남철 으응, 자네한테까지 숨길 필요가 뭐 있갔어? 딸을 만나고 난 후, 하루라도 빨리 못 보면 그새 무슨 일이라도 일어날 것만 같네. 그 사람이 평생 수절하며 살고 있다는데… 몰랐으면 모를까, 하루라도 견딜 수가 없다네.

허명수 그새 이북에서 초청이라도 했단 말이냐?

지남철 아니야, 그게 아이구….

박정선 (걱정스레) 아버님!

지남철 괜찮다. 이 애꾸가 당국에 고발이라도 하갔어? 이번에 저 수풍댁이 많이 도와주기로 했나.

허명수 무슨 말을 하는지, 도통….

지빛나와 김동민이 뛰어서 등장한다.

지빛나 할아버지! 할아버지, 확인했어요. 가능하대요. 오빠가 알아봤는데, 서로 약속만 맞으면 두만강이나 압록강에서 나룻배를 타고 물놀이하듯 만날 수 있대요.

지남철 그래?

김동민 네, 할아버지. 그런 식으로 상봉하고 온 사람들을 직접 만나 취재해봤습니다. 이북과 중국이 강을 서로 공유하는 셈이지요.

수풍댁 내 말이 맞디요? 전에는 나룻배를 타고 강물 따라 내려가면서 바람결에 만났다지만, 지금은 완전히 달라졌다고 말씀드리지 않았습네까?

김동민 국경도 강에서 한 발짝까지는 괜찮고, 두 발짝부터 체포한답니다. 잘하면 강변 산골농가에서 비밀리에 만날 수도 있구요. 이북 장마당엔 브로커들이 많대나 봐요.

수풍댁 우리 연변에선 그 강변 산골 농가를, 남북 이산가족들의 관광코스라고 그러디요.

박정선 (지빛나와 김동민에게) 수고들 많았다. 자, 들어가자. 너희들 밥 안 먹었지? (어른들끼리 이야기 나누시라고) 들어와요, 수풍댁도. 수풍댁, 들어와요.

그래도 허명수 옆에서 서성거리자

박정선 수풍댁!

수풍댁 네에 네. (들어가면서도) 우리 님 심중은 알 듯 말 듯 하네요~.

허명수 (둘만 남자) 이 보라우, 그렇게까지 하면서 꼭 만나야겠어? 반세기도 넘게 참았는데… 자네, 딸을 만나고 오더니 통 제 정신이 아니구먼.

지남철　정말이지, 내가 왜 이러는지 내 마음 나도 모르갔다. 빛나 에미 애비 보기 안 됐지만, 어쩔 수가 없다네. 이렇게 미적거리다가 누구 한사람 덜컥 죽기라도 하면, 그 한을 어떻게 할까 싶어. 우리한텐 시간이 많지 않아.

허명수　자네가 지남철인가 했더니, 지남철은 정작 이북에 있었구먼.

지남철　(조명 좁혀들자, 꿈꾸며 독백하듯) 나는 밤마다 꿈을 꾸네. 내 몸뚱이에 폭탄을 칭칭 감고, 철조망으로 박치기하는 꿈! 쾅, 콰 광! 하늘과 땅이 갈라지는 폭음과 함께 내 몸뚱이는 산산이 흩어져 저 넓은 하늘로 날아, 두고 온 내 고향하고도 우리 집 툇마루에 사뿐히 내려앉는 거이야. 채송화가 만발한 장독대엔 정화수 한 그릇이 떠 있는데….

지남철의 대사가 계속되는 사이에 어느덧 한쪽에서 동그란 조명을 인 이순희가 나타나 정화수를 떠놓고 비손을 한다.

지남철은 그쪽으로 다가 가는가했더니 관객을 향해 역시 동그란 또 다른 조명 속에 갇힌다.

지남철　임자, 나요!

이순희　종원아, 죽은 네가 살아오다니… 정말 은근과 끈기를 자랑하는 한민족의 후손답구나. 너는 아버지를 너무 닮았어. 배달 단군의 자손이다.

지남철　나는 아들이 아니라 당신의 남편이오. 그래, 어찌 살아왔소?

이순희　마늘 한줌과 쑥 몇 뿌리로 백날을 기도하여 사람이 된 곰녀처럼, 기다리고 또 기다리고… 기다리는 데는 선수인 이 곰녀를 하늘님도 불쌍히 여겨 너를 보내주었나 보다.

지남철　나는 당신을 알아보는데, 당신은 왜 종원이만 찾는 게요. 나를 좀 알아보시오. 난 당신 남편, 지석철이오. 순희, 이순희, (가슴에 안 듯)

내 마누라야!

이순희는 어두운 조명에 파묻혀 사라진다.

지남철은 허망하여 허청이듯 발을 떼어놓는다.

지남철 나는 아내를 품에 안았지만 내 품에 안긴 건 허공뿐이었어. 어느새 마누라는 들창 너머 온돌방에서 내 새끼를 품에 꼭 안은 채 잠들어 있지 않겠나? 눈꼬리엔 눈물 한 방울, 옥가락지도 눈부신 손…. 나는 잠자는 아내의 어깨를 가만히 흔들어 깨우면, 아내 대신 내가 흠칫 놀라 꿈에서 깨어나곤 하는…, 매정한 꿈!

박정선을 비롯하여 수풍댁, 지빛나와 김동민이 나와 어둠 속에서 지남철의 마지막 이야기를 듣는다. 무대 전체가 밝아져 원래 무대를 회복하면, 박정선이 허명수 옆에 가서 앉는다.

박정선 (술잔을 채워주며) 저러시다가 정말 무슨 변이라도 당하시면 큰일 아닙니까. 그래서 아버님의 마음을 읽은 빛나 아빠가 앞장서서 결심하고 저희들이 다 따르기로…, 마침 수풍댁이 브로커를 잘 안다 그래서, 소식이 오는 대로 아버님을 모시고 가기로 했어요. 그러니까 아저씨만 알고 계세요.

허명수 허긴, 이 나이에 뭐가 두렵겠나. 김기자가 자세히 알아봤다니까.

김동민 예, 분명히 쉬운 일은 아니지만, 그렇다고 불가능한 일도 아닌 것 같습니다. 제가 도울 수 있는 데까지 최선을 다하겠습니다. 그러다가 기자로서 법적으로나 도덕적으로 책임질 일이 있으면 기꺼이 책임질 각오입니다.

지빛나 (걱정스러운 듯) 할아버지?

지남철 (정신을 모으듯) 으, 응?

지빛나 할아버지, 괜찮죠?

지남철 그래, 빛나야!

지빛나 제 친구들이, 아니 할아버지 친구들이요, 선물 드린다고 모두 다 왔어요.

지남철 그래?

지빛나 자, 그럼 시작할까요? 지금부터 우리 할아버지의 극적인 부녀상봉에 이어 부부상봉의 염원이 하루 빨리 이뤄지기를 축원하는 의미에서 할아버지께서 음으로 양으로 도와주신 사자놀음을 선보이겠습니다. 자, 나오세요.

겸역 친구들이 '안녕하세요?' 인사하면서 나와, 의자와 탁자를 치우는 등 사자놀음을 할 공간을 확보한다. 한쪽엔 지남철의 식구, 다른 쪽에는 허명수와 수풍댁이 앉아서 양쪽으로 마주보고 구경하는 그림 형태가 된다.

수풍댁 빛나 친구야?

박정선 하라는 취직은 안 하고 언제 이런 걸….

지망원 (나오며) 이거 뭐야, 이거. 걸핏하면 용돈 타가서는 겨우 한다는 게….

지남철 내버려둬라. 재 고모도 예술을 했기에 이 애비를 만나지 않았어? 얘 빛나야, 뭘 하느냐? 준비됐으면 시작하지 않고?

지빛나 네, 그럼 시작하겠습니다. 박수!

수풍댁 (허명수에게 다정스레) 빛나가 제 고모 닮아서 재주가 많나 봐요, 영감님.

박수를 받으며, 북청 사자놀음을 시작한다.

지빛나가 꼭쇠로, 김동민이 양반 하는 식으로 다른 출연자들이 각각 친구로 변장하면 감쪽같다.

*양반 꼭쇠야!

*꼭쇠 예.

*양반 사자가 보이지 않는다?

*꼭쇠 쥔 양반, 사자를 불러들일 깝쇼.

*양반 오냐, 불러오너라.

*꼭쇠 예. 자, 젊은이의 기상, 사악한 기운을 몰아내는 사자가 들어옵니다.

사자가 들어와 덩실덩실 춤을 춘다.

*꼭쇠 얼씨구 좋다.

*양반 과연 용맹스러운 자태로구나!

꼭쇠가 토끼를 사자에게 준다. 사자가 앞발로 교묘하게 잡아먹는다.

*꼭쇠 절씨구 좋다.

토끼를 먹고 한창 신나서 춤추던 사자가 비실비실 쓰러진다. 징 신호에 따라 퉁소가락이 멈춘다.

수풍댁 토끼고기 먹고 체했나 봐요.

*양반 꼭쇠야!

*꼭쇠 예.

*양반 이거, 큰일 났구나. 사자가 쓰러졌다. 어쩌면 좋으냐? 대덕사의 고승을 불러다 염불이나 시켜보자꾸나.

*꼭쇠 예, 알겠습니다. (꼭쇠가 나가 스님을 모시고 들어온다) 쥔 양반, 대덕사의 고승을 모셔왔습니다.

*양반 대사님, 염불을 부탁드립니다.

*스님 예, 알겠습니다.

스님이 승복은 입었으되 전체적인 복장이 우스꽝스럽다.

수풍댁 스님 맞아요? 영감님, 미국에서 왔나 봐요.

*양반 (스님에게) 잘 부탁드립니다.

*스님 예, 알겠습니다. (목탁을 치며 반야심경 앞뒤 토막을 좀 이상하다싶게 염불을 시작한다) 관, 자재 보살 행심 반야 바라 밀다시…, 색즉시공 공즉시색… 아제 아제 바라아제 바라승 아제, 모지 사바하. (염불을 마치고) 선비님, 곧 소생할 겁니다.

*양반 대사, 고맙습니다. 안녕히 가십시오.

대사가 물러간 후 양반이 사자를 살펴보고 고개를 흔든다.

*양반 꾁쇠야, 꾁쇠야!

*꾁쇠 예.

*양반 어허, 염불도 효험이 없으니 어쩌면 좋으냐?

*꾁쇠 이번엔 제가 손써 보리다. 병에는 뭐니 뭐니 해도 그저 의원이 제일이지요.

*양반 그렇다면 어서 불러 오려무나.

*꾁쇠 예. (밖에다 대고 소리친다) 의원 아바이, 의원 아바이!

갓 쓰고 커다란 침통을 멘 의원이 허깁지깁 등장한다.

*꾁쇠 의원 아바이 재우재우 손으 써 줍쎄.

*의원 네, 알겠습니다. 우선, 간맥이나 해 봅시다.

수풍댁 의원 아바이는 진짜 같아요.

*의원 (진맥을 해보고) 간맥을 해 보니, 혈맥이 꽉 막혔습니다.

*꼭쇠 그렇슴메? 그럼, 의원 아바이 침으 놔 줍쎄.

*의원 예, 그렇게 하지요. 사관을 트고 중완침을 놔 봅시다. (의원이 거드름을 피우고 침을 놓는다. 사자는 아파서 다리 발길질을 한다) 아뿔싸! 침만 가지곤 안 되겠는걸. 약을 먹여야 하겠습니다.

*꼭쇠 의원 아바이, 무슨 약입메?

*의원 (품에서 약병을 꺼내) 이 약은 저 백두산 영봉에서 나온, 감로수라는 귀한 약입니다. 이걸 먹이면 그동안 막혔던 혈맥이 시원히 뚫릴 것입니다.

*꼭쇠 그리 좋은 약임메? 재우재우 메게 줍쎄.

*의원 예, 먹여 봅시다.

의원이 약을 먹이려고 사자 입을 벌린다.

*양반 꼭쇠야! 사자 머리를 단단히 붙잡아라. 낯선 사람 물지 않겠느냐?

*꼭쇠 별소리 다 함메. 걱정 맙쎄. (채 말도 끝나기 전에 사자가 약을 먹이던 의원의 손을 덥석 물었다.)

*의원 사자가 손을 물었다! 사람 살려!

의원이 소리소리 지르며 물린 손을 빼려고 몸부림친다. 양반은 이거 큰일 났다고 놀라서 사자의 머리를 손에 든 부채로 때리고, 꼭쇠가 의원의 허리를 잡고 끌어당기느라 야단법석이다. 간신히 손을 뺀 의원이 혼비백산하여 일어나 뒷걸음친다.

*의원 이런 봉변은 난생 처음이다. 이럴 수가!

*꼭쇠 의원 아바이, 미안함메.

*의원 괜찮습니다. 약효가 빠르기 때문입니다. 곧 소생할 겁니다.

*꼭쇠 의원 아바이, 잘 갑쎄.

의원이 퇴장한다.

*양반 (사자를 살펴보고) 꼭쇠야, 꼭쇠야!

*꼭쇠 예.

*양반 사자 입술에 생기가 감도는구나!

사자가 꿈틀거리는가했더니, 가까스로 일어나 기운을 차리듯 몸을 턴다.

*꼭쇠 쥔 양반, 사자가 숨통이 좀 트인 것 같습니다.

*양반 꼭쇠야.

*꼭쇠 예.

*양반 이젠 근심걱정이 없어졌구나. 한바탕 신바람 나게 놀아보자꾸나.

*꼭쇠 자, 말장이 올라간다. 얼씨구 좋다.

완전히 원기를 되찾은 사자가 힘차게 춤을 추기 시작한다.

사자는 흥겨워 손뼉 치며 얼쑤얼쑤하는 허명수와 수풍댁을 거쳐, 지남철 쪽으로 다가간다. 지남철은 사자를 쓰다듬어준다.

허명수 잘 논다.

북청 사자놀음이 다 끝나면, 꼭쇠와 양반이 사자를 중심으로 양쪽에 나란히 서서 관객에게 인사한다.

암전.

# 7

무대 다시 밝아지면, 압록강이 머지 않는 연변의 한 산골 농가라고 보면 되겠다.

풀벌레소리가 쏟아지는 달밤에 안개마저 연하게 깔렸다.

검정 두루마기의 지남철을 중심으로 지망원과 박정선이 누군가를 초조하게 기다리고 있다. 어디선가 귀에 익은 듯한 뱃노래의 흥얼거림이 다가온다.

박정선 여보, 저 흥얼거림…, 어디서 많이 들어본 것 같지 않아요?

지망원 나도 아까부터 그 생각을 했어. 수풍댁이 자주 부르던…, 한민족은 어쩔 수 없나 봐.

지남철 얘야, 여기 맞니?

박정선 예.

흥얼거림의 주인공인 뱃사공이 나타난다.

뱃사공 오늘은 꼭 모시고 온다는 기별이 왔습네다. 너무 초조하게 생각하지 마시라요.

지망원 사흘이나 기다렸소. 그 동안 백두산을 다녀와도 몇 번이나 다녀왔겠소.

지남철 (체념한 듯) 애비야, 일이 꼬인 모양이다. 그만 돌아가자.

박정선 아버님, 가자는 게 아니구요, 이이 말은….

지남철 이 늙은이가 너무 욕심을 부렸어. 일이 과하면 탈이 나는 법이다.

뱃사공 그렇지 않습네다. 물론 여기서 하루 만에 만날 수도 있지만, 대개는 2, 3일 걸립네다.

박정선 우리 같은 경우가 더러 있습니까?

뱃사공 적지 않디요. (웃으며) 이래배도 여기가 남북 이산가족들의 관광코스라고들…, 이번에는 제가 신경을 많이 썼디요. 저는 원래 이런 일은 잘 안 하는데, 서울 가서 한몫 잡아 큰 식당을 인수했다는 우리 연변 출신 조선족 여사장의 부탁으로….

박정선 여사장이랍디까?

뱃사공 잘 아시나 보디요?

지망원 알다 뿐이겠소.

뱃사공 피차 같은 민족 아는 처지에 조금만 더 기다려 봅세다. 거, 생각난 김에 한 가지만 묻갔습네다. 강 건너 저쪽 늙은 뱃사공이 하도 딱해서 그러는데, 남쪽에서 왔다면 아무나 붙들고 물어봐 달라니…, 허명수라고, 서울 가서 김서방이 찾아집네까?

지남철 허 누구라고 했어요?

뱃사공 명수, 허명수. 수풍이 고향이라는데, 해방 후 서울로 간 자기 삼촌이랍네다. 우리야 먹고 살기 위해서 이 노릇을 한다지만 저쪽 늙은 뱃사공은 행여나 삼촌 소식이라도 들을까 하고 배를 버리지 못한다는, 참으로 구슬픈 사연이디요.

지남철 분명히 수풍사람 허명수라고 했지요?

지망원 (속삭이듯) 그럼, 애꾸 아저씨….

어둠 속에서 '뻐꾹, 뻐꾹!' 뻐꾸기 신호소리가 들린다.

지망원 (놀라듯 작게) 뭐야?

뱃사공 뻑뻑, 뻑뻑꾹! (답신호를 보내고) 왔시요.

지복원이가 명주 보따리를 가슴에 안은 이순희의 손을 잡고 나타난다. 지광일이도 뒤따른다.

이순희는 지남철을 보자 보자기를 지복원이에게 건넨다.

지남철 (현실이 믿기지 않는 듯 망연자실하여 바라보며 다가가) 여보! 임자! 내 마누라야.

지남철과 이순희가 끌어안고 한동안 흐느낀다.

지복원 (함께 흐느끼다가) 아바지. 아바지, 광일이야요. 아바지 손자 광일이야요.

지남철 광일이? 네가 광일이냐!

지광일이가 할아버지에게 큰절을 올리는 사이, 지망원이가 '어머님!'이라 부르며 박정선과 함께 이순희에게 큰절을 올린다. 이순희가 채 엎드리기도 전에 반갑다고 달려들어 지망원과 박정선 부부를 일으켜 세운다. 이순희가 박정선의 손을 잡았다가 옥가락지를 의식하고 유심히 바라본다. 지남철이 월남할 때 하나씩 나눠 낀 정표다.

박정선이가 눈치 채고 옥가락지를 얼른 빼서 이순희에게 끼워준다. 쌍가락지를 한 이순희가 감회에 젖는 것도 잠시, 곧 쌍가락지를 스스로 빼어 박정선에게 끼어준다. 마음의 선물이니 아무 소리 말고 받으라는 듯이 말이다 이순희는 쌍가락지 낀 박정선의 손을 꼭 쥐고 옛날 자신에게 했던 지남철을 생각한다.

박정선 (감동하여 마음의 소리로) 어머님!

지망원 (역시 혼잣말처럼) 제가 새로 진주반지를 해드리겠습니다. 진주야말로 어머님의 삶 그 자체 아니겠습니까?

뱃사공은 흔히 보는 일상적인 풍경이라고 처음부터 별 관심이 없다. 지극히 직업적인 태도로 주위를 경계할 뿐이다.

뱃사공 이러다가 밤새우겠습다. 어서 빨리 두 분만의 시간을 드려야디요. 다른 가족들은 제가 모시겠습니다.

지망원 네, 그게 좋겠습니다.

모두들 슬그머니 물러날 분위기다.

뱃사공 잠깐! 그렇다고 금세 다 가신다면 나는 어떡한단 말입네까! 자, 저를 주목해 주시라요. 제가 지금부터 말씀드리고자 하는 것은 다름 아니라, 몇 가지 통일 관광 상품을 여러분들에게 특별히 소개해 드리고자 하는 거입니다. ('우리는 하나' 라고 쓰인 머리띠를 꺼내 두르며 완전히 약장수처럼) 제가 여러분께 드리는 통일 상품은 딱 세 가지인데, 북조선의 유명한 술인 평양소주에 금강 맥주, 모란봉 솔꽃술, 백두산 들쭉주, 강계 산머루술…, 등등의 '명주 세트' 와 '북조선 각 도의 흙' , 그리고 '휴전선 철조망 자른 것' 이 그것입네다. 주문만 하시면 여러분들이 돌아가실 때 고향정취와 함께 잘 포장하여….

지망원 (가볍게 내몰 듯) 빨리 자리를 비켜 드리자는 양반이 지금 뭐하시는 겁니까? 우리가 무슨 관광 왔습니까?

뱃사공 관광 코스가 된 지 벌써…, 날이면 날마다 살 수 있는 물건이 아닙네다. 특히 휴전선 철조망은, 통일만 되어 보시라요. 금값입네요. 투자가치가 있다 이 말씀이디요.

지남철 평안도 흙도 있소?

뱃사공 여부가 있겠습네까. 삼수갑산, 개마고원 흙도 다 있습네다.

지남철 그럼, 평안도 흙하고 평양소주 주문하겠시다.

지망원 (믿을 수 없다고) 아버지, 이 사람들은….

박정선 평양소주라면 서울에도…, 북한 상품 전문점이 많이 생겼거든요, 아버님. 필요하시다면 제가 인터넷으로 주문해 드릴게요.

지남철 나도 안다, (뱃사공에게) 내 말대로 갖고 오시오.

지망원 여기까지 와서 고향 흙 몇 줌이 무슨….

박정선 함경도 흙이 아니라 평안도 흙이라잖아요.

뱃사공 (득의만만하게 웃으며) 자, 그럼 그렇게 알고 내일 아침 떠나실 때 가져오겠습니다. 요금은 물건에 붙은 정가표대로 주시면 됩니다. 할아버지 할머니, 좋은 만남 되십시오. (정중하게 인사하고, 지망원에게 약올리 듯 윙크까지 하며) 가시죠.

지복원 (들고 있던 보자기를 건네며) 오마니, 새벽에 오겠습네다. 아바지, 편안히 쉬시라요.

뱃사공 (앞서가다 뒤돌아보며 재촉하듯) 오기요, 날래 오시라요.

지남철과 이순희를 뺀 모든 사람들 퇴장한다.

보자기를 내려놓는 이순희를 바라보는 지남철, 막상 두 사람만 남자 부부는 기가 막혀 할 말을 잃고 손을 맞잡은 채 차라리 노래를 부른다.

♬<꿈이어라 긴 꿈이어라

지난 세월 꿈이어라

당신 혼자 어찌 살았소

차라리 눈 감고 지내보세

이순희도 따라 부른다.

시간아 멈추어라

달아 거기 서 있거라

반 백 년이 지나

오늘 이 시간이 왔네.

흰머리 검어지고

주름아 펴져라

청춘 되어 그대 안으리

꿈이어라 긴 꿈이어라

지난 세월 꿈이어라

갈 곳 잃은 외기러기

이제는 갈 곳 찾았구나〉

지남철 (노래를 끝내고 기어이 울음을 터뜨리며 와락 끌어안는다) 마누라야!

지남철은 이순희의 얼굴을 보고 또 보고 쓰다듬으며 안는 것 외는, 더 이상 어찌 할 바를 모른다.
이순희가 명주 보자기를 푼다.
보자기 속에 싸인 것은 북청 사자놀음의 사자탈이다. 지남철이 그것을 보고 회한에 맺혀 땅을 치듯 반기며 소중히 쓰다듬은 후, 탈을 들고 흔들며 사자춤을 추기 시작한다. 이순희도 지남철의 허리를 부여잡고 사자 몸뚱어리가 되어, 요컨대 부부가 일심동체 한 몸이 되어 추어보는 사자춤이다.
아련한 추억처럼 비치는 막 뒤에서 옛날 함께 어울려 춤추던 고향 사람들인 양 흰옷 무리들의 춤추는 모습이 그림자로 보인다. 무대 뒤에 남은 연기자들의 몫이다.
어느새 북청 사자놀음으로 하나가 된 부부는 젊음을 되찾은 듯 사자탈, 그 사자머리를 쳐들고 힘차게 포효하듯 흔들어댄다. 그러나 나이는 어쩔 수 없다.
이순희는 사자춤을 추는 남편, 젊은 날의 그 모습을 더듬듯 바라보며 사자탈을 싸왔던 바로 그 명주 보자기를 들고 너울너울 춤을 춘다. 지남철의 탈춤과 이순희의 이동양적인 멋이 깃든 한국 춤이 정겹고 아리도록 아름답게 어우러진다. …아쉬운 듯

서서히 암전

## 8

함흥집, 지남철의 방이나. 이순희와 함께 추었던 예의 그 북청 사자놀음의 사자탈이 걸려있다.
병색이 완연한 허명수가 기침을 하면서도 지남철에게 선물 받은 평양소주를 마신다.

지남철 좌우지간 이 애꾸야, 네가 그 망원경 들고 그렇게 찾아도 못 찾던 장조카 내가 단박에 찾은 거, 이거 예삿일 아니니다.

허명수 설사 장조카가 맞는다 해도, 고향땅을 이런 식으로는 밟고 싶지 않으이….

지남철 그건 또 무슨 심뽀냐, 좌우지간에….

허명수 좌우지간 좌우지간 하지 마, 이 친구야. 헷갈려. 내 눈처럼 일목요연하게 하나를 분명히 하란 말일세.

지남철 좌우지간, 그래 일편단심 하던 이야기나 계속해.

허명수 (못 말리겠다고) 그래, 좌우지간…, 내가 국방군으로 압록강까지 진격해서 수통에 물을 채우고 고향땅을 바라보며 눈물을 얼마나 흘렸는지. 그 백병전에서 한쪽 눈을 잃고, 부상까지 당하고….

지남철 그때 한쪽 눈을 잃었구먼.

허명수 (배경음악이 깔리며) 그때 파편을 맞고 튀어나온 눈알이 고향산천을 뒹굴고 있는 게 내 망원경에 자주 보여. 그 풍요로운 수풍댐 물, 고향의 집과 오곡이 넘실대는 황금들판을 지키며….

지남철 그래, 언젠가(수해 때) 이북서 온(구호품) 쌀을 한줌씩 나눠 주면서리….

허명수 (그때처럼) 고향 쌀이 왔수다레, 내 고향 쌀이 왔수다레!

지남철 허허, 그때만큼 자네 얼굴이 빛난 적도 없었어. 마치 신들린 사람 같았으니까.

허명수 땅 농사의 의미는 내겐 남다르네. 고향은 그리움과 증오의 대상이라고나 할까? 어쩌다 고향이 그렇게 돼버렸어.

지남철 세월이 많이 흘렀지 않은가? 상처가 치유될 만큼…, 고향은 그렇다 치고, 장조카는 만나고 싶지 않아?

허명수 희망을 품으면 하루가 길어져. 힘들다구. 수통에 담아온 압록강 물, 무언가 키운다는 거, 내 유일한 행복 아니겠나?

지남철 평안도 고향 흙은 어쩔 거야?

허명수 화분에 채워서 고추라도 심어야지. 선물 고마우이.

지남철 (새삼스레 잡는 손을 뿌리치며) 이 친구야.

허명수 요즘 내 몸이 안 좋아. 몸도 마음도 자신이 없어. 내 몸은 내가 잘 아니까. 그래서 자네 딸 만나러 극장에 가잘 때도 마다한 게야. 쿨룩, 쿨룩…. (기침을 막듯 술잔을 들이킨다)

지남철 이 친구야, 그 고향 술 마지막으로 술 좀 끊어. 응? 내가 들어가서 안주 좀 가져올까?

때마침 수풍댁이 찌개냄비를 들고 나타난다.

수풍댁 이러실 줄 알고 안줏거리를 가져왔습니다.

지남철 마침 잘 왔다.

수풍댁 (살갑게 붙어 앉으며) 안주 좀 드시라요.

허명수 (안주는 거들떠보지도 않으면서 술이 거의 다 비웠는지 병을 흔들어보고) 병이 새나, 원! 이봐, 이 평양소주에다가 서울 소주를 합하면 남북화합주 아닌가?

지남철 술이 모자라면 모자란다고 할 것이지, 갖다 붙이기는?

허명수 아니, 아니지! 이봐 지남철, 자네가 팔도고물 다 모아서 징을 만들 듯 나도 팔도 술을 다 모아가지고, 팔도화합주 만들까?

수풍댁 어유, 신소리 좀 작작하시고 건강 좀 챙기시라요. (술병을 빼앗으며) 그냥 내가 죽갔시요.

지남철 수풍댁이 저토록 살갑게 잘 해 주는데, 눈 딱 감고 합치면 어떠냐? 이 들어온 복을 제 발로 차고 있어요, 늙은이 주제에.

허명수 남편이 두 눈 시퍼렇게 뜨고 살아있네. 게다가 환자여. 그 환자 살려 보겠다고 수풍댁이 그러는 것인데, 사람의 도리가 아니지.

지남철 그럼 또 어때? 살면 얼마나 산다고, 시중 잘 받으며 살다가 눈 감으면 그만이지 뭘 그래. 다 그게 제 복이야. 안 그래, 수풍댁?

수풍댁 그럼요. 사는 데까지 친정아버님처럼 모시겠다고 몇 번이나 말씀드렸습니다. 불법체류의 불안에서 벗어나 열심히 벌면 그저 제 힘만으로도 얼마든지….

지남철 어허, 이 누이 좋고 매부 좋은 일일세.

수풍댁 꼭 젊은 사람들처럼 부부생활을 해야 맛이 납네까?

지남철 (짐짓 부추기느라고) 와아, 열부 났다, 열부 났어. 우리 애꾸, 고목나무에 꽃피었다이. (두 사람의 손을 잡고) 우리 약혼식하려 가자. 아니, 여기서 당장 결혼식 하자.

수풍댁 그래요.

지남철 내가 주례 설게.

허명수 (손을 뿌리치며 쓰러지듯) 이 사람이 늙은 친구를 놀리고 있….

지남철 (한 번 더 일으켜 세우려고 손을 잡으며) 내가 주례 선다니까, 왜 빼고 이래?

허명수는 다시 손을 빼 그대로 가슴을 쥐어짜며 쓰러진다.

수풍댁 영감님, 영감님! 접때도 이러시더니…, 영감님!

지남철 이 영감탱이, 애꾸야!

지빛나와 김동민이가 뛰어든다.

지빛나 (기뻐서 외치듯) 할아버지! 할아버지, 놀라운 소식이에요. 도라산 역이 곧 이북과 개통된대요.

김동민 (신문을 보여주며) 남북 고위 당국자간의 합의문 발표입니다. 막혔던 혈맥이 뚫리고, 남북의 벽이 무너지는 순간입니다. 통일의 길목….

순간적으로 번쩍 눈을 뜬 허명수가 희미하게 미소를 떠올린다.

허명수 정말, 기쁜 소식이네…, 얼마나 기다렸나….

지남철 그래, 그러니까 정신 차려!

수풍댁 네, 이제는 기차타고 영감님 고향도, 제 고향 연변도….

허명수 (힘겹게 유언하듯) 며칠째 내 눈에 새가 자꾸 보여. 압록강의 물새들, 저 눈부신 새떼…, 수풍댁!

수풍댁 네?

허명수 (가슴이 아파서 그런다고 오해를 불러일으킬 만큼 떨리는 손으로 어렵사리 안주머니를 가리키며) 여기, 여기….

채 말을 끝맺지 못하고 숨을 거둔다.

수풍댁은 애꾸의 안주머니에서 찾아낸 봉투 속의 서류를 확인도 하기 전에 운명한 것이다.

수풍댁 영감님, 영감님. 빛나 할아버지, 영감님이…, 영감님! 영감님!

지남철 이 영감탱이가! 이보! 이보라우!

지빛나와 김동민은 숙연히 바라만 볼뿐이다.

지남철 압록강 물새 보러 떠났다. 빛나야, 엄마 아빠에게도 알려라. 애꾸눈 고무신 할아버지 고향 찾아 떠나는 마지막 모습이라도 보라고….

지빛나 (무섭다고) 예, 할아버지.

지빛나가 찌게 냄비를 들고 김동민과 나가는데, 수풍댁이 허명수의 주머니에서 찾은 서류를 봉투째로 지남철에게 건넨다.

지남철 이게 뭐야? (서류를 꺼내보고) 아니 이 친구 이거, 석 달 전에 벌써 혼인신고를 했구만 그래.

수풍댁 네?!

지남철 (서류를 다시 건네며) 수풍댁, 이제 수풍댁이 미망인이요.

수풍댁 영감님! 저는 그런 것도 모르고 얼마나 속을 태웠는데요…. (설움이 한꺼번에 솟구쳐 흐느낀다.)

지남철 (색안경을 벗기며) 색안경 너머 한 눈으로 오직 고향만 바라보더니, 제 눈 하나 스스로 못 감고 이렇게 커다랗게 뜬 채…. (외눈을 감겨주고) 그래, 이제 죽어서야 고향을 찾아가는구나. 압록강 물새처럼 훠어얼 훨 날아서…, 조금만 더 버티지, 그새를 못 참아서…, 이 친구야, 이 나쁜 친구야! 도라산역이 개통됐다. (사방에 대고 소리치듯) 막힌 혈맥이 뚫려 반백 년 묵은 체증이 내려가고, 허리 통증이 시원하게 다, 다 낫는 것 같구나! 볼래, 이 친구야. 나도 씻은 듯 가뿐하여 자네 따라 날아갈 수도 있단 말이다, 이 아바이야! (허명수를 붙들고 울다가 천천히 일어서며 노래를) 나를 버리고 가시는 임은 십리도 못가서 발병난다~. (자신도 모르게 옛 목청을 되찾은 듯 징을 크게 울리며) 아리랑 아리랑 아라리오?

지남철의 아리랑에 맞춰 나머지 출연진들 전부가 아리랑을 부르며 일제히 무대로 나온다. 무대 전체가 점점 밝아지면서 지남철과 수풍댁은 물론 죽은 허명수도 영혼처럼 이들과 자연스럽게 합세한다.

전출연진들이 하나 되어 어느덧 이 연극의 처음 1로 돌아가 대합창 〈도라산 아리랑〉을 부른다.

♬〈아리랑 아리랑 아라리오

아리랑 고개로 넘어 간다

오랜 세월 짓밟혀온 당신과 나의 가슴 속에

어둠 뚫고 새벽 열리듯 눈부신 태양 솟는구나

우리 모두 손잡고 통일을 노래하자
가슴 열고 노래하자 하나가 되었구나
아리랑 아리랑 도라산 아리랑 힘차게 울리는 기적소리
아리랑 아리랑 도라산 아리랑 희망을 싣고 달려간다
아리랑 아라리오 아리랑 고개로 넘어간다〉

기차가 기적소리를 힘차게 울리며 지나가면 서서히 암전된다. 무대 다시 밝아져 커튼콜이 끝나고도, 출연자들은 손에 손을 잡고 '우리 모두 손잡고 통일을?' 부터 다시 노래 부르며 마지막 '아리랑 고개로 넘어간다' 에서 도라산역을 배경으로 남북이 자유롭게 왕래하듯 서로 교차하면서 완전히 퇴장한다.

〈막〉

통일문학선집

•

지은이 / 문효치 외
발행인 / 김영란
발행처 / **한누리미디어**
디자인 / 지선숙

•

08303, 서울시 구로구 구로중앙로18길 40, 2층(구로동)
전화 / (02)379-4514, 379-4519
Fax / (02)379-4516
E-mail/hannury2003@hanmail.net

•

신고번호 / 제 25100-2016-000025호
신고연월일 / 2016. 4. 11
등록일 / 1993. 11. 4

•

초판발행일 / 2018년 8월 29일

•





•

값 20,000원

•

※잘못된 책은 바꿔드립니다.
※저자와의 협약으로 인지는 생략합니다.
※이 책은 서울시(성북구)에서 제작비 일부를 지원 받아 제작되었습니다.

•

ISBN 978-89-7969-781-0 03810